文学与当代史丛书

丛书主编
洪子诚

鲁滨孙变形记

汉译文学改写现象研究

李今 著

北京大学出版社
PEKING UNIVERSITY PRESS

图书在版编目（CIP）数据

鲁滨孙变形记：汉译文学改写现象研究 / 李今著 . —北京：北京大学出版社，2023.3

（文学与当代史丛书）

ISBN 978-7-301-33741-7

Ⅰ. ①鲁… Ⅱ. ①李… Ⅲ. ①外国文学—小说—文学翻译—研究 Ⅳ. ① I046

中国国家版本馆 CIP 数据核字（2023）第 027223 号

书　　　名	鲁滨孙变形记：汉译文学改写现象研究 LUBINSUN BIANXING JI: HANYI WENXUE GAIXIE XIANXIANG YANJIU
著作责任者	李今 著
责 任 编 辑	黄敏劼
标 准 书 号	ISBN 978-7-301-33741-7
出 版 发 行	北京大学出版社
地　　　址	北京市海淀区成府路 205 号　100871
网　　　址	http://www.pup.cn　新浪微博：@北京大学出版社　@阅读培文
电 子 信 箱	pkupw@qq.com
电　　　话	邮购部 010-62752015　发行部 010-62750672 编辑部 010-62750112
印 刷 者	天津光之彩印刷有限公司
经 销 者	新华书店
	660 毫米 ×960 毫米　16 开本　24.25 印张　323 千字 2023 年 3 月第 1 版　2023 年 3 月第 1 次印刷
定　　　价	98.00 元

未经许可，不得以任何方式复制或抄袭本书之部分或全部内容。
版权所有，侵权必究
举报电话：010-62752024　电子信箱：fd@pup.pku.edu.cn
图书如有印装质量问题，请与出版部联系，电话：010-62756370

目 录

导　言……………………………………………………………1
  第一节　"汉译文学研究"的名与实　　　　　　　3
  第二节　方法：改写现象的内与外　　　　　　　13

第一章　汉译鲁滨孙形象的文化改写与征用……………23
  第一节　维新话语中的沈祖芬本　　　　　　　　25
  第二节　革命话语中的《大陆报》本　　　　　　63
  第三节　传统儒学话语中的"林译"本　　　　　85

第二章　以洋孝子孝女故事匡时卫道……………………115
  第一节　林译"孝友镜"系列改写中的伦理教化　117
  第二节　从"天使"到"孝女"：《孝女耐儿传》
　　　　　与《老古玩店》　　　　　　　　　　135
  第三节　五四"铲伦常"论争之反思　　　　　　152

第三章　汉译《简·爱》的通俗化改写……………………161
  第一节　周瘦鹃对《简·爱》的言情化改写及其言情观　163
  第二节　伍光建对《简·爱》宗教叙事与隐喻的删节　187

第四章　评介中的改写：域外作家形象的流变与征用 ………… 213
　　第一节　高尔基：从同路人到左翼文学运动的导师　215
　　第二节　普希金：从贵族到人民的诗人　248

第五章　译序跋中的改写：观念之流变 ……………………… 281
　　第一节　译序跋中的"战争"观念　283
　　第二节　译序跋中的"革命"观念　305
　　第三节　译序跋中的"人"之观念　333

结　语 ………………………………………………………… 355

征引文献目录 ………………………………………………… 364

后记 …………………………………………………………… 374

导言

第一节 "汉译文学研究"的名与实

自 20 世纪 90 年代西方文化学派翻译理论译介到中国以来,翻译研究迅速在文化研究、文学研究、历史研究、语言研究等大的领域广泛兴起;特别是对文学翻译的研究更在外国语言文学、比较文学与世界文学、中国近代与现当代文学等学科出现了明显的"文化转向",造成了空前繁荣的局面。但西方文化学派的翻译理论在为中国翻译研究提供了新视野、新途径的同时,也引起了不同程度的理论混乱,商榷之声不断,尤其是勒菲弗尔(André Lefevere)翻译即改写的理论更多受到质疑。笔者无意纠缠于是误读,还是文化学派翻译理论自身的缺陷问题,首先需要明确的是,本书所使用的核心概念"改写"(rewriting),虽借用了勒菲弗尔的理论术语,但并不将其视为翻译实践的一个本体性原则和标准,而仅仅看作翻译文学研究的一种方法。

根据詹姆斯·霍尔姆斯(James Holmes)《翻译学的名与实》对这门学科性质与研究领域的确定与划分,翻译学或称翻译研究(translation studies)分为两大部分:

一、纯翻译研究(pure translation studies)。其中又包括两大领域:(1)描述性翻译研究(descriptive translation studies),对既有的翻译行为和翻译作品相关现象进行描述。此种类型的研究按照所关注焦点的不同,又可进一步分成聚焦译作文本的描述、聚焦译作生产语境的描述、聚焦译者翻译心理活动的描述这三大不同的分支。(2)理论翻译研究

（theoretical translation studies），或称翻译理论研究（translation theory）。即在前一阶段研究成果的基础上，推演出原则、理论和模式，以解释和预测既有的或即将产生的翻译现象。

二、应用翻译研究（applied translation studies）。其旨在研究培养译者需要的翻译教学，实用翻译的辞典、术语和语法，为翻译提出政策性建议以及开展翻译批评。[1]

詹姆斯·霍尔姆斯对翻译研究的界定，在世界范围内已经获得广泛的认同，被誉为"翻译学学科诞生的宣言书"，我们也不妨由是观之。在我国翻译学尚未建立起专门学科体制的情况下，上述翻译研究的分布的确是跨学科的。显然，詹姆斯·霍尔姆斯所界定的应用翻译研究是传统翻译研究，一向隶属于外国语翻译的专业。对于应用翻译专业来说，以原作为基准，对等翻译的原则是其本体性的价值观。而詹姆斯·霍尔姆斯所说的纯翻译研究，正是西方自20世纪70年代以来，文化学派翻译理论所开拓的新的研究路向，而被学界称作翻译研究的文化转向。该翻译研究学派从历史的翻译现象出发，看到翻译不仅仅是两种语言之间的转换问题，尤其是文学翻译更多涉及译语社会文化、意识形态、诗学、译者、赞助者等多方面因素的制约。因而，这一翻译研究学派与传统翻译理论的"原著中心论"相对立地倡导，以译本为中心，超越语言层面，在更宏阔的语境、历史、传统范围下，注重考察影响原著选择、翻译过程和译本接受的各种文化因素，不再局限于传统翻译研究倾向关注译作与原作如何对等的问题。

鉴于翻译研究中文学翻译研究的复杂性，文化学派翻译理论与传统"原著中心"翻译理论并存杂生的复杂性，笔者主张在中国翻译文学研究中，将詹姆斯·霍尔姆斯所说的纯翻译研究专称为"汉译文学研究"，

---

[1] 参阅 James Holmes, "The Name and Nature of Translation Studies", in *The Translation Studies Reader*, ed. Lawrence Venudi, London and New York: Routledge, 2000, pp.172-185.

以与关注两种语言之间转换的传统应用翻译研究相区别。因为这是在两个路向上发生的完全不同,甚至是相反问题的思考。应用翻译研究归根结底探讨的应是翻译如何能与原著对等的问题,而汉译文学研究恰恰要专注于原著与译著相异的部分,探究译著为何与原著不同的问题。前者处理的是翻译专业的问题,后者虽然把翻译现象作为自己的研究对象,但不以推动翻译学科本身的发展为目的,而旨在探究文化、历史或文学史的问题。

尽管文化学派的翻译理论为翻译研究开创了新视野和新途径,但其理念和方法并非绝无仅有,不过因自觉倡导而率成潮流而已。在中国学界,"汉译文学研究"与"中国翻译文学研究"也经常混用,之所以要有意识地做出区分,是为了避免两个概念的夹缠不清。两者之间虽然有相当大的重合部分,但准确地说,"中国翻译文学"比"汉译文学"所包含的范围更广,除了外国文学翻译成中文,即"汉译文学"部分,它还包括中国文学的外译部分,相信随着中国文学更广泛地走向世界,中国文学的外译研究会越来越令人瞩目。也就是说,在中译外与外译中的双向翻译活动中,所谓的"汉译文学"仅指外译中的部分。

关于"汉译文学"之名,还需进一步把它与"外国文学"相区分,这或许会被认为是多此一举。但从图书市场的分类来看,"外国文学"部类陈列的是"汉译文学",大学中文系的"外国文学"课程上的也是"汉译文学",学生阅读的是朱生豪的莎士比亚、傅雷或高名凯的巴尔扎克、穆旦或刘辽逸的普希金,等等,它们都不是原著意义上的"外国文学"。那么,就不能不重新审视这两个名称的定义。

将"外国文学"等同于"汉译文学",一方面可以说是与现实妥协的结果。不仅一般读者没有能力读原著,即使大学文学专业读者也有相当大的障碍。据讲,民国时期的清华大学、西南联大都曾一度设置中外文学系的互选课,中文系的西洋文学史要上西文系的课,致使中文系学生把时间都花在这门课上还常常不及格,最终不得不把西洋文学史改为中文系的课,让学生阅读汉译文学,不少名著的翻译正是因教学的需要而产生的。

另一方面,"外国文学"与"汉译文学"两个概念的混用,也反映了普遍存在于人们心目中的翻译观,即认为翻译仅仅是两种语言之间的转换,翻译文学是另一种语言的外国文学而已。但自翻译研究的文化转向,已逐步改变了传统的翻译观。无论是翻译理论还是翻译实践,都在证明翻译是一种"改写",译者的翻译行为不能不受到历史、社会、美学语境以及个性修养的制约。正如有的翻译家所言,翻译说到底是对原作风格和内涵的阐释,不同的译本是不同的开掘,原著和译作不可能有绝对的等同。所以,阅读原文意义上的外国文学和阅读其汉译文学,毋宁说是两码事。我们面对的是历史中的"汉译文学",它既与外国原著存在着基因联系,又是中国译者创造性的产物,深受我国特定历史时期的意识形态、文学观念以及翻译目的等诸多因素的操纵。

所以说,"汉译文学研究"概念的标举和方法的倡导,是出自文化翻译学派理论的核心理念,而它又进一步将其中国化地应用,即将中国翻译文学中的"汉译文学"视为中国文学系统的一个子系统,而不是将其归属于外国语翻译研究的传统专业。尽管20世纪末以来,中国翻译研究出现了文化转向研究的新范式,但翻译专业仍有其不可动摇的原作基准价值观,以及汉译文学研究所不涉及的应用翻译研究的范畴和领域。

当然,"汉译文学"与"中国翻译文学"研究因其对象本身的交叉重叠,也可以混用不辨,"汉译文学研究"隶属于"中国翻译文学研究",后者包含前者;但使用"汉译文学研究"则特指是对外国文学的汉译部分进行内部与外部的研究。翻译研究的文化转向使外国语翻译专业与汉译文学研究出现了前所未有的合流与纠缠。这也难怪,就我国目前的学科布局来说,为何外国语言文学专业,比较文学与世界文学,中国近代、现当代文学专业都在涉足其间。对于外国语言文学的翻译专业来说，从关注两种语言的转换，扩展到揭示翻译所涉及的各种社会文化因素是"超越翻译"；而对于比较文学，中国近代、现当代文学研究来说，则是扩大了一个研究领域，它使"汉译文学"或作为中国文学的一个组成部分，或作为世界文学的一支流脉"登场"，而不是在外国文学与中国文学的直接比较中被抹杀漠视。显而易见的是，不同学科的研究有着各自的特点和取向。如果说，外国语言文学专业在探讨译作与原作之间的遗传基因联系上占有先机，比较文学之于翻译文学研究天然具有的"比较性"更本色当行；而中国现当代文学专业在考察译作的功能，特别是现代汉译文学如何回应不断变化的社会、政治、美学以及文化的各种需求而产生发展，逐步蔚成大观方面，则更占优势。

历史地看，现代汉译文学与中国近现代文学的发生发展是既相互伴随，又并驾齐驱的。虽然，汉译文学的产生最早可以从汉末以来文学性很强的汉译佛典说起，近代西方传教士为宣传教义与中国文人合作翻译过《圣经》，以及具有宗教色彩和训诫的小说与寓言，也偶有华人译作出现；但若将文学翻译作为一个现代事件、一场具有广泛意识的运动来考察，恐怕就不仅仅是在国内外历史遗存中打捞用中文翻译的外国文学作品，更需要关注的是它何时及为何能够批量出现、蔚成大观的问题。这不能不追溯至甲午战败打破了中国知识分子对坚船利炮、声光电化的迷信，以康有为、梁启超为代表的维新派策动朝廷，为变法图存而开启的全面学习西方的运动。维新派试图以西学"讲通"醒世觉民救国之理，诉诸其政治目的的号召和策略，是现代汉译文学得以在中国落地生花最具有决定性的推动力，从而使之成为全民性的思想启蒙和维新运动的重要一环。也正是在这个意义上，学界将由此开启的整个20世纪"向西方寻找真理"的翻译活动概称为"中国的百年翻译运动"，现代汉译文学的兴起及发展正是这一运动的重要组成部分。其发端大概可以维新派为"启发民智，开风气，助变法"，大力创办宣传刊物，最早于1896年《时务报》连载遵义黎汝谦、番禺蔡国昭译《华盛顿传》，张坤德编译"域外报译"[2]栏目，陆续刊登柯南·道尔的几篇侦探小说为标志。

正因为现代汉译文学的发生与我国政治与思想启蒙以及小说界革命的密切关系，早期中国新文学史的编纂实践，一开始即把汉译文学视同本国文学的现象加以研究记载，而成为新文学史的一个不可或缺的组成部分。1922年胡适为上海《申报》创刊50周年撰写的《五十年来中国之文学》，被看作最早的新文学史。其中就重点讨论了严复、林纾的翻译文章。1929年朱自清在清华大学讲授"中国新文学研究"，其编写的《中国新文学研究纲要》，则进一步列出介绍"礼拜六派"包天笑和周瘦鹃的翻译，而对其创作只字未提。在"周作人"一节拟讨论的问题是新文学欧化的文体即"直译的文体"问题，并将收入周作人《点滴》中的翻译名之为"直译的文体"；谈到《小说月报》的改革，又将"迻译西欧名著""介绍被屈辱民族的新兴文学和弱小民族的文学"标举为新文学的实绩，并给予美国、俄国与日本的理论，北欧东欧文学，德国文

---

[2] 该栏为《时务报》的固定栏目，其名称后又题为"英文报编""英文译编""西文译编"。该栏共发表了五篇侦探小说译作，其中四篇可确认作者是柯南·道尔，第一篇《英国包探访喀迭医生奇案》有疑义。关于五篇译作的译者有不同的说法。一、由于从目录到正文，该栏文章均无译者署名，仅于栏目名称下署"桐乡张坤德译"，所以一般认为译者是张坤德；二、该栏所载五篇侦探小说译作后合集为《新译包探案》，于1899年夏（己亥夏）由素隐书屋出版。阿英编《晚清戏曲小说目》载录："时务报馆译。丁杨杜译。"最近，罗文军作"现代汉译文学考录（期刊编）1896—1949"时发现，其中两篇译作《英国包探访喀迭医生奇案》《英包探勘盗密约案》又于1911年重新发表于《江南警务杂志》第12、13期。第12期译者署名曾广钧，第13期更正为曾广铨，即两篇译者均为曾广铨。曾广铨（1871—1940）为曾国藩孙，曾纪鸿第四子，后过继给曾纪泽做嗣子。曾广铨于1897年接编《时务报》第46册的"英文报译""西文译编"栏目。从第60—69册连载他翻译（英）解佳（今译哈葛德）著《长生术》（今译《她》），将小说译作移至"附编"栏目。经查：中国国家图书馆藏有《新译包探案》，版权页标"己亥夏素隐书屋托昌言报馆代印"，不仅版权页，正文书名页和封面均无译者信息；首都图书馆藏有文明书局"光绪二十九年十二月印刷，三十年正月发行"，即1904年版，版权页、正文和封面也均无译者署名，版权页标"发行者：丁杨杜"，并非译者。也就是说，目前仅有两篇能确定是曾广铨译。

学,英美文学对新文学的影响相当大的篇幅。王哲甫的《中国新文学运动史》(1933),被看作第一部具有系统规模的新文学史专著,其中设有"翻译文学"专章,对严复、林纾、包天笑、鲁迅、周作人、李青崖、赵景深、王鲁彦、郑振铎、郭沫若、穆木天等人,以及共学社、尚志学会、中华学艺社、少年中国学会、文学研究会、创造社等社团组织的翻译活动做了要言不烦的概述,还列有"各国文学书中译本一览"。阿英于1937年出版的《晚清小说史》为"翻译小说"专列一章。任访秋于1944年出版的《中国现代文学史》则将翻译文学作为清末民初与诗、小说、散文相并列的文学之文体类型。可见,在这些新文学史的编纂中,汉译文学虽被称为翻译文学,但已经不仅仅被视为背景和影响的外来刺激及启迪因素,更被看作新文学的一个重要组成部分。这种处置方式背后所蕴含的翻译观念是相当超前的,即把汉译文学看作中国新文学事实加以接受,这正与西方文化学派的翻译理论若合符契。

但1949年后的一段时期,新文学史编撰行为被纳入国家意识形态的建构之中,新文学被赋予了中国共产党领导的新民主主义革命的一个组成部分的性质,强调的是无产阶级及其政党对新文学的领导作用,以及民族的形式和新民主主义的内容,由此翻译文学被驱除出新文学史。20世纪八九十年代的现代文学史写作,由于受到80年代比较文学思潮及其研究模式的影响,现代文学史家比较普遍的做法是,将外国文学作为新文学的背景或影响因素来处理,大都省略了对于汉译文学这一转换环节的考察。就我所见,唯一例外是陈平原于1989年出版的《二十世纪中国小说史》第一卷为"翻译小说"专设一章,虽然其题目"域外小说的刺激与启迪"指称的是"背景"的作用,但其撰述却突破了这一狭窄固化的定位,对这一时期翻译小说发生的契机、来源、类型、翻译策略、出版机构、翻译小说的实绩及其重要译者,进行了社会、文化和政治多层面的描述,甚至专设"接受中的误解"一节,检点了晚清读者接受中的误读现象,深入探析了"误解"的理由和后果。

陈平原对晚清翻译小说的研究，突出的是晚清译者和读者的自主选择意识，更多地致力于从中国现代文化语境中审视和考察翻译现象，可以说是国际译学研究的文化学派理论在中国的超前实践。更重要的是，他对翻译小说及其误读的研究，不仅使翻译小说在整个20世纪中国小说史中的分量提高到与之相称的地位，其将翻译小说设置为小说史重要组成部分的框架结构和观念，我认为，对于中国现代文学史的建构也提供了适当的格局之大端；遗憾的是，后时段的文学史写作并未将之贯彻下去。直到近来的文学史编纂中，除晚清民国初期和五四时期部分，仍然没有将汉译文学（翻译文学）作为现代文学的一个重要组成部分重新纳入文学史。

也许会有学者认为，中国现代文学史及其学科从数量和内容上都难以再扩张以容纳汉译文学。但我认为，这不是一个简单的做加法的问题，而是关系到如何叙述和建构中国现代文学史的发生和发展的整体格局问题。鲁迅于1936年曾应日本改造社社长山本实彦的邀请，选编"中国杰作小说"做"小引"时谈道："新文学是在外国文学潮流的推动下发生的，从中国古代文学方面，几乎一点遗产也没摄取。""初时，也像巴尔干各国一样，大抵是由创作者和翻译者来扮演文学革新运动战斗者的角色，直到今天，才稍有区别。"有关于此，鲁迅不止一次表达过他的类似看法，认为"现在的新文艺是外来的新兴的潮流"。[3] 从鲁迅的观点中大概可以解析出两个问题：一是有关新文学的性质，外国文学与新文学的关系问题；二是创作者和翻译者共同扮演了这场文学革新运动的战斗者角色问题。这说明，在把握新文学的性质和特征上，鲁迅是影响说和将汉译文学看作新文学组成部分的观念相并重的，尽管话可以说得不那么绝对。

---

[3] 鲁迅：《"中国杰作小说"小引》《关于〈小说世界〉》，《鲁迅全集》(8)，北京：人民文学出版社，1981年，第399、112页。

显然，新文学话语从理论到思想、概念，基本上是从外国汉译过来的；而新文学（且不提其受外国文学影响的问题），在鲁迅看来，也是由创作者和翻译者共同开创的，也即将汉译文学纳入了新文学的范畴。也许抗日战争爆发前两者的格局有所改变，但鲁迅做出的"稍有区别"的判断，还不是指具有根本性的变化，有待学界进一步研究和评估。由此考量，在现行的中国现代文学史中，汉译文学所占的篇幅位置，无论怎么说都是与其在20世纪中国文学发展中的分量不相称的。

如果我们接受现代汉译文学是20世纪中国文学的一个新兴现象，一个重要组成部分的观念，很可能会想到范伯群为呼吁通俗文学进入现代文学史而使用的两个翅膀的比喻。如果说，现在通俗文学已如愿以偿地被纳入现代文学史，成为20世纪中国文学不可或缺的部分；那么现代汉译文学也可以借用双翼的比喻来表征其与现代文学创作的格局，虽不是从无到有，却也有待从残缺不全发展到可以比翼齐飞的丰满程度。事实上，现代汉译文学不仅对于新文学和通俗文学的发展都影响甚大，而且现代汉译文学的经典化翻译和通俗化翻译也构成了高雅与通俗两种翻译策略的不同类型。

20世纪90年代后期以来，汉译文学研究表现出正朝向一个独立的领域或者学科发展的趋势，陆续出现了一大批翻译文学史专著，如郭延礼著的《中国近代翻译文学概论》（1998），孟昭毅、李载道主编的《中国翻译文学史》（2005），谢天振、查明建主编的《中国现代翻译文学史（1898—1949）》（2004），以及杨义主编的六卷《二十世纪中国翻译文学史》（2009）等。有意思的是，这几套翻译文学史正是分别由从事外国语言文学、比较文学与世界文学、中国近代和现当代文学研究者撰写的。从中不仅可以看出这几个专业的相互借鉴和伸延的跨学科性，事实上，更可明晰翻译文学与20世纪中国文学发展难以分割的亲缘性；不把汉译文学研究置于20世纪中国文化/文学的语境来考察，是难以深入的。同样，20世纪中国文学研究若缺少汉译文学研究的视野，也是不完整，难以究中西之际、通古今之变、成新文学之说的。这也决定其不能不是我们这个学科有待深入研究和探讨的一个重要领域，即使退一步讲，也不妨把汉译文学研究作为一种方法。

（该节原题为《汉译文学的学科位置及其编年考录的设想》，载《中国现代文学研究丛刊》2015年第9期；2020年11月改定于威海）

第二节　方法：改写现象的内与外

翻译文学研究的一个根本性转变，是从"原著中心论"模式转向以译本为中心的研究范式；而勒菲弗尔的"改写"理论则为这一文化转向后的翻译文学研究进一步建构了具体而可操作的方法，提供了主要的理论支持。

勒菲弗尔于1982年发表的《大胆妈妈的黄瓜：文学理论中的文本、系统和折射》("Mother Courage's Cucumbers: Text, System and Refraction in a Theory of Literature")一文中初步提出的"折射"概念、理论，是他改写理论的雏形。他于1992年撰写出版的《翻译、改写以及对文学名声的制控》(*Translation, Rewriting and the Manipulation of Literary Fame*)，则将"折射"概念进一步发展为"改写"，使译本从原文本的影子中彻底脱离出来，该书为他系统论述改写理论的专著。

勒菲弗尔的所谓改写，实际泛指那些为了传播和普及而对文学原创作品进行翻译、编史、选编、批评、编辑，包括电影、电视改编的各种工作，其中翻译是最明显的改写类型[1]。有学者也将"rewriting"译成"重写"。过去人们并不重视这些所谓的改写行为，通常将其视为辅助性的写作；但在今天越来越多的非专业读者并不阅读原创品，反而是改写

---

[1] 参阅勒菲弗尔：《翻译、改写以及对文学名声的制控》，上海：上海外语教育出版社，2010年，第9页。此书为英文影印版。

品更有市场,致使改写活动越来越活跃,甚至被视为"连接高级文学与非专业读者的生命线"[2]。一部作品的被接受与不被接受,经典化与非经典化,除了人们已经谈到的权力、意识形态、机构等操控因素之外,改写的作用不容小觑。勒菲弗尔就是企图通过该书的撰写,强调改写在其中的主导性作用,并对改写现象做出具有深度的研究。

勒菲弗尔认为,"无论过去,还是现在,都是改写者创造了某位作家、某部作品、某个时代、某种文体,有时甚至是整个文学的形象"[3]。不管是翻译,还是写文学史,编参考书、选集,进行批评、编辑和改编,从某种程度上说都是对原创进行操控,以适应时代主流意识形态和诗学形态的潮流;同样,时代主流意识形态和诗学形态的潮流也影响着改写。[4]

在该书中,勒菲弗尔将俄国形式主义"系统"概念及其翻译文化学派的发展运用于对改写的研究,认为"系统"概念最充分的意义就是对读者、作家以及改写者的操控。由于翻译一向被视为语言层面的转换,文学史上鲜有其地位。勒菲弗尔不仅和文化学派一样,将翻译纳入文学系统,而且进一步将所有改写者与改写作品看作文学系统的一个组成部分。他用两章篇幅专门描述了由原创、改写及其重要类型翻译组成的文学系统在整个社会文化总系统中的位置、作用及其关系。他认为,对文学系统的控制来自内外双重力量,将文学外部的控制因素统称为赞助者,大致可理解为由人和机构,诸如宗教团体、政党、宫廷、社会阶级、出版商,包括杂志、报纸,以及更大的电视企业等媒体所行使的权力。所谓权力是福柯意旨的权力,它不仅是说"No"的限制力,还包括激发快乐、形成知识以及生产话语的感召力。所谓赞助,包括意识形态、经济、地位三个主要方面。赞助者更看重文学的意识形态,而不是诗学,它的重要功能是协调文学系统与其他子系统的关系,以构成特定社会文

---

[2] 参阅勒菲弗尔:《翻译、改写以及对文学名声的制控》,第4页。
[3] 同上书,第5页。
[4] 同上书,第8页。

化总系统。所谓意识形态，并不仅仅指称政治领域，也包括规约我们的行为方式、习俗和信念。来自文学系统内部的控制力是诗学形态，它由两部分组成：其一，指文学手段、文体、主题、典型人物及其情境和象征；其二，指在社会系统中文学所承担的或应该承担的角色。勒菲弗尔认为，文学内部的操控为批评家、评论家、教师、翻译家等专业人士所代表，他们是意识形态的同谋，通过将诗学的正典化，对整个文学系统的发展施加巨大的影响力，而文学外部的赞助者也要依靠专业人士使文学系统与自己的意识形态保持一致。

在该书中，勒菲弗尔将翻译作为改写的重点类型，又特辟了五章，于世界文学广阔的视野上，以历代多国文学名著在不同译者、不同时代、不同语种的不同译本中所发生的改写现象为中心，从意识形态、诗学、话语场（universe of discourse）、语言四个层面，分别考察其对翻译过程的操控与翻译策略的影响，从而指出在与不同社会历史条件下的文化体系发生冲突时，译者往往选择更忠于意识形态和诗学形态，而不是原作。因此，与传统翻译观相反，勒菲弗尔认为翻译不仅仅是关于语言的，更是译者在文化层面对原作的改写，语言也不过是文化的表征。

勒菲弗尔所说的"universe of discourse"，一般被译为"论域"，在论述性文章中应用此概念尚能接受，但若去谈论翻译作品，多少有些费解。根据其释义，universe of discourse 指的是专属某一特定文化的概念、意识形态、人与物的整个复合体。[5] 再结合他的具体论述，我觉得译为"话语场"，或引申为"文化场""文化圈"更易明了。在专论"翻译：话语场"一章，作者陈述他探究的是，译者如何对待原作与译作分属两个文化场的态度问题。勒菲弗尔认为，原作在所属文化场的地位对译者态度的影响至为重大，但同时也要意识到原作在原语文化场中的核心或边

---

[5] Universe of discourse: the whole complex of concepts, ideologies, persons and objects belonging to a particular culture. 参见 André Lefevere, ed. *Translation / History / Culture: A Sourcebook*, London and New York: Routledge, 1992, p. 5.

缘位置并不必然决定其在译语文化场中也会占据同样的地位。另外，译语文化的自我形象、译语读者对文体的期待视野、拟想读者（青年、大众或专业读者），以及先在的关于准则、职责、法规、设想等所谓的"文化脚本"诸因素都会影响到翻译（改写）的策略及其译本形象的塑造。在语言层面，勒菲弗尔对古罗马诗人卡图卢斯（Catullus）诗歌的不同译本进行了罗列式的描述性分析，他只是希望能够对训练译者起到作用。

总之，作者认为，对于不能阅读两种语言的读者来说，译作就是原创，译作比原作能够获得更多的读者，发挥更大的影响力。翻译是在意识形态、诗学、话语场、语言四个层面的改写，而来自语言的限制最小。

此外，作者又分四章依次探讨了撰史、编选专集、批评、编辑等塑造自己文化场内作者、作品及其文学形象的其他改写类型。

勒菲弗尔于1992年编译出版的 *Translation/History/Culture: A Sourcebook*（《翻译、历史、文化：研究资料集》），其意图显然是为当今的翻译研究寻找历史资源。他起自公元前106年古罗马政治家、雄辩家、翻译家西塞罗（Cicero）诞生，终至1931年德国古典文献学家、翻译家乌尔里希·冯·威拉莫维茨－莫伦多夫（Ulrich von Willamowitz-Mollendorff）去世，在近二百年翻译理论批评资料的收集翻译（英语文献除外）中，勒菲弗尔不胜惊讶，也不无嫉妒地发现，他们对文学翻译问题的认识和思考都其来有自。因而，他在历史与文化的维度上，按照话题分类，摘译自英语、法语、德语、拉丁语的相关文献，编撰了这本阐述文学翻译问题的理论资料集。其话题设置显然与其改写理论框架的建构相当，围绕着意识形态、赞助者的权力、诗学形态、话语场在翻译形塑（改写）中的作用、翻译促成语言和教育的发展、实用翻译技术、核心文本与核心文化等主题，撮录翻译了相关论点，以及长篇论述。

就拙作《鲁滨孙变形记：汉译文学改写现象研究》论集来说，虽然是应用勒菲弗尔的改写理论，对汉译文学中的改写现象进行研究的产物；但更想强调的是，我的研究路向并不旨在建构翻译理论并为勒菲弗尔的改写理论提供一些中国的实例,而是试图将汉译文学改写的个案或现象视为中国20世纪历史的碎片,借此去认知某一特定时代的文化、政治与文学的独特光影,因而更偏向改写现象的历史研究。

汉译文学是近现代中西文化及文学交流的硕果,同时也是近现代中西文化及文学交流的主要载体。这个具有多重性的话语空间不以单一文化为特征,而是一个由多重政治文化因素交汇冲突的张力场。一方面,翻译应是原作在另一文化场里尽可能忠实的复制;另一方面,翻译的实践和理论又说明,从来没有任何翻译可谓绝对忠实,尤其是当翻译在译语文学系统中扮演了政治、文化和文学革新者角色的时候。也就是说,汉译文学本身即是中西文化冲突与融合的标本,沉淀着我们民族现代意识和现代价值观如何生成的症候,因而汉译文学改写现象研究,首先要通过对原文本与汉译本,包括不同时期不同译者不同译本,或者同一译者不同时期译本的校读,发现汉译本对原作进行了哪些改写,进而探究这些改写现象发生的历史因缘,而非像传统翻译研究仅仅关注如何使译作与原作相等,以提高翻译水平的问题。由此可见,汉译文学改写现象研究恰恰要从译作与原作的相异起步。

虽然严肃翻译家对原作的改写,一般由于疏漏、文化误读或者文化差异造成语言上的不对等所致,而晚清以来的汉译文学史表明,将翻译视为启蒙与救亡的工具,自觉地改写原作,以配合政治、文化以及文学革命需要的现象,更是比比皆是。因而,通过对"翻译创作了原文、原作者、原文的文学和文化形象"的辨析,不仅能够总结西方文化在中国的传播和影响,更可以辨识中国文化对西方文化的吸纳、拒斥和转换。特别是当我们处于空前的全球化的今天,把汉译文学作为混合着中西双重文化基因,沉淀着中西文化交流中的遭逢和博弈的历史形态和文化资源进行研究,不仅可以有效地凸显中国翻译家对原作意义的改写与阐释,更能够与同时期的创作一起展现出中国融入世界,追求与实现思想与价值观现代化的精神历程,而这正是20世纪中国文学所应具有的最核心的主题。

　　需要特别指出的是,汉译文学研究与一般的影响研究有着根本性的不同,后者所依据的理论框架是"西方冲击－中国回应",偏重于从外国文学对中国文学及作家影响的角度来看问题。这种研究路子使外国文学扮演着主动的角色,中国文学反而成为被动的从属者。事实上,中国向来是以自己的需要,为解决自己的问题而主动"拿来"并加以改造、融通和利用的。更重要的是外国文学对中国文学的影响也主要通过译介这个转换机制而实现,无论是翻译还是批评、介绍和阐释都经过了中国翻译家、理论家和史学家的改写。也就是说,如果我们考量外国文化－文学对中国文化－文学的影响,不能超越汉译文学这个环节而直接与外国文学对接,汉译文学应该成为一个独立的研究对象或领域而在学术研究场域中"登场"。对汉译文学的研究,可以为重新审视、衡定和叙述中国文化－文学的现代化,中国文学融入世界文学的历程重建新的图景。

　　传统的译学理论,在把翻译看作是一对一的语词转换的观念中否定了译者的主体性,似乎译者不过是个"透明的载体",越处于"清空"状态越能准确无误地传达原作的本真。汉译文学中的改写现象,使译者的主体性得以诞生,成为汉译文学研究的重要考察对象。相当一部分中国现代作家兼任创作和翻译的双重角色,而过去的作家研究往往漠视了创作与翻译的互文互动、互相生成现象。事实上,作家对翻译对象的选择、阐释和挪用甚至能够更清晰地表现出作者的立场、思想倾向及其美学追求。将其翻译行为纳入对作家的考察必然会使作家所致力的文化与文学活动得到更加丰富与清晰的呈现。

　　另外,翻译文体与文类也是白话取代文言、新文学取代旧文学的一个积极而重要的建构因素。早期新文学史家王哲甫、朱自清都注意到因翻译而产生的"直译的文体"——欧化的语体问题。王哲甫《中国新文学运动史》第七章谈到"翻译文学"时说,由于"中国的新文学尚在幼稚时期,没有雄宏伟大的作品可资借镜,所以翻译外国的作品,成了新文学运动的一种重要工作。""鲁迅翻有《爱罗先珂童话集》《一个青年的梦》《工人绥惠略夫》。周作人译有《点滴》《现代小说译丛》等书，都是用直译的方法，把原文很忠实的（地）翻译出来，这一次都得到很大的成功，极受读者的欢迎。这种'欧化语体'的翻译尝试成功以后，为翻译界开了一个新纪元，自此翻译的质量，就突然的（地）进步起来了"。[6] 实际上，欧化的语体并不仅仅是翻译文体的问题，它与后来瞿秋白所批评的混合了欧洲文的文法、日本文的文法及古文文法，"非驴非马"的"五四式的白话"有着一目了然的联系。在这个方向上的研究，可以更具体地考察和勾勒翻译文体对于新文学的影响作用及其不断进化完善的轨迹。

总而言之，汉译文学研究无论是作为中国现当代文学、世界文学与比较文学，还是外国语言文学的一个研究领域或组成部分，或是一个独立的学科，都是一个具有广阔发展前景、有待深度开掘的学术空间。本论集仅以几个汉译文本及其典型现象为焦点，试图由内而外地探究其改写现象的发生与译者的政治立场、文化身份、美学追求及其所处社会语境的密切关联，由此呈现在思想、观念、情趣等层面，中国与世界相交融与激荡，相拒斥与杂生的复杂历史缩影。

第一章"汉译鲁滨孙形象的文化改写与征用"，主要聚焦晚清时期多重话语语境制控汉译文学改写的问题，选取了20世纪初《鲁滨孙漂流记》最主要的三个汉译本，即沈祖芬汉译缩译本、《大陆报》缩译本、林纾和曾宗巩合作全译本（简称林译本），将其置于晚清维新、革命、传统儒教话语的语境中，通过与原文本及其他汉译本的对比辨析，凸显出晚清译者为应对西方侵略，救国图强而征用鲁滨孙，并对其进行的不同向度的改写。他们或把鲁滨孙作为当时流行的哥伦布式的英雄，以"激励少年"；或彻底扭转鲁滨孙形象，让其承担起宣扬革命精神、动员

---

[6] 王哲甫：《中国新文学运动史》，上海：上海书店，1986年，第259、261页。

大众参与革命的重任;或揭露鲁滨孙实为"行劫者""灭种者之盗"的性质,并以中国儒教"中庸"价值观去塑造鲁滨孙形象;从而使之成为中西文化理想价值观相互调和的产物,不仅体现出原作殖民叙述与译本民族叙述的内在纠结和张力,也为今天全球化的价值观念和民族立场的纠结和张力提供了值得深思的案例。

第二章"以洋孝子孝女故事匡时卫道",主要聚焦译者的文化身份及其认同对汉译文学改写的影响问题。本章选取林译《英孝子火山报仇录》《双孝子噀血酬恩记》《孝女耐儿传》等以"孝"命题的系列"孝友镜"译本作为考察对象,通过对改写原作小说类型和主题的辨析,揭示林纾的"业儒"身份、"不类而类"的翻译策略及其匡时卫道意图对其翻译行为的操控。并将其翻译与创作相结合,作为分析五四新文化运动反对派的典型个案,重审林纾卫道的历史因缘、思想理路及其功过,重新认识五四新文化运动的思想革命植根于社会改造运动的性质特征。

第三章"汉译《简·爱》的通俗化改写",主要聚焦译作对原作文体类型的改写问题,并在现代婚恋观生成的文学史线索中,考察周瘦鹃《简·爱》缩译本《重光记》的文学因缘;通过分析周瘦鹃对《简·爱》的言情化改写及其大规模策划出版古今中外的"言情"作品行为,不仅呈现出《简·爱》在译入语境中的变异形态,译者所属的文化派别及其文学观念如何操纵着他对译本及其作者形象的建构和改编,更揭示出从清末民初到五四时期,关于恋爱婚姻所形成的"言情"和"爱情",旧与新的两套话语,并由此梳理和辨析言情小说发展的线索及其与五四爱情作品的根本性区别。本章还通过对读,辨析伍光建《简·爱》汉译本《孤女飘零记》的删节和改写,在比较中重新读解原典的主题意蕴,认为《简·爱》深得《圣经》"比喻叙事"的精髓,其"自然风景"不仅隐喻神国,也隐喻小说人物及其命运。《简·爱》以自传体形式叙说的不仅仅是一个爱情故事,更是"上帝之爱"的故事。简·爱的生活历程和天路历程是其贯穿始终的双重结构和主题,使得《简·爱》一向被忽略的宗教精神内涵得以彰显，由此为中国现代文学与汉译文学研究提供了一个澄明经典化与通俗化翻译之根本区别的个案，以及有待开掘的通俗文学研究的一个新领域。

第四章"评介中的改写：域外作家形象的流变与征用"，主要聚焦翻译之外，改写的另一种类型——评介研究文类对作家形象塑造的强大功能。本章选取了在中国革命及其左翼文学运动的发展中，被推举为导师和典范的苏俄作家——高尔基和普希金作为分析对象，梳理了两者形象的变迁历程。五四时期，高尔基因其"底层的代表者""无产阶级的作家"的身份备受冷落；革命文学兴起时，又因"不够资格做普罗作家"而被贬为"同路人"；20世纪30年代以后却被推举为"世界上空前的最伟大的政治家的作家""无产阶级艺术的最大的权威"。普希金形象则借助瞿秋白的翻译及其相关阐释，适应着中国抗战文艺和朗诵诗运动的需要，经历了从"贵族诗人"到"人民诗人"的巨大转换。由此凸显出作家形象的改写与原语话语场，尤其是译语话语场的密切关联。

第五章"译序跋中的改写：观念之流变"。汉译文学序跋是翻译家完成译事之后的"即时"抒写，是其融汇中西、直抒胸臆的方便载体，直接记录着为何翻译，怎样翻译，翻译心得，对原作者作品的阐释与评说，乃至译事缘起、经过、出版、传播等重要而丰富的内容。甚至可以说，它主导着外国原语文学在中国形象的塑造与评说，从而对读者完成从原作到译作的导读。可以说，译序跋是连接读者与原作及其译作的桥梁。但显而易见，在架构这个桥梁的过程中，译者一方面要努力接近和抓住原作及其作者的精神特征，另一方面也要看到原作本身的不确定性和复杂性；更由于译者并非原作的创作者，他对原作的说明只能是译者的理解和阐释。所以，不仅翻译是对原作的改写，事实上，译序跋更是对原作的又一次改写，每个译序跋的作者都在用自己的方式阐释和建构原作的形象，与原作者展开对话。本章通过概览清末、民国时期的译本序跋，试图从维新运动到共和国建立，以历史后设的眼光不仅勾勒战争、革命、人的文学这三大时代主潮及其观念、理论框架在半个多世纪发展中的流变和脉动的轨迹，也试图揭示出贯彻其中的一种不变的价值理念，即对平等大同世界的向往和追求，对人类完善与进化的探究与期许；从而凸显出现代汉译文学运动因中国社会的现代转型而起，也与中国社会的现代转型相伴相生的历史发展过程。当中国传统的价值体系丧失了整合社会的力量，翻译异域就成为想象新的理想社会、建构社会新认同的来源。无论是晚清民国初期对西方先进国家，还是20世纪三四十年代对苏联的译介与想象，都为中国社会的现代转型提供了新的偶像和理想社会的蓝图，发挥了引领思想潮流、动员社会力量的主导作用。

第一章

汉译鲁滨孙形象的文化改写与征用

第一节 维新话语中的沈祖芬本

笛福的《鲁滨孙漂流记》虽然算不上是最早，但说得上是不断重译得最多的英国经典长篇小说之一。自钱塘跛少年沈祖芬于19世纪末的1898年译毕，题为《绝岛漂流记》，1902年由杭州惠兰学堂印刷、上海开明书店发行以来，在整个20世纪出版了不下40种译本、节译本、缩写本、改编本和英汉对照本，从而构成了一个庞大的鲁滨孙汉译系列。

不过，综观它的译介史，《鲁滨孙漂流记》虽然在中国家喻户晓，但人们恐怕还是很难像欧洲那样，把它与《堂吉诃德》《哈姆雷特》《浮士德》《唐璜》等量齐观，将其置于塑造了现代文明，影响了人类历史之核心文本的地位。在中国，除清末之外，《鲁滨孙漂流记》基本上是以知识性的"西方经典名著"和教育性的"少年读物""英文读物"的形象存世，虽然被一译再译，但似乎无论怎样都是中国的"身外之物"，无关大体。

然而，随着后殖民理论和批评的兴盛，《鲁滨孙漂流记》又一次被置于国际学界关注的中心。萨义德以其作为典型例证，批判文化形态的小说在西方，特别是英法殖民扩张中所扮演的不可或缺的角色，由此也引发了中国学界的研究热情。但汉译《鲁滨孙漂流记》并不等于原文本，无论译者是否采取忠实原作的翻译策略，实际上都有意无意间进行了显在的或潜在的改写。所以，我们首先不能不面对一个先在的问题：汉译《鲁滨孙漂流记》是如何被选中、翻译、阐释、挪用，甚至是改造原文本意义的？鉴于该汉译在 20 世纪初的中国所引发的 "鲁滨孙热"，本章集中探讨此一时期为什么开始谈论鲁滨孙？来自不同政治文化话语场的译者如何做了不同的改写与征用？致使其形象发生了怎样的变异？

一

据目前发现的资料，在 20 世纪初的十年中，《鲁滨孙漂流记》一下子有六种汉译本面世：[1]

1. 沈祖芬本：《绝岛漂流记》（著者译为狄福，正文署"钱塘跛少年"笔译，版权页署沈祖芬翻译，光绪二十八年［1902］，上海开明书店初版）（图 1.1.1）
2. 英国传教士英为霖[2]的粤语本：《辜苏历程》（著者译为地科，光

---

[1] 关于清末时期笛福《鲁滨孙漂流记》诸汉译版本，崔文东做了相当充分而翔实的考索，姚达兑和李云又相继发现了粤语本及其译者，经重新查实确认胪列。有学者将《广益丛报》上连载的《鲁宾孙漂流记》也算为一种汉译本，实际上，该汉译本是《大陆报》章回体本的转载，并非新译。由于《广益丛报》散佚不全，仅见 1904 年第 44 期上刊登的第 8—9 回和 1905 年第 60、61 期合刊上的第 17—20 回的内容。又，连载该译本之前，《广益丛报》下编（有时写为"外编"）之"小说"栏目正在转载梁启超《新中国未来记》，虽说第 40 期也残缺不全，但根据内容仍可以断定，这期已连载到终篇第五回。如果这期将第五回登完，那么，《鲁宾孙漂流记》当从第 41 期开始连载，它与《新中国未来记》刊于《广益丛报》的相同位置，只不过"小说"栏目已变成了"杂录"。另外，《大陆报》本的《鲁宾孙漂流记》仅发表了 20 回，如果没有续译的话，《广益丛报》第 60、61 期合刊连载到 17—20 回，也应是最后一期。该合刊目录尚注明"（续五十六期）"，可见，《广益丛报》转载的《大陆报》版《鲁宾孙漂流记》，当断续连载于 1904—1905 年的第 41 期至 60、61 期合刊。笛福《鲁滨孙漂流记》的其他汉译本详情可进一步参阅崔文东：《晚清 Robinson Crusoe 中译本考略》，载《清末小说から（通讯）》第 98 期（2010 年 7 月）；姚达兑：《Robinson Crusoe 粤语译本〈辜苏历程〉考略》，《清末小说から（通讯）》第 100 期（2011 年 1 月）；李云：《東アジアにおける"無人島大王"という訳本について》(Translations under the Title of Munintōdaiō/ Wurendaodawang in East Asia)，《東アジア文化交渉研究》第 12 号（2019 年 3 月）等。

[2] 李云文章根据 Hartmut Walravens 编：《韦康医学研究所图书馆中文书籍和手稿目录》(Catalogue of Chinese Books and Manuscripts in the Library of the Wellcome Institute for the History of Medicine) 中收入的 116 号目录《辜苏历程》的英文解说和澳大利亚国立图书

绪二十八年［1902］，羊城真宝堂书局）（图 1.1.2）

3.《大陆报》本：《冒险小说鲁宾孙漂流记演义》（此为初刊目录题，正文为《冒险小说鲁宾孙漂流记》，著者德富，译者佚名[3]，1902—1903，连载于《大陆报》第 1—4，7—12 期）（图 1.1.3、图 1.1.4）

4. 林纾、曾宗巩本：《足本鲁滨孙飘流记》（卷上、下，著者达孚，光绪三十一年［1905］十二月[4]，中国商务印书馆，说部丛书第四集第三编）及《鲁滨孙飘流续记》（卷上、下，光绪三十二年［1906］，中国商务印书馆，说部丛书第五集第三编）（图 1.1.5、图 1.1.6）

5. 汤红绂本：《无人岛大王》（小波节译、红绂重译，于己酉四月二十六日至五月初十日［1909 年 6 月 13 日至 27 日］连载于《民呼日报图画》）[5]（图 1.1.7）

图 1.1.1 《绝岛漂流记》初版版权页［英国狄福（笛福）著、沈祖芬译，上海：开明书店，1902 年］

馆所藏《辜苏历程》封底的英文注释，认为译者英为霖，即 William Bridie，并从 Geogre G. Findlay, D. D. 与 Mary Grace Findlay, M. Sc. 著《卫理的世界教区：卫理公会传教士协会百年工作概述》（*Wesley's world parish: a sketch of the hundred years' work of the Wesleyan Methodist Missionary Society*, London: Hodder and Stoughton Charles H. Kelly, 1913, 第 156 页）中查阅到 William Bridie 于 1882 年加入英国卫理传教使团，是佛山卫理公会的传教士。

[3] 崔文东推测译者是《大陆报》主笔之一秦力山。见《政治与文学的角力：论晚清〈鲁滨孙飘流记〉中译本》，*Journal of Translation Studies*（翻译学报），2008 年 11 卷 2 期，第 115 页。

[4] 由于光绪三十一年十二月若转换成公历是跨年的月份，版权页并未标出具体日期，按 1905 年算，特此说明。

[5] 该本共连载了 15 次，是以第三人称，对克禄苏（鲁滨孙）故事的节述。

图 1.1.2 《辜苏历程》粤语版初版封面和扉页 [英国地科（笛福）著、英为霖译，羊城真宝堂书局，1902 年]

图 1.1.3 《大陆报》第 7 号封面

图 1.1.4 《大陆报》《冒险小说鲁宾孙漂流记》正文第 1 页 [德富（笛福）著，1902 年第 1 期]

第一章　汉译鲁滨孙形象的文化改写与征用 | 29

图 1.1.5 《足本鲁滨孙飘流记》初版版权页[达孚（笛福）著，林纾、曾宗巩译，中国商务印书馆，1905 年]

图 1.1.6 《鲁滨孙飘流续记》初版版权页（达孚著，林纾、曾宗巩译，中国商务印书馆，1906 年）

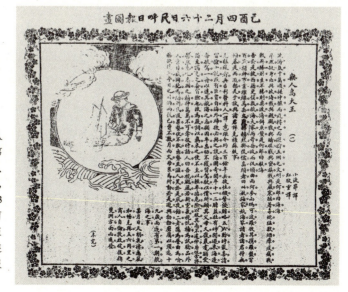

图 1.1.7 《无人岛大王》正文第 1 页[小波节译、汤红绂重译，1909 年 6 月 13 日至 27 日（己酉四月二十六日至五月初十日）连载于《民呼日报图画》]

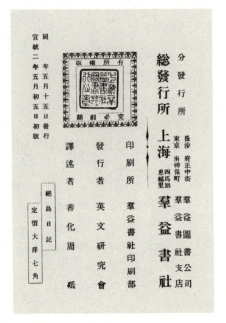

图 1.1.8 《绝岛日记》初版版权页 [周砥译述,英文研究会、群益书社,宣统二年(1910)]

6. 周砥节译,英汉对照本《绝岛日记》(书名页题著者 Daniel Defoe,绪言中称达呢尔牒花,1910,上海群益书社、英文研究会)(图 1.1.8)

按照萨义德的逻辑,清末中国如此热译鲁滨孙,似乎有些匪夷所思。因为萨义德认为,《鲁滨孙漂流记》"并非偶然地讲述了一个欧洲人在一块遥远的、非欧洲的岛屿上建立了一个自己的封地",假如没有西方"在非洲、太平洋和大西洋荒野之地创造它自己的新世界的殖民事业,出现鲁滨孙·克鲁索这样的人几乎是不可想象的"[6]。这一观点对于"从来没有从外界来观察自己"(柯文语)的西方知识分子来说,也许有着振聋发聩的作用;但正经历着帝国主义瓜分惨痛、处于被殖民危急关头的中国,为何会对这部充斥着帝国话语、殖民意识形态的小说如此青睐?

据历史学家讲,虽然早在 1842 年,英国鸦片战争的炮火就打开了

---

[6] [美]萨义德:《文化与帝国主义》,李琨译,北京:生活·读书·新知三联书店,2003 年,第 3、86 页。

中国的大门，迫使中国签订了丧权辱国的《南京条约》，但对于大多数人，包括上层士大夫阶级来说，并不清楚这是中国走向被殖民的开始，只有一部分人"模糊地感到，《南京条约》的订立并不是一件事的结束，而倒是一系列的难以预测的事件的开始"[7]。直到中日甲午战败割让台湾澎湖列岛，1897年底和次年初德国强占胶州湾，沙俄侵入旅顺港，由此触发了帝国列强纷纷争夺租借地的狂潮，"我国朝野上下，犹且嚣嚣然曰，西人无瓜分之志，无瓜分之事"。致使梁启超不得不撰文痛陈西方在中国实行的是"夺其权不必夺其土""夺其实不必夺其名"的"无形之瓜分"。他揭露这一"孤行"政策已使中国的铁路、矿物、财政、港湾要地尽被分划为各帝国主义国家的势力范围，所谓"租借地""租界""租界港口"不过是"割地"、殖民地。他大声疾呼"无形之瓜分更惨于有形之瓜分"，中国被瓜分完毕，不过仅留"外观之皮毛"而已。[8] 正是这一国家民族命运危在旦夕意识，使康梁及其同伴重振变法维新运动的旗鼓，酿成一场轰轰烈烈的"保国""保种"与"自强"运动。梁启超曾总结说："甲午以前，吾国之士夫，忧国难，谈国事者，几绝焉。自中东一役，吾师败绩，割地偿款，创巨痛深，于是慷慨爱国之士渐起，谋保国之策者，所在多有。"他还针对泰西人视中国人"无爱国之性质"的言说，而"正告全地球之人"："四万万同胞，自数千年来，同处于一小天下之中，未尝与平等之国相遇。盖视吾国之外，无他国焉。"所以，不知爱国的原因，是因为"不自知其为国也"。因而今知爱国，"非今优于昔也。昔者不自知其为国，今见败于他国，乃始自知其为国也"。[9]

也就是说，中国人的现代国家意识，是"见败于他国"后，才被激发出来的。《剑桥中国晚清史：1800—1911年》也认为，中国"民族主

---

[7] 胡绳：《从鸦片战争到五四运动》，北京：人民出版社，1981年，第86页。
[8] 梁启超：《瓜分危言》，《饮冰室合集·文集》第1册，北京：中华书局，1989年，卷四第30、36页。
[9] 梁启超：《爱国论》，《饮冰室合集·文集》第1册，卷三第66—67页。

义作为一种思想运动和广泛的意识，很清楚只是在1895年以后才出现的"[10]。显然，与现代国家意识、民族主义相关的"国民意识"的产生也归源于此。正是在与"他国""相遇"后，在中西国家思想之不同的比照中，维新人士普遍觉悟到，中国数千年来，只有以"国家"二字并称，而没有以"国民"二字并称者。所谓国家，就是"以国为一家私产之称也"。而欧洲近世国家思想则是"以国为人民公产之称也。国者积民而成，舍民之外，则无有国。以一国之民，治一国之事，定一国之法，谋一国之利，捍一国之患。其民不可得而侮，其国不可得而亡，是之谓国民"。并由此进一步意识到"欧洲之膨胀"，"生产过度"导致今日世界的竞争是"国民竞争"，而非"国家竞争"；是经济之争，而非政治之争。其原动力起于"国民之争自存"。因而，与过去的国家君相政治"缘一时之私忿，谋一时之私利"的兴兵相比，国民之争是"人人为其性命财产而争"。不仅"万众如一心焉"，恐怕也要"无已时焉"。[11] 所以，欧人虽"常以猛力威我国家"，实"常以暗力侵我国民"。只因中国向来不知有国民，于是"误认国民之竞争为国家之竞争"，只知"西人之所强者兵"，不知"所以强者不在兵"，[12] 因而，面对西方无形之瓜分，"不得所以待之之道"。据此，梁启超得出的结论就是，在当今国民竞争最烈之时，只能"以国民之力抵他人国民竞争之来侵"。[13] 现代以全体国民为国家的意识与传统与"以国为一家私产"的君主国家政治统治的根本区别就在于，后者"民可使由之，不可使知之"；前者则不能不要求"夫爱国者，欲其国之强也……必民智开，然后能强焉；必民力萃，

---

[10] [美]费正清、[美]刘广京编：《剑桥中国晚清史：1800—1911年》（下卷），北京：中国社会科学出版社，1985年，第329页。

[11] 梁启超：《论近世国民竞争之大势及中国前途》，《饮冰室合集·文集》第1册，卷四第56—59页。

[12] 梁启超：《变法通议》，《饮冰室合集·文集》第1册，卷一第68页。

[13] 梁启超：《论近世国民竞争之大势及中国前途》，《饮冰室合集·文集》第1册，卷四第59—60页。

然后能强焉"。[14]

梁启超在"百日维新"失败、逃亡日本后所撰写的一系列文章：《论中国人种之将来》《国民十大元气论》《爱国论》《瓜分危言》《论近世国民竞争之大势及中国前途》《论中国与欧洲国体异同》《少年中国说》《中国积弱溯源论》《十种德性相反相成义》《国家思想变迁异同论》《过渡时代论》，等等，特别是《新民说》，强调的都是国民之力、之智、之权、之德，比较中西国民之差异，追溯其历史文化根源。他更是通过办报、办学与组织学会等社会实践，致力于觉民与新民的事业。这标志着维新派寄望以皇帝的权力来推行变法行不通以后，更自觉地由君向民、自上而下地转移，开始将"新民"作为中国"第一急务"的战略调整。而由西方输入的"国家者，自国民而成者也"，"为人民而立者也"，非"为君主而立者也"的现代国家意识，为维新派的这一转移提供了现成的政治学的解说。如果对比康有为等于1895年的《公车上书》，可以很清楚地看到这一转移。他"不避斧钺之诛，犯冒越之罪，统筹大局"提的第一条建议，就是伏乞皇上，下"罪己之诏"。认为"责躬罪己，深痛切至"是"列圣善用其民"的法宝，可激励天下，"使忠臣义士，读之而流涕愤发"，"慷慨效死"。其信靠皇上的思路显而易见。[15]而"英美各国之民，常不待贤君相而足以致治"，所以梁启超总结变法的失败说："夫吾国言新法数十年而效不睹者，何也？则于新民之道未有留意焉者也。"[16]

谈到晚清的文化政治语境，尽管老生常谈，但也无法略过的是1898年严复将英国科学家赫胥黎《进化论与伦理学》改译为《天演论》的出版。虽然以后殖民批评看来，将"优胜劣败""适者生存"视为"天演物竞之公例"，是把人类社会在生物学意义上统一起来，以此逻辑置换

---

[14] 梁启超：《爱国论》，《饮冰室合集·文集》第1册，卷三第68页。
[15] 康有为等：《公车上书》，杨松、邓力群原编，荣孟源重编：《中国近代史资料选辑》，北京：生活·读书·新知三联书店，1954年，第402—405页。
[16] 梁启超：《新民说》，郑州：中州古籍出版社，1998年，第49、48页。

了"人们应该拥有其原先占据的土地的合理权利"之规则,从而抹杀了殖民扩张的掠夺性质和被侵略国家的独立主权,使殖民者可以理直气壮地宣布不能听任"未被利用的资源"在未开化的民族,或"无能者"手中"永远闲置沉睡"。这是典型的为帝国主义提供合法性的文化论点。[17]但维新派这一新型知识分子社会集团的译介目的并非为了遵从,而在于"使读焉者怵焉知变""审敌自镜"。[18]严复的改译及其阐释首先让国人意识到人与万物同为"天演中一境",同以"天演为体",其用就在于"物竞""天择",只有"最宜者"才能生存,免于淘汰。并认为这一"天演之旨"是达尔文《物种由来》(《物种起源》)所启示于欧洲的"保种进化之公例要术"。[19]

但另一方面,无论是为之作序的吴汝纶,还是严复本人,又同样强调起而尽变"任天为治"之天演故说,"以人治归天演之一义""以人持天""与天争胜"的精神。认为只有"使人治日即乎新,而后其国永存,而种族赖以不坠"。[20]这样虽然"天择"看似与"人治"相矛盾,但谈论前者的功用就在于"其辞危",以敲响中国危亡的警钟;它的"本源之地,宗旨所存"在乎后者:唤醒中国人自强保种、与天争胜。

梁启超的《新民说》,正是以社会达尔文主义的逻辑立论的。他用优胜劣败之理,博考民族自立之道,认为"白种人所以雄飞于全球者非天幸也,其民族之优胜使然也",特别是盎格鲁-撒克逊人更为"主中之主,强中之强"。因而,他"审敌自镜",所列论公德、论国家思想、论进取冒险、论权力思想、论自由、论自治等"吾国民所当自新之大纲小目"都引自求诸白人,尤其是"能以区区北极三孤岛,而孳殖其种于北

---

[17] 艾梅·赛萨尔:《关于殖民主义的话语》,[英] 巴特·穆尔-吉尔伯特等编撰,杨乃乔等译:《后殖民批评》,北京:北京大学出版社,2001年,第144—145页。

[18] 吴汝纶:《天演论·吴序》,严复:《天演论·自序》,[英] 赫胥黎:《天演论》,严复译著,北京:华夏出版社,2002年,第3、8页。

[19] [英] 赫胥黎:《天演论》,严复译著,第20、19页。

[20] 吴汝纶:《天演论·吴序》,[英] 赫胥黎:《天演论》,严复译著,第1、3、1页。

亚美利加澳大利亚两大陆，扬其国旗于日所出入处，巩其权力于五洲四海冲要咽喉之地，而天下莫之能敌"[21]的英国人。为能有效实现这一"汇择其长""补我所未及者"，维新派不约而同，将此大任赋予小说。严复、夏曾佑的《本馆附印说部缘起》、康有为的《日本书目志》，特别是梁启超的《译印政治小说序》《论小说与群治之关系》等都把小说看作"使民开化""改良群治"之一巨端。这不仅因为他们看到"欧美东瀛，其开化之时，往往得小说之助"的经验，小说浅而易解、乐而多趣的文体特征，更为重要的是，他们认为小说具有熏、浸、刺、提的"不可思议之力"，"凡读小说者，必常若自化其身焉，入于书中"。如果"主人翁而华盛顿，则读者将化身为华盛顿；主人翁而拿破仑，则读者将化身为拿破仑"，久而久之，此小说之境界，就能遂入其灵台而据之，"成为一特别之原质之种子"，所以"小说为国民之魂"，中国旧小说是"吾中国群治腐败之总根原"，而"欲新一国之民，不可不先新一国之小说"。[22]

出于这样的逻辑，具有冒险家性质的鲁滨孙，就成为以梁启超为代表的维新派所要"取法乎上"——独立自助之风最盛、权利思想最强、体力最壮、最爱冒险、最坚忍、最讲实际的英国人之典型，也即他们新民的理想偶像。梁启超主持《新小说》时，就专辟"冒险小说"栏目，最早计划翻译的即《鲁滨孙漂流记》之流，"以激励国民远游冒险精神为主"。[23]由此可以知道，为什么近代翻译英国小说最多，而冒险小说又能成为一大文类的因缘。所以，尽管在鲁迅看来，"包探，冒险家，英国姑娘，非洲野蛮的故事，是只能当醉饱之后，在发胀的身体上搔搔痒的"[24]，但它们在被译介之初，却是与"保国""保种"与"自强""新民"这样的严肃目的联系在一起的。胡适就曾现身说法："梁氏是一个

---

[21] 梁启超：《新民说》，《饮冰室合集·专集》第6册，卷四第11页。
[22] 梁启超：《论小说与群治之关系》，《饮冰室合集·文集》第2册，卷十第6页。
[23] 新小说报社：《中国唯一之文学报〈新小说〉》，陈平原、夏晓虹编：《二十世纪中国小说理论资料》第1卷，北京：北京大学出版社，1989年，第45页。
[24] 鲁迅：《祝中俄文字之交》，《鲁迅全集》(4)，北京：人民文学出版社，1981年，第460页。

崇拜近代西方文明的人，连续发表了些文字，坦然承认中国人以一个民族而言，对于欧洲人所具的许多良好特性，感受缺乏；显著的是注重公共道德，国家思想，爱冒险，私人权利观念与热心防其被侵，爱自由，自治能力，结合本事与组织的努力，注意身体的培养与健康等。就是这几篇文字猛力把我以我们古旧文明为自足，除战争的武器、商业运转的工具外，没有什么要向西方求学的这种安乐梦中震醒出来。他们开了给我，也就好像开了给几千几百别的人一样，对于世界整个的新眼界。"[25]

《鲁滨孙漂流记》所以能够在清末中国被选中，一时成为翻译热点，还体现在它的海上冒险故事迎合了时人对于西方所以"骤强之由"的想象。19世纪中叶以前，中国最为关心的是北方游牧地区和亚洲腹地边疆上的事务，但随着西方从东南沿海的入侵，西方形象就与"海"和"船"联系到了一起。外国人所以被称为"洋人"，就因为国人以为"君处大洋，寡人处大陆"，外国也被称为"海国"。[26]魏源编撰的关于世界史地的第一部重要中文著作《海国图志》，也是把西方命名为"海国"，西方的优越性被看作"擅长海事""船坚炮利"。他甚至建议朝廷亟待晋升那些能够造船和驾驶船只的人，认为西洋"专以造舶、驾舶，造火器、奇器，取士抡官"，中国试取也应增设水师一科，"使天下知朝廷所注意在是"，"上之所好，下必甚焉"。[27]直到1895年康有为在《公车上书》里还向皇上进谏："尝考欧洲所以骤强之由，自嘉庆十二年（1807）英人始制轮船，道光十二年（1832）即犯我广州，遂开诸洲属地四万里"。[28]顾燮光在《译书经眼录》中也谈道："西人以商立国，视海若户庭，涉险探奇列为专学，若教士，若舆地家，均以此为要事。科仑布、古克等

---

[25] 胡适：《我的信仰》，《胡适文集》，北京：北京大学出版社，1998年，第11页。
[26] 《大陆发刊辞》，《大陆报》，1902年创刊号，第1页。
[27] 魏源：《海国图志》，郑州：中州古籍出版社，1999年，第101页。
[28] 康有为等：《公车上书》，杨松、邓力群原编，荣孟源重编：《中国近代史资料选辑》，第416—417页。

其名固昭昭在天壤也。"[29] 晚清时期在福州、天津、广东、北京、威海、烟台、南京等地开设水师学堂风靡一时，翻译家严复不仅是福建马尾船政学堂第一届的学生，毕业后又位居天津北洋水师学堂总办，其培养的学生就有民国大总统黎元洪、南开大学校长张伯苓、著名翻译家伍光建。被曾朴誉为"中国研究法国文学的第一人"，主张"推扩而参加世界的文学"的先驱者、翻译家陈季同也与严复同学。还有与林纾合译了十几部英国文学作品的曾宗巩，据说他们兄弟四人都先后入水师学堂读书，包括后来的文学大家鲁迅、周作人也曾有江南水师学堂求学经历，由此可体会历史风潮的所聚。海上冒险与西方的殖民开拓紧密相连，致使有人探究冒险小说"所以西有而中无者，自缘起西人注意于航海，而中国人则否。一则感其趣味；一则不感其趣味也"。认为此类小说出现于译界，"可藉以鼓励国民勇往之性质，而引起其世界之观念"。[30]

这也就难怪，一直被误认为是《鲁滨孙漂流记》另一译本的《绝岛英雄》译者从龛，在"序"里会这样谆谆教导国人："自海通以来，国民皆当有海事思想。故教育之始，必以有关海事者，使先系诸童子之脑蒂。无论为家庭，为学校；或间接，或直接，总宜扶植此海事思想。尤筑垣者之固其基，播种者之浸其种也。""我国方力图奋发，伸长海权。则任教育之责者，于此尤不可不加之意。"把"海事思想"的重要性提得如此之高，的确只能是那个特殊时代的产物。而且他同样把培养海事思想的大任赋予小说："童子之脑，最易入者莫若小说。则欲诱掖使盎然于海事思想者，小说之效为尤捷也。"所以他"亟译"这本与《鲁滨孙漂流记》相伯仲的海上冒险小说，以"振荡精神，扩张智略"。[31] 作为海上冒险小说始祖《鲁滨孙漂流记》之翻译目的的表述就更犹有甚之了。

---

[29] 顾燮光：《译书经眼录》，王韬、顾燮光等编：《近代译书目》，北京：北京图书馆出版社，2003年，第612—613页。
[30] 成（目录署成之）：《小说丛话》，《中华小说界》，1914年第1年第5期。
[31] 从龛编译：《绝岛英雄》，上海：广益书局，1906年，"序"第1—2页。

二

《鲁滨孙漂流记》(图 1.1.9、图 1.1.10) 第一个汉译本《绝岛漂流记》在正文署名显赫突出译者为"钱唐跛少年",其励志之意不言而喻。高梦旦在序中更把作者狄福(今译笛福)"忘其系囚之身,著为文章,激发其国人冒险进取之志气"的精神与译者"不恤呻楚,勤事此书,以觉吾四万万之众""不以病废学"之举相提并论。序末,其病废者如此,四体皆备之完人者当何以自处的扪心自问,将这一诉求推向极致。[32]

译者沈祖芬出生于浙中望族,据其父沈绍勋(号竹礽)辑、其兄沈祖绵(号瓞民)增辑《钱塘沈氏家乘》(图 1.1.11–图 1.1.13) 记载,其家族自宋代以来"以文章政事见于史传志乘者"[33]多有,包括《梦溪笔谈》作者沈括,其侄辈沈遘、沈辽也俱有文名,一起出版过诗文合刊《沈氏三先生文集》。沈氏数代俱为易学大家。父亲沈竹礽 (图 1.1.14) 著有玄空风水的经典之作《沈氏玄空学》。哥哥沈瓞民不仅是中国近代革命家,也是国学家,著述甚丰。早年受康、梁思想影响,参与筹组光复会,又加入同盟会,鼓吹革命,著有《中国外患史》。第二次赴日留学时曾与鲁迅同寝室,撰有《回忆鲁迅早年在弘文学院的片断》《鲁迅早年活动点滴》等,曾长期研究《易经》,晚年将其毕生研究精华结集为《三易新论》。

沈祖芬,字诵先,生于 1881 年 3 月 2 日(光绪七年二月九日)[34] (图 1.1.15、图 1.1.16),幼承家学,因其三岁染足疾,无意科举而习岐黄家言。后能尽弃前功,矢志走上教习与译著之路,皆因甲午战败愤国耻,适得父

---

[32] 见 [英] 狄福:《绝岛漂流记》卷首,沈祖芬译,上海:开明书店,1902 年。

[33] 沈祖绵:《亡弟诵先事略》,《钱塘沈氏家乘》卷二,杭州:西泠印社,1919 年,第 38 页。此书只有封面题字写的是"钱唐",正文行文都是"钱塘"。

[34] 此为沈绍勋纂《钱塘沈氏家乘》卷一"世系录"中所载,但沈祖绵于卷二"世德录"中增补《亡弟诵先事略》一文,却记沈祖芬"生于光绪五年二月初九",即 1879 年。鉴于两者都说沈祖芬得年三十,过去民间生年的算法,出生即为一岁,故采沈绍勋说。分别见西泠印社 1919 年出版《钱塘沈氏家乘》卷一,第 25 页;卷二,第 39 页。

第一章 汉译鲁滨孙形象的文化改写与征用

图 1.1.9 沈祖芬译《绝岛漂流记》初版封面（上海：开明书店，1902 年）

图 1.1.10 《绝岛漂流记》正文第 1 页

图 1.1.11 《钱塘沈氏家乘》封面

图 1.1.12 《钱塘沈氏家乘》扉页

图 1.1.13 《钱塘沈氏家乘》版权页

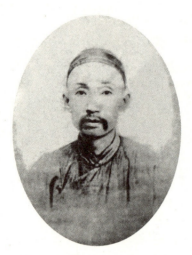

图 1.1.14 沈祖芬父亲，玄空风水学家沈竹礽（1849—1906）

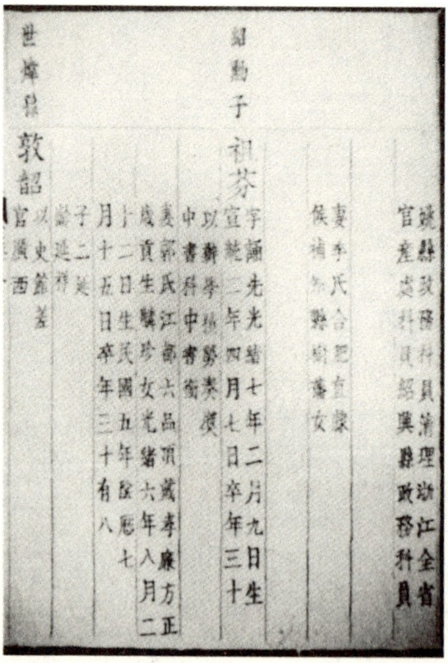

祖芬
字誦先光緒七年二月九日生
宣統二年四月七日卒年三十
中書科中書銜
妻鄂氏江都六品頂戴孝廉方正
歲貢生麟珍女光緒六年八月二
月十五日卒年三十有八

图 1.1.15 《钱塘沈氏家乘》卷一“世系表”记载沈祖芬生卒年

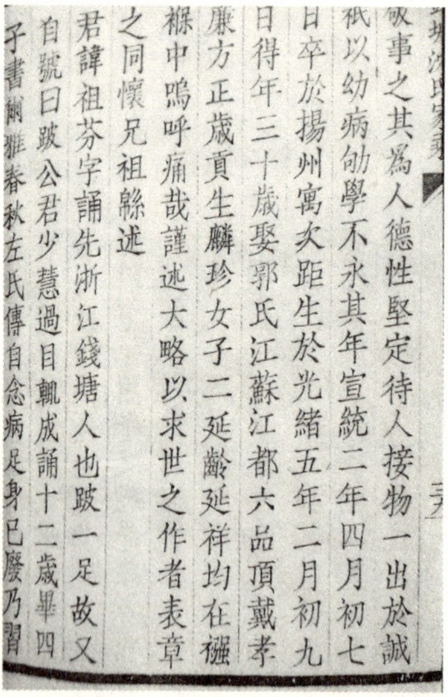

敬事之其爲人德性堅定待人接物一出於誠
祇以幼病劬學不永其年宣統二年四月初七
日卒於揚州寓次距生於光緒五年二月初九
日得年三十歲娶鄂氏江蘇江都六品頂戴孝
廉方正歲貢生麟珍女子二延齡延祥均在襁
褓中嗚呼痛哉謹述大略以求世之作者表章
之同懷兄祖緜述
君諱祖芬字誦先浙江錢塘人也跛一足故又
自號曰跛公君少慧過目輒成誦十二歲畢四
子書爾雅春秋左氏傳自念病足身已廢乃習

图 1.1.16 沈祖绵作《亡弟诵先事略》谈沈祖芬生卒年

执汤蛰先先生的指点，从语言文字入手，以"习西学，究外情"。汤蛰先（名寿潜），与蔡元培同科进士，是晚清立宪派领袖人物，其婿马一浮曾评说他"计之甚早，见之最先"[35]。也是在汤蛰先的影响和支持下，为探索救国救民的真理，马一浮开始专攻西方原著。自此，沈祖芬潜心肆力于英文六年，夜以继日，手不释卷，凡购读英文图籍几及千种，远近交聘，先后出任上海、苏州、扬州等地的学堂教习。据其弟子洪铨回忆，沈祖芬曾"置丽泽学社，与诸生以译学相切磋，循循善诱，不厌不倦，侪辈中所以多译才者，先生实与有力焉"[36]。然沈祖芬终"以幼病勉学不永其年"，1910年5月15日（宣统二年四月七日）病逝于扬州寓所。上海育材馆（一说为上海育材书塾，后改名南洋中学）学生，以其"办学积劳，奏奖中书科中书衔"。[37] 由此可见，沈祖芬能够得风气之先，最早汉译笛福的《鲁滨孙漂流记》，其来有自。

笛福（图1.1.17）的鲁滨孙故事实际上由三部曲组成，第一部出版于1719年4月25日，书名全称为"约克郡水手：鲁滨孙·克罗索的一生及其离奇冒险"（图1.1.18）。此书的畅销，让作者在很短的时间内又赶写，于四个月后即出了续集（图1.1.19）。作者到此虽已把鲁滨孙的冒险故事写完，但意犹未尽，他相信作家的最高目的是使人成为更好的公民和基督徒，[38] 因而为让读者进一步接受他在鲁滨孙冒险经历中所寄寓的道德和宗教的思考，于1720年8月6日又出版了第三部《鲁滨孙·克罗索在他一生及其离奇冒险中的宗教沉思录》（图1.1.20），[39] 至今尚未被汉译。

---

[35] 马一浮：《汤蛰先纪念碑文》，政协浙江省萧山市委员会文史工作委员会编：《萧山文史资料选辑第4辑：汤寿潜史料专辑》，萧山市文广印刷所印刷，1993年，第207页。

[36] 洪铨：《沈先生传》，《钱塘沈氏家乘》卷二，杭州：西泠印社，1919年，第42页。

[37] 沈祖绵：《亡弟诵先事略》，《钱塘沈氏家乘》卷二，第39、38页。

[38] William Lee ed.，*Danniel Defoe, His Life, and Recently Discovered Writings: Extending from 1716 to 1729*, vol. 1, London: British Library, 2011, p.299.

[39] 笛福这三部曲的英文原名分别为 *The Life and Strange Surprizing Adventures of Robinson Crusoe, of York, Mariner*；*The Farther Adventures of Robinson Crusoe*；*Serious Reflections During the Life and Surprising Adventures of Robinson Crusoe: With His Vision of the Angelick World*。

图 1.1.17
笛福(1660—1731)画像

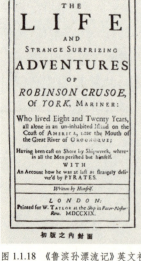

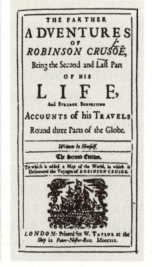

图 1.1.18 《鲁滨孙漂流记》英文初版扉页,1719 年

图 1.1.19 《鲁滨孙漂流记》英文第 2 卷初版扉页,1719 年

图 1.1.20 《鲁滨孙漂流记》英文第 3 卷初版扉页,1720 年

沈祖芬将第一、二部合译。据他在"译者志"中的自述,所以题为《绝岛漂流记》是袭用了日译名[40],而他据英文原著译出。沈祖芬译毕于1898年,因"自愧孤陋,无以动阅者之目"[41],曾就正于疁城夏子弹八,经其斧削而成。疁城现为上海嘉定区,夏子弹八显然是化名,尚无考证线索。译作又经师长润饰与资助,1902年才由上海开明书店出版,时年沈仅二十一岁。据2001年上海译文出版社出版黄杲炘译《鲁滨孙历险记》第一、二部全译本统计,约有四十三万字之多。而沈译本只有两万多字,不足黄译本的零头。即使考虑到文言与无标点符号的因素,其删节之大也令人咋舌,称缩译本更为合适。

从沈祖芬附正文前的"译者志"可以看出,其动念在于卢梭的举荐:"谓教科书中能实施教育者,首推是书。"[42]也就是说,他看重的是类似教科书的教育功能,而且自陈其翻译目的也是"用以激励少年"。这就意味着他将译本定位为少年读物,不仅与其教学生涯相得益彰,也正应和了时代的召唤。

晚清时期维新派为动员整个国民参与社会变革,抗敌御侮,不仅诉求于兵丁市侩,也寄望于妇女童孺。为此他们在"小说今后之改良"方案中专门设想"今后著译家,所当留意,宜专出一种小说,足备学生之观摩"。甚至详细阐述其形式,应华而近朴;其文字,则用浅近之官话,全体不逾万字;其旨趣,当取积极的,毋取消极,以足鼓舞儿童[43]之兴趣,启发儿童之智识,培养儿童之德性,以辅教育之不足;甚至对装帧设计、价格及其使用都做了详细指导。[44]梁启超更是身体力行,在

---

[40] 崔文东已考索出沈祖芬采用的是高桥雄峰所译《ロビンソンクルーソー絶島漂流記》(1894)的题名。见崔文东《晚清Robinson Crusoe中译本考略》,《清末小說から》,2010年7月第98期,第19—25页。

[41] 沈祖芬:《绝岛漂流记·译者志》,[英]狄福:《绝岛漂流记》卷首,沈祖芬译,第1页。

[42] 同上。

[43] 古代凡年龄大于婴儿而尚未成年的人都叫儿童,包括青少年。

[44] 觉我(徐念慈):《余之小说观》,《小说林》,1908年第9—10期。

自己主编的《新小说》上连续发表海上冒险的儿童小说，如肖鲁士（儒勒·凡尔纳）著、南海卢藉东译意、东越红溪生润文的《海底旅行》，南野浣白子述译的《二勇少年》[45]、新庵（周桂笙）译述的《水底渡节》等，[46] 他本人也自日译本重译了法国作家焦士威尔奴（儒勒·凡尔纳）讲述十五个少年漂流到一个荒岛上的故事《十五小豪杰》，甚至初署的笔名也是"少年中国之少年"。在维新派的倡导下，晚清文坛不仅涌现了一大批"冒险小说"，成为小说的一大文类，而且大都与"海"相关，[47] 是在创作和翻译两方面促成"真正的'儿童小说'之诞生和发展"的重要动力。[48]

儿童小说在晚清文坛能够蔚为大观，还因适应了晚清兴起的教育改革之风。虽然中国教育的根本改革应从 1905 年科举制度的废除算起，但其发动"是从 1895 年以后开始的"。其倡导者不仅是维新派，还包括朝廷命官。1896 年送呈的一批奏折，普遍请求通过修改课程来改造传统的书院，认为这是开办新学堂的最切实可行的方法。这个建议为朝廷所接受，并作为政府的政策加以颁行，使教育改革之风席卷全国。其核心内容就是修改课程，接纳西学。[49] 由此导致了 19 世纪 90 年代后期西

---

[45] 后易名《青年镜》，由广智书局于 1904 年出了修改本。

[46] 这些翻译小说分别发表于《新小说》1902 年 11 月至 1905 年 7 月第 1—18 号；1902 年 11 月至 1903 年 9 月第 1—7 号；1905 年 7 月第 18 号。

[47] 除前文提到的以外，还有一批被冠以"冒险小说"的译作，如英谷德译、钱楷重译的《航海述奇》(1903)；英国斯蒂文生著、商务印书馆编译所译的《金银岛》(1904)；戈特尔芬美兰女史著、商务印书馆编译所译的《小仙源》(1904)；奥国爱孙孟著、商务印书馆编译所译的《环瀛志险》(1905)；英国某原著、日本樱井彦一郎日译、商务印书馆编译所重译的《航海少年》(1907)；李伯元译的《冰山雪海》(被标为"殖民小说"，科学会社，1906)；日本渡边氏著、商务印书馆编译所译的《世界一周》(1907)；英国经司顿著、商务印书馆编译所译述的《冰天渔乐记》；英国马理溢德著、无闷居士译的《荒岛孤童记》(广益书局，1909) 等。

[48] 胡从经：《繁星掇拾——晚清小说中儿童文学作品巡礼》，《晚清儿童文学钩沉》，上海：少年儿童出版社，1982 年，第 77 页。

[49] 参阅 [美] 费正清、[美] 刘广京编：《剑桥中国晚清史：1800—1911 年》（下卷），第 322—325 页。

学及其思想和价值观在中国的重大发展，在年轻人中间的广泛传播，西方翻译小说成为"以辅教育之不足"的有效利器。

如时任上海平民时化小学教授管理的李廷翰在《报告校友会述办学情形书》中就明确提出，为拔除学生"畏葸之性质"，培养其"独立坚忍"之性格，"复以《十五小豪杰》《绝岛漂流记》等书作课书而授之"。[50] 由此我们也就不难理解沈祖芬为满足少年教育读物的需要而进行的缩译改写行为了。

沈译本删节最彻底的是对宗教叙事的摒弃。尽管《鲁滨孙漂流记》在西方也不排除被解读为旅行历险的儿童故事，但就作者的意图及其在文本中的呈现来说，宗教内容贯穿始终，引领全篇。(图1.1.21)正像作者托以编者名义作序说："主人公的叙述质朴而严谨，而且，像智者们通常做的那样，在叙述一些事件时，运用宗教的观点以达到实用的目的，也即以自己的例子去开导别人，使我们无论处于何种状态下都承认和敬重上帝的大智大慧。"[51] 这正是清教文

图1.1.21 ［英］英为霖译《辜苏历程》插图

---

[50] 《宣统元年 (1909) 李廷翰〈报告校友会述办学情形书〉》，朱有瓛主编：《中国近代学制史料》，第二辑上册，上海：华东师范大学出版社，1983年，第297—298页。

[51] ［英］笛福：《鲁滨孙历险记》，黄杲炘译，上海：上海译文出版社，2001年，"原作序"第1页。原文："The Story is told with Modesty, with Seriousness, and with a religious Application of Events to the Uses to which wise Men always apply them (viz.) to the Instruction of others by this Example, and to justify and honour the Wisdom of Providence in all the Variety of our Circumstances, let them happen how they will." Daniel Defoe, *Robinson Crusoe*, Michael Shinagel ed. A Norton Critical Edition, New York and London: W. W. Norton & Company, 1994, p.3.

学所特有的"引导者"传统的标志之一。[52]笛福本人就是一个身体力行者,他的一生创作了不少阐释及普及神学和道德观念的指导性用书。在《鲁滨孙漂流记》出版前不久,他的两卷本《家庭教师》(*The Family Instructor*)甚至被称为宗教剧。鲁滨孙的第三卷也因其说教,被视为道德宗教手册。该卷已称不上是一部叙事小说,而是鲁滨孙以其生活和冒险经历为例撰写的道德文章,涉及孤独、诚实、言行的非道德与粗鄙错误、当今世界的宗教、倾听上帝之声、天国的愿景等严肃的宗教与心灵认识论的主题。这从教诲和文学形式的关系上,提供了理解这部小说主题的一个角度。笛福本人是把鲁滨孙的故事作为宗教寓言来创作的,宗教道德主题的超结构是这类文体的一大特征。无怪笛福以鲁滨孙的名义在第三卷的序中宣称:现在要呈现给读者的这一卷"与其说是前两部的产物,或许不如将前两部称为是这一部的产物:寓言总是为道德而作,而不是相反"[53]。

有西方研究者甚至认为,作者是按照清教文学传统的另一标志——精神传记的模式结构鲁滨孙历险故事的。它的情节继承了精神传记的寓言传统:反叛——惩罚——忏悔——拯救。实际上,原著里的鲁滨孙并非如时人所想象建构的那样独立、自主、爱冒险,反而自始至终都是以忏悔的语调来叙述自己的这类行为。也就是说,时人所赞誉的恰是他所反悔的。从他私自逃走,遇上第一次风浪,他就反省:"我开始严肃地想到我所做下的事情,想到上天罚得我多么公平,因为我私离了我父

---

[52] 关于清教文学的三个标志性传统:"引导者""神迹""精神传记",参阅 J. Paul Hunter: "The Puritan Emblematic Tradition", Defoe, Daniel, *Robinson Crusoe*, Michael Shinagel ed. A Norton Critical Edition, New York and London: W. W. Norton & Company, 1994, pp.246-254.

[53] 笔者译,原文:"the present work is not merely the product of the two first volumes, but the two first volumes may rather be called the product of this: the fable is always made for the moral, not the moral for the fable." Daniel Defoe, "Daniel Defoe's preface", *Serious Reflections During the Life and Surprising Adventures of Robinson Crusoe: With His Vision of the Angelick World*, London: Constable & Company Ltd., 1925, p.5.

亲的家，放弃了我的责任。"[54] 鲁滨孙的罪违反的不是社会法律，而是宗教戒律，他破了摩西"十诫"中的第五条诫命："当孝敬父母"[55]。所以，作者让鲁滨孙意识到，违抗父亲的忠告是他的原罪，他的所有遭难都是因为"造物看见我再三不悟，只好毫不宽待地来惩罚了"，[56] 是上帝在人间的代理父亲预言的应验，他的所有幸事和得救都来自造物的怜悯和恩赐。由此，从一个"不知敬畏上帝的人"，真心忏悔，虔诚皈依，树立起感激"已经得到的一切"的人生态度。通过每天圣经的诵读，体会着上帝"时时和我的灵魂交通"的幸福，从而将漂流荒岛的绝望境地一变而为"蒙恩"的生活，获得新生。当遭遇吃人的野人时，他又聆听上天的启示，"顺从那默示"，特别当礼拜五出现后，鲁滨孙的身份更从一个被拯救者转变为一个能够代上帝执行其旨意的拯救者，其宗教道德主题一以贯之。作者最着力建构的首先就是他作为一个基督教徒的信仰、生活和伦理。

沈译本将宗教主题清除，甚至把鲁滨孙在荒岛上每日展读《圣经》，奉其为"上帝的启示"，"在通往天堂的路上"之"可靠向导"的宗教生活准则，解释为因偶见"圣经一册，展而诵之，津津有味，自是每日必披诵数次"。[57] 由信仰行为改写为世俗兴趣，至少也违背了作者的本意，抹杀了鲁滨孙故事的精神性质。这也不难理解沈祖芬为何在原书名 *The Life and Strange Surprising Adventures of Robinson Crusoe*（首版书名中拼

---

[54] [英]笛福：《鲁滨孙飘流记》，徐霞村译，上海：商务印书馆，1937年，第5页。原文："I began now seriously to reflect upon what I had done, and how justly I was overtaken by the Judgment of Heaven for my wicked leaving my Father's House, and abandoning my Duty." Defoe, Daniel, *Robinson Crusoe*, Michael Shinagel ed. A Norton Critical Edition, New York and London: W. W. Norton & Company, 1994, p.7.

[55] 英文："Honor your father and your mother, so that you may live long in the land the LORD your God is giving you."《圣经·出埃及记》，20：12。

[56] 前引徐霞村译本，第7页。原文："Providence, as in such Cases generally it does, resolv'd to leave me entirely without Excuse ." Daniel Defoe, *Robinson Crusoe*, Michael Shinagel ed., p.9.

[57] [英]狄福：《绝岛漂流记》，沈祖芬译，第8页。

写为 Surprizing）中，剔除了鲁滨孙在孤岛奉行宗教的"生活"（life）主旨，仅余下他令人称奇的"冒险"（Strange Surprising Adventures）故事了。他的改写正集中代表了晚清中国对鲁滨孙征用的意图所在。

沈祖芬在"译者志"中，虽然阐明他是因卢梭举荐此书为最好的教科书而为中国少年翻译的，但其译本显示，他大量删节的恰恰是卢梭大力倡导的、能够体现其"自然教育"思想的方面。

《鲁滨孙漂流记》是"很憎恨书"的卢梭为他"想象的学生"爱弥儿在其人生的第三阶段十二至十五岁时所选择的最早，也是在很长的成长时期唯一读的一本书。因为卢梭认为："出自造物主之手的东西，都是好的，而一到了人的手里，就全变坏了。""一个人的无知并没有什么坏处，而唯有谬误才是极其有害的。"只有真正有益于我们幸福的知识，有用的知识，才是值得一个聪明人去寻求，从而也才值得一个孩子去寻求的。这就要求"我们要把学习的范围限制于我们的本能促使我们去寻求的知识"。[58]

鲁滨孙漂流到荒岛与世隔绝的境遇，正为卢梭根据自然实施教育的思想，提供了一个可以在其中"把人的一切自然需要都明确地显示给孩子，同时把满足这种需要的办法也巧妙地展现出来"的理想环境。在卢梭看来，"这样的岛就是地球"，虽然它不是社会人的，也不同于爱弥儿的环境，但在这里有一个排除偏见，可以"由自己按照事物本来的用途对它们进行判断"的最佳时机，通过这个时机进而"根据这种环境来探讨所有其他的环境"。[59] 因而，对于卢梭来说，鲁滨孙的故事就是从遭遇船难开始，到离开荒岛结束，其他都是"杂七杂八的叙述"，甚至礼拜五和野蛮人的次情节也都被他排除在外。而鲁滨孙于荒岛上，在没有任何人的帮助下，如何"保卫自己的生存"，如何获得食物，如何建造安全可靠的住宅，如何驯牧羊群，如何学会自然的技术，才是他希望爱

---

[58] ［法］卢梭：《爱弥儿 论教育》，李平沤译，北京：商务印书馆，1983 年，第 5、214—216 页。
[59] 同上书，第 216, 244—246 页。

弥儿能够最感兴趣的问题，也是最值得爱弥儿去模仿和实践的事务。他希望爱弥儿能够从鲁滨孙的故事中自然懂得，人与物（自然之物和人造物）的关系，是根据它们对人的用处及其安全、生存和舒适程度来估算其价值的。显而易见，在所有一切技术中，最值得尊敬的是农业，其次是炼铁，再次是木工。铁应该比黄金值钱，玻璃要比钻石值钱（图 1.1.22）。在能准确地估计事物价值的基础上，进而学会在需要的时候取得知识。所以，卢梭教

图 1.1.22　[英] 英为霖译《辜苏历程》插图

育爱弥儿最初就是从庄稼活学起；其次，还得学会一门手艺。而且"他所学的手艺，必须是鲁滨孙在荒岛上也用得着的"[60]。在这方面，大量充斥于书中的做木排、造船、选择驻地、盖屋、猎驯山羊、建木栅、种庄稼、治病、晒葡萄干、烤面包、酿酒、编藤品、烧陶器、做桌椅锅碗瓢盆伞等生活用具的步骤、方法和过程，的确让卢梭感到满意。因此，有人甚至将这部小说称为"自己动手做"（do-it-yourself）的说明书。[61] 除了创作上的问题，也许由于卢梭巨大的影响力，在西方，鲁滨孙的经典文本向来仅限于第一卷，而鲁滨孙的岛上生活则被看作重中之重。这也可以再次提醒我们，沈祖芬起始就将鲁滨孙第一、二部合并缩译，同样是为了更加突出远游冒险的精神，毕竟加上鲁滨孙再度出海、漂流多国

---

[60]　[法] 卢梭：《爱弥儿 论教育》，李平沤译，第267页。
[61]　Louis James, "Unwrapping Crusoe: Retrospective and Prospective Views", Lieve Spaas and Brian Stimpson, ed. *Robinson Crusoe: Myths and Metamorphoses*, New York: Macmillan Press Ltd., 1996, p.1.

远游的第二部,才更符合国人想象和建构的英国人形象,以激励"少年中国之少年"们。

显然,沈祖芬对于卢梭所推重的鲁滨孙在孤岛上如何生存的自然教育细节漠不关心。根据黄杲炘全译本统计,鲁滨孙在岛上生活的篇幅占第一部的四分之三,而在沈译本中仅占一半。这就是说,即使是缩写本,删节最重的也是岛上生活部分。再考虑到原文本不分章节,而且第一、二部书名又不同,其成书过程也说明了第一部的相对独立性和完整性。沈译的《绝岛漂流记》虽然是第一、二部的节译本,但他并未做任何标注,而把这两卷直接分章连排,合为一本,突出了冒险漂流而削弱了绝岛生活,从而侵害了"绝岛"这一空间的象征意义。

三

尽管沈译本的字数不足全译本的一个零头,但译者还是做了一定的加增,这集中表现在对鲁滨孙形象的归化式重塑上。鲁滨孙的一次次冒险活动虽然符合了时人对不同于己的西方人,特别是英国国民性的想象,但他不辞而别,在外漂流三十五年,不养父母,不为双亲送终的经历,又极大地破坏了这一形象的正当性。在将"孝"看作"天之经也,地之义也,民之行也""至德要道"的国人眼中,无异于触犯了天下莫大之罪,很难为国人接受。因而,沈译本把鲁滨孙不仅不征得父母同意,而且连口信也不留就贸然航海的行为,改写为虽违父命,但还是暗示最终得到了父亲的支持,否则就不可能有所谓"行期",把本来的"搭船"改为"买舟至伦敦"。特别说明问题的是,沈祖芬又在鲁滨孙出走前,增加了一段心理情感的描写:

> 幸余年方富,暂离膝下。罔极之恩,图报将来,犹未为晚。惟亲年垂老,忍置远游,悲从中来,不觉流涕,父亦黯

然。而行期迫近，数礼拜后，即拟束装就道。不能聆父母训矣，静言思之，不觉抚膺浩叹。"[62]

以图报将来的承诺和渲染悲痛的心情使不孝行为合理化，以求得到谅解。在第二章还添加了鲁滨孙把他第一次做生意的获利，"金砂五磅九两寄家，藉慰父母之心"[63]的尽孝作为。而实际在原作中，这五磅九两金砂全部让他在伦敦换得三百镑留作资本。最后，鲁滨孙获救，回到家乡约克郡时，原作不过简单陈述说："我父亲已经去世，母亲也已经去世。"因为大家早就以为他不在人世了，所以没给他留出什么财产的事实，让读者晓得他"得不到家庭的任何资助"[64]的处境，并无任何传达亲情场景的描述，但这却成为沈译本的强烈渲染之处：

回约克郡至，则父母均去世。自思前欲图报将来，今则已归泉下，一念及此，不觉流涕满面，抢地呼天，百身莫赎。遂往墓上供献花圈，略展孝忱，以报万一。[65]

而与姐妹侄儿相聚则是"余涕泣叙别后情节，相与罗酒浆，庆更生，一室团圞欢叙"。[66]

从女性主义观点看来，《鲁滨孙漂流记》是为男人而写的男性文本，书中提到女性不仅极其简略，且大都是无名的男性依附物。在第一部中，鲁滨孙最终立业成家，不过简单交代"这门亲事攀得不错，也相当美满"。第二部虽对夫妻生活略有描述，也心不在焉，"不准备为我的妻子写一篇悼文，把她特有的美德一一道来"。妻子去世，对于丧妻之痛

---

[62] [英]狄福：《绝岛漂流记》，沈祖芬译，第1页。
[63] 同上书，第2页。
[64] [英]笛福：《鲁滨孙历险记》，黄杲炘译，第232页。
[65] [英]狄福：《绝岛漂流记》，沈祖芬译，第16页。
[66] 同上。

也是一笔带过："我在这世上就落到最孤苦最凄凉的地步。"[67] 而沈译本可是抓住机会浓墨重彩："不图相聚七载，中道分飞，膝下雏儿，尚未成立。苍苍者天，何不使玉镜常圆耶？弥留之际，悲恒几绝。此后独居寡偶，几如作客勃腊西尔无异""抑郁自悲""一无所事，终日彷徨，形容枯槁，众皆呼余为废物。"[68] 一个缠绵悱恻的中国白面书生形象跃然纸上。经过这样的重塑，鲁滨孙冷静自制得缺乏人情味的品格得到相当程度的弥补，甚至是整个形象的改写。也就是说，译者用本土文化价值观涂饰了原作中不被认同的异质因素。

鲁滨孙形象的另一异质因素体现在他的自我为中心、功利主义精神和以工作为天职的清教徒式的枯燥生活上，这也不符合国人的人格与人生理想。韦伯关于清教伦理与资本主义精神的观点已为学界所熟知，在他看来，谋利、赚钱这类冲动于资本主义并无特殊关系。他以统计数据、社会和文化分析说明，资本主义所以能够在清教国家迅速发展，是清教伦理和生活准则产生了资本主义精神，即把职业劳动看作"上帝安排下的任务"。这一完成每个人由尘世上的地位所赋予他的世俗义务之"天职"意识，是新教的核心教义。它不仅被"尊为一个人道德行为所能达到的最高形式"，更重要的是，能否取得实践的客观效果是"证实"自己是否为上帝的"选民"，是否蒙受上帝的"恩典"，是否增添上帝的"荣耀"的唯一标志。这一教义勉励所有清教徒"获得一切能够得到的东西，节省一切能够得到的东西"，"人仅仅是经由上帝恩宠赐予他的物品的受托人"，他如果"为了一个人自己的享受而非为了上帝的荣耀花掉了哪怕一个便士"也是不应该的。[69] 这种被称为清教入世的禁欲主义，与天主教超世的禁欲主义之区别是显而易见的，其对资本主义发

---

[67] ［英］笛福：《鲁滨孙历险记》，黄杲炘译，第254、263页。

[68] ［英］狄福：《绝岛漂流记》，沈祖芬译，第21页。

[69] ［德］马克斯·韦伯：《新教伦理与资本主义精神》，彭强、黄晓京译，西安：陕西师范大学出版社，2002年，第56、168、162、163页。

展的推动力也是不言而喻的。

鲁滨孙形象正体现了这种清教入世的禁欲主义精神，因而，西方的一种现代阐释即把《鲁滨孙漂流记》看作清教工作伦理诞生的标志。韦伯也认为它所描述的"兼任传教使命的孤独的经纪人"鲁滨孙，"代替了班扬笔下那些匆匆穿过'浮华之市'赶往天国的精神的孤独者的朝圣者"。[70] 信徒形象的这个转变可以说是 16 世纪肇始的基督教改革运动所取得的最显著成就之一。

所以，浪漫主义代表作家卢梭虽然把《鲁滨孙漂流记》视作他实施自然教育的最好教材，但鲁滨孙的岛上生活实际上一点也不浪漫；正如马克思所尖锐指出的，尽管鲁滨孙一直被 18 世纪的预言家们看作是"合乎自然"的理想典型，但他并非"自然界所赋予的"，而是"在历史中产生的"，是"'市民社会'底先声。这种社会，自十六世纪就在进行准备，而到十八世纪则迈开大步走向成熟的境地"。[71] 就鲁滨孙在岛上的所作所为，显然也不是与自然和谐交融，而是要占有自然，开发自然。他在岛上展开的渔猎、种植、手工业的进化过程正是西方从原始到现代这一历史发展的浓缩。鲁滨孙漂流到这一自然之岛的神圣使命，首先是怀着感恩和荣耀上帝的心情，认为"这种生活处境是全知全能的仁慈上帝为我选定的"，因而，即使独自一人，也勤勤恳恳，兢兢业业，夜以继日地为"自我保存""发挥自己的创造力"，并为自己的这种"进取精神"深感欣慰。他说："任何事情，只要对改善我的生活条件是必要的，我就会不遗余力地去做。"可见，岛不是他的审美对象、享乐对象，而是他的生产对象、工作对象，树的存在就是为了被砍伐，作为造船或建屋之用；动物的存在也不过是可被狩猎或驯化，供为养身之物。他"只是为其经营成果高兴得仰天大笑，而无暇注意它们也构成了一种景色"。

---

[70] [德] 马克斯·韦伯：《新教伦理与资本主义精神》，彭强、黄晓京译，第 169 页。
[71] 马克思：《政治经济学批判大纲》（第一分册），刘潇然译，北京：人民出版社，1962 年，第 4 页。

这也就难怪狄更斯读了这部小说后断定，作者本人一定就是"一件异常枯燥而又讨厌的商品"[72]。这样的人物性格无论对于崇尚建功立业，还是无为逍遥，或荣华富贵的国人来说，都是缺乏吸引力的。

为此，沈译本特别添加了鲁滨孙对自然景观的审美描写，甚至全不顾及与情节相悖谬。如鲁滨孙被土耳其海盗船所掠，成为船长的家奴，在利用出港捕鱼乘机逃跑的途中，居然还能有心情欣赏风景：

> 一路海沙扑面，急转舵，向东南行。此时，清风荡漾，不染纤尘。月影波光，莹然一色。[73]

当鲁滨孙被海浪冲到荒岛，确认自己保住了性命，开始做长期规划，准备选择一个能久居之地的时候，原作不避烦冗罗列了四条择居标准，全部围绕着有益健康、确保安全、方便适用的现实生存问题。而沈译本除此之外，描写鲁滨孙找到一理想居地的决定因素却是缘于："有一洞可通，如曲径。然余喜其幽闲，爱不忍去。遂于此地搭帐为室。"[74]鲁滨孙把绝岛变成"幸福的荒岛"，他的幸福体验不仅仅是人间的快乐，更来自主宰一切的帝王感，蒙受着上帝的眷顾和恩典的一种"至善至美的幸福"。沈译本对鲁滨孙幸福状态的概括却是："家中日用之物，一应具备。虽孑然一身独处，而猫狗鹦鹉等，日侍左右。悠游自得，俨若有天伦之乐矣。"按照中国传统文化的价值观，大概只能如此想象一个人独处荒岛的幸福，但"悠游自得""逡巡岛上，抚景流连赏玩不置"的生活姿态，却正是清教徒式的生活态度所批判的。[75]对于鲁滨孙来说，他最厌恶的就是"无所事事的生活"，他认为在上帝创造的万物中，游手好闲之徒

---

[72] [美]伊恩·P. 瓦特：《小说的兴起》，高原等译，北京：生活·读书·新知三联书店，1992年，第73、71页。

[73] [英]狄福：《绝岛漂流记》，沈祖芬译，第4页。

[74] 同上书，第7页。

[75] 同上书，第8、9页。

"是最最没有用处的",是"生活中的糟粕",甚至觉得"我花了二十六天的工夫做一块松木板倒是很值得的"。[76] 这种体现了梁启超倡导的"以实业为主,不尚虚荣,人皆务有职业,不问高下"的英国国民精神,虽然是他力主新民要"采补其所本无而新之"的品格之一,[77] 但显然中国传统"万般皆下品,唯有读书高"的价值观更根深蒂固,不为深受其濡染的译者所认同。因而沈译本把鲁滨孙反省在巴西经营种植园的生活与自己的性格和志向格格不入,改写为:"余居住数年,初合伙种甘蔗,虽能获利,自思执业如此,一身已流入下等矣。若安居家中,岂作此微贱之事?回念父训,不觉怅然。"[78] 沈译本以本土价值观对原作的"侵入",显然在很大程度上改写了鲁滨孙与自然的占有与被占有、利用与被利用的对立关系,以及鲁滨孙刻板、理性、枯燥和实用的异质性格特征。

如果说,鲁滨孙在荒岛上的"冥思"和生活,从灵魂与生存两个方面指涉了人与上帝、人与自然的关系,他与食人的人和礼拜五的遭遇则反映了他对人与人,具体地说,是选民与弃民、文明人与野蛮人不同种族之间关系图式的建构。也正是这点最为后殖民理论批评所诟病。他们认为:"殖民主义文化宰制的要害之处,正是从建构自我与他者的关系开始。"[79]

如果我们像萨义德那样,把《鲁滨孙漂流记》当作英国建立海外殖民地的"文化表述",当作"欧洲扩张的复调伴奏"[80] 来读,其对帝国殖民行为所创造的第一个合法化叙述,即我们所殖民的地区是无人居住的荒岛(地)。这与英帝国政府从 18 世纪开始发起对南半球的探险,指令探险队如果发现无人居住的地区要建立起适当的标志,铭刻

---

[76] [英] 笛福:《鲁滨孙历险记》,黄杲炘译,第 264—265 页。
[77] 梁启超:《新民说》,郑州:中州古籍出版社,1998 年,第 60、55 页。
[78] [英] 狄福:《绝岛漂流记》,沈祖芬译,第 5 页。
[79] 罗永生:《导言:解殖与(后)殖民研究》,许宝强、罗永生选编:《解殖与民族主义》,北京:中央编译出版社,2004 年,第 12 页。
[80] [美] 萨义德:《文化与帝国主义》,李琨译,第 81 页。

最早发现并占领的碑文,以大不列颠国王陛下的名义占领这块土地[81]的殖民扩张步骤正相一致。鲁滨孙的故事的确不是偶然的。当鲁滨孙经过详细的勘察,确认他劫后余生的荒岛"人类的脚过去从来不曾踏上这片土地",马上想到"这全都归我所有,我是这里至高无上的君主,对这岛国拥有主权;如果我有后代,我可以毫无问题地把这主权传下去,就像任何一个英国的领主把他的采邑原封不动地传下去一样"。[82]从而把殖民主义意识形态自然化为不必论证、"毫无问题"的国际公约。所以马克曼·埃里斯在论文《鲁滨孙、食人肉者和帝国》中,经过对历史的考察后断言:"探险、商业和政治是一个帝国行动的组成部分。"[83]皮特·赫尔姆则把《鲁滨孙漂流记》的前部分称作是"欧洲'发现的历史'的缩影"[84]。

但荒岛(地)毕竟是有限的,而且也是能够被任意命名和指认的,香港总督在占领香港后就曾宣布"香港只是一个空无一人的荒岛"[85]。鲁滨孙后来也发现他并不是第一个踏上这荒岛的人。殖民者和原住民的关系是无法回避的帝国扩张的真实遭遇。笛福对于鲁滨孙和食人肉者、礼拜五关系的设置,为殖民侵略建构起第二个合法化叙述。

书中描写鲁滨孙漂流到的荒岛属于加勒比海地区,小说通过对吃人

---

[81] Markman Ellis: "Crusoe, Cannibalism and Empire", Lieve Spaas and Brian Stimpson ed. *Robinson Crusoe: Myths and Metamorphoses,* New York: Macmillan Press, Ltd., 1996, pp. 50–51.

[82] [英]笛福:《鲁滨孙历险记》,黄杲炘译,第82、83—84页。原文:"I descended a little on the Side of that delicious Vale, surveying it with a secret Kind of Pleasure, to think that this was all my own, that I was King and Lord of all this Country indefeasibly, and had a Right of Possession; and if I could convey it, I might have it in Inheritance, as compleately as any Lord of a Manour in *English.*" Daniel Defoe, *Robinson Crusoe,* Michael Shinagel ed., p.73.

[83] Markman Ellis, "Crusoe, Cannibalism and Empire", Lieve Spaas and Brian Stimpson ed. *Robinson Crusoe: Myths and Metamorphoses,* p.51.

[84] Peter Hulme, "From 'Robinson Crusoe and Friday'", Peter Childs ed. *Post-colonial Theory and English Literature: A Reader,* Edinburgh: Edinburgh University Press, 1999, p.109.

[85] 参阅赵稀方:《小说香港》,北京:生活·读书·新知三联书店,2003年,第20页。

肉场景的一再渲染，鲁滨孙面对这些吃人肉的生番一再展开的全知全能的上帝"怎么能够容忍，怎么竟听任他所创造的人这么惨无人道"[86]的宗教思考，实际上是把英国殖民者和加勒比土著的现实种族身份，以文学的修辞置换为基督徒和食人肉者、文明和野蛮的区分，从而使鲁滨孙能够以正义的名义对原住民进行殖民史上一再重演的血腥大屠杀。这是笛福无法回避的历史问题。通过分析鲁滨孙如何把自己屠杀原住民的行为进行合理化的思考，可以更清楚地看出这一置换的逻辑。

　　小说描述鲁滨孙第一次见到吃人留下的场景，惊魂稍定，做的第一件事就是"心里满怀着敬爱，眼睛里包含着热泪，仰起头来感谢上帝，因为他当初让我降生在世界的另一片地方，使我同这些可怕的土著有了区别"[87]。但笛福并没有简单地仅以食人和不食人建构与他者的区分，他描写鲁滨孙日思夜虑地策划"惊人的壮举"，准备袭击食人者的冲动冷静下来后，首先意识到，生番的食人肉是当地把吃战俘的肉作为一种庆祝胜利的象征性仪式，是一种风俗习惯，"最多也不过同某些常会杀掉战俘的基督徒一样；而且在很多场合下，尽管对方已放下武器，表示投降，但那些基督徒却往往不给一条生路，而是把整个投降的部队杀个精光"[88]。其次，鲁滨孙想到，这些生番并没有伤害他，如果因为他们有吃人习俗而屠杀是对的，那么西班牙人以美洲原住民用活人献祭做借口，

---

[86] [英]笛福：《鲁滨孙历险记》，黄杲炘译，第164页。原文："I mean, the Savages; and how it came to pass in the World, that the wise Governour of all Things should give up any of his Creatures to such Inhumanity;" Daniel Defoe, *Robinson Crusoe*, Michael Shinagel ed., p.142.

[87] 汉译同上书，第139页。原文："I looked up with the utmost Affection of my Soul, and with a Flood of Tears in my Eyes, gave God Thanks that had cast my first Lot in a Part of the World, where I was distinguish'd from such dreadful Creatures as these." Daniel Defoe, *Robinson Crusoe*, Michael Shinagel ed., p.120.

[88] 汉译同上书，第143—144页。原文："any more than those Christians were Murtherers, who often put to Death the prisoners taken in Battle; or more frequently, upon many Occasions, put whole Troops of Men to the Sword, without giving Quarter, though they threw down their Arms and submitted." Daniel Defoe, *Robinson Crusoe*, Michael Shinagel ed., p.124.

"杀掉千千万万个当地土著的做法也就是对的了",加之对自己安全的最终权衡,都使鲁滨孙做出结论:"不管从原则上还是从策略上考虑,我都不该以任何方式去管这件事。""除非他们先来攻击我。"[89] 那么,最终鲁滨孙是以什么理由破了自己的戒律呢?这是因为鲁滨孙还"给自己立下了一条规矩":"凡是我心里出现那种说不清道不明的提示,要我做或是不做某件事,要我去走这条或者那条路时,我一定遵从这种看来是没根没由的提示。"他一再用自己的经验说明心灵与神灵之间存在着这种神秘的沟通和交流,深信这是"来自上天的指点",是上帝做出的"种种安排"。[90] 所以,鲁滨孙两次对土著大开杀戒:第一次为救礼拜五,作者通过梦与现实应验显示的神迹,让自己也让读者确信"上帝在清楚明白地召唤我,要我去救这可怜虫的性命";第二次为救同种的西班牙人,鲁滨孙则干脆理直气壮地命令礼拜五:"凭上帝之名,开枪!"[91]

欧美学界比较集中在对小说描写的食人肉问题进行人类学与跨文化的研究,揭示它是殖民话语建构野蛮与文明区分的最重要表征。通过一群体把另一群体描写成食人肉者,不仅是建立道德优越感,更是诉诸一种正义语言的修辞手段。在历史上,食人肉者的发现也总是和殖民侵略及屠杀联系在一起的。英国在18世纪获得广阔的海外殖民地时期,有关食人肉的话语通过小说和探险报告的宣扬正成为最广泛讨论的话题,《鲁滨孙漂流记》就是其中的一个核心文本。伴随着殖民地扩张的进展,虽然建构野蛮与文明、落后与先进之区分的表征不断变化,但其帝国扩张本质并未改变,被侵略国家都深受其害。梁启超就

---

[89] [英]笛福《鲁滨孙历险记》,黄杲炘译,第144、145、144页。

[90] 汉译同上书,第147、146页。原文:"That whenever I found those secret Hints, or pressings of my Mind, to doing, or not doing any Thing that presented; or to going this Way, or that Way, I never fail'd to obey the secret Dictate;" Daniel Defoe, *Robinson Crusoe*, Michael Shinagel ed., p.127.

[91] 汉译同上书,第169、195页。原文:"I was call'd plainly by Providence to save this poor Creature's Life";"let fly then, says I, in the Name of God", Daniel Defoe, *Robinson Crusoe*, Michael Shinagel ed., p.146, 169.

曾揭露说：西人之将灭人种也，"必上之于议院，下之于报章，日日言其种族之犷悍、教化之废坠、风俗之糜烂……夫然后因众人之欲，一举再举而墟其国，奴其种，而偭然犹以仁义之师自居。斯道也，昔施诸印度，又施诸土耳其"，今"乃更明目张胆，昌言华种之野悍、华民之愚诈、华教之虚伪。其意若谓苟不灭此朝食，则为逆天，为辱国，为悖理。一唱百和，举国若狂"。[92] 更有甚者，法农甚至认为只有"通过制造出奴隶与魔鬼，欧洲人才能成为人"[93]。不过建构在社会与世俗道德"区分"上的优越感还是相对的，从《鲁滨孙漂流记》可以看出，绝对的优越感来自上帝。

本来礼拜五也属于食人肉者一群，但经过鲁滨孙的教化，他可以穿上衣服，改变食人的习俗；可以掌握西方文明的物质制造工艺，包括学会使用当初让他魂飞魄散的火枪；可以学会英语，甚至成为一位虔诚的基督徒；但他不是上帝的选民。而鲁滨孙通过一系列的神迹和自己心灵对上帝意旨的神秘感应和交流，竭力证实了上帝对他的眷顾，自己是蒙受恩典者，是上帝的选民。它反映了英国清教运动所信奉的加尔文宗的典型信条。加尔文认为，人皆陷于原罪之中，根本无力自救。上帝为了彰显他的荣耀，对世上每个人都做了永恒的判决，能得救者为"选民"，反之则是"弃民"。为拯救"选民"，上帝派耶稣基督降世为人，替人赎罪，将恩典施予选民，使他们得以信靠基督的救赎，并能悔改。因而"上帝的话的种子，只在那些主通过永远的拣选已预定了成为天国的儿女和继承者的人那里生根结果"[94]。所以，鲁滨孙感到他能够引导礼拜五认识上帝的存在，但要让他"对耶稣有所了解，要认识到为了拯救我们而付出的代价，认识到上帝和人之间新的约定中的这位中保……那就非

---

[92] 梁启超：《论中国之将强》，《饮冰室合集·文集》第1册，卷二第12页。
[93] 转引自[美]萨义德：《文化与帝国主义》，李琨译，第280页。
[94] 卓新平主编：《中国基督教基础知识》，北京：宗教文化出版社，2005年，第163页。

有神启不可"。只有"来自上天的启示,才能在人的心灵中形成这种观念"。[95]鲁滨孙和礼拜五之间的这种具有绝对性质的区别,不仅是无法抗拒的,也不是领受者可以凭己力"挣"来的。当鲁滨孙因礼拜五与他具有同样的能力、同样的理性、同样的感情,对善意和恩惠有同样的感受,对凌辱和残害抱有同样的愤慨,同样懂得知恩图报而对上帝的公正产生疑虑时,其中蕴含的优越感却是无以复加。鲁滨孙的表层故事讲述的似乎是他漂流荒岛而"被弃"的命运,其深层展示的实际上是"被选"的"蒙恩"的状态。

鲁滨孙与食人者、礼拜五的不同关系,反映了殖民者对于被殖民者的两种不同形塑。前者以贬低化(妖魔化)的修辞,而为赶尽杀绝提供合理化的依据;后者则以理想化的修辞询唤臣服的主体。前者与帝国主义以力量(火枪)掠夺和捍卫殖民利益的行径紧密相关,后者则通过在殖民者与被殖民者之间建构拯救与被拯救的关系而确立一种自发臣服的权威等级秩序。正像《圣经》以 Creator(造物主)和 Creature(被造物)来定位上帝与人的关系一样,鲁滨孙也是以称呼礼拜五为"Creature"来暗示他与礼拜五类比上帝与人的同构关系。帝国强权不仅需"力量"获取,也是要"由服从者所赋予的"。这是帝国主义意识形态的两个虽截然相反但相辅相成的方面。

需要指出的是,笛福所塑造的鲁滨孙形象并不是一个国家主义者,他不是以英帝国的名义,而是以个人的名义、上帝的名义去占领荒岛的。他虽然不断在质疑屠杀与上帝的公正和仁爱原则相悖,但他同样是个"臣服的主体"。最终,即使不能把自己的行为合理化,也要"全盘服从

---

[95] [英]笛福:《鲁滨孙历险记》,黄杲炘译,第 182 页。原文:"yet nothing but divine Revelation can form the Knowledge of *Jesus Christ*, and of a Redemption purchas'd for us, of a Mediator of the new Covenant, and of an Intercessor, at the Foot-stool of God's Throne; I say, nothing but a Revelation from Heaven, can form these in the Soul", Daniel Defoe, *Robinson Crusoe*, Michael Shinagel ed., p.158.

上帝的旨意"。在这里，鲁滨孙和上帝、礼拜五和鲁滨孙之间的绝对臣服与绝对权威的关系，喻示了宗教文化和帝国意识形态具有同样的等级秩序和思想逻辑，上帝的神圣使命可以顺理成章地置换为帝国的神圣使命。而且，上帝创世说的普世宇宙观遮蔽的也恰恰是领土主权意识。历史上，西方传教活动正与殖民进程相伴相生。梁启超的观点代表了时人对宗教的一般看法："耶教非不可采，教士非无善人，而各国政府利用此教行其帝国主义之政策"，"以传教政略为侦探队"，"试一览地图而比照之于历史，凡各国新得殖民地，其前此筚路蓝缕以开辟之者，何一非自传教而来，此传教政略之可畏，如此其甚也"。[96] 这也是为何中国近代"教案"事件频发、反洋教运动声势浩大的根本原因所在。沈译本对《鲁滨孙漂流记》宗教内容的删减，的确可以看作是一种文化抵抗行为。

在处理鲁滨孙和食人肉者、礼拜五的关系上，沈译本完全取消了鲁滨孙面对"他者"而展开的进一步体认上帝的恩典，上帝对他所掌管的万事万物的安排，对他所创造的人有所区别，上帝的属性，人的天性，自己是否有理由充当法官，对整个民族所犯的罪进行屠杀性惩治是否道德等等问题的思考和情感心理活动；把鲁滨孙之于礼拜五不仅"拯救了一个可怜生番的性命，还正在尽己所能拯救他的灵魂，让他认识真正的宗教和基督教的教义"，引导他学习《圣经》的拯救者与被拯救者的宗教关系，转变为"余因勿赖代（即礼拜五音译）性虽驯熟，惜无学问，于是教以文字"的师生间传授知识的世俗关系；将鲁滨孙与礼拜五"我要他去死，他就愿意去死"[97] 的主奴关系，简约为"彼此相依，此间之人，当无有若余与彼之相得也"[98] 的朋友关系。这些改写，即使不是全部，也极大削弱了原作在宗教和帝国意识形态方面的文化建构。

---

[96] 梁启超：《论民族竞争之大势》，《饮冰室合集·文集》第 2 册，卷十第 32、26 页。
[97] [英] 笛福：《鲁滨孙历险记》，黄杲炘译，第 193 页。原文："... he would die, when I bid die." 原文以斜体排版，以示强调。Daniel Defoe, *Robinson Crusoe*, Michael Shinagel ed., p.167.
[98] [英] 狄福：《绝岛漂流记》，沈祖芬译，第 13 页。

在小说结尾处,译者完全违背原意,不惜无中生有,让鲁滨孙直抒胸臆:

> 甚愿此船由勃腊西尔回英国再经该岛,在岛整顿一番,使岛中诸务兴盛为英国外府,余得拟可伦布之列,亦不愧为开创之人。[99]

沈祖芬将鲁滨孙比喻为时人的偶像哥伦布,最终也为其翻译添上了点睛之笔;既让我们更鲜明地见识了晚清时期的新风标,也更深刻地认知了中国传统文化价值观的特征。出于"激励少年"的目的,沈祖芬不仅在主题上删除了原作者的宗教寓意,从情节上突出了"冒险"经历,也对主人公形象进行了归化式的改造。由此,简约了原文本的丰富而复杂的内涵,在一定程度上改写了原文本渗透的殖民叙述话语、意象和心理。沈译本所塑造的第一个汉译鲁滨孙,作为中国最早的仿效殖民者,"审敌自镜"而输入的文学文本,并不是简单的复制和追随,而是中西文化理想价值观相互调和与改造的产物,体现了殖民叙述与民族叙述的内在纠结和张力。

(该节原题《晚清语境中汉译鲁滨孙的文化改写与抵抗——鲁滨孙汉译系列研究之一》,载《外国文学研究》2009年第2期;又选载于人大复印资料《外国文学研究》2009年第9期;2020年11月改定于威海)

---

[99] [英]狄福:《绝岛漂流记》,沈祖芬译,第23页。

第二节 革命话语中的《大陆报》本

一

由中国人翻译的第二个汉译本《鲁滨孙漂流记》刊载于光绪二十八年十一月（1902年12月）至光绪二十九年十月（1903年11月）出版的《大陆报》第1—4、7—12期，初刊目录题为"冒险小说鲁宾孙漂流记演义"。正文去掉"演义"二字，后都沿用此名（图1.2.1、图1.2.2）；著者被译为"德富"，译者佚名——这倒并非因为歧视译者，而是该刊惯例，所有文章皆不具名。和沈祖芬本一样，《大陆报》本显然也计划将《鲁滨孙漂流记》和它的续集一并译完，但第一部的故事连载结束、续集只连载了四回，就因刊物"改良"而被腰斩，代之以更激进的歌颂虚无党精神的《俄罗斯国事犯》。《大陆报》本比沈译本略长，约四万五千多字，但其改写过多，或许称为改译本更合适。

《大陆报》编辑兼发行者虽先后署该报总发行所、林志其和廖陆庆等，实系留日回国学生，曾在东京主办《国民报》之戢翼翚（元丞）、鼎彝（秦力山）、杨廷栋（翼之）等所主持（图1.2.3—图1.2.5）。综合冯自由《革命逸史》和刘禺生《世载堂杂忆》等相关零散资料大概可以知道，《大陆报》主要编者均为孙中山心腹，与章太炎过从甚密，是革命初期大造革命排满舆论的策划者和宣传者，属于"留学界创设团体之先河"的

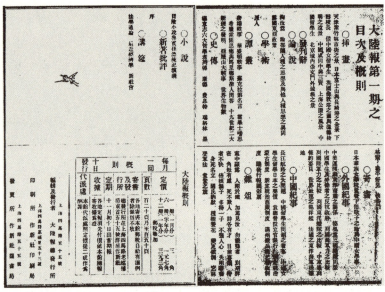

图 1.2.1 《大陆报》创刊号目录,光绪二十八年十一月(1902 年 12 月)

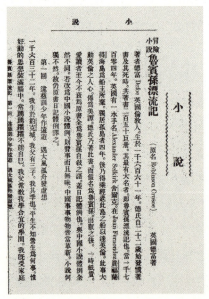

图 1.2.2 《大陆报》创刊号连载《冒险小说鲁宾孙漂流记》正文

图 1.2.3　1906 年戢翼翚（右，1878—1908）与即将赴美的王侠民的合影

图 1.2.4　秦力山（1877—1906）

图 1.2.5　1906 年秦力山与孙中山等在东京合影

图 1.2.6　下田歌子（1854—1936）

励志会中主张光复主义的"激烈派"。就该报为作新社出版物，作新社又为戢翼翚利用日本女子贵族学校校长下田歌子（图1.2.6）的资本所创来看，戢氏当为灵魂人物。他被近人刘禺生称为"留日学生最初第一人，发刊革命杂志最初第一人，亦为中山先生密派入长江运动革命之第一人"[1]。在日本东京时，这批早期革命志士就曾于1900年参与主编了被时人推为"留学界杂志之元祖"的《译书汇编》。冯自由认为："吾国青年思想之进步，收效至巨，不得不谓《译书汇编》实为之倡也。"[2] 1901年革命派在汉口一役、安徽大通起兵失败后，戢翼翚和秦力山又亡命日本发刊《国民报》，大倡革命仇满二大主义，措辞激昂，"开留学界革命新闻之先河"[3]，更因"密与中山先生议，发布推倒清廷大革命之宣言"，被誉为"第一次堂堂正正革命之文字"。[4] 不久《国民报》以资本告罄而停刊，戢翼翚继而在上海创办《大陆报》，仍延请秦力山、杨廷栋等担任主笔，被刘禺生视为"沪上革命党之交通重镇"[5]。虽然冯自由称《大陆报》鼓吹改革，排斥保皇，尤不遗余力，实为《国民报》之变相。[6] 不过，也许因为毕竟是回国办报，其革命气焰不能不有所避讳。综观《大陆报》之言论并不那么激烈，对朝廷敏感之事也有所隐晦，尤其是并未明目张胆打出革命与仇满的旗帜，而"以开进我国民之思想为宗旨"[7]。了解了这一背景，当清楚《大陆报》对《鲁滨孙漂流记》的革命化改写既事出有因，也有所收敛。

译者在小序中并未直陈其政治意图，特别强调的是要按原著体例译之，以革新中国小说的翻译策略："原书全为鲁滨孙自叙之语，盖日记体

---

[1] 刘禺生：《述戢翼翚生平》，《世载堂杂忆》，北京：中华书局，1960年，第150页。

[2] 冯自由：《励志会与译书汇编》，《革命逸史》初集，北京：中华书局，1981年，第99页。

[3] 冯自由：《东京国民报》，《革命逸史》初集，第96页。

[4] 刘禺生：《述戢翼翚生平》，《世载堂杂忆》，第155页。

[5] 同上。

[6] 冯自由：《东京国民报》，《革命逸史》初集，第96页。

[7] 《敬告读者诸君》，《大陆报》，光绪二十九年（1903）3月第5期，第1页。

例也，与中国小说体例全然不同。若改为中国小说体例，则费事而且无味。中国事事物物皆当革新，小说何独不然？故仍原书日记体例译之。"话虽如此，译作实为中西小说体式并杂，既保留西式第一人称叙事，又套用了中国传统小说章回体。考虑到章回标题之提纲挈领作用，不避冗繁，抄录译者自拟二十回题目如下：

第一回　违慈训少年作远游　遇大风孤舟发虚想
第二回　风起海涌游子遇难　时过境换雄心又生
第三回　遇海贼屈身为奴仆　背主人乘势求自由
第四回　借打鱼孤舟泛远洋　逢荒岛小童求淡水
第五回　苦绝粮忽遇救星　误行舟重遭大劫
第六回　居荒岛力运船中物　发疟病闷看旧约书
第七回　荷手枪入山猎诸兽　验足印设栅御野人
第八回　见肘胫痛哭残骸　除荆棘经营新洞
第九回　唱蛮歌人肉下浊酒　习英语异种结良朋
第十回　救同种海畔战野蛮　追暴徒船中逢老父
第十一回　归旧洞沿途谈保种　驾小舟入海救同胞
第十二回　遇大舰脱身归故国　上孤坟洒泪哭双亲
第十三回　感旧恩买棹访故人　报前德分金赠知己
第十四回　屡遭劫惊心走海路　强耐寒冒险过雪山
第十五回　老向导遇狼受伤　勇黑人与熊演剧
第十六回　听土人言少戒行险　谈他国事代抱不平
第十七回　得鸳偶中途悲破镜　遇驹儿老境再环球
第十八回　过旧居力张殖民政　涉大海血溅野蛮军
第十九回　趁英船偏遇蛮水夫　论中国痛谈丑官吏
第二十回　谈性质评定支那人　遍游历战退鞑靼种

第一人称叙事和章回体相结合产生了"第一人称章回体"小说，这的确有些怪异，似乎在创作中不曾出现，只能说是"如前锋""为开道之骅骝"的译本小说在最早处理中西小说体例之不同时，无法全部"同化"，也无心完全"异化"的初期遗物。根据陈伯海、袁进主编的《上海近代文学史》的研究，我国最早将叙事角度严格限制于第一人称叙述的小说，是1906年发表的符霖著《禽海石》，它从叙述形式角度标志着我国传统小说形式的变革。[8]而实际上，1902年沈祖芬缩译的《绝岛漂流记》更早地提供了第一人称叙述的小说形式。《大陆报》本的《鲁宾孙漂流记演义》则更像是小说变革间的过渡。

与沈译本相比，《大陆报》本更加通俗化，"意取其浅，言取其俚，使农工商贾、妇人竖子，皆得而观之"[9]，是消闲性与政治性报刊都不得不遵循的共同原则。考虑到同期革命名著邹容《革命军》的浅直之词、陈天华《猛回头》以弹词写述、《警世钟》为"新闻白话演说"，《大陆报》本对鲁滨孙的通俗演义并非偶然。如果说，我国传统章回体小说家讲述的是数个他人的多个故事，那么《大陆报》译本的"第一人称章回体"，讲述者充当的仍然是说书人的身份，讲述的不过是"我"一人的多个故事。而且受到说书人语调的制约，恐怕《大陆报》本也很难说是缩译本，或许称作重述缩写本较合适些。有意思的是，在《大陆报》译本中，鲁滨孙形象很大程度上被通俗演义成了路见不平、拔刀相助的水浒风英雄。一方面，经标题点睛出的"感旧恩""报前德""代抱不平"的思想意识体现了民间话语的取向；另一方面，《大陆报》译本添加的"救同种""谈他国事代抱不平""论中国痛谈丑官吏"等的政治改写，也使鲁滨孙成为宣讲"爱群""保种""排满"之类革命意识形态的传声筒。

---

[8] 陈伯海、袁进主编：《上海近代文学史》，上海：上海人民出版社，1993年，第290页。
[9] 李伯元：《论游戏报之本意》，《游戏报》，1897年7月28日。

二

本来，鲁滨孙形象无论怎么说都是个绝对个人主义者的典型，无论是 18 世纪预言家们所推崇的"自然人"，还是马克思所说的"在历史中产生的""'市民社会'底先声"，[10] 特别是伊恩·P. 瓦特在《小说的兴起》中做出的"更完全的个人主义"的定位，都进一步从经济和宗教两个方面指出了鲁滨孙作为经济个人主义和清教个人主义的典型特征。前者集中体现在主人公追求金钱利润，不受家庭与国家的限制，甚至人际关系和感情都服从于商品或功利价值的性格倾向，使"只有现代意义上是财产的金钱，才是引起深情的适当原因，友谊也只适用于那些可以将克鲁梭的经济利益放心相托的人"[11]。这样的世俗功利态度一向被看作是与其宗教的精神追求相矛盾的。小说中也的确表现出宗教内容与故事情节之间的间离性，这也是《鲁滨孙漂流记》能够很容易地被读为旅行历险故事的原因之一。但另一方面，正如瓦特所指出的那样，笛福本人似乎完全没有意识到，或者说不愿承认精神价值观和物质价值观之间的冲突和对立，他向我们提供的是"一种'高尚的'与'低下的'动机被同样严肃对待"，精神内容与实际经济事务被赋予同样重要意义的叙事文本。这正是鲁滨孙形象的现代意义及其独特之处，他代表了一种"深刻的宗教世俗化倾向"。鲁滨孙无论是对于实际的功利主义的追求，还是对于宗教的思考，都基于一种个人主义的生活模式和精神模式。

但鲁滨孙所代表的"绝对的个人"的价值观显然不仅与建立在忠孝节义之上的中国传统道德观格格不入，更重要的是，面临中国积弱、民族危亡的关头，无论是维新派，还是此时"初盛"的革命派所诉求的都不是个人之英雄，而是最广大的国家之国民。卢梭《民约论》、孟德斯

---

[10] 马克思：《政治经济学批判大纲》（第一分册），刘潇然译，北京：人民出版社，1962 年，第 4 页。
[11] [美] 伊恩·P. 瓦特：《小说的兴起》，高原等译，北京：生活·读书·新知三联书店，1992 年，第 72 页。

鸠《万法精理》、约翰·穆勒《自由之理》《法国革命史》《美国独立檄文》不仅为他们输入了"国者积民而成",国家者,非一家之私产,"为君主而立者也。""国民者,以国为人民公产之称也"[12],"一国之政治机关,一国之人共司之"[13]的现代国家和国民意识,也成为他们向大众启蒙的两个核心理念。所以,维新派和革命党人虽然在保皇还是排满上泾渭分明,《大陆报》上曾接连发表《敬告中国之新民》《新民丛报批评之批评》[14]等文章,大肆攻击梁启超,但其现代国家和国民意识都取法同一思想资源,其对中国国民奴性、懦弱、自私的批判,对自主、尚武、爱群等国民精神义务的倡导也如出一辙。梁启超在日本横滨创办《新民丛报》之目的,即在于"养吾人国家思想",认为中国道德之发达偏于私德,"关于私德者,发挥几无余蕴";而泰西新伦理所重者,"则一私人对于一团体之事也","中国所以不振,由于国民公德缺乏"。[15]他的《新民说》也以"公德""利群"为纲,一以贯之。他力倡的新道德仍"以求所以固吾群、善吾群、进吾群之道",认为只有当吾四万万国民"知有公德,而新道德出焉矣,而新民出焉矣"。所谓"新民",就是要造成一代懂得并且能够合群、利群的新国民。因而强调"一私人对于一公群应尽之义务",甚至将自由也阐释为"团体之自由,非个人之自由也"。[16]《大陆报》更危言耸听,告诫国民如果"爱祖国不如其爱身家;重公德不如其重私利……其结果遂为优者所制,而永永沉沦于奴隶圈中,万劫不复"[17]。

---

[12] 梁启超:《论近世国民竞争之大势及中国前途》(清光绪二十五年),《饮冰室合集·文集》第1册,北京:中华书局,1989年,卷四第56页。

[13] 邹容:《革命军》,北京:华夏出版社,2002年,第13页。

[14] 载《大陆报》,光绪二十九年(1903)四月第6期。

[15] 参阅梁启超:《〈新民丛报〉章程》,夏晓虹辑:《〈饮冰室合集〉集外文》,北京:北京大学出版社,2005年,第75页。

[16] 梁启超:《新民说》,郑州:中州古籍出版社,1998年,第102页。

[17] 《论文明第一要素及中国不能文明之原因》,《大陆报》,清光绪三十年(1904)第2年第2期。

革命派一旦将"倾覆清廷,创建民国"树立为现实的政治目标,询唤的更是"革命之健儿、建国之豪杰、流血之巨子"[18]。正像章士钊阐扬邹容（图1.2.7）《革命军》时所说的那样,其宣传策略是"以国民主义为干,以仇满为用,捋扯往事,根极公理,驱以犀利之笔,达以浅直之词"[19]。为动员最广大的革命军同仇敌忾,煽动"吾黄种之中国之皇汉人种","贼满人""以游牧贱种""食吾同胞之毛,践吾同胞之土"的种族仇恨,号召吾四万万同胞"张九世复

图1.2.7　邹容（1885—1905）

仇之义,作十年血战之期",[20]成为鼓吹革命"为力甚大"的"最激烈之言论"。《大陆报》译本的连载与邹容《革命军》、章太炎《驳康有为论革命书》不仅同在上海,也几于同时发表,当是在"革命非公开昌言不为功"的思想指导下相互呼应的产物。因而《鲁滨孙漂流记》被做了最大限度的改写和挪用,译者不仅对鲁滨孙形象进行了方向相背的逆转式改造,甚至借鉴流行一时的政治小说文体,当情节和人物不足以传达"胸中所怀政治之议论"时,不惜撇开原作加入大段的议论,随意增删发挥。

原作对于鲁滨孙性格,最初强调的是他不安于现状,渴望航海的欲望和志向,《大陆报》译本从一开始就为鲁滨孙添加了对于国家的义务观念,让他在尽孝和报国的道德两难中,堂而皇之以盎格鲁-撒克逊民族的身份大发作为一个公民所应尽之责,批判中国"父母在,不远游"

---

[18] 邹容:《革命军》,第36页。
[19] 章士钊:《读〈革命军〉》,《章士钊全集》(1),上海:文汇出版社,2000年,第28页。
[20] 参阅邹容:《革命军》,第31页。

的迂腐观念：

> 从伦理学上讲来，大凡一个人在世界上，有对自己的义务，有对家庭的义务，有对社会的义务，有对国家的义务。人生幼时，受父母的教育，自然有孝顺感谢的义务；但是对国家上，自己便是一个国民；对社会上，自己便是一部机器。大凡年纪已长的人，便要挺身做国家社会上的公事。要使我的国家，为堂堂正正不受侵略的独立国家；要使我的社会为完完全全不受破坏的自由社会，这才算得个人。若终身守住父母，不出门庭，嚣嚣然以为尽孝道，一任自己的国家，被别国侵害，失了独立也不管；一任自己的社会，被别种破坏，失了自由也不管，虽然父母二人说我好，一二无知识的邻里乡党说我能尽孝道，也是无味。这等脾气，是那东方病夫国中人民的脾气，是世界上第一等坏脾气，我盎格鲁撒克逊民族，是以这等脾气为最下流的。[21]

这些言论和梁启超所谈如出一辙："父母之于子也，生之育之，保之教之，故为子者有报父母恩之义务"，"群之于人也，国家之于国民也，其恩与父母同"，"故报群报国之义务，有血气者所同具也"，甚至认为"苟放弃此责任者，无论其私德上为善人为恶人，而皆为群与国之蟊贼"，"实与不孝同科"。[22]有所不同的是，梁启超是借孝道垂教万世之大义引申论证公德与之同理之义务，两者统一为显，对立为隐。邹容的《革命军》虽然言辞激烈，但也同样回避两者的对立问题，而与梁启超的论证逻辑相同："人非父母无以自生，非国无以自存，故对于父母

---

[21] [英] 德富：《鲁宾孙漂流记演义》（目录题目，正文是《冒险小说鲁宾孙漂流记》，译者匿名），《大陆报》，光绪二十八年十一月初十（1902年12月9日）第1期，第2—3页。本节此后引用这一版本将只注明《大陆报》期号及页码。

[22] 梁启超：《新民说》，第64页。

国家自有应尽之义务焉。"[23] 可见，为动员民众，询唤维新和革命的主体，梁启超和邹容所最缺乏的"根本之根本"的品质，即"在吾国民中竟无人视国事为己事者"，致使难以收到一呼百应之效。他们所采取的不愿"蔑弃吾数千年之道德、学术、风俗"之策略，使他们在保留孝道吾民"所本有"的同时，又共同建构了泰西"其国人尽瘁国事之义务"，吾民"所本无"的新伦理，这和五四时期所建构的西方之个人主义道德观形成鲜明的对比。也可以说，晚清知识分子更致力于国民的启蒙，而非个人的启蒙。

问题并不是哪种西方形象更真实，而是为什么要把西方塑造成这样的形象。《大陆报》译者甚至比两者更偏至，借助鲁滨孙大肆宣扬异国女王宰相为"与异种贱族大战"，"把祖宗遗传的国独立起来"，"以国为夫""以国为妻"的爱国事迹；或是作为英国的"国民一分子"娶妻生子，怀抱的都是"当使英国人种，生息蘖滋起来"之目的的极端爱国精神，指斥一班"要安闲自在钉在家里"的软弱少年"就如死的一般"。[24]

更有甚者，其国民精神之倡导仍嫌不足，进而将"军国民资格"树立为理想。译者让鲁滨孙及其侄儿以到中国的所见所闻批判道："你看他的人民，个个懦弱，并无军国民的资格。他反藉口为文献之邦，应该是斯文的，如今土地被邻国夺去，他也情愿做奴隶。"[25] "你们的国，若不速速自强，使人人皆练到军国民资格，恐不久必有一国来灭你。"[26] 这一设身处地告诫中国培养"军国民资格"的狂妄之辞，绝非逞一时之兴。续出《大陆报》的发刊词及内容添置军事，邹容《革命军》在"革命独立之大义"一章，模拟美国革命独立宣言约为数事，其一即"全国男子，有军国民之义务"，从中可以看出，"唤起国民尚武之精神"，"增进

---

[23] 邹容：《革命军》，第 49 页。
[24] 《大陆报》，光绪二十九年八月初十（1903 年 9 月 30 日）第 11 期，第 81、83 页。
[25] 《大陆报》，光绪二十九年九月初十（1903 年 10 月 29 日）第 12 期，第 7 页。
[26] 《大陆报》，光绪二十九年八月初十（1903 年 9 月 30 日）第 11 期，第 90 页。

国民向武之新智识"是革命党人要"于著书新闻杂志上（无论其为军事专门与否）盛为鼓吹军事思想"之宣传手段的体现。[27] 在这样的革命谋略指导下，《大陆报》版的鲁滨孙直接以"公事"否定"私事"、以"公德"贬斥"私德"就不足为怪了。对于当时所倡导的新教育，如果所学知识不与国家利益相关联，也成为批判的对象。鲁滨孙对向他请教英语的礼拜五指桑骂槐地说："我道读书原是很好的事，但是现今的人，往往读我英国的书，不上二三年，便想谋一个馆地。谋了一个馆地，他的什么亲戚，什么朋友，也不问他是做奴隶，是做牛马，便都称赞他的本事高强了。"他义正词严地告诫礼拜五"汝欲读书，切不可做这没脸面的事，辜负我的教育精神"。[28] 显然，这是从狭隘的民族气节出发，以"奴隶""牛马""没脸面"的修辞，否定了在独立、自治等价值体系中所大力倡导的自谋生计、自食其力的经济独立之意义。革命党人与时人将此种人骂为"二毛子""汉种的败类"[29] 倒是同出一辙。

为达挽救国家危亡、推翻异族专制的双重目的，革命党人在建构宣扬国民之权利义务的同时，不能不鼓动，甚至是身教"乐死不辞""誓不欲生"的牺牲精神。陈天华敬告中国人"我中国数千年来为外人所屠割如恒河沙"，而今"奄奄有种绝之虞"，都"以畏死故"。奉劝同胞"把生死，十分看透，杀国仇，保同族，效命疆场"，并最终为达"死而少言"之效，从容就死。[30] 邹容也并未仅仅停留于呼吁国人"掷尔头颅，暴尔肝脑"，更为反抗满人专制，与章太炎共患难自投捕房，病死狱中。《大陆报》在"社说"这一重要栏目中，陆续三期发表《中国之改造》的长文，其核心观点就是批判"中国人爱财惧死，成于性根"，痛陈中

---

[27] 参阅《续出大陆报发刊词》《军事思想普及与国民之方法手段》等，《大陆报》，光绪三十年（1904）正月第2年第1期。

[28] 《大陆报》，光绪二十九年五月初十（1903年6月5日）第7期，第42页。

[29] 参阅陈天华：《猛回头》，刘晴波、彭国兴编校：《陈天华集》，长沙：湖南人民出版社，1982年，第44页。

[30] 陈天华：《敬告湖南人》《猛回头》，刘晴波、彭国兴编校：《陈天华集》，第11、48页。

国实"有民无士之国哉"。其他如《粘液质之支那国民》《论文明第一要素及中国不能文明之原因》（一、二）等文所倡导的厚信义、尚廉耻、少大言、抵死不为强族所屈的国民德性都出于同一精神。[31] 由此观之，《大陆报》本的鲁滨孙堪称革命党人的缩影，为达冒险远游之志，与父母不辞而别；当面临狂风大浪、灭顶之灾的关头，他不仅不像原作那样胆战心惊、悔恨不已，反而充满豪情，"专等住一个大浪来，把这船吞没了去，我们这一船的人，一起同死，也就很快活"，并对生死展开大段思考：

> 人死则已矣，何必哭呢？人生则事端正多，可哭的亦正多。有几多人痴生一世，不知八星为何物，不知五洲为何状，你道可哭不可哭？又有一等暴君污吏，压制人民自由，作恶一世，不如早死。若幸而遇着人民革命，被人民杀死，罪罚相抵，也还罢了；有些不幸的人民，偏又愚蠢，不知革命为何物，君吏暴虐一世，死了之时，还有些臣民叫他做什么太祖太宗，仁慈神圣。虽然一时荣幸，后世不知彼几多辱骂。……倒不如大丈夫独往独来，无挂碍，无恐怖。可生则生，以多做国家社会上一些义务；到了当死之时，甘心赴死，干干净净，姣姣洁洁，岂不胜于糊涂偷生，借生行恶的人几千万倍么？[32]

译文添加的这一大段关于生死的议论，显然是和革命党人一同在询唤"牺牲个人，以利天下"[33]的精神人格。译文中鲁滨孙一再直抒胸臆："我生平以爱群为志，凡有益于国民之事，即把我这斗大的头颅送他，

---

[31] 以上所提文章分别发表于《大陆报》，第1年第3、4、8、10期；第2年第2、3期。
[32] 《大陆报》，光绪二十八年十一月初十（1902年12月9日）第1期，第4—5页。
[33] 邹容：《革命军》，第59页。

也是甘愿的。"[34]

译者与原作"完全的个人主义"精神反其道而行之的另一表现是，赋予了鲁滨孙"爱群"的抱负并一再加以渲染。鲁滨孙死里逃生，漂流荒岛，原作描写他情不自禁地感谢起上帝，又忧心自己的生存，"竟像疯子似的乱跑一阵"；译作却让鲁滨孙首先哀叹的是"我生平是最爱群的，今日一般人皆死了，单单留下我这一条性命，在这荒岛"。[35]独自居岛时期也不断为此而沮丧："想起我不幸漂流这岛，一生事业，大抵泯没了，倘有多人同来，结一团体，他日把这岛兴旺起来，成了一个独立国，也未可知呢。这是无望了，我总是枉了此生。越思越苦。"[36]或者以他人之口赞颂鲁滨孙的这一品格。如鲁滨孙借打鱼和摩尔少年苏里一起从海盗船长的手中逃出，被葡萄牙船长相救后，马上就把苏里以六十个比索卖给船长为奴。在原作中，虽然是船长提出要买苏里，鲁滨孙也为这个孩子帮自己恢复了自由，现在反而要出卖他的自由而犹豫过，但得到船长放他十年自由的保证后，还是把苏里让了出去，只是后来漂流荒岛缺少劳动力时才为此举深感后悔。这个情节在西方一向被作为鲁滨孙追求个人经济利益，从而削弱了人际关系，以及群体关系重要性的一个典型例证。对于讲义气的中国人来说，似乎就更不能容忍。《大陆报》译本将这一情节改译为是秀丽（即苏里）见鲁滨孙到达巴西后"苦无资斧"，主动献策说："我们束手待毙，总不成功，不如我到船主家中工作。你取我的身价去做些小经纪，尚可养活，岂不好吗？"即使如此，译者仍觉不满，又让鲁滨孙再三不依，秀丽"至诚恳切"地表白说："我自愿当苦工，只因你能爱群，若你饿死，便是世界上少一个爱群的人了。"最终又添以秀丽被卖后，鲁滨孙"顿足捶胸""大恸一场"才算了事，按

---

[34] 《大陆报》，光绪二十九年正月初十（1903年2月7日）第3期，第20页。

[35] 同上文，第23页。

[36] 同上文，第27页。

下不表。[37] 由此可见，此时的中国还无法接受鲁滨孙个人主义式的英雄，个人只有被想象成为国家或群的一部分才具有存在的价值；而一旦成为这一价值的象征，就具有了值得别人做出牺牲的合法化理由。

如果说原作中鲁滨孙独自一人在荒岛上创建起又一帝国的作为，实践了英人"恒自夸于世"的自治之力："五洲之内，无论何地，苟有一二英人之足迹，则其地即形成第二之英国"[38]，那么汉译改写后的鲁滨孙所蕴涵的价值观则仿佛不为群、为种、为国，个人就无所作为、毫无价值了。因此，鲁滨孙独居荒岛时期的生活描写因属英雄无用武之地而遭大肆删减，极度渲染的是鲁滨孙拯救礼拜五和"救同种海畔战野蛮"，英雄有用武之地的作为。他的救人动机也由听从上帝的旨意改写为"有善人居这岛，专救人命"。[39] 从而使鲁滨孙实践了革命党人所盛赞的："打救同胞出水火，这方算大英雄、大豪杰。"[40]

三

《大陆报》译本所添增的另一革命意识是和"爱种"与"仇满"联系在一起的。1900 年八国联军攻克北京，清帝后出走，议和赔款高达近十万万两白银而后，清廷之威信已扫地无余。当时的民族主义暂时由反帝转向反满，"中国百孔千疮的弊端都被大部分归咎于这个异族王朝的统治"，排满成为"一种大家都能够基本上或毫无保留地加以接受的思想"。[41] 邹容的《革命军》专辟一章论述"革命必剖清人种"的问题，孙中山以"驱除鞑虏，恢复中华"作为同盟会最具号召力的誓词，章太

---

[37] 《大陆报》，光绪二十九年正月初十（1903 年 2 月 7 日）第 3 期，第 21 页。
[38] 梁启超：《论中国国民之品格》，《饮冰室合集·文集》第 2 册，卷十四第 4 页。
[39] 《大陆报》，光绪二十九年五月初十（1903 年 6 月 5 日）第 7 期，第 46 页。
[40] 陈天华：《警世钟》，刘晴波、彭国兴编校：《陈天华集》，第 72 页。
[41] [美] 费正清、[美] 刘广京编：《剑桥中国晚清史：1800—1911 年》（下卷），北京：中国社会科学出版社，1985 年，第 472、473 页。

炎大书《正仇满论》，都是这一时代情绪的代表。当时"喧嚣的种族主义喊声可能主要只是一个宣传策略口号，而不是意识形态的原则，但是它创造了一种辱骂和仇恨的气氛"[42]。章太炎一再宣扬："异种乱华，是我们心里第一恨事。"[43]在大造仇满气氛的同时，汉种意识也得到大肆宣扬，革命派宣称要"先以种族之念觉汉种"[44]，不仅用国粹、汉种的历史激动种性，甚至将爱种之心建构为"生民之良知本能""仁以自爱其类"之"同德""同气"。《大陆报》本所宣扬的"仇满""爱种"意识正是出于同样的宣传逻辑和策略。

笛福以鲁滨孙遭遇食人生番的情景，建构的是不同种族之间的优劣等级。《大陆报》本译者在此大做文章，一方面将之改写为以善恶做出道德的区分，另一方面又通过添加"归旧洞沿途谈保种"的情节，大肆宣扬种族意识。前者表现在译者不把食人作为当地土著庆祝胜利的一种习俗，而是看成作恶。不归于优越的白种人和低劣的野蛮人之间，而是把土著以善恶区别为土人和野蛮。食人者为恶为野蛮，被食者则为土人为同类。这样，鲁滨孙见到同类被食后的残肉剩骨，不似原作那样"翻肠倒胃地一场猛呕"，而是"不知不觉眼眶中涌出爱群的万斛英雄泪，大哭一场，彷徨于累累的尸骨左右，不忍舍去，直至薄暮，始回洞中，又哭了一夜"。[45]完全是一种对至亲挚友的哀恸。另一至关重要的改写，是删掉了与食人生番同种的礼拜五也吃人肉的细节，而把礼拜五因其"良善"，"不似那凶恶一般的人"，归入"似我欧洲人"的类别，从根本上改写了鲁滨孙和礼拜五的关系。原作以拯救与被拯救的关系建构的是主与奴关系的合理性。鲁滨孙给予"礼拜五"的命名，对自己以"主

---

[42] [美]费正清、[美]刘广京编：《剑桥中国晚清史：1800—1911年》（下卷），第488页。
[43] 章太炎：《东京留学生欢迎会演说录》，姜玢编选：《革故鼎新的哲理——章太炎文选》，上海：上海远东出版社，1996年，第140页。
[44] 邹容：《革命军》，第43页。
[45] 《大陆报》，光绪二十九年二月初十（1903年3月8日）第4期，第34页。

人"的称谓,就是为了让礼拜五永生铭记被拯救的这一天所注定的主奴关系。而《大陆报》译本却将这一命名解释成是因他在"礼拜五来的",而非原作所强调的"我正是在礼拜五这天救了他的性命",同时又删去了让礼拜五称自己为"主人"的情景,而增以"遂与他结做极相得的朋友"的关系定位。这也惠及和礼拜五同一部落战败的土人,在原作中同样食人的这一部落,被改写成因海上遇难而受到救助的十七位白种西班牙人要为之"除恶"和"报德"的对象;当"野蛮无理取闹","与部落中人,大启战争"之时,他们为此"挺着豪气,相率从征"。[46]在这里,译者对"我"与他者关系的处理,显然不是于种族之间,而是在善与恶之间划界。

但另一方面,种族意识毕竟是此时革命意识形态建构中的一个最具有凝聚力和煽动性的内容。显然译者与革命派一样为吾同胞"无国性""无种性""不为文明人(指英、法、俄、美等国)之奴隶,而偏爱为此野蛮人(指满洲人)奴隶之奴隶"而"哀哉"复哀哉,因而在鲁滨孙"救同种"的情节上大做攻击清廷、畅谈"保种"的文章。

原作描述鲁滨孙解救了与自己同为白种的西班牙人及礼拜五的父亲后,第一感觉是"自己颇像个君主"——"首先,这整个的岛只属于我个人,所以我对它拥有无可置疑的统治权。其次,我的百姓完全听命于我,我是绝对的主宰,我的意志也就是法律;他们的性命都是我救的,所以万一有必要,他们都会毫不犹豫地为我献出生命。"[47]在这里,鲁滨孙与礼拜五、西班牙人之关系,不仅象征了英国对野蛮世界的绝对统治

---

[46]《大陆报》,光绪二十九年五月初十(1903年6月5日)第7期,第46页。
[47][英]笛福:《鲁滨孙历险记》,黄杲炘译,第201页。原文:"First of all, the whole Country was my own meer Property; so that I had an undoubted Right of Dominion. 2dly, My People were perfectly subjected: I was absolute Lord and Lawgiver; they all owed their Lives to me, and were ready to lay down their Lives, *if there had been Occasion of it,* for me." Daniel Defoe, *Robinson Crusoe*, Michael Shinagel ed., A Norton Critical Edition, New York and London: W. W. Norton & Company, 1994, p.174.

图 1.2.8
《鲁滨孙漂流记》插图

权,也代表了英国对文明世界的绝对统治权(图1.2.8)。但面对与自己同样来自文明世界的平等对手,鲁滨孙很快就为这些同种是否会恩将仇报忧虑不已。《大陆报》译本对鲁滨孙与白种人之关系的建构,宣扬的完全是具有侠义之气,与生俱来的"爱种之心"。当鲁滨孙发现一个白种人即将被吃,完全把个人的安危置之度外,面对十倍于他的野蛮人,"大叫道":

> 我漂流这岛二十七年,想欲梦见一个欧洲人也是不能,今日野蛮偏把我这同胞杀害了,我抵死也要报复这仇,以达我爱群之目的。……这是救我同胞的义务。即是被野蛮夹活吃下肚子里,我也不怕。[48]

---

[48] 《大陆报》,光绪二十九年五月初十(1903年6月5日)第7期,第45页。

鲁滨孙因救同种的性命"心里有无尽的快乐",于是向被救的西班牙人倾诉:"我与你同是白种,今日得救你的性命,我心坎里的志愿稍稍安慰。"西班牙人也对鲁滨孙的手足之情感同身受:"先生素常爱种,今日得尽义务,心里自然不知不觉发起快乐来。"与原作将"海外冒险"建构为英国人之代表鲁滨孙的天性,或者说是本性不同的是,译者将这一"爱种的心"说成是"天然的"。原作在礼拜五和鲁滨孙一起大战野蛮人,救出即将被吃的俘虏,意外发现竟然是自己的父亲时,描述的是鲁滨孙为礼拜五对父亲感人至深的亲情而大发感慨。《大陆报》译本在此点染的却是种族意识,鲁滨孙对西班牙人说:"你看,勿赖代(礼拜五)今日也曾救得一个同种,他便不告诉我们,自己逛去。可见爱种的心本是天然的,所以人人都有这心。"[49] 在把白种人的优秀品质建构为"爱种",有种性意识的基础上,译者又借这两个白人之口批判道:

> 我曾听说,世界上有一种人,专好同种杀同种。遇有战争的事,倘是国中内乱,那政府的人,就像个杀人不眨眼的魔王;倘遇与他国启衅,那政府的人,就变做缩头龟,急急把偌大的权利,要害的土地,奉送他国的人。这也罢了,又有一桩事情,实是我欧洲的人所未有的。听说有一回,他的邻国要求他的土地,那政府慌了,乱了手脚。他的国民告诉政府要拒绝邻人所求。那政府大怒,要拿这国民去受死罪。你道奇怪不奇怪。是不独不爱种,并且不爱土地哩。……这等国必定灭亡。我幼时也曾听说,有一个很大的国,后来因国中内乱,把他皇帝杀了。彼时有一个将官,因为他的私事,跑到邻国借兵,打进本国来,那一把皇帝坐的金交椅,便被邻国人坐了。起初时,国民亦有不服的。到了后来做惯了,竟不知是异种的人,

---

[49] 《大陆报》,光绪二十九年闰五月初十(1903年7月4日)第8期,第49页。

做他们的主人翁。且有一班的人，因贪这功名利禄，不得已把尽忠等字样做藉口。有一次，他的同种要想恢复河山，那一班的人起一队的大兵，替异种剿除同种。战了好几年，也不知杀死的人有多少哩！这叫做同种代异种杀同种。[50]

译者所添加的这一大段议论，其矛头指向，虽因避讳而不明言，但显然有着不言而喻之效。以当时公认为是优越而文明之白种人批判清异族统治的潜在逻辑是，他们代表着"世界之公理"，因之"爱种"也就具有了"世界之公理，万国所同然"的普遍真理性；因之同种杀同种，异种做君主，同种代异种杀同种也就成了世界之荒谬绝伦的"不平的事"。以进化和种族划界，满人统治就成了公理不容，彻底丧失了全部合法性。这与革命派建构革命仇满的合法性，完全出于同一口径。尽管陈天华自称是革命派中"置重于政治问题者"，而非"置重于民族主义者"，[51]但他同样认为："这种族的感情，是从胎里带来的。对于自己种族的人，一定是相亲相爱；对于以外种族的人，一定是相残相杀。……所以文明各国，如有外种人要占他的国度，他宁可全种战死，绝不做外种的奴隶。"[52]章太炎、邹容作为陈天华所称革命中之"置重于民族主义者"的态度就更激烈得无以复加。邹容义正词严地宣称："自结其国族，以排他国族。此世界人种之公理，抑亦人种产历史之一大原因也。"因而理直气壮地呼吁，"同胞，同胞，岂有异种执吾国政权之理"，号召"诛绝五百万有奇披毛戴角之满洲种，洗尽二百六十年残惨虐酷之大耻辱"。[53]

《大陆报》本译至《鲁滨孙漂流记》续集，更借助鲁滨孙到中国游历的情节，批判清廷官场贪污受贿，内外勾结，出卖国土，"各自谋各

---

[50]《大陆报》，光绪二十九年闰五月初十（1903年7月4日）第8期，第49—50页。

[51] 参阅陈天华：《绝命辞》，刘晴波、彭国兴编校：《陈天华集》，第236页。

[52] 陈天华：《警世钟》，刘晴波、彭国兴编校：《陈天华集》，第81页。

[53] 邹容：《革命军》，第40、13、7页。

自的银子",不理朝政,土地荒废,臭味难闻的腐败堕落现象以及国民或长睡不醒,或甘做奴隶,或怕死不敢出头,卖国的人可以升官发财,爱国的人反遭杀戮的可悲黑暗的现实。指责"支那的鼎革""不过是贪得这一把皇帝坐的金交椅",其政治法律"不过是设一个大圈套,系一条大绳索,禁锢人民的思想,束缚人民的自由,使人民千万年做他的奴隶,以保固他的权位"。而对比自己国家的革命,"非是我们百姓要夺皇帝的金交椅坐",因为"我们的皇帝,只当一个大总理,代我们理事,他若管理不善,我们便要辞他换一个能干的人来管理";我们的政治法律皆是"国民公议""概凭多数决断","所以,我们的国民个个协力同心,断不至有服从异种贱族的事"。认为"只就这桩事比较起来,可见支那的人民与我英国的人民程度相去,不啻天渊"。[54] 显然,以洋人的身份宣传革命的性质与成效更为可信,批判也更加有力。由此可见,翻译在晚清时期的特殊作用。以异国形象做革命的代言人,不仅可以言自己所不敢言,也像当时的革命檄文中经常引用英、法、美等先进国家的政治、思想、事例作为既成事实、真理和前途的宣传方法一样,能够造成毋庸置疑之势,将言说"他者"和言说"自我"的双重功能发挥到极致。

处在革命意识形态话语中的鲁滨孙形象与"爱群"、富于牺牲精神相适应的是充满豪情、大丈夫气概的英雄风貌,因此《大陆报》译本和沈译本一样大量删节了鲁滨孙在荒岛上为自我生存所做的各种手工艺劳动的过程和细节,而以"大丈夫何事不能为,即是一个世界,也能制造出来,难道区区器具,不能制造吗?"[55] 一言而蔽之。原作描写鲁滨孙在海滩上发现脚印之后,如何五雷轰顶、丧魂落魄,为了保存自己,如何苦干了好几个月,为自己居住的洞穴,筑了两道屏障,插种了两万多株树枝,殚思极虑,费尽心机。《大陆报》译本显然深感如此贪生怕死举动

---

[54] 《大陆报》,光绪二十九年九月初十(1903年10月29日)第12期,第7、8页。
[55] 《大陆报》,光绪二十九年二月初十(1903年3月8日)第4期,第29页。

有损英雄形象，而杜撰了鲁滨孙在丛林中放火烧炭的情节，让腾腾烈烈烟焰烘天的气势与鲁滨孙的火暴性格相映生辉。更通过鲁滨孙救人的心理和行为渲染其英雄品格，如鲁滨孙站在山顶看到礼拜五逃跑被食人者追赶，译本添加了鲁滨孙的心理活动是"我恨不得变了一阵狂风，把他撮上山来"。拯救礼拜五的动作是"直自山顶，一轳辘滚将下来"。[56] 这与原作鲁滨孙始终以冷静的旁观者审时度势，见有机可乘才施以援手的姿态是大相径庭的，译者为其添加的是中国绿林好汉的鲁莽之风。这是很值得玩味的一个现象——《大陆报》将鲁滨孙挪用为革命的代言人，又把他演义改造成水浒风的豪杰，如此挪用和改造显然折射着早期革命党人所期许的革命性质和革命者形象。

总之，《大陆报》本彻底扭转了鲁滨孙形象，使之从绝对个人主义的典型改向为"爱群""排满""尽瘁国事之义务"的国民典范；把爱好冒险的天性改写为根于天然本能的爱种之心；将其冷漠、算计、小心谨慎的性格转变为乐死不辞、充满大丈夫气概的英雄本色，从而让鲁滨孙承担起宣扬革命精神，建构革命合法性，动员大众参与革命的角色。译者以鲁滨孙之口所宣扬的国民"义务"观念、"牺牲"精神、"爱群""排满"意识，都与此时革命党人的宣传纲领和要点一一合辙。由此看来，说《大陆报》本的《鲁宾孙漂流记》是一种特殊形式的革命文本也不为过。在中国"走向共和"的现代历史中，它为我们留存了大造革命舆论，打造革命合法性尚未"圆满精致"时的一份档案。

（该节原题《晚清语境中的鲁滨孙汉译——〈大陆报〉本〈鲁滨孙飘流记〉的革命化改写》，载《中国现代文学研究丛刊》2009 年第 2 期；又选载于人大复印资料《外国文学研究》2009 年第 7 期；2020 年底改定于威海）

---

[56] 《大陆报》，光绪二十九年五月初十（1903 年 6 月 5 日）第 7 期，第 40 页。

第三节　传统儒学话语中的"林译"本

林纾于1905年译毕,中国商务印书馆同年出版的《鲁滨孙飘流记》,虽然在中国未能占得汉译鲁滨孙的头筹,但鉴于前几种汉译本的极度缩写性质,由中国人汉译的完整全译本当首推林译[1]。(图1.3.1—图1.3.3)

以林纾"耳受而手追之,声已笔止,日区四小时,得文字六千言"[2]的翻译方式和速度,该作的粗糙和疵谬当然不免,但仍属林纾的前期翻译,如钱锺书概而言之所评,称得上是译者"隆重地对待","精神饱满而又集中","兴高采烈,随时随地准备表演一下他的写作技巧"[3]的佳品。虽说他并未如己所期,做到"一一如其(按:原作)所言"[4],但大体也不过是"在译文里有节制地掺进评点家所谓'顿荡''波澜''画龙点睛''颊上添毫'之笔"。这种把翻译变成"借体寄生的、东鳞西爪的写作"[5],既忠实,又如本人所说,"稍为渲染,求合于中国之可行者"[6]的"译述"风格,不仅彰显了翻译的主体性,也为我们提供了考察早期

---

[1] 该译本虽由林纾与曾宗巩同译,但从序文及其翻译风格仍可见出,林纾起着主导作用。

[2] 林纾:《〈孝女耐儿传〉序》,吴俊标校:《林琴南书话》,杭州:浙江人民出版社,1999年,第77页。

[3] 钱钟书:《林纾的翻译》,薛绥之、张俊才编:《林纾研究资料》,福州:福建人民出版社,1983年,第308、307页。

[4] 林纾:《足本鲁滨孙飘流记·序》,[英]达孚:《足本鲁滨孙飘流记》卷上,林纾、曾宗巩译,上海:中国商务印书馆,光绪三十二年(1906)再版,第3页。

[5] 钱钟书:《林纾的翻译》,薛绥之、张俊才编:《林纾研究资料》,第301页。

[6] 林纾:《〈深谷美人〉叙》,吴俊标校:《林琴南书话》,第113页。

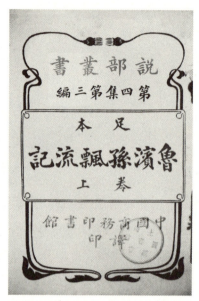

图 1.3.1 [英] 达孚著，林纾、曾宗巩译《足本鲁滨孙飘流记》卷上初版封面，中国商务印书馆，光绪三十一年 [1905] 十二月

图 1.3.2 《足本鲁滨孙飘流记》卷下初版封面，中国商务印书馆，光绪三十一年 [1905] 十二月

图 1.3.3 [英] 达孚著，林纾、曾宗巩译《足本鲁滨孙飘（漂）流记》初版扉页，中国商务印书馆，1905 年

译者如何处置两种不同文化的遭遇，如何在两者之间施加融通与反抗行为的绝好文本。

一

林纾选译《鲁滨孙飘流记》并非如学者一般所论，"全操于与他合作的口译者"[7]，而是他"触黄种之将亡"，反省自己的译品"将及十九种，言情者实居其半"之后，自觉改弦更张，要"摭取壮侠之传""以振吾国民尚武精神"的产物。[8] 后人常因林纾多译哈葛德属二三流，而可惜其劳力虚耗，却不察哈氏所长除言情外，还好言"亡国事"，其作"白人一身胆勇，百险无惮""出探天下之新地"[9] 的冒险小说，不仅正中了林纾冀"多译西产英雄之外传，俾吾种亦去其倦敝之习，追躅于猛敌之后"[10] 的一种用心，也恰合了维新派企图凭借皇帝权力推行变法失败，由君向民转移，将"新民"作为中国"第一急务"的战略调整步伐。从林纾所称与梁启超的"老友"关系，即使民国成立，仍将其尊为"英雄人也，为中国倡率新学之导师"[11] 的敬佩之情来看，林纾大译笛福、哈葛德，不仅使"探险小说"成为林译的一个重要内容，以及一再属意谈及的话题，也是他追随梁启超的小说界革命和新民主张，取法西人的产物，是晚清译坛盛行的"冒险小说"的又一力作。

很难说清楚，这是一个矛盾，还是一种挪用，或表述的策略。晚清时期，国人一方面同仇敌忾于帝国的瓜分；另一方面对帝国意识形态却熟视无睹。其典型态度一是表现在对进化论的鼓噪，二是表现在对"国

---

[7] 郑振铎：《林琴南先生》，薛绥之、张俊才编：《林纾研究资料》，第159页。
[8] 林纾：《〈埃及金塔剖尸记〉译余剩语》，吴俊标校：《林琴南书话》，第23页。
[9] 林纾：《〈斐洲烟水愁城录〉序》，吴俊标校：《林琴南书话》，第31页。
[10] 林纾：《〈剑底鸳鸯〉序》，吴俊标校：《林琴南书话》，第76页。
[11] 林纾：《〈古鬼遗金记〉序》，吴俊标校：《林琴南书话》，第106页。

民远游冒险精神"[12],甚而"军国民"尚武精神的倡导。这也就难怪,帝国殖民能够成为时人所向往的大业,作为殖民主义主要角色的冒险家也被奉为"新民"的楷模之一。

因之,在晚清的语境中,"殖民"一词往往并非贬义。尽管该词早期具有"移民"的中性意义,但当它与"蓄奴"和"征服"搅在一起,不可剥离时,这一词语早已被历史赋予了负面意涵,更何况其时中国正遭受殖民侵略的祸患。如孙毓修虽然读出笛福《鲁滨孙漂流记》的殖民倾向,却是作为殖民事业的开创者来称颂的。他在《欧美小说丛谈》中就认为,《鲁滨孙漂流记》是作者"郁郁不得志于宗邦,乃思辟一新天地于不可知之乡"的产物,甚至把美国的诞生也归功于其影响力。他认为后来所以"百有二人航海至美洲,争信仰之自由,开殖民之风气,溯其渊源,实基于此"。由是大发感慨:"弟福(笛福)之理想竟得实行。其书之有功于人心世道如此。"[13]梁启超自日译本重译法国作家焦士威尔奴(儒勒·凡尔纳)的《十五小豪杰》时,也在"序"中盛赞他们漂流荒岛,"殖民俨辟新土,赫赫国旗辉南极"[14]的故事。

指出这一现象,并不意在做事后诸葛亮式的苛责,连大哲罗素都设身处地替中国设想:"为抗击凶恶的军国主义,他们的大部分文明就必须被摧毁,他们看来只有被征服或采用他们敌人的各种劣习,别无选择。"[15]只不过,通过不同反应的对比,可以彰显林纾非同一般的警醒和犀利。

与时人将哥伦布和鲁滨孙二氏奉为冒险英雄的惯见不同,林纾(图1.3.4)能够一针见血地揭露其实为"行劫者""灭种者之盗"的性质。他指

---

[12] 新小说报社:《中国唯一之文学报》,陈平原、夏晓虹编:《二十世纪中国小说理论资料》,北京:北京大学出版社,1989年,第45页。

[13] 孙毓修:《欧美小说丛谈》,《小说月报》,1913年第4卷第2号,第11页。

[14] 梁启超:《十五小豪杰》,《饮冰室合集·专集》第11册,北京:中华书局,1989年,卷九十四第1页。

[15] 罗素:《我的心智的发展》,转引自[美]周策纵:《五四运动——现代中国的思想革命》,周子平等译,南京:江苏人民出版社,1999年,第241页。

出，哥伦布属"大者"，当"独劫弗行"时，即"啸引国众"，以劫美洲，"其赃获盖至巨也"；而像鲁滨孙之流不过是"鼠窃"，由于"陷落于无可行窃之地，而亦得资以归"，致使西人"争羡其事，奉为探险之渠魁，因之纵舟四出"。[16]他不仅认为"鼓励白种人探险之思，蓝本均出鲁滨孙、哥伦布二氏也"，甚至持有"吾支那之被其劫掠，未必非哥伦布、鲁滨孙之流之有以导之也"的观点。[17]在他看来，西人从"劫人之天下与国"，次到"劫

图 1.3.4 林纾（1852—1924）

产"，终至"无可劫"，"始创为探险之说"，其要害在于"先以侦，后仍以劫"，甚而至于"以劫自鸣"。[18]在揭露探险小说所具有的帝国主义意识形态的基础上，林纾进而以"但留一日之命，即一日泣血"[19]，"日苞其爱国之泪"的激情，以告读者："严防行劫及灭种者之盗"，只有"学盗之所学，不为盗而但备盗"，才能使"盗力穷矣"。[20]作为最早从事西方文学翻译的译者，从一开始就能洞见被文学所记录、所支持、所掩盖的帝国掠夺的事实及其将这一事实合法化的叙述，将冒险小说与西方帝国主义的强盗性质、"灭种者之盗"的危机相联系，对西方文学形象能够进行如此这般的批判性思维，其批判的观点力度竟能与今日后殖民理论批评相伯仲，的确让人感到惊喜。

那么，接下来的一个问题就是，林纾虽然对鲁滨孙形象有着如此清

---

[16] 林纾：《〈雾中人〉叙》，吴俊标校：《林琴南书话》，第45页。
[17] 林纾：《〈古鬼遗金记〉序》，吴俊标校：《林琴南书话》，第106页。
[18] 林纾：《〈雾中人〉叙》，吴俊标校：《林琴南书话》，第45、46页。
[19] 林纾：《〈爱国二童子传〉达旨》，吴俊标校：《林琴南书话》，第69页。
[20] 林纾：《〈雾中人〉叙》，吴俊标校：《林琴南书话》，第46页。

醒的认识,但这种严正而冷峻的态度却并不利于翻译所需全身心投入的再度创作。从林纾《鲁滨孙漂流记》汉译本及其序言可以见出,他在不断调整自己的认识角度,其拒斥与接纳同在的矛盾,不仅反映了他对鲁滨孙形象所做出的最直接的回应和塑造,也表现出他尝试将本民族文化传统及其价值观普世化进行现代诠释的努力。

很有意思的是,林纾是以集中国传统文化之"至善""至德""至圣"的"中庸"之道来赋予鲁滨孙形象以意义的。这的确与时人所标榜的冒险精神南辕北辙。以林纾熟谙程朱理学的背景修养,他对"中庸"的理解基本遵照其训诂,又大有变通。考量"中庸"这一概念所能引发的几于无所不至的微言大义,林纾是将"中庸"分为了"立人"的两种类型标准。一为"圣人"之"中庸",即以中庸立人之"极",确立人之最高标准的中庸。林纾在因循"以中为不偏,以庸为不易"之训诂的基础上,强调的是"据义而争,当义而发,抱义而死","中也,亦庸也"之理想价值,把"义"树立为"圣人之中庸"的核心价值。二则为"中人"之"中庸",即林纾所说"中人之中,庸人之庸",以中庸立人之"常",确立人之一般标准的中庸。其特征是"洞洞属属,自恤其命,无所可否,日对妻子娱乐,处人未尝有过"。在序言中,乍看林纾似乎是将这两种类型的"中庸"直接对应于鲁滨孙及其父亲这两个人物形象,褒扬前者,批判后者。但若细查,又并非如此简单。

的确,林纾是说,鲁滨孙因"不为中人之中,庸人之庸",才大悖父旨,"单舸猝出,侮狎风涛,濒绝地而处,独行独坐,兼羲、轩、巢、燧诸士之所为而为之",成就"奇诡之事业";但他又一转:"吾观鲁滨孙氏之宗旨,初亦无他,特好为浪游。"[21] 林纾确实谈到鲁滨孙困于死岸,能够"自治其生""寓心于宗教"的作为与思想,但以他观之,也不过是

---

[21] 林纾:《足本鲁滨孙飘流记·序》,[英]达孚:《足本鲁滨孙飘流记》卷上,林纾、曾宗巩译,第1页。

"既知助穷援绝",以锹锄斧斤和宗教,"浸忘其忧"。甚至认为鲁滨孙平恕之言,也不过因"严寂之中,无可自慰,遂择其不如我者,以自尊其我"的"无聊返本之言也"。[22] 也就是说,林纾是以世俗日常心理去认识理解鲁滨孙皈依上帝的宗教故事的。对于小说的主要情节,也是最能大做鲁滨孙"当义而发,抱义而死"文章的解救礼拜五之举,却只字未提,不知是否也被林纾归入了"抑人以自高"的范畴。在该"序"中,最得林纾赞赏的是,鲁滨孙居岛二十七年归英后,"散财发粟,周赡亲故,未尝靳惜"的善行。他认为正因为鲁滨孙"极人世不堪之遇"的所阅所历,才使他"益知人情之不可处于不堪之遇中,故每事称情而施","部署家政,动合天理","较其父当日命彼为中庸者,若大进焉",是"真得其中与庸矣"[23]。可见,林纾赋予"中庸""据义而争,当义而发,抱义而死"的含义只是被他落实到了鲁滨孙"功既成矣"后的善举上。这不仅缘于林纾对鲁滨孙所持有的批判态度,更与他个人"尚侠""趋义"的行品甚相投合有关。

林纾身世寒微,在"七十自寿"诗中曾说自己早年是"奇穷竟与饿夫几",待笔耕书画有所成就后,疏财救急,"周之无吝啬",被朋友称为"救穷之人"。[24] 甚至路遇不相识的难民也解囊相助,竟至"竭我绵薄,几蹶不起"[25]。显然林纾给予鲁滨孙高度评价之处与他个人的生活和志向取得了共鸣。更为重要的是,林纾之汉译鲁滨孙,不是将西方价值观,而是将中国传统价值观普世化了。由此不仅冲淡了他对这一形象具有殖民侵略性质的批判,也合乎逻辑地将晚清时期的"冒险"鲁滨孙涂上了"中庸"鲁滨孙、"侠义"鲁滨孙的色彩。

---

[22] 林纾:《足本鲁滨孙飘流记·序》,[英] 达孚:《足本鲁滨孙飘流记》卷上,林纾、曾宗巩译,第 2 页。
[23] 同上。
[24] 寒光:《林琴南》,薛绥之、张俊才编:《林纾研究资料》,第 198 页。
[25] 林纾:《自嘲诗》,薛绥之、张俊才编:《林纾研究资料》,第 56 页。

二

林纾在"序"中的确是把"中人"之中庸直接对应于鲁滨孙之父,认为"其父之言,望子之保有其产,犹吾官宦途之秘诀,所谓不求有功,但求无过者也"[26],并无积极评价。但从其译文看来,却恰恰相反。"其父之言"被译得至诚恳切,充满了钱锺书所说"顿荡""波澜""画龙点睛""颊上添毫"的渲染之笔,甚至可以说,被鲁滨孙当作一再追悔莫及的至理名言。鲁滨孙是从反叛父亲始,以皈依父亲终。

本来,原文确实贯穿着鲁滨孙一再遭难后,不断反思父亲忠告的线索,但由于近代以来,我国对鲁滨孙的阐释强调的是其冒险精神,一直漠视了故事叙述者与这种精神相悖的追悔声音。在鲁滨孙故事中父亲形象本可以是无足轻重的,他仅仅于开头,作为鲁滨孙冒险出海计划的反对者出场,最终当鲁滨孙归来,他已逝世多年。也就是说,如果只讲鲁滨孙的故事,这个人物完全可有可无。但作者给予他忠告的篇幅分量,以及让鲁滨孙不断忆及这些忠告的重复频率,却使他虽然之于故事情节无关大局,但承担了呈现思想主题的重要功能。

父亲的忠告显然溢出了劝阻鲁滨孙航海的简单意图,甚至从某种意义上来说,它寄托了社会中等阶层对于自己的身份和价值观的明确表达。父亲劝阻鲁滨孙的第一个理由就是让他认清自己在社会等级结构中处于中层的位置。在他看来,到海外去冒险的"一般都是穷无立锥之地的人,再不然就是富于野心和资财的人"。其次,便是大肆宣扬处于中等状态的益处。以多年的经验,他觉得"这是世界上最好的阶层",他们的生活提供了"幸福的标准":最少有灾难,安定、富裕,既用不着"劳力劳心,为每日的面包去过奴隶生活,困难不堪,弄得身心没有片刻的安宁;也用不着被欲望和发大财、成大名的野心所苦,心劳日拙"。

---

[26] 林纾:《足本鲁滨孙飘流记·序》,[英]达孚:《足本鲁滨孙飘流记》卷上,林纾、曾宗巩译,第2页。

同时也标举了一种人生态度：克己、节制、安宁、健康、遵纪守法。因而认为"只有中等阶层才有福气享受一切的美德和安乐"，"所有的人"，甚至包括帝王都"羡慕这种生活"，"常常慨叹他们高贵出身的不幸后果"。[27] 我们都很清楚，中产阶级一向受到舆论界的仇恨和蔑视，自私、虚伪、庸俗、贪婪、枯燥、冷酷无情，等等，是被"仇布者"描绘出的这一社群特征。如果按照西方学者的一般说法，若把 1780—1850 年这一阶段看作中产阶级形成期的话，笛福通过鲁滨孙之父如此赞扬和标示"中等状态"（the middle State）的价值观，的确可以看作造就中产阶级文化的先声。

林纾以"中人"翻译 the middle State，二者显然并非对等。从他把翻译变成"借体寄生，东鳞西爪的写作"之策略出发，反过来也可以将其"东鳞西爪"地"寄生"于译文中的寓意再整合起来。林纾的"中人"概念不是以经济状态为指标，首先指的是"中材"，而且带有天生的性质，属一个人的"分际"。其次，就"中人"与外部关系而言，其特征为"处世庸庸"，"不骄不狂，与世无忤"，即智慧之士所说以"明哲保身"为"标的"，因而"矫抗之气既除，于合群之道尤当，凡百适宜"，能够"恒不罹其害，且不经无数之变态，而拂意之事，亦不常

---

[27] 参阅［英］笛福:《鲁滨孙飘流记》，徐霞村译，北京：人民文学出版社，2006 年，第 2—3 页。原文："He told me it was for Man of desperate Fortunes on one Hand, or of aspiring, superior Fortunes on the other, who went abroad upon Adventures", the middle State "which he had found by long Experience was the best State in the World", "that this Way Men went silently and smoothly thro' the World, and comfortably out of it, not embarass'd with the Labours of the Hands or of the Head, not sold to the Life of Slavery for daily Bread, or harrast with perplex'd Circumstances, which rob the Soul of Peace, and the Body of Rest; not enrag'd with the Passion of Envy, or secret burning Lust of Ambition for great things"; "*that* the middle Station of Life was calculated for all kind of Vertues and all kinds of Enjoyments"; "Kings have frequently lamented the miserable Consequences of being born to great things, and wish'd they had been placed in the Middle of the two Extremes". Daniel Defoe, *Robinson Crusoe*, Michael Shinagel ed., A Norton Critical Edition, New York and London: W. W. Norton & Company, 1994, pp. 4–5.

靓";再就"中人"的内心则是:"一切贪嗔忮克之事,若上流社会之陋习,均不足扰吾天君","七情都不能乱,亦无杀机欲焰,攻炽其中,终日雍容"。因而,较之在其上的"彼辈强自支属,以务分外之获,长日宴乐而豪侈;在其下则终身戚戚,羹藜茹藿,凡百所需,均莫得一,因而瘨瘁日甚"。"中人之身心"是"日觉泰然","静中阅世,逐日增长其学问","若丛百善于其躬,令之坐享极乐";"中人之家"也是"节用而省事,事乃不扰,亦无疾疢之虞"。所以,处于"中人","凡命中乖蹇之事,非高明者当之,即下愚躬受其咎","人人应享之乐,彼皆享之。天心若聚此奇福,以待中人,中人所履之路,坦坦荡荡至于没世"。林纾将"凡此种人举动,名曰中庸",甚至认为古昔之君都"恒思降格处于中人,不被奇福,亦不罹巨祸"。[28]

如果说,原文将中产阶层的生活作为幸福的标准已经渲染得超乎情节的需要,林纾更是借题发挥,将"中人"之道之福"顿荡""波澜"得泛滥。或就其一点加以阐发,或以极端程度修辞:"奇福""百善""极乐";或化用圣人之言,如将子曰:"中庸其至矣乎!民鲜能久矣",衍生为"俗人咸莫审其奥妙,或入之而不能居,居之而不能久";把《诗》曰"既明且哲,以保其身",精练为"明哲保身之标的";依《中庸》之言:"在上位,不陵下;在下位,不援上",抽绎为"既不攀高,也不猥贱";据"君子素其位而行",引申为"殆为中材,胡不居中而图存";更把《中庸》所说"从容中道""宽裕温柔""和乐且耽""宜尔室家,乐尔妻孥"渗透于他对"中人之中庸"的描述中。换言之,林纾虽然在序言里,将中庸分为"圣人之中庸"和"中人之中庸"两种类型,褒扬前者,贬低后者,但其译文却是常以圣人之言去标榜"中人之中庸"。而且让鲁滨孙直言"吾父者,智士,亦正士也",甚至不惜以横加密圈的外在形式来引领读者领会他的苦口"父"心。

---

[28] 参阅 [英] 达孚:《足本鲁滨孙飘流记》卷上,林纾、曾宗巩译,第3—4页。

显然，林纾译本将原文的"中等状态"译为"中人"，将其特有的人生处世态度转换成"中庸"，是用中国传统价值观进行了新的整合。而且，原作逻辑强调的是经济地位的中等状态决定着人生的幸福，林纾却将鲁滨孙的家庭出身由中等（good）[29]改写为"先世广有资产""闻家""已储积无限之产"，[30]通过排除经济因素使中人之中庸人生观及其修养成为一种决定性的因素，一种具有普世性的人生处世标准。因之，鲁滨孙之父奉劝他放弃航海之念的忠告就被改写为：

尔试思天下勇健之夫，本以死自励。设更有酣美之境，处于其侧，彼此相较，则就死乐耶？富贵乐耶？汝需知冒险快其壮游，特好高务名之一事。务名之终局，非历危犯险，亦必无成功，纵使成功，亦属分外之获，不能引为常轨。汝必为之，其中吉凶参半，究不能适合于尔之分际。以余相汝，殆为中材，胡不据中以图存？既不攀高，亦不猥贱，足以全汝矣。且吾老而更事，凡能为中人者，必安逸而无祸，而尤于人中得和平之乐，与悲惨之事，相距尤远，而艰巨既莫之任，发肤亦可全归，不骄不狂，于世无忤。[31]

该段原文如下：

He told me it was for Men of desperate Fortunes on one Hand, or of aspiring, superior Fortunes on the other, who went abroad upon Adventures, to rise by Enterprize, and make themselves famous in Undertakings of a Nature out of the common Road; that

---

[29] 原文开头谈到鲁滨孙出生于 a good Family，其父通过从商，获得 a good Estate，母家是 a very good Family。"good" 在英文中属于中等家境程度的修饰语，而非大富大贵。
[30] [英] 达孚：《足本鲁滨孙飘流记》卷上，林纾、曾宗巩译，第 1、4 页。
[31] 同上书，第 2 页。

these things were all either too far above me, or too far below me; that mine was the middle State, or what might be called the upper Station of *Low Life,* which he had found by long Experience was the best State in the World, the most suited to human Happiness, not exposed to the Miseries and Hardships, the Labour and Sufferings of the mechanick Part of Mankind, and not embarass'd with the Pride, Luxury, Ambition and Envy of the upper Part of Mankind.[32]

两段比照可以见出，原文的意思是说，到海外冒险是在本国混不下去了的穷人和有资本能到海外创大业的人干的事，对于中等阶层的人没有什么实质的意义，犯不着冒那么大的险，受那么大的罪。林纾却将这段译文改写为两种人生态度的选择："就死乐耶？富贵乐耶？"冒险不过是"好高务名"，其终局必无成功，即使成功也是"分外之获"。另外，译文所说"既不攀高，亦不猥贱，足以全汝矣"，"发肤亦可全归"等也都属原文所无"颊上添毫"之笔。由此，以中国传统的人生观彻底否认了冒险的意义，其用心显然在于增强父亲言说的合理性。

"中人"概念虽然于典籍中不过常人、普通之意，[33] 但在晚清时期却受到特别猛烈的批判。有清一代维新革命志士，愤外族之侵略，苦官吏之压制，痛国人之意图苟安、束手待毙；因此，将"支那人普通之本色"，"中国人之中"的"中人"特征概括为："其处世也，无圭角，无棱

---

[32] Daniel Defoe, *Robinson Crusoe*, Michael Shinagel ed., 第 4—5 页。该段徐霞村翻译为："他告诉我，那些到海外去冒险，去创业，去以非常的事业显身扬名的人，一般都是穷无立锥之地的人，再不然就是富于野心和资财的人。可是这两种情况对我来说不是过高，就是过低。他说我的社会地位是在这两者之间，或者也可以称为中间阶层。以他多年的经验，他觉得这是世界上最好的阶层，最能给人以幸福，既不像那些体力劳动者，必须受尽千辛万苦，也不像那些上层人物，被骄奢、野心，以及彼此倾轧的事情所烦恼。"引自 [英] 笛福：《鲁滨孙飘流记》，徐霞村译，第 2 页。

[33] 子曰："中人以上，可以语上也；中人以下，不可以语上也。"见《论语·雍也》，杨杰编：《四书五经》，哈尔滨：北方文艺出版社，2007 年，第 7 页。

图 1.3.5　林纾与家人

骨，习于怯懦，莫能拒大敌；其风度，则从容不逼，圆满和乐也；其天性，则平凡而单纯，无变化，无波澜也。""平素偷安旦夕，心醉平和；家室稍康，沾沾自喜，不复知人间有忧患事。"从而大加口诛笔伐，声讨中国为"有民无士之国"，以激发国人揭竿而起，舍身救世。[34] 林纾当然同样"哀其极柔而将见饫于人口"，冀译书"以救吾种人之衰惫，而自厉于勇敢"。[35] 但鲁滨孙之父所言又显然引发了林纾别一样的慈父情怀。

此时，林纾已五十有四，生有六子，惨经仲子、长女之殁，为父之心既饱尝亲情，也历尽沧桑，儿女忧患之心未已。可以想见，当他译到鲁滨孙老父以其长兄"少年气盛，非强死不休"，终战死沙场的教训，来"涕泣慰留"鲁滨孙时，一定感同身受，肺腑之言从中而出（图 1.3.5）。尤其是译到鲁滨孙看父亲："泪如属丝，续续不已。至于吾兄阵殒事，泪乃泉涌，悲不自胜"[36]，真是感人至深。原文叙此已是充满忧伤，经林纾译后愈形凄怆至"深哀极恸"。从后来林纾写给五子林璐（叔遇）的书信可以见到，他切切叮嘱离家出外求学的儿子：天寒体操"需告假"，

---

[34] 佚名：《"社说"·中国之改造》，《大陆报》，光绪二十九年闰五月初十（1903 年 7 月 4 日）第 8 期，第 2、4 页。

[35] 林纾：《埃司兰情侠传·序》，吴俊标校：《林琴南书话》，第 130 页。

[36] ［英］达孚：《足本鲁滨孙飘流记》卷上，林纾、曾宗巩译，第 5 页。

"宁可为人笑其无勇,不可勉所不能";"有人招尔泛舟,汝切不可行"等等[37],比鲁滨孙之父所言所忧更是有过之而无不及。

为父之心的共鸣和认同,使林纾当渲染也不足以表达自己对儿女对青年的殷切嘱托时,才不惜"颊上添毫",不仅以圣人之言,也将自己的人生体悟和经验渗入其中。特别需要指出的是,林纾增加了"循分""安分"、不务"分外之获"的主题因素。《中庸》所言"君子素其位而行,不愿乎其外。素富贵,行乎富贵;素贫贱,行乎贫贱",本含有"安分"之意,从林纾传记材料及诗文也可以看出,这是他对自己生平最刻意彰显的一点。他的家传"祖训"即"畏天而循分"(图1.3.6)。他不仅恪守终身,恒称"不敢以不学之身,冒得大名,为非分之获"。主张人生筹划"当以安分为先","安分,是人生莫大之福",[38]直至晚年还撰七十自寿诗言,"世惟解事方循分"[39]。这一人生态度不仅被他化为鲁滨孙之父的忠告,也让鲁滨孙在自己的历险中一再体悟之。

从鲁滨孙登舟航海初遇风浪始,即责备自己"自寻灾害",发誓要做"守成之子","益信中庸之言,为计至得,为生亦易",[40]同一段徐霞村的译文则是"我觉得他关于中等生活的看法,句句真实"[41]。其后更多次"回

图1.3.6 林纾为宣南校场口新居之门书写的"畏天"二字

---

[37] 参阅林纾:《畏庐老人训子书》,李家骥等整理:《林纾诗文选》,北京:商务印书馆,1993年,第363、370页。

[38] 林纾:《与国学扶轮社诸君书》《覆李畲曾》《寄钟贵侄书》,李家骥等整理:《林纾诗文选》,第274、306、344页。

[39] 林纾:《畏庐七十寿辰自寿诗十八首》,李家骥等整理:《林纾诗文选》,第169页。

[40] [英]达孚:《足本鲁滨孙飘流记》卷上,林纾、曾宗巩译,第7页。

[41] [英]笛福:《鲁滨孙飘流记》,徐霞村译,第5页。原文:"Now I saw plainly the Goodness of his Oberservations about the middle Station of Life." Daniel Defoe, *Robinson Crusoe*, Michael Shinagel ed., p.8.

忆吾父之训辞",诚称"其味至为渊永",反省自己"实误于始念不知自足,务求多贪得于势分之外耳",悔恨自己"果知安分守己,何至一身轻出"。[42] 原文虽然有鲁滨孙以自己的经历,告诫青年莫要不满于现状的意思,但林纾发挥为"务求多贪得于势分之外",却是原文所无。鲁滨孙漂流荒岛,能够战胜绝望和孤寂,原文强调的是上帝的眷顾和指引;林纾在忠实原文的同时,又增加了他的理解:"既甚知足,复知苦中之乐。""二事互易,以悲为乐,悲惨之情,类大风飘瞥而过,觉乐天安命之身,若别成一世界。"[43] 鲁滨孙居岛四年后,在与世隔绝的纯自然环境中,对于事物的看法和认识已经完全不同以往,他是以后来卢梭所推崇的原则,即根据我们的本能和自然需要去寻求知识,"由自己按照事物本来的用途对它们进行判断"这一"最可靠的办法"[44] 来重新估定事物的价值的。因而,认识到"我所能利用的,只是那些对我有使用价值的东西","世界上一切好东西对于我们,除了拿来使用之外没有别的好处"。他宁愿用一大把金钱去换一点粮食和蔬菜的种子,甚至是一瓶墨水,即使抽屉里堆满了钻石也一点价值都没有,因为没有用。[45] 林纾译文总是在原文谈的事理之上"画龙点睛"成"治生之道",一种对人生态度的评价:

  余眼前百物累累,余乃一不置念,但谓之外物而已。物取适用,稍贪即愚。[46]
  ……

---

[42] [英]达孚:《足本鲁滨孙飘流记》卷下,林纾、曾宗巩译,第36页。
[43] 同上书,第98—99页。
[44] [法]卢梭:《爱弥儿 论教育》,李平沤译,北京:商务印书馆,1983年,第245页。
[45] [英]笛福:《鲁滨孙飘流记》,徐霞村译,第99页。
[46] [英]达孚:《足本鲁滨孙飘流记》卷上,林纾、曾宗巩译,第114页。原文:"for I possess'd infinitely more than I knew what to do with. I had no room for Desire, except it was of Things which I had not, and they were but Trifles, though indeed of great Use to me." Daniel Defoe, *Robinson Crusoe*, Michael Shinagel ed., p.94.

> 默念天赐之福，乃逾于所求，因亦安分，无复外慕。以此
> 之故，魂梦皆逸。余今且论彼不知足者之行为，即日在帝力之
> 中，亦焦然不欢。则须读吾书而一猛省也。以彼人之目，但知
> 外慕，不知内观，帝亦何能饱其欲窟？故凡不知足之人，日肆
> 其求。以余观之，不必外求，当先安享其已得。[47]

总之，林纾通过"画龙点睛""颊上添毫"之笔，借鲁滨孙之"体"，一再"寄生"自己的人生感悟，也一再传达自己的目的在于"述吾安命之方，以告同病之人"，甚至宣称："读吾书者，观吾之历史，知吾在难中之理想，告之吾友，当为不谬。"[48]原文叙述者虽有让读者以他为鉴的意思，但却未敢将自己在难中的经验判为"不谬"。林纾如此强调，显然是要把鲁滨孙在难中对父亲当初忠告的体悟奉为真理，起码也是人生的宝贵经验。可以说，他通过各种手段，特别突出了鲁滨孙用自己痛苦绝望的历险换来的是对父亲之言的完全认同和皈依，并借此"塞入"了他对中国传统文化之根本精神，也许是他无意建构的中人之中庸之道的信念。

三

从林纾訾议鲁滨孙形象已可以看出他所持有的保留态度，除前面所说他对其帝国殖民倾向的警醒而外，以中国传统文化所塑造的理想人格而言，《中庸》本来就说"君子居易以俟命"，小人才"行险以侥幸"。

---

[47] [英]达孚：《足本鲁滨孙飘流记》卷上，林纾、曾宗巩译，第114—115页。原文：" and to consider what I enjoy'd, rather than what I wanted; and this gave me sometimes such secret Comforts, that I cannot express them; and which I take Notice of here, to put those discontented People in Mind of it, who cannot enjoy comfortably what God has given them; because they see, and covet something that he has not given them: All our Discontents about what we want, appear'd to me, to spring from the Want of Thankfulness for what we have." Daniel Defoe, *Robinson Crusoe*, Michael Shinagel ed., p.95.

[48] 汉译同上书，第26、36页。

林纾更借鲁滨孙追悔之言，一再塞入他对鲁滨孙一次次冒险之举所做出的"不衷于正""不得作中正之思想""深恨所行不轨于正"[49]的评价。不过，这并不意味着林纾完全否定这一形象。与时人推崇其冒险精神不同，鲁滨孙让林纾产生的是不同的共鸣点。

虽然无论中外，对于鲁滨孙的解读都有着相当多不同的指向，但就作者而言，如前所说，笛福是自觉地把鲁滨孙的故事作为宗教寓言来创作的。他写鲁滨孙的历险和生活，为的是让读者接受他借此所展开的道德和宗教的思考，因而才会有被视为"宗教手册"的、第三部"鲁滨孙·克罗索在他一生及其离奇冒险中的宗教沉思录"的出版。这一动机也同样贯穿于前两卷。鲁滨孙的历险只是他的寓体，鲁滨孙在历险中感悟到上帝的存在，与上帝的交流，最终皈依上帝，才是他的寓旨。也就是说，他是为了阐发教义，为上帝作见证才写鲁滨孙故事的。但在晚清，笛福的这一写作目的完全受到漠视。鉴于国人对洋教的反感，林纾不得不在"序"中特别做出解释，以撇清自己与洋教会有任何挂累的怀疑：

> 至书中多宗教家言，似译者亦稍稍输心于彼教，然实非是。译书非著书比也。著作之家，可以抒吾所见，乘虚逐微，靡所不可；若译书，则述其已成之事迹，焉能参以己见？彼书有宗教言，吾既译之，又胡能避讳而铲锄之？故一一如其所言。[50]

话虽如此，林纾译述鲁滨孙冥思上帝的大段内容时，实际上并非完全是个被清空的主体。面对西方传教士宣称"此天主道，非一人一家一国之道""今惟天主一教是从"[51]的霸权话语，用汉语什么词汇去翻译

---

[49] [英]达孚：《足本鲁滨孙飘流记》卷下，林纾、曾宗巩译，第36页；卷上，第78、85页。
[50] 林纾：《足本鲁滨孙飘流记·序》，[英]达孚：《足本鲁滨孙飘流记》卷上，林纾、曾宗巩译，第3页。
[51] [意]利玛窦：《天主实义》，朱维铮主编：《利玛窦中文著译集》，上海：复旦大学出版社，2001年，第8、16页。

其权威象征"God",都不能不意味着是对此权威的争夺和占用。这也就难怪,当初利玛窦借用中国古经书所称"上帝"意译基督教唯一神,为何竟会由此引发长达百余年的"中国礼仪之争",终使罗马教廷、有清朝廷也卷入论战,而演成在18世纪初叶,相互绝交、儒耶全面对抗的局面了。[52] 尽管林纾汉译鲁滨孙时,利玛窦采"耶儒合一"的适应性创译已深入人心,致使先秦经典中带有宗教色彩的古典词"上帝",到19世纪中期已逐渐被国人基本作为了基督教唯一神的专称。[53] 但林纾将基督教所崇奉的天地万物之创造者,全知全能全在,至高至上,并对人赏善罚恶的唯一神,广泛地以上帝、天、苍苍、造化、救主、道等汉语词语译之却不能不说触犯了基督教之大忌,使其"唯一"的性质混杂化。

冯友兰曾将中华元典及一般平民对"天"之信仰总结为五义:"曰物质之天,即与地相对之天。曰主宰之天,即所谓皇天上帝,有人格的天、帝。曰运命之天,乃指人生中吾人所无奈何者……曰自然之天,乃指自然之运行……曰义理之天,乃谓宇宙之最高原理。"[54] (图1.3.7) 由此观之,在中国传统文化"天"之观念中,所谓物质之天、运命之天、自然之天和义理之天恐怕都与基督教天启神学之"上帝"绝难"脉脉同符"。"上帝"为造物主,天之主宰,而非物质之天、自然之天;上帝是有意志的,可降祸福于人间的最高存在,为善可进天堂,恶人也能通过忏悔、赎罪和皈依上帝而获得拯救,并无中国上天"命定"之无可更改的意涵。上帝乃"无原之原",无原之自立者,而"义理"属依赖之类,自不能立;因此,"义理之天"也同样不能与上帝相类比。但"主宰之天"的意涵,在某种程度上却可通过阐释而获得与基督教唯一神的可比性和相通性。历史上儒教尊天说,也的确被利玛窦解释为对唯一神的崇拜。

---

[52] 参阅冯天瑜:《新语探源》第二章第四节"西洋术语汉译及其论争",北京:中华书局,2004年,第163—183页。

[53] 同上。

[54] 冯友兰:《中国哲学史》(上册),上海:华东师范大学出版社,2000年,第35页。

虽说信奉儒教的中国教士喜好在儒教尊天说与基督教天主说之间建立起对等关系，认为主张知天、事天、畏天、敬天的先圣之学与钦崇天主的西学"一一吻合"，但即使开明如利玛窦的传教士也决不容丝毫有混"至尊无二，惟一焉耳"之大伦的歧义存在。在《天主实义》中，利玛窦不仅批驳了"以空为务""以无为道"的佛老之学，更对"近儒"关于宇宙本源之"太极""理""天地为尊"之说大加笔伐。究其原因，则佛老以空无为物之原，非实有也；近儒以理、天地为尊，或无形象，或非唯一耳。所以，利玛窦特别强调"吾天主"是古经书所称，孔子"明一之以不可为二"的上帝，所谓"夫帝也者，非天之谓"，"苍苍有形之天，有九重之析分，乌得为一尊也"，"不以苍天为上帝"。[55]

图 1.3.7　林纾《林泉幽壑图》

可见，林纾以"天"译"上帝"，并不能够完全转化为宗教的专有术语，这一置换不仅纠结着中国传统文化价值观的元素，呈现出中西文化之融汇和变异的复杂状态，更折射出林纾本人的生平信仰。

林纾从小秉承祖母"畏天而循分"的家教，及年长更取其意而自号"畏庐"，年老还特意在北京新居的门宇上大书"畏天"二字。七十

---

[55]　参阅［意］利玛窦:《天主实义》第二篇"解释世人错认天主"，朱维铮主编:《利玛窦中文著译集》，第15—23页。

岁时，又郑重撰《述险》一文，历数生平所遭不测，莫可自解之脱险经过，以垂示子孙，他因行善和孝心得天所护佑"亦至"之奇迹。据他所述，十九岁时，其父病逝，林纾哀极而病肺，日必咯血，猛至盈碗。医言肺痿不治，后来却不药而愈。其母晚年喉际生有大瘿，洞见其咽，医言临终前将瘿血崩溃。林纾为乞母以善终，爇香稽颡于庭而出，沿道拜祷至越王山天坛之上，如是者九夕，不顾暴雨灌顶，坚伏雨中不起。母逝时，果不见血。林纾居丧，恸至心跳作响，医至，言心房因悲而裂，自谓死矣，然亦不过眩晕六年而愈。林纾亲戚周太史女孙得猩红热殁，家人奔避都尽，太史夫人携一子一孙到林家避难，也染病不起。林纾不忍驱逐，致家人获病者七，六子及幼女至病危。林纾说自己所以敢不顾他人忧愤，率尔行事，也是因他自信"非为私而行险"，是"为义而冒险"，"天无伤也"。[56]

　　由此可见，林纾是真信天，他将这些奇迹归功于"天"对自己行孝为义之举的护佑，与鲁滨孙把孤岛生存的奇迹看作是上帝的眷顾，在某种程度上经历了类似的精神信仰过程。"天"之于他，不是抽象玄虚的概念，而是真实的存在，甚至是有人格的，因而经常还以天意、天心、帝力、帝心去翻译"上帝"。所以，林纾不完全使用可以和基督教唯一神相对应的"上帝"，而以"天"及相应非专称名词译之，这本身即意味着林纾已将自己对"天"之信仰的人生经验，或者说中国传统文化的异质因素融入了对鲁滨孙故事的理解和阐释。虽然原文也并不仅仅以"God"指称基督教的唯一神，但大写之 Providence、Heaven、Lord、Spirit 等都同属宗教话语之专用名词。林纾以中国含混多义的"天"之相应概念译之，实际上是彻底改写了将上帝作为基督教唯一神的教宗。

　　鲁滨孙故事的开始部分本是日常生活中一般性的灾难事件，但笛福意在将其改造为违背父命必遭上帝惩罚的一个宗教寓言。原文不仅以

---

[56] 参阅杨家骆主编：《林琴南学行谱记四种》，台北：世界书局，1961年，第48—50页。

鲁滨孙所遇，也以鲁滨孙所感所悟来直白明说自己漂流荒岛的处境是上帝对他叛父行为的惩罚，反省自己在危难中不知畏惧上帝，遇救时也不知道感谢上帝的冥顽不灵。但林纾将其译述为"天谴之事"，"天律寻常之示罚"，让鲁滨孙检讨自己"即屡濒忧患，亦不怨天；纵使绝地逢生，亦不谓天心之向我"，"不以天心为信"[57]的罪过。读者即使能够意识到这里所说的"天"指代的是上帝，但汉语"天"的多重含义，也不能不干扰削弱了上帝至高至上唯一神的地位。特别是当"天"与中国传统人生观相结合时，更是偏离了宗教的指向。如鲁滨孙见到吃人的场景后才惊觉，自己本该陷于这一万劫不复的地步，全靠上帝对他的指引才能够脱离大难。因而他定下一条规律："每逢自己心里出现一种神秘的暗示或压力，叫我做什么事或走什么道路的时候，我就坚决服从这种神秘的指示。"他奉劝那些三思而后行的人，千万不要忽视[58]。林纾却将此翻译为："余既丛百思，久久已得定力。凡有所作，<u>悉遏吾情，勿任吾性</u>，惟上帝是听。""世人读吾书者，须知<u>尔命悉系诸天</u>……隐隐皆有天意。吾辈勿矫勿揉，循造化之命而行，勿待深求而详究之。"[59] 无论怎样附会，下划线者也均为原文未有之意，其中却"隐隐皆有"林纾的人生感悟和信仰。

---

[57] [英]达孚：《足本鲁滨孙飘流记》卷上，林纾、曾宗巩译，第78、80页。原文："that thro' all the Variety of Miseries that had to this Day befallen me, I have never had so much as one Thought of it being the Hand of God, or that it was a just Punishment for my Sin; my rebellious Behaviour against my Father, or my present Sins which were great" "I had no more Sense of God or his Judgments, much less of the present Affliction of my Circumstances being from his Hand, than if I had been in the most prosperous Condition of Life." Daniel Defoe, *Robinson Crusoe*, Michael Shinagel ed., p.65, 66.

[58] [英]笛福：《鲁滨孙飘流记》，徐霞村译，第134页。原文："I afterwards made it a certain Rule with me, That whenever I found those secret Hints, or pressings of my Mind, to doing, or not doing any Thing that presented; or to going this Way, or that Way, I never fail'd to obey the secret Dictate;" Daniel Defoe, *Robinson Crusoe*, Michael Shinagel ed., p.127.

[59] [英]达孚：《足本鲁滨孙飘流记》卷下，林纾、曾宗巩译，第21页。下划线为引者所加。

林纾除了以蕴涵着中国传统文化之丰富信息的"天"字翻译整合西方基督教之"上帝"观念外,还以中国君主的威严去想象和比附上帝的至高无上。如鲁滨孙叙述自己在海滩上发现了一个陌生的脚印,这不亚于五雷轰顶的恐惧,竟使他开始怀疑上帝的能力和公正;好像上帝虽曾显示神通,为他供应了种种食物,现在却无能保住这些赐予了。经过冥思苦想上帝知能无限的绝对权力之性质和意义,鲁滨孙重建了他对上帝的绝对信仰和皈依。林纾译述这段理性的省思时,却以忠君的态度忖度之:

恨余事帝不诚,帝乃摈我。且帝既有裁判之权,自能降罚于我,科以应得之罪。余生在威棱之下,宜降心抑志,仰承帝律。

设帝知降余罚为不然,则余亦当退听帝之令旨,尤宜号吁向天,求帝默示,长日如是,或得霁颜。[60]

在林纾的译笔之下,人与上帝之关系被描述成了臣之于君的诚惶诚恐、察言观色、谨小慎微的社会关系。纵观林纾"笃伦理,崇节贞,忧世卫道,既殁乃已"[61]尊奉儒教道德的一生,即使民国建立,也不忘忠君之礼,十谒崇陵,匍匐流涕,风雪无阻的事迹,的确可以和最忠诚的基督徒之宗教热情相媲美。在他的心目中,皇帝也的确居于"天"的高

---

[60] [英]达孚:《足本鲁滨孙飘流记》卷下,林纾、曾宗巩译,第6页。原文:"... so I was not to dispute his Sovereignty, who, as I was his Creature, had an undoubted Right by Creation to govern and dispose of me absolutely as he thought fit; and who, as I was a Creature who had offended him, had likewise a judicial Right to condemn me to what Punishment he thought fit: and that it was my Part to submit to bear his Indignation, because I had sinn'd against him."

"... that if he did not think fit to do it, 'twas my unquestion'd Duty to resign my self absolutely and entirely to his Will: and on the other Hand, it was my Duty also to hope in him, pray to him, and quitely to attend the Dictates and Directions of his daily Providence." Daniel Defoe, *Robinson Crusoe*, Michael Shinagel ed. p. 114.

[61] 朱羲胄述编:《贞文先生学行记》卷一,杨家骆:《林琴南学行谱记四种》,第1页。

位。所以，当废帝宣统被林纾的耿耿忠心所动，于戊午除夕御书"有秩斯祜"春条奖赐林纾时，他"泥首庭阶和泪拜"，将其称作"天章"。[62] 即使如此，儒家君之概念并不能与宗教之上帝相等同，因其并非至高无上，全知全能。这也就难怪林纾译述到鲁滨孙遭遇海难漂流荒岛，会以自己的理解判断他的灾难："其中之事，有帝力所及，亦有帝力所不及，吾不能一一仰谢天贶。"[63] 如此认知，显然有伤上帝的权威。这大概也是信奉仁义的林纾所不能接受的上帝惩罚之重，从而合理化为上帝能力不殆所致。也因之，当鲁滨孙在海滩上发现不明脚印，吓得丧魂落魄，费尽心机保护自己，而不是安心地信托上帝的拯救时，林纾所增加的"颊上添毫"之笔是"防上帝不佑，置余于生番之吻"[64]。由此可见，林纾并没有完全忠实原文，把西方宗教文化权威的象征"上帝"译述得那么全知全能，这显然不能不令原著所要建构的对上帝的绝对信仰和绝对皈依大打折扣。

四

林纾还用儒家一贯之道"仁"之概念去称颂上帝："上天仁爱"，"天心仁爱"，"帝至仁至爱"。孔子之仁与上帝之爱虽都是善，但其间仍有一不可混淆之处。特别就林纾所服膺归宗的程朱理学之"仁"来说，强调的是"天地人合一"的概念，用《天主实义》里问学"中士"的话说："吾古之儒者，明察天地万物本性皆善，俱有宏理，不可更易，以为物有巨微，其性一体，则曰天主上帝，即在各物之内，而与物为

---

[62] 林纾：《戊午除夕皇帝御书"有秩斯祜"春条赐举人臣纾，纪恩一首》，《畏庐诗存》，上海：商务印书馆，1923 年，第 39 页。

[63] [英] 达孚：《足本鲁滨孙飘流记》卷上，林纾、曾宗巩译，第 60 页。原文："... but these was something Negative or something Positive to be thankful for in it." Daniel Defoe, *Robinson Crusoe*, Michael Shinagel ed., p.50.

[64] 汉译同上书，卷下，第 11 页。

一。"[65] "一人之心即天地之心。"[66] 这一思想的要害之处在于降低了上帝"至大无偶,至尊无上"的位置,因而被利玛窦看作是"极抗大悖"。他不仅讲述了上帝化生天地之初,有一巨神及其从者,因傲然妄称"吾可谓与天主同等矣",天主怒,将其变为魔鬼的故事,也一再阐明"人器之陋,不足以盛天主之巨理也",天主之性"非人心可测,非万物可比伦也",批判前世之儒"以人为同乎天主,过尊也;以人与物一,谓人同乎土石,过卑也"。[67] 因而,以中国"仁"之文化含义去称颂上帝,不仅是身份地位的僭越,其推己及人,己所不欲,勿施于人,己之所欲,即施于人的恻隐为仁之方更为大谬。利玛窦强调只有"为天主者,爱人如己也"。基督教的爱,或说是仁,是因爱上帝,"笃爱一人,则并爱其所爱者矣",类似我们所说的"爱屋及乌"。因而利玛窦特别辨析说:"此仁之德,所以为尊。其尊非他,乃因上帝。""仁者爱天主,故因为天主而爱己爱人。""爱人之善,缘在天主之善,非在人之善。"[68]

可见,以儒家"仁"之概念去理解西方公正威严的上帝形象会更为和善与亲近。这样,林纾才会把鲁滨孙感谢上帝的话语翻译成"帝力佑人,虽微必彻……即至危极艰,而帝之眼光无滓,静以观变,亦隐而随人"。[69] 类似的意思还表现在鲁滨孙终能返回英国,仰谢天主不仅让他身居蛮荒而奇迹般地生存下来,又把他奇迹般地救出荒岛,"能以神通遂余初志"。[70] 也就是说,林纾让鲁滨孙称颂"天心仁爱"是有他所理解的上帝"随人"心愿这层意思的。这不能不说是林纾的添加,西方基督教上帝的至高形象是缺乏这一品格因素的。

林纾还以统摄于全德之"仁"的义、礼、智、信之类的概念去规

---

[65] [意]利玛窦:《天主实义》,朱维铮主编:《利玛窦中文著译集》,第40页。
[66] 程颢、程颐:《二程遗书》卷第二上,上海:上海古籍出版社,2000年,第63页。
[67] [意]利玛窦:《天主实义》,朱维铮主编:《利玛窦中文著译集》,第40、14、20、44页。
[68] 同上书,第79、81页。
[69] [英]达孚:《足本鲁滨孙飘流记》卷下,林纾、曾宗巩译,第37页。
[70] 同上书,第101页。

范命名各种德行善举。原著鲁滨孙的形象,虽然一方面刻画的是他如何从叛父悖帝之子逐步转变为虔诚的基督教徒的精神历程;另一方面又具有着鲜明的个人主义特征,体现了"经济的、社会的和理性的绝对个人自由"[71],其性格不能不说是相当矛盾和分裂的。林纾的译述做了相当程度的弥合,这特别在鲁滨孙解救礼拜五的情节中表现出来。此时成为上帝信徒的鲁滨孙受到梦的启示已很清楚,要想离开荒岛,办法只有一个,就是捉一个土著来帮助自己。但要这么做,就不得不把同来岛上的其他土著杀得一个不剩,否则就会面临被吃的下场。为自己离岛而大肆杀戮,的确给这个基督徒出了个难题,他无法为自己实施这一行径找到一个正当的理由。原作的处理是,一方面让他想要离开荒岛的急切愿望占了上风,另一方面又以梦境应验的神迹,让鲁滨孙,也让读者相信此举是上帝的意志。鲁滨孙听从的是上帝的召唤,去解救礼拜五的性命。也就是说原作既保留了鲁滨孙的自私目的,完全没有让他想到这是救人之举;另一方面又以上帝的名义将其合法化。林纾的译述却增加了一重"顾以大义言之,脱人于险,在公理为非悖"这一仗义而行的考虑,将鲁滨孙仅仅为行为后果:"特为一身之图,流血过多,亦复非计"的踌躇,改写为"义利吉凶之辨",从而得出"在义余必歼此,为自卫计,求脱其死,非嗜杀也"[72]这样既为义又为己的双重合法化理由,给鲁滨孙解救礼拜五、杀戮土著既赋予了中国传统道德的价值意义,也保留了个人的合法性。

  细而究之,原作除了上帝为人类规定行为法则的宗教话语,确实还存有对普世"公理"的再三思量。这在鲁滨孙第二次为是否能大肆屠杀野蛮人的权衡不定中表现得尤其鲜明。他所以不愿开杀戒,在他心中似乎还存有一直沿用至今的国际"公理":一是,人不犯我,我不犯人;

---

[71] [美] 伊恩·P. 瓦特:《小说的兴起》,高原、董红钧译,北京:生活·读书·新知三联书店,1992年,第89页。

[72] [英] 达孚:《足本鲁滨孙飘流记》卷下,林纾、曾宗巩译,第39、40页。

人若犯我，我才有为自卫而犯人的理由。二是，互不干涉国家内政。所以，一想到这些人并没有伤害过他，即使他深恶其食人的野蛮风俗，自己也没有理由剥夺其生存的权利，最终他仍是"凭上帝之名，开枪！"可见，原作不仅未能弥合个人与公理的裂隙，也没有弥合上帝的意志和公理的裂隙。林纾则以中国传统道德"义"之伦理去比附公理，合义也即合公理，反之亦然。因而，林纾笔下的鲁滨孙所思量的就是"彼既不害，杀之，悉勇？"但"为彼之敌"，"得辄诛夷"的礼拜五则"搏击不为非义"。虽然在中国传统文化中，"义"本身也有公正合理之义，但由于它属于含义极广的道德范畴，更是带上了"君子喻于义，小人喻于利"、不计其功、不谋其利的精神倾向，很自然地使林纾对鲁滨孙不计代价要弄到一个生番的决定，"顿荡"出原文未有之义："至成败则付之天命，但求其因，弗思其果。"[73] 这样就为原作斤斤计较利害得失及其后果的理性话语增添了儒家凡事只问其当否而不必问其结果的非功利主义因素。

林纾还在属于中国古代哲学的重要范畴"道"与上帝的"圣灵"，基督教义之间建立起一种对等关系。"道"是林纾译述中经常使用的一个词语，尤其集中地表现在鲁滨孙引导礼拜五皈依上帝并学习《圣经》的过程中。林纾将鲁滨孙这一从精神上改造礼拜五之举命名为"卫道"，以基督教义比附"道术"，更把魔鬼引诱译为"魔道""左道之诘诈"，而上帝则"无偏无颇，至为公允"，崇信"上帝"才被视为"正道"。[74] 就这样，不仅鲁滨孙，包括礼拜五都被林纾归化为"去恶迁善""合于正道"的典型形象。他让鲁滨孙以亲身经历体悟到，在上帝的安排部署下，不仅自己能够"获上帝之智慧，体上帝之仁慈，且令人勇而赴义，廉而知耻"。甚如礼拜五这个食人的野蛮人，"污秽中之生物"，也能"剖其诚

---

[73] ［英］达孚：《足本鲁滨孙飘流记》卷下，林纾、曾宗巩译，第40页。
[74] 同上书，第54页。

心,贡其忠款,去恶迁善,如我辈焉"。[75]林纾用中国人崇信儒学的精神和术语去理解诠释西方人的宗教信仰,不仅表现了他试图将儒教普世化,或者说,在中西不同信仰之间进行融通的一种努力,也反映了他的宗教观念,即"归听牧师号令"。这个"牧师"可以是上帝,也可以换成野蛮人之"巫",中国人之"儒教",现代之"国家"诸多名目,只要具有归听其号令的精神意志,即为信奉宗教。所以,林纾译文中才会出现这样的总结:"举天下咸有宗教之思。"[76]这无疑干扰和抵抗了西方将自己的宗教奉为"唯一"的权威话语。

林纾对国人所盛赞的鲁滨孙冒险出游的品质本评价不高,在他看来,"初亦无他",不过"特好为浪游"而已。[77]但他特别称许鲁滨孙归英后,由于"所阅所历,极人世不堪之遇,因之益知人情之不可处于不堪之遇中,故每事称情而施","散财发粟,周赡亲故,未尝靳惜"[78]的仁义之举。很自然地,他译述到回国后的鲁滨孙,也调动各种手段,使其形象更高大起来。鲁滨孙抵达伦敦,首先奔的就是保有他一百镑款子的那位英国船长遗孀的家,但没想到她穷困潦倒,显然是已无力偿还。原作鲁滨孙也的确称得上是有情有义,不仅安慰她,保证不会让她为难,还力所能及地对她有所接济,并许诺待有足够的能力,一定不忘报答她对自己的恩情。林纾显然不满足于此,而加"颊上添毫"之笔,描

---

[75] [英]达孚:《足本鲁滨孙飘流记》卷下,林纾、曾宗巩译,第46—47页。原文:"This frequently gave me occasion to observe, and that with wonder, that however it had pleas'd God, in his Providence, and in the Government of the Works of his Hands, to take from so great a Part of the World of his Creatures, the best Uses to which their Faculties, and the Powers of their Souls are adapted; yet that he has bestow'd upon them the same Powers, the same Reason, the same Affections, the same Sentiments of Kindness and Obligation, the same Passions and Resentments of Wrongs; the same Sense of Gratitude, Sincerity, Fidelity, and all the Capacities of doing Good, and receiving Good, that he has given to us." Daniel Defoe, *Robinson Crusoe*, Michael Shinagel ed., p.151.

[76] 汉译同上书,第53页。

[77] 林纾:《足本鲁滨孙飘流记·序》,[英]达孚:《足本鲁滨孙飘流记》卷上,林纾、曾宗巩译,第1页。

[78] [英]达孚:《足本鲁滨孙飘流记》卷上,林纾、曾宗巩译,第2页。

述鲁滨孙"度其莫偿",便"毁券不令偿",并告之曰:"吾从绝处逢生,永不忘媪之前恩。使余有径寸之力,亦必欷助,不令贫馁。"[79] "毁券"的决绝与"永不忘"的承诺,令鲁滨孙的至情至义跃然纸上。其他如百倍重酬有救命之恩的葡萄牙船长,周赡亲故等,林纾译述也都程度不同地融汇了知恩图报、"称情而施"的传统文化品质,昭示了程明道所云"'博施济众',乃圣之功用"[80]的仁义大德。也即林纾在译序中称颂不已的"较其父当日命彼为中庸者,若大进焉",是"真得其中与庸矣"。可见,林纾在能否"博施济众"上,为"中人之中庸"和"圣人之中庸"画了一条清晰的分界线。鲁滨孙大悖"望子之保有其产"的父旨,"不为中人之中,庸人之庸",所成就的是圣人之仁之中庸,因此"每事称情而施","动合天理"。

总之,一方面,林纾是以中国民族思想的代表"中庸"价值观去阐释和译述鲁滨孙形象的。鲁滨孙独居蛮荒,"自治其生"时期,林纾"借体寄生",让他参悟的是安分中节、乐天知命的"中人之中庸";而至解救礼拜五,离岛归英才大进而为耽道嗜义、博施济众的圣人之中庸。这既是对儒学之中庸理想的高越而又平凡、贤圣而又通常两面的融通,也是对西方宗教教义及其文化人格与儒家学说之间所具有的普世价值的融通。因为在林纾看来,中西文化的精义"要皆归本于性情之正,彰瘅之严,此万世之公理,中外不能僭越"[81]。另一方面,林纾译述又毕竟是借所谓"最强之英人"鲁滨孙之体而生,也是因晚清面临亡国灭种之危而择取的一个典范。这也就决定了他在融通的同时,又不忘批判,强调互补。林纾认为:"吾华开化早,人人咸以文胜,流极所致,往往出于荏弱。泰西自希腊、罗马后,英法二国均野蛮,尚杀戮……流风所被,人人尚武,能自立,故国力因以强伟。"所以对于"究武而暴"的

---

[79] [英]达孚:《足本鲁滨孙飘流记》卷下,林纾、曾宗巩译,第105页。
[80] 程颢、程颐:《二程遗书》卷第二上,上海:上海古籍出版社,2000年,第65页。
[81] 林纾:《〈孝女耐儿传〉序》,吴俊标校:《林琴南书话》,第77页。

西方文化,"当范之以文";而对"好文而衰"的中国文化,则当又"振之以武"。[82] 因之,林纾以"和为贵"的儒学之仁、之义、之智、之勇、之情、之性、之哀矜、之中道、之中庸等一系列概念赋予上帝和鲁滨孙的人格,不能不说是一种"范之以文"的文学行动,甚至可以说是对西方宗教文化权威的表征上帝和西方文化所造就的国民性格中征服世界雄心的阉割。更明显的是,林纾在翻译中,利用鲁滨孙对西班牙人大肆屠杀美洲土著野蛮行径的攻击,扩而至整个"欧洲基督教人",直接揭露西方教会"以文明歼野蛮""托公理以杀人"之历史罪行,是"哀矜之情已久泯",丧失了"天良中之帜也"!质问如此"无斯须之矜恕",怎么"乃仍名为正教"?[83] 而他的"多译西产英雄之外传",则又反映了"俾吾种亦去其偄敝之习,追躅于猛敌之后","振之以武"的民族意识。由此可见,林纾无论是融通,还是改写,都不仅仅是一种翻译的归化策略问题,更是一种自觉地抗拒西方殖民主义的文化行动。

(该节原题为《从"冒险"鲁滨孙到"中庸"鲁滨孙——林纾译介〈鲁滨孙漂流记〉的文化改写与融通》,载《中国现代文学研究丛刊》2011年第1期;2020年底修订于威海)

---

[82] 林纾:《〈剑底鸳鸯〉序》,吴俊标校:《林琴南书话》,第75、76页。
[83] [英]达孚:《足本鲁滨孙飘流记》卷下,林纾、曾宗巩译,第19页。

第二章

以洋孝子孝女故事匡时卫道

第一节　林译"孝友镜"系列改写中的伦理教化

1905—1907 年，林纾与其合作者接连汉译了以"孝"命题的《英孝子火山报仇录》《孝女耐儿传》《双孝子噀血酬恩记》，后来又有《孝子悔过》(1916)、《孝友镜》(1918)，[1] 还有一部未刊译作《孝女履霜记》，至于他在译作的序跋中将"孝"之赞誉一厢情愿地派送给西洋人物主题之处，更是连篇累牍。

林纾为何在相对集中的两段时间如此煽情地致力于对西洋人物的"孝"之标榜？这是进入正题前，需要首先厘清的一个外围问题。

一

因为新文学史的宏大叙事，林纾五四时期作为反对派的首领，以小说和书信文章攻击北大新文化派"覆孔孟，铲伦常"之举，已为人们所熟知；但他竟会把翻译也纳入自己的匡时卫道行为之中，恐怕非一般人

---

[1] 《英孝子火山报仇录》译自 [英] 哈葛德 (Henry Rider Haggard) 的 *Montezuma's Daughter*，今译《蒙提祖玛的女儿》；《孝女耐儿传》译自狄更斯的 *The Old Curiosity Shop*，今译《老古玩店》；《双孝子噀血酬恩记》译自 [英] 大隈克力司蒂穆雷 (David Christie Murray，今译大卫·克里斯蒂·穆雷) 的 *The Martyred Fool*，直译《殉道的傻瓜》；《孝子悔过》译自 [美] 包鲁乌因 (James Baldwin) 的 *Thirty More Famous Stories Retold* 中的一个短篇小说，见林纾、陈家麟译述：《秋灯谭屑》；《孝友镜》据马泰来考，疑据恩海贡斯翁士 (Hendrick Conscience，今译孔西延斯) 的法文本 *Le Gentilhomme Pauvre* 重译，今译《穷绅士》。

所能料及。林纾译述的系列洋孝子孝女故事及其阐释,不仅是翻译活动中译者主体性体现的极端事例,更作为历史的遗留物,为我们提供了可以借此重新反思那段历史的契机。

从林纾以"孝"命名之系列译述的时间可以看出,他分别于1916年和1918年翻译的两部译作,显然是对《新青年》批判孔教家族制度的反击;而1905—1907年的相类翻译行为同样也有其针对性,并非仅仅是其卫道的一贯表现。虽然陈独秀在《青年杂志》第1卷第6号上发表《吾人最后之觉悟》断言:"伦理的觉悟,为吾人最后觉悟之最后觉悟。"但实际上,晚清时期"孝"之价值观已经受到前所未有的批判,追求伦理的现代性在康有为、梁启超发动的维新运动中已经开启[2]。

严复汉译赫胥黎《天演论》的进化观、穆勒(又译密尔)的《群己权界论》(今译《论自由》)、中江笃介和杨廷栋先后翻译的卢梭《民约论》,还有梁启超分别在《清议报》与《新民丛报》上刊出的《卢梭学案》等所宣扬的自由、平等的人权说,都对中国人"天不变,地不变,道亦不变"的道德信念,以"三纲"为代表的中国式等级伦理秩序造成了极大的冲击。康有为虽然认为在"据乱"之世,"当以小康义救今世","对于社会道德问题,皆以维持旧状为职志",[3]在《大同书》中也言"立孝报德实为人道之本基也",但他的论"中国人孝为空义,罕有力行者",把"有家"视为"人治之苦"、"害性害种",并将"去家界"列为救苦九道之一,[4]被梁启超一针见血地指出:"其最要关键,在毁灭家族。"将其对中国传统伦理的冲击力喻为"其火山之喷火也,其大地震也"。[5]康有为也因此被当今学者看作是"中国第一位能比较清醒地认准封建孝

---

[2] 参阅黄进兴:《追求伦理的现代性——从梁启超的"道德革命"谈起》,《新史学》第19卷第4期,2008年12月。

[3] 梁启超:《清代学术概论》,《饮冰室合集·专集》第8册,北京:中华书局,1989年,卷三十四第60页。

[4] 康有为:《大同书》己部"去家界为天民",北京:高等教育出版社,2010年。

[5] 梁启超:《清代学术概论》,《饮冰室合集·专集》第8册,卷三十四第57页。

道阴暗作用的思想领袖"[6]。被誉为"维新运动《圣经》"的《仁学》作者谭嗣同,更因"自少至壮"深受继母虐待,"遍遭纲伦之厄,涵泳其苦"的个人经历,以切身之痛控诉"数千年来,三纲五伦之惨祸烈毒",直斥"三纲""明创不平等之法",不仅能"制人之身者,兼能制人之心","杀其灵魂",大声疾呼"冲决伦常之罗网"。[7] 梁启超因痛感中国人无国家思想,八国联军入北京时,"顺民之旗,户户高悬",为此追根溯源至中国传统文化"重私德,轻公德"之弊端,如"五伦,则唯于家族伦理稍为完整,至社会国家伦理不备滋多",因而作《新民说》,但论公德之急务及其实行之方法。[8]

特别是至 20 世纪初,旨在推翻清朝,颠覆专制,建立"中华共和国"的"大言"革命[9] 高涨,革命动员所呼唤的"掷尔头颅,暴尔肝脑"的精神与《孝经》所传"身体发肤,受之父母,不敢毁伤","谨身节用,以养父母"的"庶人之孝"形成尖锐冲突。所以,邹容以其所撰《革命军》示章太炎时,明其宗旨:"欲以立懦夫,定民志"[10],并在"革命必先去奴隶之根性"一章中痛斥自秦汉以后"老师大儒,所以垂教万世之二大义,曰忠,曰孝",不过"中国人造奴隶之教科书也";"中国人无历史,中国之所谓二十四朝之史,实一部大奴隶史也"。[11]

其时与革命相互激荡的无政府主义思潮更激烈地以"家庭革命""祖宗革命""三纲革命"相号召,主张:"欲革政治之命者,必先革家族之

---

[6] 李文海、刘仰东:《近代中国"孝"的观念的变化》,《中华文化的过去、现在和未来》,香港:中华书局,1992 年,第 219 页。

[7] 谭嗣同:《仁学》,北京:高等教育出版社,2010 年,第 69、169、197、43 页。

[8] 梁启超:《新民说》,郑州:中州古籍出版社,1998 年,第 63 页。

[9] 章太炎为邹容写的《革命军·序》中说:"同族相代,谓之革命;异族攘窃,谓之灭亡;改制同族,谓之革命;驱除异族,谓之光复。今中国既灭亡于逆胡,所当谋者,光复也,非革命云尔。容之署斯名何哉?谅以其所规划,不仅驱除异族而已,虽政教、学术、礼俗、材性,犹有当革者焉。故大言之曰'革命'也。"

[10] 章炳麟:《〈革命军〉序》,邹容:《革命军》,北京:华夏出版社,2002 年,第 1 页。

[11] 邹容:《革命军》,第 48、50、49 页。

命。"[12] 认为"支那人生平最早所遇不合公理之事，未有如崇拜祖宗者也"，是故"凡有道之革命党必主张祖宗革命"；[13]"所谓三纲，出于狡者之创造，以伪道德之迷信保君父等之强权也"，"故助人道之进化，求人类之幸福，必破纲常伦纪之说"。[14] 甚至决绝地断言："去强权必自毁家始"，"欲得自由，必自毁家始"，"必家毁，而后平等可期"，"必家毁而后进化可期"。[15] 由此形成了以维新派引其端绪、革命派推至极端、《新青年》同人助成大流的"非孝思潮"。林纾在历史的两个关节点上，以自己的译作大张"孝"之旗帜匡时卫道，他以翻译之名做了哪些文章？又如何将西洋小说改为洋孝子孝女的故事？其契机、目的及其内在理路，有必要进一步加以细究。

　　1901年冬，林纾因文名，独以布衣受聘金台书院[16]讲席而入京，并担任五城学堂[17]汉文总教习。1906年他又被京师大学堂聘为预科和师范馆经学教员，进入国立教育机构讲授纲常伦理修身和国文课程。尽管林纾一向自称"布衣"，但以其大半生非科举应试，即传道授业的身份来说，虽未入仕，判其为"业儒"也并不为过。这从林纾根据京师大学堂和实业高等学堂、五城中学堂讲稿，编撰出版的《修身讲义》可见一斑（图 2.1.1－图 2.1.3）。在该作之"序"中，林纾开宗明义称，他是遵循张之

---

[12] 家庭立宪者：《家庭革命说》，张枬、王忍之编：《辛亥革命前十年间时论选集》第一卷下册，北京：生活•读书•新知三联书店，1978年，第837页。

[13] 真：《祖宗革命》，张枬、王忍之编：《辛亥革命前十年间时论选集》第二卷下册，第981页。

[14] 真：《三纲革命》，张枬、王忍之编：《辛亥革命前十年间时论选集》第二卷下册，第1016、1017页。

[15] 鞠普：《毁家谭》，张枬、王忍之编：《辛亥革命前十年间时论选集》第三卷，第193、194页。

[16] 金台书院原为义学，乾隆十五年（1750）改为书院。内有康熙特赐御书"广育群才"匾额，隶属顺天府官署管理，所收学员主要是京师和各省准备参加会试、殿试的举人和贡生，旨在为清朝培养和物色人才。另，顺天府的童生亦可就读。据林纾"七十自寿"诗自注，当年充任讲习的"多退老之六卿，次亦词臣，余独以布衣受聘"。

[17] 五城学堂是清王朝教育新政的产物，中国最早的国立中学堂，北京师范大学附中和西北师范大学附中的前身。后改名为五城中学堂。林纾任汉文总教习，计15年之久。

第二章　以洋孝子孝女故事匡时卫道　　121

图 2.1.1　林纾《修身讲义》卷上初版封面　　图 2.1.2　林纾《修身讲义》卷下初版封面

图 2.1.3　林纾《修身讲义》初版版权页，商务印书馆，1916 年

洞执掌学部时，给各校的旨令，"以儒先之言为广义，逐条阐发，以示学生"[18]，择取夏峰先生（孙奇逢）《理学宗传》中诸贤语录，诠释讲解，积而成帙。之前，1907年出版的《小儿语述义》，其体例一致，也当是贯彻这一儒家纲常教化方案的产物。除教学之外，林纾还自陈要"多译有益之书以代弹词，为劝喻之助"[19]，也是他自觉地行使其教化之责的行为。当西方小说不足以达其匡俗诲世之旨时，就不惜"稍为渲染，求合于中国之可行者"[20]；而渲染不足以明其志时，更以序跋"自道其所希冀"[21]。所以，这些译述文字也不妨看作林纾另一文体的"修身讲义"。

林纾进京不久，偶得美国增米（Jimmy Brown）自记、亚丁（W. L. Alden）编 *Trying to Find Europe* [22]（图2.1.4、图2.1.5），该作被林纾译为《美洲童子万里寻亲记》（图2.1.6、图2.1.7），虽未以"孝"命题，但显然开启了他要以洋孝子孝女故事"教孝"，"笃志卫道，匡时弗懈"的思路。

小说讲述的是吉米（林译增米）父母去欧洲游历，将其寄寓在新婚的姐姐家中，以让吉米就近入学，但未能预料吉米在姐夫家不仅受其虐待，还因其私吞学费而不能读书，于是他伙同孤儿密克出逃，历经千难万险去欧洲找寻父母的故事。由此可见，该小说与中国式"但向子职当尽处求索"[23]之"孝"道，并无太多的关联。吉米寻亲是向父母寻求保护，而非力尽孝道之举。但在译序中，林纾将这一洋人万里寻亲记与中国二十四孝中朱寿昌弃官寻母，明朝周蓼洲之公子奔其父难的万里寻亲记并举，以突出中西孝子道同，"父子天性，中西初不能异"的识见。

---

[18] 林纾：《修身讲义·序》，上海：商务印书馆，1916年，第1页。
[19] 林纾：《〈爱国二童子传〉达旨》，吴俊标校：《林琴南书话》，杭州：浙江人民出版社，1999年，第69页。
[20] 林纾：《〈深谷美人〉叙》，吴俊标校：《林琴南书话》，第113页。
[21] 潜江朱羲胄述编：《林畏庐先生学行谱记四种总目·贞文先生年谱卷二》，台北：世界书局，1961年，第23页。
[22] 根据英文原作署名，作者是增米，亚丁编辑。一般认为作者是亚丁，托名增米，讲述他去欧洲寻找父母的故事。
[23] 林纾：《修身讲义》（上），第34页。

第二章 以洋孝子孝女故事匡时卫道 | 123

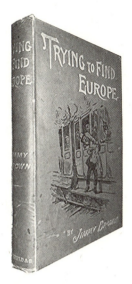

图 2.1.4 英文初版本 *Trying to Find Europe*, by Jimmy Brown, edited (or rather written) by W. L. Alden, London: Sampson Low, New York: Bromfield, 1889

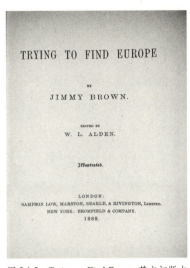

图 2.1.5 *Trying to Find Europe* 英文初版本扉页

图 2.1.6 《美洲童子万里寻亲记》初版封面。[美] 亚丁著，林纾、曾宗巩译，商务印书馆，1904 年

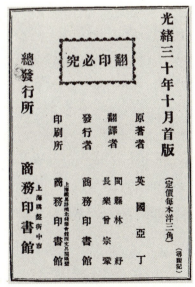

图 2.1.7 《美洲童子万里寻亲记》初版版权页。著者亚丁被误标为英国人，实为美国人，著名小说家、记者、外交官

通过将西洋小说赋予孝道的主题来矫正当时盛传的"西人一及胜冠之后,则父母无权焉,似乎为子者,均足以时自远其亲"的流言。从林纾为该作所写的"序"可知,他早已耳闻"方欲废黜三纲,夷君臣,平父子,广其自由之涂辙"的"一时议论",其汉译及其序言正是他自恃证据确凿的回击。如他铿锵有言:"若必以仇视父母为自由,吾决泰西之俗万万不如是也。余老而弗慧,日益顽固,然每闻青年人论变法,未尝不低首称善;惟云父子可以无恩,则决然不敢附和。故于此篇译成,发愤一罄其积。"[24] 显然是仅此一举还不足以尽泄其积愤,于是才有了一而再、再而三的洋"孝友镜"系列译作及其序跋的产生。

二

林纾翻译了两部他命名为孝子"报仇"和"酬恩"故事的小说:一是将哈葛德(Henry Rider Haggard)(图 2.1.8)著 *Montezuma's Daughter*(图 2.1.9)汉译为《英孝子火山报仇录》;二是将英国大隈克力司蒂穆雷(David Christie Murray)著 *The Martyred Fool* 汉译为《双孝子噀血酬恩记》。这两部小说尤为林纾所深爱,每译至感人处,动辄"泪落如绠","哽咽几不能着笔",甚至将其比附于吾国史公纪传中的"孝义之传",认为这些出自西人的事迹正与其"不类而类","均激于孝行",[25] "其志可哀,其事可传,其行尤可用为子弟之鉴"[26]。

为了突出"孝"之主题,尽管《英孝子火山报仇录》(图 2.1.10—图 2.1.13)的叙述者汤麦司(Thomas)为母报仇,不过是作者展开曲折故事的动因,林纾则不仅将其称颂为"英孝子",竟然把他树立为标题人

---

[24] 林纾:《美洲童子万里寻亲记·序》,吴俊标校:《林琴南书话》,第 18 页。
[25] 林纾:《双孝子噀血酬恩记·评语》,[英]大隈克力司蒂穆雷:《双孝子噀血酬恩记》(上),林纾、魏易译,上海:商务印书馆,1907 年,第 1 页。
[26] 林纾:《英孝子火山报仇录·序》,[英]哈葛德:《英孝子火山报仇录》(上),林纾、魏易译,上海:中国商务印书馆,1905 年,"序"第 2 页。

 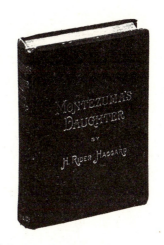

图 2.1.8　哈葛德（1856—1925）　　　图 2.1.9　*Montezuma's Daughter*，初版本，1893 年

物。实际上这部汉译小说原名本为《蒙提祖玛的女儿》（*Montezuma's Daughter*），也就是说，英孝子汤麦司虽然也可算是主人公之一，但作者哈葛德显然是想让他来讲述因流落墨西哥，与其时皇帝蒙提祖玛（林译"孟德淑马"）的女儿倭土米（Otomie）一起经历国破家亡的故事，从他的视角来塑造墨西哥的民族女英雄，林纾却让汤麦司反客为主了。

该小说 1905 年在商务印书馆出版时，被标示为"伦理小说"，以其故事情节来看，实更接近冒险与言情的混合类型。汤麦司的母亲本是西班牙人，虽与表兄若望（de Garcia）订有婚约，但因与其父一见钟情，历经险阻逃到英国，育有兄妹三人。20 年后，若望仍无法释怀，追到英国，因其不从，手刃致死。时汤麦司年仅 19 岁，立志为母报仇。他从英国追杀到西班牙，又从西班牙跟踪至美洲。未料在船上与若望不期遭逢，被关进黑奴瘟薮之中，不死又被抛入大海，流落墨西哥国。汤麦司在此经历的墨西哥亡国事才为小说的中心情节。

虽然哈葛德也不脱当时殖民主义话语的窠臼，描写了不少墨西哥杀人祭天的野蛮风俗，但其立场显然不失同情，力求客观，甚而是以一亲

图 2.1.10 [英]哈葛德著,林纾、魏易译《英孝子火山报仇录》(卷上)初版封面

图 2.1.11 《英孝子火山报仇录》(卷下)初版封面

图 2.1.12 《英孝子火山报仇录》初版扉页

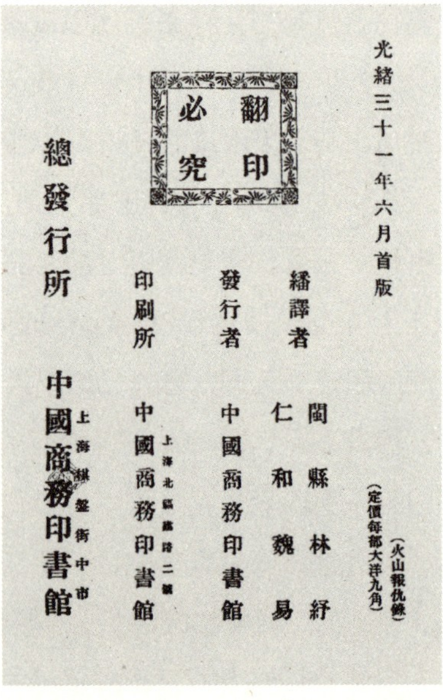

图 2.1.13 《英孝子火山报仇录》初版版权页,商务印书馆,1905年

历者的文明人身份，来歌颂所谓野蛮人宁死国也不为奴的神勇气概。蒙提祖玛的女儿倭土米公主即其领袖和代表。她与汤麦司一见倾心，思为一世夫妻。而汤在英国已与邻女私订终身，不为所动。汤麦司虽然在墨西哥被尊为至高至贵的神胄，实为入选大祭司祠神的牺牲，何日登诸皇帝社稷坛之上被刳心献神，端听命于大祭司的制判。按照当地的风俗，在汤麦司居世之日还要为其遴选四美姬为妻；倭土米公主为能与汤麦司获得"片响之欢"，自请位列第四，誓与其"同赴神坛，供刀俎之上"，从而最终赢得汤麦司之心。

西班牙人侵残杀了墨西哥六百之朝贵，倭土米父亲因劝说百姓礼待宾客，被亲王瓜迭马克（Guatemoc）射杀。所幸的是，西班牙人的进攻使汤麦司与倭土米公主脱逃于祭师的刀锋之下。从此，夫妇二人担负起领导国人、力战敌寇的重任。但由于属国的背叛，二人最终受困，背水一战。倭土米以"天下男子之死，当死于自由，不当死于奴隶"[27]的忠义慷慨之气鼓舞墨西哥人战斗到底，后于国破家亡之际，自杀以殉。

尽管林纾在"译余剩语"中，感佩地将蒙提祖玛的女儿引为吾国"铮铮"烈女的同道，但显然汤麦司"斤斤于复仇"的故事更有利用的价值。在与西班牙人的征战中，汤麦司多次与若望交手受刑，备极酷烈，虽"靡所不尝，势皆可死，而坚持母仇必复之志"，"仇卒以报"，这种不屈不挠、"百死不殚"的精神正是林纾所要阐发和重用之处："忠孝之道一也，知行孝而复母仇，则必知矢忠以报国耻。"[28]但问题是汤麦司身份混杂，虽为英国人，人种则是与西班牙人的混血，他又在墨西哥与倭土米一起生活了十四年，育有三子。这种错位的生存与林纾赋予他

---

[27]　[英] 哈葛德：《英孝子火山报仇录》（下），林纾、魏易译，第 94 页。原文："die as free men and not as the slaves of the Teule." Henry Rider Haggard, *Montezuma's Daughter*, v.2, Leipzig: B. Tauchnitz, 1893, p.155.

[28]　林纾：《英孝子火山报仇录·序》，[英] 哈葛德：《英孝子火山报仇录》（上），林纾、魏易译，"序"第 2 页。

的教化"矢忠以报国耻"的大任并不匹配。汤麦司最终在墨西哥的亡国关头,加之孩子先后遇难,更为关键的是由于不同的宗教信仰,还是做出了和患难与共的妻子分道扬镳的选择。当倭土米准备屠杀西班牙囚犯以祭天时,信奉基督教的汤麦司偷偷助囚犯逃脱。而且,当汤麦司如愿以偿、为母报仇后,出于基督教"宽恕你的敌人"的教育,以及想到自己为复仇所付出的代价和痛楚,还是以"复仇属于上帝,而非人类"的感悟作结。[29] 所以,林纾借用汤麦司来谈"忠孝一体",寄望"世士图雪国耻"[30],显然并非那么顺理成章,其间的裂隙正可以凸显林纾作为翻译者的权力和旨意,理解林纾为何不惜篡改题目,不仅将汤麦司推举为"英孝子",还扶上正题的动机了。

林纾与魏易同译的《双孝子喋血酬恩记》写的是虚无党人的故事。尽管其时中国革命党人的暗杀风潮与虚无党小说的翻译相互呼应而成为震动社会的事件[31],但该作却与歌颂虚无党的暗杀行为及其为革命抛头颅洒热血的精神背道而驰。从作者大隈克力司蒂穆雷[32](图2.1.14)原著题名 *The Martyred Fool*(《殉道的傻瓜》)(图2.1.15)即可见其嘲讽的味道。

显然,林纾对题目的修改已使被嘲讽的对象成为正面人物,而且

---

[29] 原文:"The seeking of vengeance has brought all my sorrows upon me; vengeance belongs to God and not to man, as I have learned too late." Henry Rider Haggard, *Montezuma's Daughter*, v2, p. 239.

[30] 林纾:《英孝子火山报仇录·序》,[英]哈葛德:《英孝子火山报仇录》(上),林纾、魏易译,"序"第2页。

[31] 根据牛贯杰在《试论清末革命党人政治暗杀活动的文化根源》(载《燕山大学学报》2002年第4期)一文中的统计,从1904年至林纾翻译出版《双孝子喋血酬恩记》时的1907年,已发生8起刺杀事件。比较重要的如:1905年"北方暗杀团"吴樾刺杀出洋五大臣;1906年同盟会杨卓霖谋刺两江总督端方;1907年光复会徐锡麟等刺杀安徽巡抚恩铭等。这段时期虚无党小说的翻译有陈景韩(冷血)的《虚无党奇话》(1906);知新室主人周桂笙译述的《八宝匣》(1906);芳草馆主人译的德国摹哈孙的《虚无党真相》(1907)等。同盟会机关刊物《民报》从1905年11月创刊到1908年10月被日本政府封禁,几乎每期都刊有虚无党人的活动报道、宣传和肖像。

[32] David Christie Murray(1847—1907),英国著名记者、小说家。

图 2.1.14 大隈克力司蒂穆雷(1847—1907)　　图 2.1.15 *The Martyred Fool* 英文初版封面

原题的"Fool"是单数,所指应为小说主人公伊凡(Evan)。林纾为加重"孝"之主题分量,将次要人物利邦(Libon)也抬为主角。伊凡从小深受父亲"仇富尊贫"的教育,8岁时父亲不慎失手怒杀霸占其祖产的老东家,其母因掩埋罪证触犯法律同被关进监狱。小伊凡在流浪中被子爵收留,但听说父亲将被斩首的消息后,小伊凡在被送往学校的途中跳下火车,风餐露宿,长日道行,徒步五百英里赶赴刑场。伊凡牢记亡父临终遗训:"凡富贵之人多强暴,而己身之伶仃无告,亦正属富家翁之故,使彼流离。"加之俄国虚无党人披忒鲁夫纳(Petrovna)的蛊惑:"有钱者,无论义取劫取,得钱多者厥罪即不赦。"[33] 伊凡刚能独立,即与抚

---

[33] [英]大隈克力司蒂穆雷:《双孝子喋血酬恩记》(上),林纾、魏易译,第69、71页。该两段引文原文为:"His father's last words had taught him that the rich were execrable. He was an orphan because the rich were tyrannous and wicked, and everywhere he found the same lesson repeated." "The possession of riches, howsoever acquired, was vilest of crimes against the body politic." David Christie Murray, *The Martyred Fool*, New York: Harper & Brothers Publishers, 1895, c1894, p.105, 107.

养他的马来（Marais）公爵决裂，加入虚无党。而小说另一主人公利邦对富人的仇恨正来自抚养伊凡的马来公爵，其母曾是公爵的乳母。当生活困窘时，利邦曾经给公爵写信，并上门求见，但都被阻挡。实际上是利邦错怪了马来公爵，其时公爵正在海外流浪，直至继承遗产才回到巴黎。但利邦不知而怀恨在心，以为"公爵如是，凡诸公爵均如是"，为老母饥寒愤而入党。

伊凡和利邦在虚无党组织中，承担的是制造炸药的任务。一次，虚无党袭击咖啡馆，炸死无辜的现场让两人幡然梦醒。特别是马来公爵一得知乳母的下落即赶来相会，并给了一大笔赡养费以解其困苦的行为，让利邦悔悟，准备金盆洗手，伊凡也舍业弗理。两人的动摇为虚无党组织所察觉，其头目暗设一计，召集巴黎党人聚会，以拈阄作弊指定伊凡和利邦行刺。伊凡的任务是谋杀钦司克利亚公爵，他不仅曾经帮助过小伊凡千里赴父难，也是一位尽散其财的社会改良家；而更让利邦无法接受的是，其行刺对象竟是他已尽释其恨的马来公爵。后来，伊凡发现了谋陷的证据，他们本可以向警察局举报，一网打尽党徒。但最后利邦因母得养，已无牵挂而选择了自爆，伊凡则与虚无党六人同归于尽。

林纾将此二人誉为"双孝子"（图 2.1.16—图 2.1.19），还不惜增添"奇孝"之极致赞辞，在其"评语"中更将"双孝子"比之为刺客聂政，认为"政之事，与两孝子不类而类，要之酬恩之局，均激于孝行"。从伊凡和利邦对父母的态度来看，也不能不说是孝名不虚，但却并非原作者的寄寓之旨。林纾针对"方今新学大昌，旧人咸谓西俗寡伦理"的一隅之见，为该小说提炼出伦理主题，名其为"伦理小说，用以醒世"，不能不说也是"重恃二子以为用"的翻译的政治。从其"评说"可见，林纾并非对原著的政治旨意无所会意，他虽将西洋双孝子与聂政相类比，但"益服"的是前者，因其仇虚无党人是"平乱也"，认为两孝子是"始误

第二章 以洋孝子孝女故事匡时卫道 | 131

图 2.1.16 [英]大隈克力司蒂穆雷著,林纾、魏易译《双孝子噀血酬恩记》(卷上)初版本封面(商务印书馆,1907年)

图 2.1.17 《双孝子噀血酬恩记》(卷下)初版本封面

图 2.1.18 《双孝子噀血酬恩记》初版本扉页

图 2.1.19 《双孝子噀血酬恩记》初版版权页

图 2.1.20　恩海贡斯翁士（1812—1883）

而终归于正。且其中用无数正言，以醒豁党人之迷惑"。[34] 但林纾将作者救世之苦心与史公之刺客传相"同趣"似乎有所不察：聂政是因酬恩而行刺，双孝子却是为酬恩而拒刺。于此也可凸显林纾的政治倾向。几于同时，林纾还与李世中合译了法国沛那（G. Bruno）著的《爱国二童子传》。在其"达旨"中，林纾更明确地对当时革命家的暗杀行为表达了他的痛心疾首，认为："若高言革命，专事暗杀，但为强敌驱除而已。吾属其一一为卤，哀哉，哀哉！"[35]

林纾从 1905—1907 年集中译介了西人"不类而类"的"教孝"小说，直到 1918 年才又重续前旨。他与王庆通合译出版了《孝友镜》，据马泰来考，比利时恩海贡斯翁士（Hendrick Conscience，今译孔西延斯[36]）（图 2.1.20）的法文小说 *Le Gentilhomme Pauvre*，直译本应是《穷绅士》或《可怜的绅士》。尽管两次汉译洋孝子孝女故事之间经历了辛亥革命、袁世凯称帝及张勋复辟等政治变局，林纾本人也"自以六十而外，万事皆视若傅舍，屏居穷巷，日卖文为生，不复喜论时政"，但其"笃志卫道，匡时弗懈"之心未变，甚至以谒陵诗自命："枯寂一身关国脉""直剜心肝对五常"。[37]

《孝友镜》（图 2.1.21—图 2.1.23）讲的是比利时贵族乌礼埃白克为弟弟还

---

[34] 以上引文均见林纾《双孝子喋血酬恩记·评语》。

[35] 林纾：《〈爱国二童子传〉达旨》，吴俊标校：《林琴南书话》，第 70 页。

[36] Hendrick Conscience（1812—1883），比利时著名革命家、诗人、作家。计有一百多部小说，具有 19 世纪初流行的浪漫主义风格，被认为是佛兰德文学（Flemish Literature）的经典之作。

[37] 潜江朱羲胄述编：《林畏庐先生学行谱记四种总目·贞文先生年谱卷二》，台北：世界书局，1961 年，第 22—23 页。

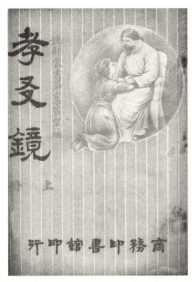

图 2.1.21　[比] 恩海贡斯翁士著，林纾、王庆通译《孝友镜》(上册) 初版封面，商务印书馆，1918 年

图 2.1.22　《孝友镜》(下册) 初版封面

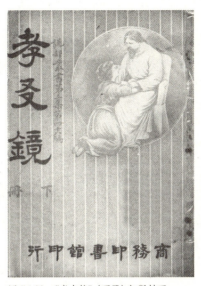

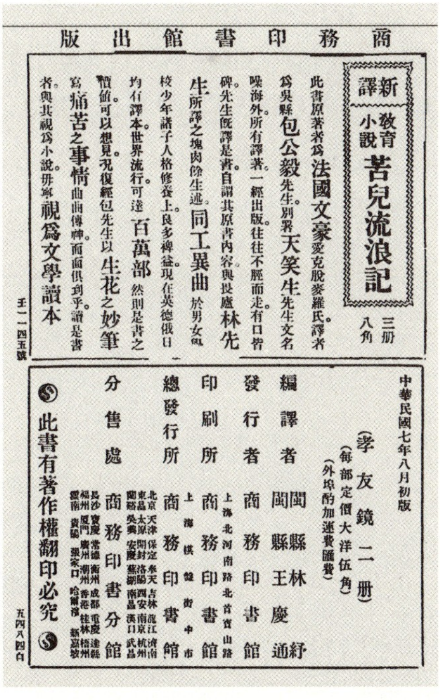

商務印書館出版

新譯　教育小說　苦兒流浪記　三册　八角

此書原著者爲法國文豪愛克脫麥羅氏。譯者爲吳縣包公毅先生。別署天笑生。先生文名噪海外。所有譯著。一經出版。往往不脛而走。有口皆碑。先生旣譯是書。自謂其原書內容。與投廬林先生所譯之塊肉餘生述。同工異曲。於男女學校少年諸子人格修養上。良多裨益。現在英德俄日均有譯本。世界流行。可達百萬部。然則是書之價値。可以想見。況復經包先生以生花之妙筆。寫痛苦之事情。曲曲傳神。面面俱到乎。讀是書者。與其視爲小說。毋寧視爲文學讀本

壬一一四五號

中華民國七年八月初版

(孝友鏡 二册)
(每部定價大洋伍角)
(外埠酌加運費匯費)

編譯者　閩縣林紓　閩縣王慶通

發行者　商務印書館

印刷所　商務印書館　上海北河南路北首寶山路

總發行所　商務印書館　上海棋盤街中市

分售處　商務印書分館　北京 天津 保定 奉天 吉林 龍江 濟南 東昌 太原 開封 洛陽 西安 南京 杭州 蘭谿 吳興 安慶 蕪湖 南昌 漢口 武昌 長沙 寶慶 常德 衡州 成都 重慶 瀘縣 福州 廈門 廣州 潮州 香港 桂林 梧州 雲南 貴陽 張家口 哈爾濱 新嘉坡

此書有著作權翻印必究

五四八四白

图 2.1.23
《孝友镜》初版版权页

债,倾家以救,竟致出卖祖产而流浪无依的故事。虽然最终是佳婿良配大团圆结局,但其间颇费周折。其才德美貌出众的女儿莲蕊蟹尽管如父所期,与巨富德络格的侄子巨司打情投意合,但当德络格得知这门婚事将不会得到任何陪嫁时,断然拒绝。情真意切的情侣只好忍痛分手。后来德络格弥留之际幡然悔悟,将遗产全部留给侄子,并嘱其娶莲蕊蟹为妻。巨司打买回乌礼埃白克因还债出卖的祖居和旧物,并煞费苦心找回父女二人,成就了善有善报的姻缘。

从林纾"译余小识"也可以看出,他汉译这个西洋孝友故事仍不改初衷,称颂小说主人公"父以友传,女以孝传,足为人伦之鉴矣。命曰《孝友镜》,亦以醒吾中国人"。只不过此时世风已变,过去痛斥西俗为"不孝"之诬,今已被奉为"国因以强"之缘由了。所以,林纾开篇所讲"此书为西人辩诬也",针对的是以西俗的"自立"之名,行批判孝之伦理的"妄语",显然矛头直指《新青年》的批孔立论。他以《孝友镜》为恃,理直气壮地质问:"近年所见,家庭革命,逆子叛弟,接踵而起,国胡不强?是果真奉西人之圭臬?"揭露其论调不过是"用以自便其所为,与西俗无涉!"[38] 也就是说,无论之前舆论是把西俗贬为"不孝之学",还是其后将其树为"自立"之言,只要矛头指向"孝"之伦理,林纾均以其翻译行为左右开弓——予以批判。

---

[38] 林纾:《〈孝友镜〉译余小识》,[比] 恩海贡斯翁士:《孝友镜》,林纾、王庆通译,上海:商务印书馆,1918年,第1页。

第二节　从"天使"到"孝女"：
　　　　《孝女耐儿传》与《老古玩店》

林纾把狄更斯《老古玩店》(*The Old Curiosity Shop*)（图 2.2.1、图 2.2.2）改题为《孝女耐儿传》，这是其系列汉译西人"孝友镜"中最为经典的一部，对其详加分析更有助于我们了解林纾翻译行为中的政治，及其在中西文化遭逢、博弈中的复杂状态。

《老古玩店》虽然并不被看作是狄更斯的代表作，但却是作者倾注情感最多、最让他陷入写作的迷狂状态而完成心灵的自我抚慰，最自成一格的作品。研究者已经指出，狄更斯（图 2.2.3）在小耐儿（Nell）形象上寄托了自己对妻妹玛丽不同寻常的怀念和痛悼。玛丽 16 岁时为帮助即将生产的姐姐来到狄更斯家（图 2.2.4、图 2.2.5）。她的聪明、美丽和幽默以及对狄更斯的崇拜和信赖，令其心醉神迷，让他度过了一生中最快乐的一段时光。但好景不长，玛丽因突发心脏病死在了狄

图 2.2.1 《老古玩店》原著初刊于狄更斯主编的 *Master Humphrey's Clock* 周刊，1840 年 4 月至 1841 年 11 月，共连载 88 期，此为周刊封面。

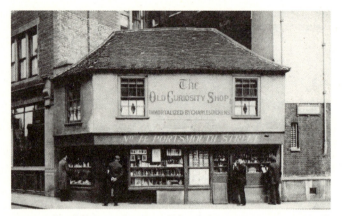

图 2.2.2　位于伦敦中心区的 Holborn 老古玩店（The Old Curiosity Shop），建于 1567 年，是英国现存最古老的商店，被认为是狄更斯描述老古玩店的灵感来源。商店的名字实际是小说轰动后才加题的。

图 2.2.3　狄更斯（Dickens, Charles 1812—1870）

图 2.2.4　狄更斯妻子 Catherine Thomson Hogarth（1815—1879）

图 2.2.5　狄更斯的妻妹 Mary Scott Hogarth（1819—1837）16 岁肖像

更斯的怀抱。此事对狄更斯造成了巨大的心灵创伤，不仅大病一场，也为玛丽的幽灵梦牵魂绕。他告诉一位亲戚："她的离去留下了一块空白，每一个认识她的人都看得很清楚，要填补这块空白是毫无希望的。"他还给岳母写信说："自她死后，除非是在洗手的片刻，我无论白天黑夜，从未把她的戒指从我的手指上取下来过。……我能庄严地说，无论是醒着还是睡着，我从未忘却我们的严峻考验和无比悲痛，而且我觉得我永远也不会忘却……"狄更斯一再念念不休地向朋友倾吐，玛丽就是他的天使，甚至想与她埋在一起。直至玛丽逝世五年以后，狄更斯的心情仍未平息，仍向他的朋友福斯特表白："我想与她埋在一起的欲望，现在仍与五年之前一样强烈；并且我深知（因为我不认为有过任何一种与我对她的爱相同的爱），它将永远不会减弱。"[1] 玛丽的形象一再出现在狄更斯的作品中，如《奥列佛·特维斯特》中的罗丝·梅里、《尼古拉斯·尼克尔贝》中的范妮·斯奎尔斯、《马丁·朱述尔维特》中的玛丽·格雷厄姆、《大卫·科波菲尔》中的爱格妮，以及系列"圣诞故事"《生活之战》中的妹妹玛里安，等等。狄更斯在这些"完美无缺"的天使般形象上寄托了自己的"光明与灵魂"，正如他向读者介绍罗丝这个人物时所说："如果真有天使替上帝做好事而入主凡胎降临人间，那么，人们也可能是不无虔诚地视她为罗丝。"[2] 他笔下的天使类型人物都可如是说。

虽然也有观点认为，耐儿代表了童年的狄更斯[3]；但小说赋予耐儿的圣洁与梦幻性质及其外祖父终与小耐儿长眠一起的极致描写，都与狄更斯痛悼玛丽的抒发若合符节。可以说，在相当大的程度上，这部小说的创作是狄更斯因失去玛丽，对自己悲痛欲绝情感的一次集中释放，是他借助天国的信仰，为"完美的天使"玛丽的送葬（图 2.2.6、图 2.2.7），并借此展开有关死亡与不朽的思考，是其感伤与拯救同在的一次精神历程。小说所渗透的这一个人因素，使其具有双重的情节和主题。

《老古玩店》的表层故事是通过耐儿与外祖父的流浪框架，以其所见所闻及亲身遭遇，批判和控诉现代工业，或说资本主义社会的罪恶，这也是狄更斯一向被我们看重的价值和意义。但在 20 世纪初，当我国现代工业尚未得到充分发展之时，林纾作为汉译狄更斯的第一人，显然

---

[1] 以上三段引文分别见 [英] 赫·皮尔逊：《狄更斯传》，谢天振、方晓光、鲁效阳等译，杭州：浙江文艺出版社，1985 年，第 61、63、64 页。

[2] [英] 米·斯莱特：《狄更斯与女性》，麻益民译，天津：百花文艺出版社，1990 年，第 118 页。

[3] 参阅 [英] 米·斯莱特：《狄更斯与女性》，麻益民译，第 122 页。

Inscription

YOUNG BEAUTIFUL AND GOOD
GOD IN HIS MERCY
NUMBERED HER WITH HIS ANGELS
AT THE EARLY AGE OF
SEVENTEEN

图 2.2.6 玛丽墓碑，铭文为狄更斯撰写

图 2.2.7 狄更斯为玛丽撰写的碑文：年轻、美丽、善良，仁慈的上帝把她列为天使，在她刚刚 17 岁的时候

对狄更斯的社会批判主题和个人伤悼主题都难获共鸣。虽然，在《孝女耐儿传》序中，他一下点到了狄氏创作的基调及其特征："以至清之灵府，叙至浊之社会。""扫荡名士美人之局，专为下等社会写照。"[4] 但从他将《老古玩店》改题为《孝女耐儿传》即可清楚看出，林纾提炼聚焦的是耐儿的"奇孝"伦理主题；商务印书馆于 1907 年初版时，将其标为"欧美名家小说"，而编入"说部丛书"和"林译小说丛书"[5] 时，却均归类为"伦理小说"（图 2.2.8—图 2.2.20）。这也就难怪林纾为何对狄更斯的耐儿形象不满了，认为"盖写耐儿，则嫌其近于高雅，惟写其大父一穷促无聊之愚叟，始不背其专意下等社会之宗旨"[6]。林纾的感觉无误，耐儿形象的确在整部小说人物群像中超凡脱俗，但并非如林纾所说，是人世间中的"高雅"和"下等"之别，而是天使和凡人之分。

狄更斯对孩子有着特殊的信念，如同丹尼斯·瓦尔德（Dennis

---

[4] 林纾：《孝女耐儿传·序》，[英] 却而司迭更司：《孝女耐儿传》，林纾、魏易译述，上海：商务印书馆，1907 年，第 1 页。

[5] 未见编入"说部丛书"的《孝女耐儿传》初版本，根据 1915 年四版标注，其初版于丁未年十二月初三发行，虽说丁未年是 1907 年，但十二月初三是阳历 1908 年 1 月 1 日；编入"林译小说丛书"的初版时间是 1914 年 2 月。

[6] 林纾：《孝女耐儿传·序》，[英] 却而司迭更司：《孝女耐儿传》，林纾、魏易译述，第 3 页。

第二章　以洋孝子孝女故事匡时卫道 | 139

图 2.2.8　[英]却而司迭更司著，林纾、魏易译"欧美名家小说"丛书，《孝女耐儿传》初版第一册封面（商务印书馆，1907年）

图 2.2.9　"欧美名家小说"丛书，《孝女耐儿传》初版第二册封面

图 2.2.10　"欧美名家小说"丛书，《孝女耐儿传》初版第三册封面

图 2.2.11　"欧美名家小说"丛书，《孝女耐儿传》初版扉页

图 2.2.12　"欧美名家小说"丛书，《孝女耐儿传》初版版权页

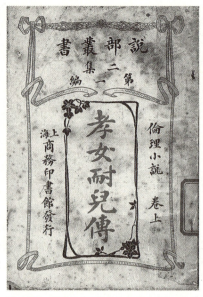

图 2.2.13 "说部丛书"《孝女耐儿传》,商务印书馆,1915 年四版封面

图 2.2.14 "说部丛书"《孝女耐儿传》,商务印书馆,1915 年四版版权页

图 2.2.15 "小本小说"丛书《孝女耐儿传》,商务印书馆,1914 年初版

图 2.2.16 "小本小说"丛书《孝女耐儿传》,商务印书馆,1914 年初版版权页

第二章 以洋孝子孝女故事匡时卫道 | 141

图 2.2.17 "林译小说丛书"《孝女耐儿传》（卷上），商务印书馆，1914 年初版封面

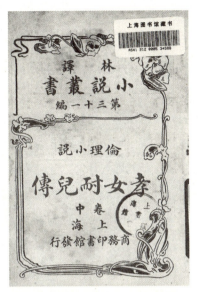

图 2.2.18 "林译小说丛书"《孝女耐儿传》（卷中），初版封面

图 2.2.19 "林译小说丛书"《孝女耐儿传》（卷下），初版封面

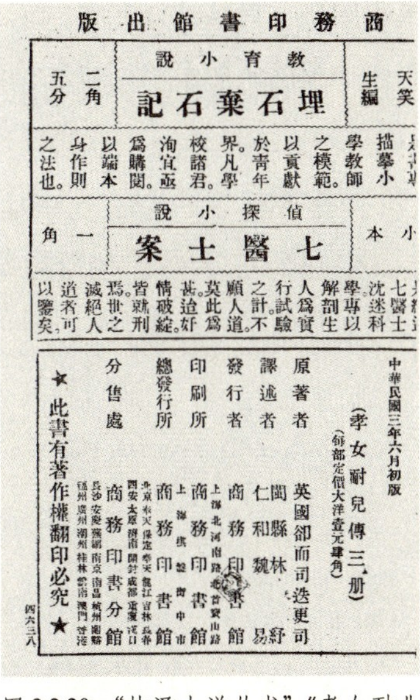

图 2.2.20 "林译小说丛书"《孝女耐儿传》初版版权页

Walder）在《死亡和〈老古玩店〉》(Death and the Old Curiosity Shop) 一文中所揭示的，虽然"人可以变得完美，但童年即完美"[7]。尤其是"夭折的孩子"更代表着童年的不朽性质、完美中的完美。这在《老古玩店》的孩童群像中得到集中的体现：乐天派的吉特、寒微乡村教师最钟爱的夭折的学生、老教堂墓地被生死隔开的一对小兄弟、让小耐儿依依不舍的一双姐妹，包括老古董商童年时与弟弟相亲相爱、渴望终身相守的友情。虽然好与坏的二元论贯穿了狄更斯的全部作品，他总是让好人得到好报，而坏人不是受到惩罚，就是得到改造；但诚如英国作家雷克斯·华纳（Rex Warner）所说："狄更斯直到临死以前，一直相信人性根本上是善良的（也许这是某种天真的想法）；他认为在一些既没有受到权势、金钱和名誉的欲望所腐蚀，也没有受到机械的社会压力所摧残的人物身上，还保持着这种善良的天性。这种人物如果不是儿童，就只能是一两个旧式的退休了的绅士，或者是勉强维持在饥饿水平线上的人数众多的工人家庭。"[8] 在狄更斯的世界中，人群不仅被分成好人和坏人，好人中的孩子更是受到青睐。《老古玩店》正是狄更斯借助自己对玛丽的赞美和痛悼的人生经验，将这一信念推向人类想象的最高境界：等待着"这样年轻，这样美丽，这样善良"的耐儿（玛丽）的不是死亡，毁灭之神的黑暗幽径"将变成一条通往天国的光明大道"。[9]

《老古玩店》讲述的虽然是老古董商妄图靠赌博让外孙女成为贵妇人，终至在高利贷者奎尔普（Quilp）的暗算逼迫下流离失所、出走流浪

---

[7] Dennis Walder, "Death and *the Old Curiosity Shop*", *Dickens and Religion*, London: George Allen & Unwin Ltd., 1981, p.90.

[8] [英] 雷克斯·华纳：《谈狄更斯》，罗经国编选：《狄更斯评论集》，上海：上海译文出版社，1981年，第166页。

[9] [英] 狄更斯：《老古玩店》，许君远译，上海：上海译文出版社，1980年，第678页。原文：
"In the Destroyer's steps there spring up bright creations that defy his power, and his dark path becomes a way of light to Heaven." Charles Dickens, *The Old Curiosity Shop*, Dover Thrift Editions, Mineola, New York: Dover Publications, INC., 2003, p.442.

图 2.2.21 《老古玩店》初刊插图。"在一片快人的田野上面,老人和他的小向导坐下来休息。"

的悲剧故事,但对于耐儿来说,却是个拯救大父,逃离地狱城市而奔赴天堂的田园牧歌。两者的关系就如小说描写的那样:"好像她是一位天使,随她把他带到什么地方。"[10] 作者特别提示耐儿走出城市,来到天空中飘荡着千百种芬芳和声音的田野,想起了她常常整晚阅读的《天路历程》,感到自己和大父好像都成了该书的主人公 Christian[11],所以作者将这两位流浪者定位为朝圣者(pilgrims)(图 2.2.21),不能不说是对其深层寓意的点睛之笔。[12] 因之,虽然耐儿和大父的流浪备尝艰辛,以致耐儿不堪困苦劳顿而逝,但作者并没有过多地渲染其苦难,反而将此描述成逃离苦难,皈依以自然、老教堂、墓地为象征的升入天堂的朝圣之旅,回归田园牧歌之途。

林纾却将这一寄寓耐儿拯救大父、完成天路历程的情节主题改写成宣扬"奇孝"的社会伦理故事。在他看来,两位不过就是"二旅人",并将作者把耐儿视为天使的称颂修辞基本删除或改写,如有的译为"羽

---

[10] [英]查尔斯·狄更斯:《老古玩店》,许君远译,上海:上海译文出版社,1980 年,第 394 页。
[11] 该名字有着双重意义,既是人名克利斯贤,又是基督教徒的意思。
[12] Dickens, Charles *The Old Curiosity Shop*, p.95, 93.

仙""飞仙",有的将天使的性质仅仅落实到容貌之相像上。更重要的是,林纾将耐儿的来自上帝之爱归化为中国传统文化之"孝"的伦理意识形态。

孩子在《圣经》中是"天国里最大的",耶稣一再对门徒说:"我实在告诉你们:你们若不回转,变成小孩子的样式,断不得进天国。""在神国的,正是这样的人。"[13] 在《老古玩店》中,小说叙述者与深夜迷路的小耐儿邂逅,马上感到"这个小人儿很能适应我的步子,看起来倒像是她在引导我、照顾我,而并非我在保护她","我爱这一类的小人儿;他们是刚刚脱离上帝怀抱的,而能够对我们发生了爱,并不是一件小事情"。[14] 这些暗示小孩子为天使性质的描述,前一句被林纾世俗化为:"余耄行滞,女郎亦故迟其纤步偕我,其状大类女郎引余,防余颠跌,似非余引导女郎。"[15] 且不说,林纾赋予小耐儿"女郎"这一成人化的修辞,他真是把这句话理解成扶老携幼之举了,而后一句点明耐儿的爱来自上帝的寓意,干脆被删得一干二净。

小说虽然写到耐儿和大父在流浪中忍饥挨饿、露宿荒野,但其形象却是:

> 奇怪的平静侵据了她的心头,甚至使她忘却了饥饿。她轻轻地躺下,面上泛着安定的笑容,蒙眬过去了。
>
> 早晨来到。女孩子比昨天更急弱了……模糊地觉得她病得很沉重,也许就要死了——但是她心里并没有恐惧和焦忧。[16]

---

[13]《圣经·马太福音》18:3;《圣经·马可福音》10:14。

[14] [英]查尔斯·狄更斯:《老古玩店》,许君远译,第3、4页。原文:"the little creature accommodating her pace to mine, and rather seeming to lead and take care of me than I to be protecting her."; "I Love these little people and it is not a slight thing when they, who are so fresh from God, love us." Charles Dickens, *The Old Curiosity Shop*, p.3.

[15] [英]却而司迭更司:《孝女耐儿传》(卷上),林纾、魏易译述,第3页。

[16] [英]查尔斯·狄更斯:《老古玩店》,许君远译,第416页。原文:"It was very little, but

正是通过对耐儿这类超越苦难的点点滴滴的描写，使这一形象具有了超凡脱俗的圣洁品质。但林纾却是更沉重地体会着小耐儿跋涉的苦难，为耐儿心灵的平静增添了"万愁填塞胸际，亦不觉馁"的生理原因。为了建构耐儿的孝女形象，还增加了将面包"奉其巨者上之老人，老人大咽如虎啖"的细节。[17]林还一再称颂耐儿，并冠以"孝"誉，将其漂泊乞讨说成是"以壮志助其孝思，力疾前行，不敢复息"[18]。当乡村教师遇到因饥饿疲惫而昏迷的小耐儿，将其救至小客栈时，原文描写他：

thinking, with a very happy face, on the fortunate chance which had brought him so opportunely to the child's assistance. (脸上浮泛着一种幸福的笑容，心里在想，难得碰上这样一个幸运的机会，使他能及时地给女孩子一些帮助。) [19]

林纾的译文却是："心中自庆能遇此孝女，不尔，不知野死何方矣。"[20]当教师听闻耐儿是为了拯救大父逃离赌博诱惑，避免进疯人院的命运，"想在很远很原始的地方找到一个避难所"[21]而颠沛流离时，林纾更是让教师大骇道："奇孝哉！吾以为生人操行，安有敦恳如是者，尽余书中所见孝义之人，万无及汝。"并赞叹："孺子奇孝动天。"甚至车夫

---

even hunger was forgotten in the strange tranquillity that crept over her senses. She lay down very gently, and, with a quiet smile upon her face, fell into a slumber." "Morning came. Much weaker,... a dull conviction that she was very ill, perhaps dying; but no fear or anxiety." Charles Dickens, *The Old Curiosity Shop*, pp.273-274.

[17] [英]却而司迭更司：《孝女耐儿传》(卷中)，林纾、魏易译，第 132 页。
[18] 同上书，第 134 页。
[19] Charles Dickens, *The Old Curiosity Shop*, p.278；[英]查尔斯·狄更斯：《老古玩店》，许君远译，第 422 页。
[20] [英]却而司迭更司：《孝女耐儿传》(卷中)，林纾、魏易译，第 136 页。
[21] [英]查尔斯·狄更斯：《老古玩店》，许君远译，第 425 页。原文："she sought an asylum in some remote and primitive place." Charles Dickens, *The Old Curiosity Shop*, p.280.

也"怜耐儿孝，亦慨然应诺"，让其坐到车上。女店主和客栈旅人"亦闻耐儿孝，则大感动，送之门外，颂其平安"，[22]将"孝"之作用渲染至感天动地。以上林纾译文所言之"孝"，均为原文所无，是他"稍为渲染，求合于中国之可行者"的增译。

  小说结尾将耐儿形象的塑造推至华彩乐章，她和大父在乡村教师的帮助下，终于找到了由教堂、废墟和古老的公墓所喻旨的终极目标。已经自知不久于人世的耐儿，每天生活徘徊其间，墓园成为她打量自己的死地和命运、见证生者与死者相往来、梦幻天使与天国的实存场域；并由此铺陈耐儿一再梦见死去的小学生，梦见屋顶敞开，一大队的光明面孔，远远地从云霄里升起注视着她睡眠，天空中回响着音乐和天使们的鼓翼之声，宛如她在《圣经》图画上所见到的场景，以此来强调耐儿的天使属性。[23]以耐儿平静而美丽的长眠，好像是上帝刚刚造出来的人形，在等待着生命的呼吸，来暗喻"天使的手把大地撒上了很厚的雪"[24]，迎接耐儿回返上帝的怀抱，从此岸到彼岸的归宿。（图2.2.22、图2.2.23）

  但林纾对墓园的象征，以及出于宗教信仰的神圣化描写显然无所领会，或者说是有意进行了改写。其翻译一开始就使用了"毛发森竦""惨惨长阴气"等恐怖修辞，又添加了"地偏心远，久居亦足云适""永永受清闲之福"[25]等带有中国传统价值的观念。他能接受梦境中的天国，却将其与《圣经》、与小学生的联系删除；[26]他能保留高林平田炊烟的自然风景意象，却将象征天国、上帝之光的辉煌闪耀（Oh！the glory of the sudden burst of light）舍弃了；更将其意旨"这好像从死里得到生命，离天国越来越近了"，改为"种种所见皆勃勃有生气，从地中上冲，一屏

---

[22] [英]却而司迭更司：《孝女耐儿传》（卷中），林纾、魏易译，第138页。
[23] Charles Dickens, *The Old Curiosity Shop*, p.316.
[24] 同上书，第434，438，442页。
[25] [英]却而司迭更司：《孝女耐儿传》（卷中），林纾、魏易译，第24—25页。
[26] 同上书，卷下，第316页。

图 2.2.22 《老古玩店》初刊插图:"那里,在她的小床上,她安静地长眠了。"   图 2.2.23 《老古玩店》初刊插图

死气矣",[27] 从而将天国寓意降至乡村自然景象。对于狄更斯竭力渲染的耐儿之死的美丽,让林纾一句"耐儿死矣,僵卧小榻之上",彻底败坏殆尽。更成问题的是,林纾还借此大做文章,擅自为其盖棺论定:"世间之温柔忍耐抱奇孝之行之耐儿。"[28] 更是尽可能地删除了耐儿与天使相连的修辞。[29] 总之,林纾抓住耐儿的故事,极尽"颊上添毫"之笔,将一个传达上帝爱之福音的"天使"塑造成为践行孝之至德要道、遍尝人间忧烦苦痛的"孝女"。

也许,仅以"嫌其近于高雅"的耐儿"教孝",尚不足以达教化下等社会,以获"不严而治"之功效;林纾同时将耐儿仆人吉特(Kit)改造成践行"居则致其敬,养则致其乐"的"庶人之孝"的模范。

在《老古玩店》,吉特是作者重点描写,让其昭示穷人的善良天性及其好人好报的信念,而与耐儿平行发展的另一孩童形象。小说描写耐

---

[27] [英]查尔斯·狄更斯:《老古玩店》,许君远译,第490页;[英]却而司迭更司:《孝女耐儿传》(卷下),林纾、魏易译,第34页。该句原文:"It was like passing from death to life; it was drawing nearer Heaven." Charles Dickens, *The Old Curiosity Shop*, p.324.

[28] [英]却而司迭更司:《孝女耐儿传》(卷下),林纾、魏易译,第136页。

[29] Charles Dickens, *The Old Curiosity Shop*, p.434, 438, 442.

儿和大父为避免债主奎尔普的迫害，偷偷出逃之后，作为"一个心肠软，知道感恩图报的人"，吉特仍经常到主人故居徘徊，即使失望而归，也未像周围邻人那样迁怒家人，"反而一心一意尽量想出一些平凡的办法，使他们更舒服"。[30] 林纾在此"颊上添毫"为：

> 克忒（吉特）之为人，初不知礼为何物，但有不自觉之至情，实恋恋其主。果在他人一经懊怒之后，则必迁怒其家人。然克忒见他人残毁，则转亲爱其家，以为主无家，我尚有家，吾母尤为吾亲，则当图以饼饵供应吾母。[31]

这样，就将《孝经》所规范的"谨身节用，以养父母"的庶人之孝施予吉特。

林纾对耐儿从天使到孝女的改写，也在此表现出来。本来原作讲述耐儿在流浪的路上，遇到乡村教师最喜爱的学生夭逝的一幕，耐儿回到屋里，怀着悲伤的心情感谢"她有健康和自由的运气"，"能留在一个她所爱的亲人身边，在一个美丽的世界里生存和活动"。[32] 但林纾却改译成："盖自谓年少飘零，幸尚无病，其感谢天心者，则谓己身不死，良足侍吾大父暮年。"[33] 从而，将耐儿面对死亡，倍觉活着与爱的美好，转

---

[30] [英] 查尔斯·狄更斯：《老古玩店》，许君远译，第 132 页。原文："He was only a soft-hearted grateful fellow, and had nothing genteel or polite about him; consequently instead of going home again in his grief to kick the children and abuse his mother (for when your finely strung people are out of sorts they must have everybody else unhappy likewise), he turned his thoughts to the vulgar expedient of making them more comfortable if he could." Charles Dickens, *The Old Curiosity Shop*, p.87.

[31] [英] 却而司迭更司：《孝女耐儿传》（卷上），林纾、魏易译，第 91 页。

[32] [英] 查尔斯·狄更斯：《老古玩店》，许君远译，第 237 页。原文："... of content with the lot which left her health and freedom; and gratitude that she was spared to the one relative and friend she loved, and to live and move in a beautiful world." Charles Dickens, *The Old Curiosity Shop*, p.157.

[33] [英] 却而司迭更司：《孝女耐儿传》（卷中），林纾、魏易译，第 20 页。

变为"事亲"的人生责任。

中国式孝道，虽然也强调"天性也"，"因亲以教爱"，但更强化的是"致其敬"，是"君臣之义也"。所以，针对吉特因为连续几天找不到主人而满怀焦虑，其母为打消他的幻想，告知祖孙俩也许再不会回来这一情节，林纾是这样翻译的："初闻母言，甚弗乐。然不敢与母为抗。"[34] "不敢"之意为原文所无，但反映了中国式母子的等级秩序意识。

林纾虽然能看明白狄更斯的小说"扫荡名士美人之局，专为下等社会写照"，"专意为家常之言，专写下等社会家常之事"[35]的特征和意义，但更为重要的是，狄更斯作为"穷人的诗人"，他的心"向着穷人和不幸者"[36]。他不仅是"专为下等社会写照"，更专意"描写表现在贫穷和悲惨境遇中经常见到的美德和气节"[37]，以及"对家庭的尊崇"[38]。吉特的形象可以说是狄更斯对穷人、儿童和家庭这三种人性信念的汇聚。在《老古玩店》中，为称颂吉特对家庭无私纯洁的爱（图2.2.24），作者以富家少爷阿伯尔对父母的爱做对比，抒发了大段的议论，认为：

> 如果家庭的感情和慈爱全是些优美的事物，那么它们在穷人家里才真够得上优美。富人和阔人同家庭的关系可以在尘世上制造出来，但是穷人同他那破锅破灶连结的链子才是更道地的金属，上面还盖有天国的印鉴。出身高门的人可能受他继承下来的厅堂土地，当做他本人的一部分——当做他出生和势力的纪念品；他同这些事物的结合就是骄傲、财富和风光的结合。穷人的住宅以前曾为陌生人所居，并且说不定明天又被什

---

[34] [英]却而司狄更司：《孝女耐儿传》（卷上），林纾、魏易译，第125页。
[35] 林纾：《孝女耐儿传·序》，[英]却而司狄更司：《孝女耐儿传》（卷上），林纾、魏易译，第2页。
[36] [德]弗兰茨·梅林：《查尔斯·狄更斯》，罗经国编选：《狄更斯评论集》，第94页。
[37] [英]理查·豪恩：《查尔斯·狄更斯》，罗经国编选：《狄更斯评论集》，第16页。
[38] [俄苏]卢那察尔斯基：《狄更斯》，罗经国编选：《狄更斯评论集》，第122页。

图 2.2.24 《老古玩店》初刊插图：吉特 (Kit) 和妈妈

么人占据，因此穷人对于他家庭的依恋是有一个更高尚的根，深深地扎在一块更纯洁的土地里面。他的财神是血和肉造成，没有掺杂上银、金或者宝石；他没有什么财产，只有藏在内心的感情……穷人对他家庭的爱是得自上帝，而他那粗陋的茅舍也就变为一个庄严的庙堂了。[39]

---

[39] [英] 查尔斯·狄更斯：《老古玩店》，许君远译，第 350—351 页。原文："... if ever household affections and loves are graceful things, they are graceful in the poor. The ties that bind the wealthy and the proud to home may be forged on earth, but those which link the poor man to his humble hearth are of the truer metal and bear the stamp of Heaven. The man of high descent may love the halls and lands of his inheritance as part of himself, as trophies of his birth and power; his associations with them are associations of pride and wealth and triumph; the poor man's attachment to the tenements he holds, which strangers have held before, and may tomorrow occupy again, has a worthier root, struck deep into a purer soil. His household gods are of flesh and blood, with no alloy of silver, gold, or precious stone; ... that man has his love of home from God, and his rude hut becomes a solemn place." Charles Dickens, *The Old Curiosity Shop*, pp.228–229.

狄更斯的话说得很清楚，即富人对家庭的爱也许会由尘世的地位和财富制造出来，但"穷人对他家庭的爱是得自上帝"，因而更加纯洁。林纾在翻译这段时，虽然保留了"若穷人之恋家，则实由上帝加以玺书"的意思，但又增加了他一向所持有的对父母之爱"有生俱来者"的观点，同时更做了相当的删节，包括画龙点睛的最后一句，而收束在"盖穷人家庭中，崇奉之神明，均骨肉铸成，其中不杂以金银之气，既寡先畤，但余挚爱之所寓，不关衣敝食粗也"。[40] 可见，林纾更强调的是将"血浓于水"的纯粹"骨肉"之爱奉为"神明"。

---

[40] ［英］却而司迭更司：《孝女耐儿传》（卷中），林纾、魏易译，第89页。

第三节 五四"铲伦常"论争之反思

通过以上分析可以清楚地看到,林纾对狄更斯《老古玩店》及其"孝友镜"系列的改写,是对中西信仰及其价值观的根本性置换。他的"不类而类"的翻译策略体现在基本忠实于小说的故事情节,但在传达思想命题时,以中国之"孝"的伦理意识置换之,释读之,从而在相当大的程度上改写了原作的小说类型和主题意蕴。当初五四新文化派所以主张"直译",针对的正是林纾"删的地方尽管删,自己增加的地方却又大胆地增加"[1],而使"不类"而"类"的翻译方法。历史上的"直译"之争并非仅仅是翻译理论的问题,如茅盾所说:"'直译'一词原本是五四以后反抗林纾的'歪译'而起的,'歪译'即指林氏靠人口述的翻译方法和'卫道'之心。"[2] 林纾于翻译中的卫道行为,显然非这些洋孝子孝女故事莫属。

文章到此本可打住了,但由于近些年来,随着中国综合实力的增长和民族自信心的增强,在振奋民族精神、弘扬民族文化的旗帜下,将五四新文化运动定性为全盘西化和粗暴的反传统立场而进行批判的声浪日益高涨。在这样的潮流中,如何看待五四新文化运动反对派林纾的卫道行为就成为绕不过去的话题。特别是在辛亥革命迫使清帝"让政",

---

[1] 味茗(茅盾):《伍译的〈侠隐记〉和〈浮华世界〉》,《文学》,1934年第2卷第3期"翻译专号"。

[2] 明(茅盾):《直译顺译歪译》,《文学》,1934年第2卷第3期"翻译专号"。

第二章　以洋孝子孝女故事匡时卫道

民国建立以后已无君可忠的政体变迁中，林纾的卫道也就集中在对孝道的坚守了。更何况在五四新文化运动继政体革命之后，进一步扩展到与之相适应的意识形态革命与社会文化改造的历史语境中，林纾为何如此顽固地要"直剸心肝对五常"[3]，为何不顾势单力薄，激烈地反对新文化运动，这为我们提供了一个得以方便反思和值得细究的个案。

综合林纾标举孝道的言论，特别是他于五四新文化运动兴起之后，也许因翻译毕竟受限于人，已不足以表达其观点，除汉译了短篇小说《孝子悔过》与中长篇《孝友镜》而外，他还另有系列以孝及伦常为主题的写作，如为传播名教，不收笔润，北京《公言报》特为他开辟了"劝世白话新乐府"专栏，他还在上海《新申报》"蠡叟丛谈"专栏发表同类小说多达58篇[4]。从中可以看出，林纾所信奉的"天理"及道德宗教之程朱理学已内化为他的世界观，其立身行道，劝世化人的确是不遗余力。他为京师大学堂预科及师范班、实业高等学堂、五城中学堂讲授伦理修身课程，选择以明末清初的理学大家孙夏峰编《理学宗传》为底本，也说明了他的认同态度。此时理学已把"天理"落实到人伦日用之间，如清朝政治家、"理学名臣"汤斌为《理学宗传》作"序"时所说："天之所以赋人者无二理，圣人之所以承天者无二学。盖天命流行，化育万物，秀而灵者为人，本性之中，五常备具。其见于外也，见亲则知孝，见长则知弟，见可矜之事则恻隐，见可耻之事则羞恶"，所谓圣人即"能体察天理之本然，而朝乾夕惕，自强不息，极之尽性至命，而操持不越日用饮食之间，显之事亲从兄，而精微遂至穷神知化之际"。[5] 从而将人伦日用之道德秩序与天之理、人之性一体化。

---

[3]　潜江朱羲胄述编：《林畏庐先生学行谱记四种总目·贞文先生年谱卷二》，台北：世界书局，1961年，第23页。

[4]　薛绥之、张俊才编：《林纾研究资料》，北京：知识产权出版社，2010年，第432页。

[5]　汤斌：《理学宗传·序》，孙奇逢（夏峰）：《理学宗传》，光绪庚辰岁（1880），杭州：浙江书局刻，第1、2页。

虽然有学者认为，林纾所持有的是"中体西用"的文化立场，实际上就理学的"天理"来说，无论在上在下，在中在西，皆"一衷于理而已矣。理者，乾之元也，天之命也，人之性也"[6]。尽管林纾在"用"的层次上，力主向西方学习，改革教育，兴女学，发展实业，极言立宪政治之功效，但他并不认为西学仅此而已。在他看来，"中外之学，有不同者。则科算兵政诸学，实中国所未尝梦见。若立身制行，求志达道，备为国家之用，则千百国之豪杰宗旨，悉皆相同"。所以，他之汉译如同他之披阅经史一样，是"以经为律，以史为例。"[7]他从西洋小说考求泰西风俗，体悟的是"贤者原心之律"[8]。林纾在其序跋中一再感叹美洲十一龄童子能出百死奔赴亲侧，《双孝子噀血酹恩记》中的伊凡以八龄童子，不挟糇粮，行烈日中五百里身奔父难，其至性均"出之天授"，是"天性至孝"。所以，林纾认为"父子之性，中西初不能异"[9]，从而将理学"父子君臣，常理不易"[10]的孝之理之性扩至普世，为其再添洋孝子孝女的实例，说明"孝子与叛子，实杂生于世界，不能右中而左外也"[11]，西人中也有"足为名教中人"，以此证实中西文化的精义"要皆归本于性情之正，彰瘅之严，此万世之公理，中外不能僭越"[12]。

理学之天下归一观，使林纾对中西贤者的"原心之律""性情之正"及其价值观进行了沟通，也可以说是确立了建立普世价值的基础。他的

---

[6] 孙奇逢（夏峰）：《理学宗传》，"自叙"第1页。

[7] 林纾：《修身讲义》（上卷），上海：商务印书馆，1916年，第39—40、39页。

[8] 林纾：《双孝子噀血酹恩记·评语》，[英] 大限克力司蒂穆雷：《双孝子噀血酹恩记》（上），林纾、魏易译，上海：商务印书馆，1907年，第2页。

[9] 林纾：《〈美洲童子万里寻亲记〉序》，吴俊标注：《林琴南书话》，杭州：浙江人民出版社，1999年，第18页。

[10] 冯友兰：《中国哲学史》（下册），上海：华东师范大学出版社，2000年，第239页。

[11] 林纾：《英孝子火山报仇录·序》，[英] 哈葛德：《英孝子火山报仇录》（上），林纾、魏易译，上海：中国商务印书馆，1905年，"序"第1页。

[12] 林纾：《孝女耐儿传·序》，[英] 却而司迭更司：《孝女耐儿传》，林纾、魏易译，上海：商务印书馆，1907年，第1页。

汉译西洋"孝友镜"系列，虽然程度不同地改写了原作的类型及其主题意蕴，但对人物品行加以孝子孝女的命名，即使并非若合符契，在形而上的天理层面，也可说是中国所讲"天性之孝"与西方所谈"天性之爱"的侔比；更何况在20世纪初，他之标举孝道还有着历史的积极意义。

针对当时"欧洲为不父之国"，"其学为不孝之学"的流言，致使"吾国父兄，始疾首痛心于西学，谓吾子弟宁不学，不可令其不子"，"勋阀子弟，有终身不近西学，宁钻求于故纸者"，"秉政者斥西学"的现象，林纾将西洋小说解读为洋孝子孝女的故事，以证明"西人为有父矣，西人不尽不孝矣，西学可以学矣"，进而痛批时儒"严中外畛域，几秘惜伦理为儒者之私产"的一隅之见，所抵制的恰恰是"腐窳之旧学"。从林纾在《英孝子火山报仇录》序中所说的"及既得此书，乃大欣阅，谓足以告吾国之父兄矣"[13]的真情流露中，可见这类小说的确是正中其下怀，让他如获至宝。此证不仅"为西人辩诬"[14]，也为被斥为"支那野蛮之俗"的孝道辩诬。对此，即使将林纾看作"圣人之徒"的鲁迅也给予了肯定，认为从《孝友镜》为西人的辩护可知，父兄之于子弟"惟其解放，所以相亲；惟其没有'拘挛'子弟的父兄，所以也没有反抗'拘挛'的'逆子叛弟'"[15]。

林纾标举孝道，更在于他的忧国之心。如他所说："吾译是书，吾意宁止在是哉。"与其时所流行的以公私对立划分国之义务和孝之伦理，进而以前者否定后者的逻辑不同，林纾认为："忠孝之道一也，知行孝而复母仇，则必知矢忠以报国耻。"[16]"孝之于人能自生其神勇矣。"因

---

[13] 林纾：《英孝子火山报仇录·序》，[英]哈葛德：《英孝子火山报仇录》（上），林纾、魏易译，"序"第1页。

[14] 林纾：《孝友镜·译余小识》，[比]恩海贡斯翁士：《孝友镜》，林纾、王庆通译，上海：商务印书馆，1918年，第1页。

[15] 鲁迅：《我们现在怎样做父亲》，《鲁迅全集》(1)，北京：人民文学出版社，1981年，第137页。

[16] 林纾：《英孝子火山报仇录·序》，[英]哈葛德：《英孝子火山报仇录》（上），林纾、魏易译，"序"第2页。

而，他以《英孝子火山报仇录》中墨西哥的亡国故事，激励世士"能权为奴与死国之轻重"[17]，"图雪国耻"，"以增广国史孝义之传，为吾国光"。[18] 尤其将洋孝子复仇，百死无悔的志行，用为中国人的"子弟之鉴""人伦之鉴"。所以，林纾能够自信地说："守道非守旧也。"[19] 他又在《致蔡鹤卿书》中铿锵有言："外国不知孔孟，然崇仁，仗义，矢信，尚智，守礼，五常之道，未尝悖也，而又济之以勇。弟不解西文，积十九年之笔述，成译著一百廿三种，都一千二百万言，实未见中有违忤五常之语。"[20]

但同时我们也要看到，中国式孝道虽然可以阐释为"天理"，但其伦纪风俗却是社会制度化的，并非天不变，道亦不变。这也是"孝"无法准确外译的原因，所以辜鸿铭英译"孟懿子问孝"时，只好意译为"A noble of the Court in Confucius' native State asked him what constituted the duty of a good son"[21]。以民国建立为标志，中国政体的西化势必带来意识形态的西化，这是五四新文化运动激于袁世凯称帝、张勋复辟而兴起的直接动因。《新青年》的批孔所针对的，主要是构成中国专制政治之基础、家族制度及作为意识形态的政统儒教，所指并非学统的儒学。有关于此，蔡元培在《答林琴南书》中早已做了明确的区分。他不否认《新青年》中"偶有过激之论"，"然亦对于孔教会等托孔子学说以攻击新学说者而发，初非直接与孔子为敌也。"至于大学校内的讲义"尊孔

---

[17] 林纾：《英孝子火山报仇录·译余剩语》，[英]哈葛德：《英孝子火山报仇录》（上），林纾、魏易译，"译余剩语"第2页。

[18] 林纾：《英孝子火山报仇录·序》，[英]哈葛德：《英孝子火山报仇录》（上），林纾、魏易译，"序"第2页。

[19] 林纾：《修身讲义》（上卷），上海：商务印书馆，1916年，第38、39页。

[20] 林纾：《致蔡鹤卿书》，胡适编：《中国新文学大系·建设理论集》，上海：上海文艺出版社，2003年，第171页。

[21] 辜鸿铭：《〈论语〉英译》，黄兴涛编：《辜鸿铭文集》（下），海口：海南出版社，1996年，第355页。

者多矣，宁曰覆孔？"[22] 林纾是将社会政治层面的伦纪纲常提高为不变之"天理"来捍卫了。在引起极大误会的《荆生》中，他借其口怒斥新文化派三人："中国四千余年，以伦纪立国，汝何为坏之！"[23] 林纾也许尚未意识到四千余年未有的立国之大变局，共和体制诉诸的是个体（公民），已非伦纪了。

激于《新青年》的批判，林纾从1919年起改变了要力除文人相轻之习，"由他笑骂"的态度，以上海《新申报》和北京《公言报》为阵地，接连发表了《荆生》《致蔡鹤卿书》《妖梦》，还有过去较少引起注意的短篇小说《演归氏二孝子》[24]。所以特别提及后者，不仅因其直切本论题，更在于它是林纾在遭到，或预感会受到《新青年》激烈反击下，借以自鸣胸臆之文（图2.3.1、图2.3.2）。该作虽为林纾演义归有光《震川集》中孝义之"传"的《归氏二孝子传》，但如其在篇首附言："余欲有所言，故演为小说。"所以连载八天，小说仅占三天，终篇插入的蠹叟所言倒连载五天。文中林纾以"存心天日可表"的诚恳告白："我即老悖癫狂，亦不至褊衷狭量至此，而况并无仇怨，何必苦苦跟追？盖所争者天理，非闲气也。七十老翁，丝毫无补于世，平日与学生语及孝悌，往往至于出涕，即思存此一丝伦纪于小部分中，俾不致沦为禽兽。"[25] 笼统地谈孝之天理，本无可指责，但以这篇小说来"劝孝"，却令人发指。遗憾的是，翻译了如此之多西洋"孝友镜"系列的林纾，竟至不能体悟其洋孝子孝女没有父兄"拘挛"的相亲之爱与《归氏二孝子》故事所表现的中国式"长者本位"的父权孝道之不同。

就以此篇二孝子之一钺（字汝威）孝子为例。这个故事称颂的是

---

[22] 蔡元培：《答林琴南书》，胡适编：《中国新文学大系·建设理论集》，第165—166页。

[23] 林纾：《荆生》，胡适编：《中国新文学大系·建设理论集》，第174页。

[24] 该文连载于《新申报》1919年3月26日至4月2日"蠹叟丛谈"，初载题为《演归氏二孝子》，后都改为《归氏二孝子》。

[25] 林纾：《演归氏二孝子·跋》，《新申报》，1919年4月1日。

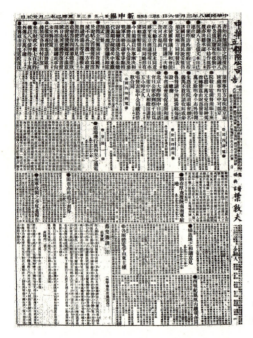

图 2.3.1
林纾发表于上海《新申报》上的《演归氏二孝子》

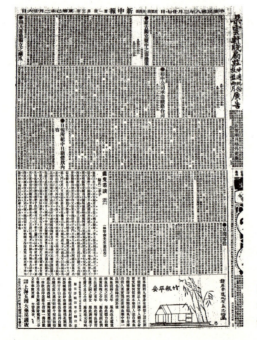

图 2.3.2
林纾发表于上海《新申报》上的《归氏二孝子》

他不计后母的挑唆、父亲的杖笞，忍饥挨饿，不与争辩。后来父卒，遭遇大饥荒时，已被赶出家门的孝子如何不计前嫌，涕泣奉迎母弟于家中，曲意承顺，得食必先母弟，使后母尽享天年的事迹。孝子的孝行无可厚非，但林纾对这个"以不情为伦纪"[26]的故事所给予父亲的绝对权力毫无批判，实暴露其"劝孝"正如辜鸿铭所释，仅在于无条件地做一个"好儿子"之一端，更不必谈林纾为表彰忠孝节义而撰写的大量墓志铭和诔词中，甚至充斥着割肉疗亲的愚行。鲁迅的《我们现在怎样做父亲》即以林纾"劝孝"的诸多观点为靶子，对其进行了清算式的批判，两相对照，了了分明。文中鲁迅本着"心以为然"的道理，呼吁改革中国家庭的人伦道德，从"长者本位"改作"幼者本位"，以天性的爱置换感恩的责望报偿，用义务思想取代权力思想。

鲁迅自陈其本意是"想研究怎样改革家庭"[27]，为此他在《新青年》上已陆续发表了《随感录》二五、四十、四九，后来又写了散文《二十四孝图》，其批判的锋芒都直指中国社会不合理的人伦纲常，实并未全盘否定中国的孝道。事实上，无论是卫道的林纾，还是鲁迅、胡适等新文化派人物，在生活中都是为子孝、为父慈的模范。鲁迅在《二十四孝图》中，一方面痛批中国伦理"长者本位"的残酷与愚昧，另一方面又分门别类地细加分析。他认为"二十四孝"中，像"子路负米""黄香扇枕"，甚至"陆绩怀橘"之类还都属"可以勉力仿效的"，像"哭竹生笋"则是"可疑的"，而"卧冰求鲤""郭巨埋儿"之类则是"不情"，"有性命之虞"了。鲁迅还以"老莱娱亲""郭巨埋儿"故事在不同"孝子传"版本中的不同讲述，揭示其越讲越伪诈残酷的流变，并以自己小时读到这些故事所生的反感，与教孝儒者适得其反的阅读经验点明，"以不情为伦纪"的孝子故事，"污蔑了古人，教坏了后人"，更一

---

[26]　鲁迅：《二十四孝图》，《鲁迅全集》(2)，第255页。
[27]　鲁迅：《我们现在怎样做父亲》，《鲁迅全集》(1)，第129页。

针见血地揭露"这些老玩意，本来谁也不实行"的虚伪道德。鲁迅对中国家庭伦理在政统儒家教化之下变迁的研究和分析，为我们树立起对传统文化既需正本清源，又要取其精华去其糟粕的适当态度。

以鲁迅为代表的"新青年"派与林纾的这场"铲伦常"与"卫伦常"的论争，是五四新文化运动将改造社会落实到"改革家庭"的核心话题，也是五四新文化运动真正建立起来的父子与夫妻两种家庭人伦关系的新道德之一，对现代中国真正产生了实效和深刻影响。今天重温鲁迅有关改革中国家庭问题的思想，当知五四新文化运动虽然存在着过激和粗暴的问题，但其大方向是没错的。中国历史迈向人道的进步不能不归功于鲁迅那代知识分子对政统儒教口诛笔伐的批判，五四新文化运动为"后来的人"能够"幸福地度日，合理地做人"树立起彪炳青史的旗帜。就以上论析而言，与其将五四新文化精神与中国传统文化对立起来而水火不容，不如将二者视为互补而并行不悖，正如鲁迅提出的"我们现在怎样做父亲"，恰与偏于"好儿子的责任"之传统孝道相辅相成——不知这样理解是否更符合中国传统的天下中和中庸之达道？

（该章原题为《以洋孝子孝女故事匡时卫道——林译"孝友镜"系列研究兼及五四"铲伦常"论争》，载《文学评论》2016年第1期；又选载于人大复印资料《中国现代、当代文学研究》2016年第5期；2020年底修订于威海）

第三章
汉译《简·爱》的通俗化改写

第一节 周瘦鹃对《简·爱》的言情化改写及其言情观

关于《简·爱》汉译本在中国出版情况的介绍，目前有些混乱，不少人都把"中国第一个《简·爱》译本"的桂冠戴到李霁野的头上。且不说报纸新闻上的报道，就连对该作在中国翻译情况做过翔实考证的龚明德先生也说这个结论是"经得住验证的"[1]。专门写过《英国的石楠花在中国》的冯茜当谈到伍光建翻译的夏洛蒂作品时，竟说"《简·爱》最早的全译本也是伍光建翻译的"[2]。两位学者都对相关资料进行了颇翔实的梳理和补正，做出了自己的贡献，只是在表述上有时不够准确。

根据笔者掌握的资料，《简·爱》最早的汉译本是周瘦鹃的缩写本《重光记》，收入1925年7月上海大东书局出版的周氏翻译小说集《心弦》。伍光建汉译的删节本《孤女飘零记》，1935年9月由商务印书馆出版。李霁野的汉译《简爱自传》，虽然是于1935年8月20日在《世界文库》第四册上开始连载，但直至1936年4月20日第十二册才续完，1936年9月方由生活书店印行。但鉴于前两种译品的删削，李霁野本可以说是《简·爱》在中国的第一个全译本，而非第一个译本。

---

[1] 龚明德：《李霁野译〈简爱〉二则》，《长城》，2000年第1期，第156—162页。
[2] 冯茜：《英国的石楠花在中国——勃朗特姐妹作品在中国的流布及影响》，北京：中国社会科学出版社，2008年，第42页。

周瘦鹃对《简·爱》的缩译《重光记》收入他的翻译小说集《心弦》,而该译本又是周瘦鹃主编的丛书"我们的情侣"之四（图 3.1.1—图 3.1.3）。显然,其出版是周瘦鹃大规模策划"言情"系列的产物。这套丛书虽然在最后一册《心弦》的版权页上署"吴门周瘦鹃编辑",致使有的研究者错认他是全四册的当然编辑者,实际上第二种《恋歌》由傅绍先编辑,他辑录了胡适、刘大白、郭沫若、闻一多等三十四位新文学家歌咏两性之爱的抒情诗及少量的译诗。其余三种均为周瘦鹃编:第一种《情词》,主要选自朱彝尊、蒲松龄、王士禛、夏完淳、赵怀玉等明清文人,间采元代及近代的爱情词曲;第三种《爱丝》,为周瘦鹃从传奇、笔记、史书、府志等杂书中辑录的爱情逸事传说;第四种《心弦》,就是周瘦鹃缩译的西方爱情小说集。可见,周瘦鹃意在把中外有关两性之爱的文字辑录于"我们的情侣"之一炉。

图 3.1.1　周瘦鹃（1895—1968）

乍看令人有些想不通的是,以周瘦鹃作为名译者和大编辑的身份,为何这部译作出版后,似乎没有引起什么反响。连透露周瘦鹃的《欧美名家短篇小说丛刊》当初获北京政府教育部奖是因鲁迅大力举荐这一消息的周作人都不无遗憾地说:"鲁迅原来很希望他继续译下去,给新文学增加些力量,不知怎的后来周君不再见有著作出来了。"[3] 显然,周作人对周瘦鹃的这部译作一无所知,甚至所谓旧派文人范烟桥、郑逸梅在谈到周瘦鹃的翻译时也对此译作只字未提;一直到今天,虽然在著译书

---

[3] 周作人:《鲁迅的故家》,石家庄:河北教育出版社,2002 年,第 245 页。

图 3.1.2 周瘦鹃编译《心弦》初版封面，大东书局，1925 年

图 3.1.3 《心弦》初版版权页

目、编年史之类的资料集中偶有列出，但仍然没有引起足够的重视。这部小说译作虽都属缩写，但"选择之善"当不在《欧美名家短篇小说丛刊》之下。围绕着爱情专题，周瘦鹃选译了十部文学史上的经典，或轰动一时的佳作，计有：

- 英国理查逊（Samuel Richardson）的《克拉瑞萨》（*Clarissa Harlowe*，1747—1748）
- 法国圣-皮埃尔（Jacques Henri Bernardin de Saint-Pierre）的《保尔和维尔吉妮》（*Paul et Virginia*，1787）
- 法国梅里美（Prosper Mérimée）的《卡门》（*Carmen*，1846）
- 美国霍桑的《红字》（*The Scarlet Letter*，1850）
- 法国乔治·桑的《康素爱萝》（*Consuelo*，1844）
- 英国司各特的《拉马摩尔的新娘》（*The Bride of Lammermoor*，1819）

- 英国利顿（Sir Edward Bulwer-Lytton）的《马尔特拉瓦斯》(*Ernest Maltravers*，1837)
- 英国夏洛蒂·勃朗特的《简·爱》(*Jane Eyre*，1847)
- 英国查尔斯·里德（Charles Reade）的《爱我少一点，爱我久一点》(*Love me Little, Love me Long*，1859)
- 英国布莱克默（Richard Doddridge Blackmore）的《洛娜·杜恩》(*Lorna Doone*，1869)

而且，周瘦鹃显然对这部译作进行了精心的安排，上述十部作品均采取中国传统的记体文冠名形式，以"记"名篇，依次改译为：《焚兰记》《同命记》《艳盅记》《赤书记》《慰情记》《沉沙记》《镜圆记》《重光记》《海媒记》《护花记》，每篇又分章列题，全部是整齐划一的同字回目（图3.1.4—图3.1.6）。体例也承袭了他《欧美名家短篇小说丛刊》的用心，篇首附有"弁言"，不仅述作者略传，而且相当精要地介绍了该作的风格、成就及文学史地位。

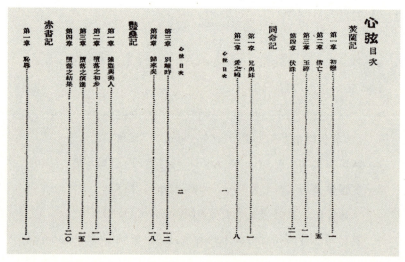

图 3.1.4 《心弦》目录之一

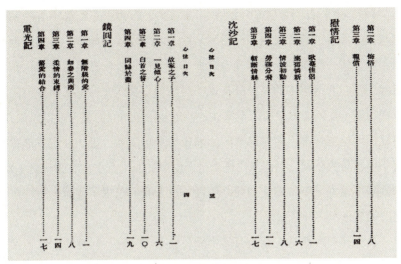

图 3.1.5 《心弦》目录之二

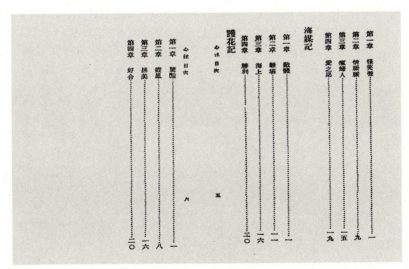

图 3.1.6 《心弦》目录之三

周瘦鹃所选多集中在英法 18 世纪后半期和 19 世纪上半叶，带有浪漫传奇色彩和宗教道德寓意的中长篇小说作品，从他将原作多以人名命名改为以情节取题即可看出他的通俗化处理倾向。全面分析周瘦鹃的改译并非本文的意图，仅以《简·爱》为例以窥一斑。

《简·爱》自问世以来（图 3.1.7—图 3.1.9），作为一部经久不衰的畅销书和文学经典，其意义内涵已得到延续不断的发掘和阐释，特别是近几十年来，每一思潮的形成和理论转向都为《简·爱》开拓了新的认知路子和空间。弗洛伊德的精神分析说、后结构主义、女性主义和后殖民理论使《简·爱》文本意义的丰富性，甚至是矛盾对立的复杂性得以敞开。所以，无论怎样都不能对周瘦鹃的缩译本要求太高，每一处删减都意味着不可救药的肢解，更何况他是把全译一般在四十万字左右的《简·爱》删减到不足九千字。即使如此，周译本也为我们呈现了《简·爱》在中国的最初形象。

显然，周瘦鹃是有意为《简·爱》贴上“言情”标签的，他不仅赋予作者典型的鸳蝴派名字“嘉绿白朗蝶”，也同样为小说女主人公起名为“嫣痕伊尔”。虽说名字不过是外在的元素，但一般作家恐怕都很难

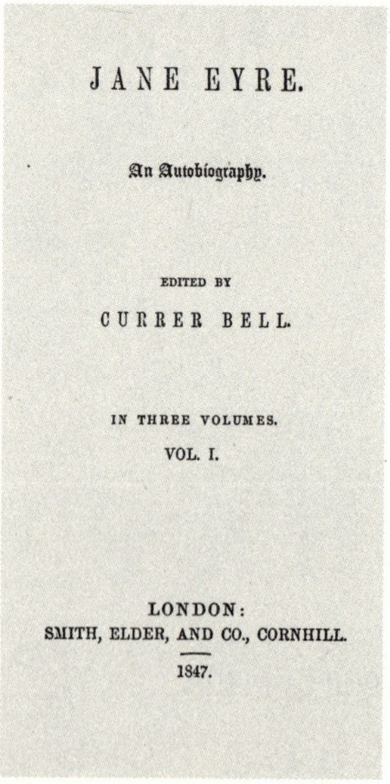
JANE EYRE.

An Autobiography.

EDITED BY

CURRER BELL.

IN THREE VOLUMES.

VOL. I.

LONDON:

SMITH, ELDER, AND CO., CORNHILL.

1847.

图 3.1.7　原作《简·爱》(*Jane Eyre*) 初版卷一扉页，London: Smith, Elder, and Co., Cornhill，1847

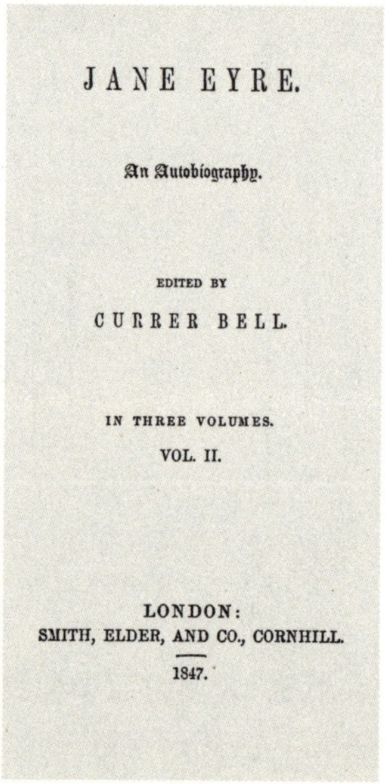
JANE EYRE.

An Autobiography.

EDITED BY

CURRER BELL.

IN THREE VOLUMES.

VOL. II.

LONDON:

SMITH, ELDER, AND CO., CORNHILL.

1847.

图 3.1.8　原作《简·爱》(*Jane Eyre*) 初版卷二扉页

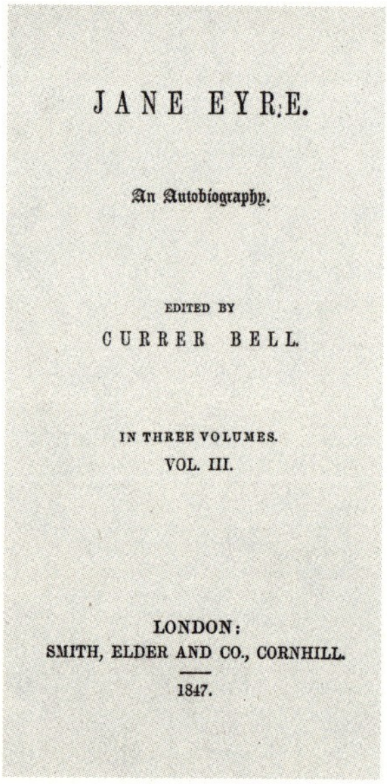
JANE EYRE.

An Autobiography.

EDITED BY

CURRER BELL.

IN THREE VOLUMES.

VOL. III.

LONDON:

SMITH, ELDER AND CO., CORNHILL.

1847.

图 3.1.9　原作《简·爱》(*Jane Eyre*) 初版卷三扉页

放弃以姓名的文化内涵小弄玄虚,来透露他笔下人物的精神和寓意。据说,英文 Jane Eyre 名字的缩写"JE"就是法语的第一人称代词"我"。当鸳蝴派作家的名字已成其标格的徽章,致使鲁迅专门撰文,自称看了几年杂志报章渐渐造成一种"古怪的积习",即一见类似署名即拒斥不看[4]。鸳蝴派的才子佳人小说已如鲁迅所总结的,与"什么'……梦''……魂''……痕''……影''……泪'……什么'嘻嘻卿卿我我''呜呼燕燕莺莺''吁嗟风风雨雨'"'分拆不开"[5],而成为一种有着特定模式的表征符号时,周的命名给人的联想怎么也难与独立、坚强,理智与激情同样强烈的作者及女主人公相贴合。更何况简·爱以其外貌矮小、苍白,长得不美,不类惯常的上流淑女模式为特征,"嫣痕"的名字实在与她风马牛不相及。周瘦鹃并非没有意识到简·爱容貌的这一特性,他在"弁言"中特别指出:"书中女主人公嫣痕,是一个碧眼黄脸并不美丽的女子,那主人爱德华陆吉士也是一个其貌不扬而态度粗率的男子。"问题是写惯"一见钟情""郎才郎貌,女才女貌"小说的周瘦鹃,却觉得"这一对妙人儿,言情说爱,似乎很可笑"。虽然他也承认"他们的爱却是真爱,超出普通人的意想,能打倒一切障碍的"[6]。不管是有意还是无意,周瘦鹃在译文中对简·爱的相貌不置一词,对罗切斯特(陆吉士)却不吝笔墨,甚至让简·爱大发感慨:"陆吉士先生在我的眼中,可觉得丑吗?读者们啊,我委实不以为丑,因了感激和种种惬心快意的关系,直使我瞧得他那张脸,正是我所最喜欢瞧的了。"[7]看来周瘦鹃对西方男子性感和成熟魅力的审美趣味还懵懂无知,未能抓住罗切斯特吸引简·爱的关键,他是真认定丑了,至多也不过是情人眼里出西施

---

[4] 鲁迅:《名字》,《鲁迅全集》(8),北京:人民文学出版社,1981年,第99页。
[5] 鲁迅:《有无相同》,《鲁迅全集》(1),第364页。
[6] 周瘦鹃:《重光记·弁言》,周瘦鹃编:《心弦》,上海:大东书局,1925年,《重光记》第2页。
[7] [英]嘉绿白朗蝶(夏洛蒂·勃朗特):《重光记》,周瘦鹃缩译,周瘦鹃编:《心弦》,上海:大东书局,1925年,《重光记》第7页。

罢了。所以,罗切斯特在他的笔下是"中等的身材,一张黑苍苍的脸,很见得严肃,眼中含着怒,两眉蹙在一起"[8],偏偏删减了"胸部相当宽"的性感特征。可见周瘦鹃受到原作的约束,虽然没有将《简·爱》改写成才子佳人式小说,但其东方的审美取向还是影响了他对人物形象的判断和认识。

《简·爱》采取的是自传的形式,虽然女主人公的爱情故事在小说中占有重头分量,却不是唯一主题。它不仅关涉当时英国社会的婚姻制度和继承法、宗教的伪善和信仰问题,更是一部反映灵魂的追寻和探索,感知"另一个世界"的启示,完成情感和精神的成长,终获救赎和皈依的精神自传。周瘦鹃的缩译本不仅只是着眼于情节,更仅限于简·爱的爱情故事。这使他将小简·爱在舅妈家和洛伍德慈善学校的经历一笔勾销,只从小说第十一章,简·爱到桑菲尔德庄园上任家庭教师译起,并将小说仅分为四章,列了四个吸引眼球的题目:"怪笑声""情脉脉""疯妇人""爱之果"。由此将原作中本就带有的哥特小说式神秘恐怖元素、婚恋故事放大到压倒一切的位置,成为彻头彻尾的通俗小说。

《简·爱》在一定程度上,是夏洛蒂·勃朗特(图 3.1.10、图 3.1.11)接受她的第一本书《教师》因过于写实,缺乏"惊险离奇的情节"屡遭退稿的教训,而有意加强小说的"吸引力"创作出来的。[9]它的情节多为人所诟病,有评论家竟然说《简·爱》是"一出喧嚣的情节剧",其"情节发展所依据的主要事件,没有一件是可信的"。[10]连作者最为满意的评论,欧仁·福萨德所写的《〈简·爱〉,一部自传(1848)》也认为,"小说的情节是全书最薄弱的地方",坦言对小说有些地方的"附会穿凿、

---

[8] [英]嘉绿白朗蝶(夏洛蒂·勃朗特):《重光记》,周瘦鹃缩译,周瘦鹃编:《心弦》,《重光记》第 5 页。

[9] [英]夏洛蒂·勃朗特:《致乔·亨·刘易斯(1847 年 11 月 6 日)》《致威·史·威廉斯(1847 年 12 月 14 日)》,杨静远编:《勃朗特姐妹研究》,北京:中国社会科学出版社,1983 年,第 36、40 页。

[10] [英]戴维·塞西尔:《夏洛蒂·勃朗特(1934)》,杨静远编:《勃朗特姐妹研究》,第 307 页。

图 3.1.10 夏洛蒂·勃朗特（Charlotte Brontë，1816—1855）肖像，George Richmond 作于 1850 年

图 3.1.11 夏洛蒂·勃朗特肖像，Duyckinick 于 1873 年据 George Richmond 肖像作

处处脱节、时常不能很好衔接的事件"不能理解。[11]然而，却不应据此认为《简·爱》是不完整的。小说的连贯和统一，部分诚如凯思琳·蒂洛森所说"来自简的精神成长"[12]，更具体地说，来自作者的信仰，来自作者与女主人公叙述合而为一的激情、智性、想象和象征的元素，作者的创造力把小说融为一体。周瘦鹃的言情化改写在大量删减了这些类似情节的黏合剂之后，无疑使本就牵强的故事情节缺陷暴露无遗。

小说的最不可能之处，被认为莫过于男女主人公的恋爱。《简·爱》刚一出版就有人尖刻地质疑："读者看不到罗切斯特有什么可爱的地方，也看不出他为什么深深地爱上简·爱；于是，我们就只有强烈的情绪，而没有引起情绪的原因。"[13]直到今天，仍有学者认为他们的恋爱存在

---

[11] [英] 欧仁·福萨德：《〈简爱〉，一部自传 (1848)》，杨静远编：《勃朗特姐妹研究》，第 134 页。
[12] [英] 凯思琳·蒂洛森：《〈简·爱〉(1954)》，杨静远编：《勃朗特姐妹研究》，第 451 页。
[13] 《旁观者》杂志：《评〈简·爱〉(1847)》，杨静远编：《勃朗特姐妹研究》，第 116 页。

着年龄、财富和社会地位方面难以克服的障碍，是一种自欺的满足。周瘦鹃大概也意识到这种不可能性，更何况是缩译，难以尽显其恋爱过程。为弥补情节的这一不足，他不得不以抽象概括来给出理由，这倒体现了他对这个恋爱故事的看法：一是认为他们"很合得上来，常在一块儿谈话"；二是"因了感激和种种惬心快意的关系"；三是因为疯妇放火，简·爱救了罗切斯特的性命；四是简·爱对罗切斯特忠实的帮助，使她成为让罗信任的"小友"。也许周瘦鹃更想强调的是罗切斯特为何爱上简·爱，而对罗切斯特引起简·爱情感波澜之处，罗对自己感情的含蓄而强烈的表达，以及他们之间机智的交锋与交流、神秘的感应与牵连基本删节。这就使简·爱面对罗切斯特将娶美丽而高贵的英格拉姆小姐的传言，而向罗爆发出的情感表白异常突兀。他们超越尘世的地位、财富、年龄，甚至是身体相貌的因素，仅是感情与感情，心灵与心灵，"就像我们本来就是的那样"彼此平等的恋爱失去依托。也就是说，周瘦鹃对《简·爱》缩译进行的言情小说化处理，集中叙述的恰恰是男女主人公相恋的尘世理由，删节的多是他们的头脑、心灵、血液和神经彼此相通和相吸的情感撞击所迸发出的神奇因缘。

小说的不可能之处还多表现在以神迹的显现推动情节的发展。我们不应忘记的是夏洛蒂·勃朗特是处于"一个接受明确的基督教神学的时代"，更何况她是牧师的女儿，被说成是"用《圣经》养大的"[14]。按照艾略特在《宗教与文学》一文中大致的总结和划分，文学在过去三百年中逐渐世俗化的情形，可以分成三个主要时期："在第一期里，小说把当时人们心目中的信仰认为当然的事情……在第二期里，小说对于信仰有所怀疑、烦恼，或竟至争辩……第三期就是我们现在活着的一代……在这一期里，人们就只听见说基督教信仰是时代错误，除此以外再也不

---

[14] ［英］盖斯凯尔夫人：《夏洛蒂·勃朗特传》，祝庆英等译，上海：上海译文出版社，1987年，第208页。

会听到别的话。"[15] 尽管《简·爱》出版后，有人攻击它"是一部突出的反基督教作品"[16]，为此夏洛蒂·勃朗特在第二版序中专门做了驳斥，特别在习俗与道德、道貌岸然与宗教之间画了一条分界线，认为"揭去法利赛人脸上的假面具也并不就是唐突冒犯了荆冠"，"凡俗的说教，决不应用来取代基督救世的教义"[17]。她以简·爱自传的个人历史形式寄寓的正是一个带有鲜明宗教精神自传传统的故事：简·爱受诱惑—发现—逃离罪恶—获得救赎；罗切斯特犯罪—受到惩罚—忏悔—获得拯救。这类情节本身就具有感知上帝的存在和仁慈而皈依的神圣意义，他们的婚恋归根结底是以神意，而不是人性，或者说是把人性纳入神意，把爱情圣化来定位的。夏洛蒂毕竟还是处于艾略特所说"把当时人们心目中的信仰认为当然的事情"的第一时期。这充分反映在简·爱发现罗切斯特还有个疯女人，他们无论从社会法律，还是基督教义上讲都无法成婚以后，所面临的艰难抉择上。从人性、良心和爱情的角度，简·爱同情罗切斯特，她的理智和感情都在呼喊着不能生生地挣断把他们连接在一起的心弦，都在反对着她出走的决定，甚至认为"拒绝他是罪过"[18]。但最终她还是要"遵从上帝颁发、世人认可的法律"[19]，听从迷离梦境中"快

---

[15] [英] T. S. 艾略特：《艾略特诗学文集》，王恩衷译，北京：国际文化出版公司，1989 年，第 130—131 页。

[16] [英] 伊丽莎白·里格比：《〈名利场〉、〈简·爱〉和女家庭教师联合会 (1848)》，杨静远编：《勃朗特姐妹研究》，第 141 页。

[17] [英] 柯勒·贝尔 (夏洛蒂·勃朗特)：《简爱·序》，吴钧燮译：《简爱》，北京：人民文学出版社，1990 年，第 1—2 页。此句原文：" To pluck the mask from the face of Pharisee, is not to lift an impious hand to the Crown of Thorns." "... human doctrines... should not be substituted for the world-redeeming creed of Christ." Currer Bell, "Preface (to the second edition)", *Jane Eyre*, New York: Alfred A. Knopt, Inc., 1991, p.37, 38.

[18] [英] 夏洛蒂·勃朗特：《简爱》，吴钧燮译，第 343 页。此句原文为 "... and charged me with crime in resisting him", Charlotte Brontë, *Jane Eyre*, 1991, Vol. 2, p.102.

[19] 汉译同上。此句原文："I will keep the law given by God; sanctioned by man." Charlotte Brontë, *Jane Eyre*, 1991, Vol. 2, p.102.

逃避诱惑"[20]的指引。尽管出走的简·爱感到"在我饱受内心痛苦和疯狂地坚持原则之中，我隐隐地对自己感到厌恶"，"我在我自己的眼里看来都觉得可恨。可我还是不能回去，一步也不能退。定是上帝在领着我继续往前走。至于我自己的意志或者良心呢，那么它们都已被强烈的悲痛不是践踏压倒就是窒息麻木了"。[21]可见，简·爱的选择弘扬的是上帝的绝对意志和律法的原则压倒一切人性的道德教诲。

　　简·爱以自己出走后的经历一再宣扬着，也一再证明着只要完全皈依上帝的旨意，一定会靠上帝之力永远得到护佑的信念。她身无分文漂泊荒原，在饥寒交迫濒临死亡时，上帝指引她来到从未谋面的表兄妹的家里；当表兄以上帝的名义，提出与她结为夫妻，一起去印度传教的要求，简·爱充满惶惑，不知所从时，上帝又一次显示了神迹，把罗切斯特的呼唤传送到她的耳边。而罗切斯特作为有妇之夫对简·爱的动念，就已经破了上帝"不可奸淫"的诫命，他的瞎眼和右手残疾的遭遇正应验了耶稣登山训众的预言："若是你的右眼叫你跌倒，就剜出来丢掉……若是右手叫你跌倒，就砍下来丢掉。"[22]上帝的惩罚正像罗切斯特向简·爱所坦白的：使他"开始看到并且承认了上帝左右着我的命运。我开始感到了悔恨和自责，希望和我的创造者和解"[23]。他最终能与简·爱成婚、重获光明的命运故事不仅显示了上帝的力量和公道，更歌颂了上

---

[20]　[英]夏洛蒂·勃朗特：《简爱》，吴钧燮译，第346页。此句原文为"flee temptation"。

[21]　汉译同上书，第348页。此句原文："In the midst of my pain of heart, and frantic effort of principle, I abhorred myself. ... I was hateful in my own eyes. Still I could not turn, nor retrace one step. God must have led me on. As to my own will or conscience, impassioned grief had trampled one and stifled the other." Charlotte Brontë, *Jane Eyre*, 1991, Vol.2, p.108.

[22]　《圣经·马太福音》，5：29。这一裁判也曾让简·爱一想到就恐怖，但她毕竟是因不知而犯，上帝对她与罗切斯特的不同惩罚形成对比，以显示上帝的公正。

[23]　[英]夏洛蒂·勃朗特：《简爱》，吴钧燮译，第487页。此句原文："I began to see and acknowledge the hand of God in my doom. I began to experience remorse, repentance; the wish for reconcilement to my Maker." Charlotte Brontë, *Jane Eyre*, 1991, Vol.2, p.276.

帝"在报应中不忘怜悯","用慈悲来减轻了惩罚"[24]的仁慈一面。

周瘦鹃虽然意识到《简·爱》中的基督教信仰精神,在小说结尾以罗切斯特重见光明后,心悦诚服地称颂"上帝是在公道中又加以慈悲咧"[25]收束,但他大量删减的还是小说中有关上帝之存在的感应、启示和交流的描写、认识及暗示,如简·爱逃离诱惑从桑菲尔德庄园出走,小说以梦境、天空的异象来暗示上帝的指引,而且简·爱也是带着对罗切斯特的担忧和爱走的。正是因为简·爱感到"世上没有人能指望比我得到更深挚的爱,而那么爱我的他又正是我极为爱慕的",她出走的抉择才成为一个信徒所需遵从上帝旨意的一种"痛苦难堪的职责"[26],充满了在上帝的神意与人性的良知之间的挣扎。而周瘦鹃将这些矛盾和挣扎全部删掉,使简·爱对罗切斯特的拒绝就显得格外无情和坚硬,而且让简·爱后来回忆这一段经历时说自己,是"从那万千怨恨中走了出来"[27],就更是将她的出走定位为世俗的举动。

周瘦鹃将简·爱与表兄一家的人物故事全部删掉,若仅从简·爱和罗切斯特的恋爱情节来说,这些线索的确有些枝蔓,但从表达作者的理想爱情和信仰,以及简·爱这一形象的塑造来看,又起着重要的升华作用。简·爱表兄圣约翰为传教而求婚不仅与罗切斯特因爱而求婚形成强烈对照,他本人所选择的殉道者传教士之非凡道路,也与拒绝做使徒而选择凡俗人生的简·爱形成鲜明对比。夏洛蒂以简·爱和罗切斯特的完

---

[24] [英]夏洛蒂·勃朗特:《简爱》,吴钧燮译,第489、493页。此句原文:"I thank my Maker, that, in the midst of judgment he has remembered mercy." "God had tempered judgment with mercy." Charlotte Brontë, *Jane Eyre*, 1991, Vol. 2, p.278, 283.

[25] [英]嘉绿白朗蝶(夏洛蒂·勃朗特):《重光记》,周瘦鹃缩译,周瘦鹃编:《心弦》,《重光记》第24页。

[26] [英]夏洛蒂·勃朗特:《简爱》,吴钧燮译,第341页。此句原文:"Not a human being that ever lived could wish to be loved better than I was loved; and him who thus loved me I absolutely worshipped", "my intolerable duty." Charlotte Brontë, *Jane Eyre*, 1991, Vol. 2, p.100.

[27] [英]嘉绿白朗蝶(夏洛蒂·勃朗特):《重光记》,周瘦鹃缩译,周瘦鹃编:《心弦》,《重光记》第21页。

满结局所昭示的是人间爱情同样能够获得上帝的神性和恩典,简·爱所说的"从来没有哪个女人比我跟丈夫……更加完完全全是他的骨中之骨、肉中之肉"[28]的关系,实现的正是上帝创造男人与女人的神圣旨意。周瘦鹃显然没有意识到这层意思,虽然删掉了圣约翰这个人物,却把他的热望赋予了简·爱,让她"梦想到印度去传道"[29]。

总之,周瘦鹃对《简·爱》所摘取的仅仅是一个言情故事,正如文学研究会在《文学旬刊》上集中批判礼拜六派小说时所指出的那样,"他们对于事实仅知从事于外面的叙述",好的文学作品"不仅粗粗的叙述一个人,或一件事的外表而已,乃是进到里面,描写出他们的心灵,描写出他们的最挚切的性格,描写出他们的最精莹的内容"[30]。周瘦鹃对《简·爱》删减的正是那个时代主流文坛所标举的"好的文学作品"的部分,这也是新文学家攻击旧小说家的要害之处。周敢于把《简·爱》缩译成区区八九千字,与他迎合读者、看重言情故事的审美趣味是分不开的。大概他也清楚自己的缩译承载不了《简·爱》作为一部经典的内涵形式,而改题为《重光记》,以此来凸显爱情的力量,倒还算是明智之举。

《心弦》中的其他译作也均为言情化的缩译,周瘦鹃也是以此来定位的。虽然仅就字面来理解"言情",不过就是讲述爱情的故事,但自新文学家于1917年至20世纪20年代初在《新青年》《晨报副刊》《文学旬刊》上对礼拜六派及鸳蝴派展开猛烈批判以后,"言情"事实上已成其专有名称,或说代表符号。新文学家绝不会将自己表现男女之情的小

---

[28] [英]夏洛蒂·勃朗特:《简爱》,吴钧燮译,第492页。此句原文:"No women was ever nearer to her mate than I am: ever more absolutely bone of his bone and flesh of his flesh." Charlotte Brontë, *Jane Eyre*, 1991, Vol. 2, p.281.

[29] [英]嘉绿白朗蝶(夏洛蒂·勃朗特):《重光记》,周瘦鹃缩译,周瘦鹃编:《心弦》,《重光记》第24页。

[30] 仲明:《上海的小说家》,芮和师编:《鸳鸯蝴蝶派文学资料》(下),福州:福建人民出版社,1984年,第743页。

说称为"言情"。由此,关于两性之爱俨然出现了"言情"和"爱情"、旧与新的两套话语。周瘦鹃主编的"我们的情侣"这套丛书中,虽然没有为清末民初的言情小说留一位置,却慷慨地将这一称谓奉献给他所汉译的西方爱情小说经典。他不仅称颂《简·爱》"尤其算得一部极伟大的言情小说"[31],还借用英国大儒约翰逊(Dr. Johnson)和法国浪漫主义作家缪塞(A. de Musset)的评语,介绍理查逊的《克拉瑞萨》是"世界中最好的一部言情小说"[32],赞叹《卡门》"要算是从来极迫守言情小说中唯一的杰作"[33],认为司各特的《拉马摩尔的新娘》是一部"哀情小说"[34]。当谈及查尔斯·里德时,更显露出周瘦鹃心目中的一支世界近代言情小说的流脉,认为"嘉尔士李德(今译查尔斯·里德,Charles Reade)要算是给近代那些动人观感的言情小说,先打下一个基础的"。他的《爱我少一点,爱我久一点》"可在世界言情小说名作中占很高的地位"[35]。

以清末民初独有的小说分类标签给译作命名也是当时的普遍做法,像林纾译《巴黎茶花女遗事》1899年在家乡出版畏庐刊本,蟠溪子(杨紫麟)译《迦因小传》1901年在《励学译编》最初刊发时,都未标写"言情小说";但自梁启超办《新小说》,创小说分类编辑法之后,流风所及,都先后被冠以"哀情"或"言情"。关键是新文学家对鸳蝴派和礼拜六派展开猛烈批判以后,"言情小说"这一文体旗帜风光不再。不说改革后的《小说月报》杜绝了过去给小说贴上此类标签的做法,就连周瘦鹃编后期《礼拜六》也不再沿袭。那为什么到1926年周瘦鹃又要如此大张旗鼓地把西方爱情小说经典命名为"言情小说"?除此之外,他还于1926年为大东书局系统编辑了"言情小说集"全四册,计收入

---

[31] 周瘦鹃:《重光记·弁言》,周瘦鹃编:《心弦》,《重光记》第1页。
[32] 周瘦鹃:《焚兰记·弁言》,周瘦鹃编:《心弦》,《焚兰记》第2页。
[33] 周瘦鹃:《艳蛊记·弁言》,周瘦鹃编:《心弦》,《艳蛊记》第2页。
[34] 周瘦鹃:《沉沙记·弁言》,周瘦鹃编:《心弦》,《沉沙记》第2页。
[35] 周瘦鹃:《海媒记·弁言》,周瘦鹃编:《心弦》,《海媒记》第1—2页。

 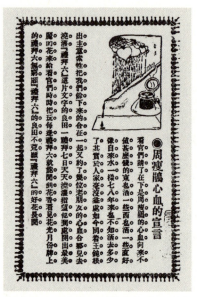

图 3.1.12 《礼拜六》续刊第 101 期封面　　图 3.1.13 《周瘦鹃心血的宣言》，刊于《礼拜六》第 101 期

除他之外的通俗作家 85 篇作品，同年还编有《倡门小说集》与《说晶》（上下册）。其时，周瘦鹃这样花大气力对古今中外的"言情"作品进行大规模和成系统的编辑不能不说已成为一个值得探讨的问题，而要说清楚这个问题又不能不从周瘦鹃的模糊身份说起。

我们都知道，周瘦鹃曾自认是个"十十足足、不折不扣的'礼拜六派'"（图 3.1.12、图 3.1.13），但断然否认自己被归属鸳蝴派。此话不能不让人考虑到他当时在借叶圣陶和曹禺向他索要《礼拜六》之机，来撇清自己与鸳蝴派的关系，以免受批判命运的因素。所以，在他的话里话外，《礼拜六》的内容似乎比鸳蝴派的才子佳人小说更可取，"虽不曾高谈革命，但也并没有把诲淫诲盗的作品来毒害读者"[36]。近些年来，研究者已经注意到两者的区分，特别是陈建华的文章《民国初期周瘦鹃的心理小

---

[36] 周瘦鹃：《闲话〈礼拜六〉》，范伯群编：《周瘦鹃文集》(2)，上海：文汇出版社，2011 年，第 74 页。

说——兼论"礼拜六派"与"鸳鸯蝴蝶派"之别》集中论述凸显了两者传统与西化,以及分属不同社团之间的差异,相当具有说服力。但若换个角度,从"言情小说"的发展来看,他们又不妨归属同一时期的这一文类。

周瘦鹃虽然在文学史上没有留下什么叫得响的言情名作,但对"言情"的标举用心之大之长,恐怕无人能出其右。在他之前,还很少有人像他那样把纯粹儿女之"情"字看作社会人生的根本意义价值所在,虽然这也并不妨碍他对孝道和爱国的宣传。

本来从题材上来说,言情小说古已有之,但清末时期国家的危难,维新与革命的政治诉求都使小儿女之情受到压抑,国人痛心疾首的是"无复仇""无尚侠"之风的社会性情,[37] 而对"歌泣于情天泪海"之效果,"则不忍言矣",甚至会因"读今之写情小说而惧"。[38] 因之,首开清末类型小说风气的《新小说》上,标示为"写情小说"的《新聊斋》《电术奇谈》寄寓的实际上是政治小说的意旨。换句话说,是托于言情故事,本意在于谈爱同种、爱国和政治。实际上,这也正是日本政治小说最常用的两种模式之一,即以中国明清才子佳人模式和历史演义小说模式注入自由民主、反抗专制、扩张国权的内容。梁启超译述的第一部日本政治小说《佳人奇遇》即如他在《清议报一百册祝辞并论报馆之责任及本报之经历》一文中所说,是"以稗官之异才,写政界之大势,美人芳草,别有会心"[39]。

被文学史家称作是"写情小说"开山祖的吴趼人,尽管于1906年写了作为"此类小说之最初一种"[40]的《恨海》,但他在卷首大肆渲染的

---

[37] 徐志摩:《论小说与社会之关系》,韩石山编:《徐志摩散文全编》,天津:天津人民出版社,2005年,第45页。

[38] 松岑:《论写情小说于新社会之关系》,陈平原、夏晓虹编:《二十世纪中国小说理论资料》,第1卷,北京:北京大学出版社,1997年,第170—172页。

[39] 梁启超:《饮冰室合集·文集》第1册,北京:中华书局,1989年,卷六第55页。

[40] 阿英:《晚清小说史》,南京:江苏文艺出版社,2009年,第176页。

却是忠孝慈义之大节的"情",反而斥责"俗人但知儿女之情是情,未免把这个'情'字看得太轻了","至于儿女之情只可叫做痴",甚至认为过去"有许多写情小说竟然不是写情,是在那里写魔,写了魔还要说是写情,真是笔端罪过"。原版眉批者生怕读者不解其意,又不失时机地批注此话意在"《红楼》《西厢》一起抹杀"[41]。与其同年出版"哀情小说"《禽海石》的符霖,在"弁言"中,虽把一个"情"字看作是"造物之所以造成此世界"的唯一原因,而且也以秦少爷和纫芬的爱情悲剧写尽了一个"情"之正者,更难得的是能将批判的矛头直指孟夫子"父母之命,媒妁之言"的婚姻制度和伦理,可说是"五四"争取恋爱自由、婚姻自主的先声。但他同样认为"儿女之情,情之小焉者也"。他的写情小说,也是寄望于"能本区区儿女之情而扩而充之"的"爱同种、爱祖国之思想者"[42]。两位同被看作"言情小说"开山的人物虽然写了儿女之情,却都不敢或不屑标举之。或者说,作为"新小说"一个特殊类型的言情小说在其之初,是名为写情,实不在情,或不甘于言情。

直到辛亥革命后,李定夷的《篯玉怨》、徐枕亚的《玉梨魂》、吴双热的《孽冤镜》于1912年先后在《民权报》第二和十一版上相间连载,风行一时,开辟了言情小说中以四六文体写"发乎情止乎礼"的哀情之文派。由于该文派是被后人以笔伐命名为鸳鸯蝴蝶派的,致使人们只记住了"古旧""文丐""滥调",而漠视了这批民国共和建立后,要以"全国舆论之代表",行使"民权"报人的最初用心。该报向以揭露袁世凯倒行逆施的激烈言论而著称,在传播共和立宪的意识形态方面也是不遗余力。这批所谓鸳蝴派代表作刊发在如此严正,被称誉为"伪共和之当头

---

[41] 吴趼人:《恨海》,吴组缃编:《中国近代文学大系·小说集》(6),上海:上海书店出版社,1991年,第249页。

[42] 符霖:《禽海石·弁言》,吴组缃编:《中国近代文学大系·小说集》(6),第860页。

棒,真民国之罗盘"[43]的报纸上,实在让我们也不能不以"郑重"的态度对待之。与主版关注国家政治不同,这几位所谓鸳蝴派作家则更致力于社会人生领域,以文学的形式弘扬民权和自由。特别值得一提的是,他们专辟的"自由钟"栏目,在将近一年的时间里,基本上每日一文,可以徐枕亚的话作为他们的代言:"阅一日民权报,撞一日自由钟。"[44]他还写有一篇题名为《死与自由》的文章,表达了他们共同的"不自由,毋宁死","血染自由花,血祭自由钟"的决绝心愿。在这样的场域中来读《玉梨魂》,梨娘、梦霞和筠倩之死正是此一信念的必然结局和激烈表达,体现了徐枕亚的"抱死主义":"吾人而能知恋爱自由乎?失其所恋爱则死。世事茫茫,成败利钝,未可逆料。极之以死……孰能禁我之不死?万事不能自由,一死终得自由。"[45]但问题是,这批鸳蝴派作家尽管如此激昂地向往自由,却终是道德的保守主义者。他们一方面强调"自由婚之真谛,须根乎道德,依乎规则,乐而不淫,发乎情而止乎义"[46],另一方面又不想奋起反抗,撕破家庭社会专制的伦理面纱,只是以死自戕。《民权报》所载《鸳鸯儆暴》的寓言正揭示出他们如此决绝的用心:

> 有一猎夫,于浅沼射杀一鸳,夜梦缟衣白巾少妇,呜咽呼告"汝胡为杀吾夫!",猎夫汗流浃背,天明匆匆至河岸,见有孤鸯直逐而至,以喙自啄其身,破羽裂体而死。猎夫大痛之自悔其不仁,遂归而剃其须发为僧,以谢罪于鸳鸯之魂。[47]

这个故事寄托的正是该派作家痛写哀情小说之梦想:"盍对此惨澹

---

[43] 声振:《读民权报书后》,《民权报》,1912年8月23日,第11页。
[44] 枕亚:《钟声篇》,《民权报》,1912年7月27日,第11页。
[45] 枕亚:《死与自由》,《民权报》,1912年7月2日,第11页。
[46] 吴双热:《孽冤镜·自序》,上海:民权出版社,1915年,第2页。
[47] 桂轩:《鸳鸯儆暴》,《民权报》,1912年5月20日,第11页。

凄凉之孽冤镜，大家忏悔来。"[48]

　　这也就难怪，以《玉梨魂》引领了为多情儿女，向父母和社会"乞怜请命"之"哀情小说"潮的徐枕亚，何以被世人目为"有情种子"，却仍"未敢自认"，而强调"余著是书，意别有在"，"不愿以言情小说名也"[49]。据其朋友透露，为此他"已自悔孟浪"[50]。《玉梨魂》的言情范式虽仍然带有言情政治化的痕迹，以梦霞殉国不殉情的抉择"作青年之镜"，批判古来最大的才子佳人小说"宝玉之逃禅，等性命于鸿毛，弃功名如敝屣"的无胸怀之举，但梦霞的死于革命之役，归根结底是"仍死于情也"[51]。在这里，情与政治打了个平手，"柔情侠骨，兼而有之"[52]。

　　周瘦鹃借英语之助，更多受到西方小说戏剧的感召，针对彼时国内对言情小说的声讨，他为之辩护："西方小说，每一国无虑千万种，以言情为尤多，未闻其社会因以堕落。"[53] 当然他也承认"社会小说，固为小说眉目，悲天悯人之念，非社会小说不能写，而欲挽救世变，亦非社会小说不为功"[54]。爱国小说也成为他创作的一个主题，但他的不渝之志仍在"永绕情轨"。早在辛亥革命前夜，他就于《小说月报》2卷9号"改良新剧"栏中发表了《〈爱之花〉·弁言》，夸张地宣称："大千世界，一情窟也；芸芸众生，皆情人也。吾人生斯世，熙熙攘攘，营营扰扰，不过一个情网罗之，一缕情丝缚之。"甚至把"精卫填海""女娲补天"之成语的神圣意义，转嫁到痴男怨女头上，慨叹"精卫衔石，嗟恨

---

[48] 吴双热：《孽冤镜·自序》，第2页。
[49] 徐枕亚：《雪鸿泪史·自序》，吴组缃编：《中国近代文学大系·小说集》(6)，第598页。
[50] 姚天亶：《雪鸿泪史·跋二》，吴组缃编：《中国近代文学大系·小说集》(6)，第856页。
[51] 徐枕亚：《玉梨魂》，吴组缃编：《中国近代文学大系·小说集》(6)，第584、587页。
[52] 同上书，第586页。
[53] 周瘦鹃：《申报·自由谈之自由谈》(1921年6月26日第14版)，范伯群编：《周瘦鹃文集》(4)，第8页。
[54] 同上书，第6页。

海之难填；女娲炼云，叹情天其莫补"。[55]比较吴趼人在《恨海》结尾，作《西江月》称："精卫不填恨海，女娲未补情天。"即可觉出周瘦鹃言儿女之情的非同一般态度。

　　这一弁言也一锤定音，成为周瘦鹃一生"只知恋爱至上""愿向爱河拼自溺，尾生终古是情痴"[56]的宣言。直到他五十自寿为与初恋情人周吟萍"一生相守，无期结缡"的恋史，作《爱的供状》仍言："我平生固然是一无所长，一无所就，也一无所立；只有这一回事，却足以自傲，也足以自慰"，"维系着我的一丝生趣"。他检点自己"三十二年来所作抒情之说部、散文及诗词等，十之七八均为彼一人而作"，"雕肝镂心"，"哀弦不辍"。[57]只因"紫罗兰"是他初恋情人的西名，他不仅将自己的苏州故居定名为"紫兰小筑"，书室为"紫罗兰庵"，杂志为《紫罗兰》《紫兰花片》，他的小品集也是《紫兰芽》《紫兰小谱》，小说杂著同样集为"紫罗兰集""紫罗兰外集"，包括他选编自己和他人作品的丛书也定名为"紫罗兰庵小丛书"。直到1935年"言情小说"这一文类早已成明日黄花，周瘦鹃仍坚持将自己的短篇小说集命名为"紫罗兰言情丛刊"。真可谓"一生低首紫罗兰"。虽然周瘦鹃无论其言还是其行都并非如此一根筋，但他的大肆煽情还是赢得了"弥天际地只情字，如此钟情世所稀"[58]的评定。周瘦鹃本人的爱情人生态度与他言情小说所弥散的一种"新旧两说"的处理方式是相互一致的，他可以将"情"字不仅做到也抒写尽致，但绝不与家庭及其传统道德形成冲突之势，就像他虽然一生低首紫罗兰，但同样可以与结发之妻恩爱到老一样。

　　周瘦鹃的文学史形象似乎也是如此，虽属礼拜六派，却也曾一度几乎成为引领新文学的人物。这不仅是指他1917年就翻译出版了《欧美

---

[55] 周瘦鹃：《爱之花·弁言》，范伯群编：《周瘦鹃文集》(2)，第11页。
[56] 周瘦鹃：《爱的供状——附〈记得词〉一百首》，范伯群编：《周瘦鹃文集》(2)，第194—195页。
[57] 同上书，第191、220页。
[58] 陈小蝶：《午夜鹃声·附记》，北京：人民文学出版社，1989年，第3页。

名家短篇小说丛刊》，连鲁迅都"甚为赞许"，认为"在中国皆属创建"，"足为近来译事之光"；而且当《小说月报》改版前的1920年，茅盾接事开始主持意在提倡新文学的"小说新潮栏"时，周瘦鹃就是支撑这一栏目的台柱。在这一革新栏目的第1号中，除茅盾《小说新潮栏宣言》外，只有一篇周瘦鹃译法国G.伏兰（Gabriel Volland）的《畸人》（文中将作者名拼为Gabruel）。虽然后来茅盾为强调《小说月报》彻底革新的意义，将这一年的12期定性为"半革新"，所举例证就是该译作；认为《畸人》之被周瘦鹃选中而且加以吹嘘，正因为其内容是'礼拜六'一向所喜爱的所谓'奇情加苦情的小说'"[59]。茅盾所见确实敏锐，但问题是，他对周瘦鹃译易卜生的《社会柱石》从第3号一直连载到8、10、12号一事却只字不提，看来省略的确实比说出的更有意味。在作为革新试点的这一栏目中，周瘦鹃期期都有译载，甚至配合着茅盾、谢六逸的倡导自然派小说，还译有左拉的《奈他士传》（Nantas）。此时他似乎浑然不觉与新文学家有什么区别，对自己所处《小说月报》革新栏的打头炮地位毫无怯意，在引言中声称"要借着这说海新潮一栏"，将"笔意文情都很像毛柏桑（今译莫泊桑）"的伏兰先介绍给"我们中国的新文学界相见"。这岂不带有引领新文学潮流的架势吗？但1921年《小说月报》革新后，周瘦鹃就再未露面，自此与新文学家分道扬镳。1921年3月他接任复刊的《礼拜六》主编，6月与赵苕狂合编《游戏世界》，9月又自费创办《半月》，一跃而为通俗作家群的领军人物。1921—1922年更遭致新文学家的集中批判，使周瘦鹃被斥为"蝙蝠的"新旧不明的暧昧身份从此锁定。

在这个背景上来看周瘦鹃1925年为大东书局选编"我们的情侣"这套四卷本系列丛书，1926年选编四卷本系列《言情小说集》的行为，就不仅仅可以用"媚俗"两字能够了结。虽然周瘦鹃一向抱着"无论是

---

[59] 茅盾：《我走过的道路》，北京：人民文学出版社，1997年，第74页。

谁用笔墨来骂我，挖苦我，我从不答辩"[60]的宗旨，但能够顶着新文化运动人士对言情小说"贻误青年"，是一种"游戏的消遣的金钱主义的文学观念"[61]的指责，仍然从事这一名目内容的大规模编辑活动，起码也有着不服、坚守、展示其价值的冲动。不必说这是一次向新文学家的示威，但他对"言情小说"进行一次大汇集和展览的意图却也是显而易见的。

更何况周瘦鹃过去就曾把小仲马之《茶花女》、哈葛德之《迦茵传》列为"能引人心酸泪泚"的言情类哀情小说，[62]此时又雄心勃勃集中翻译了一批西方爱情经典，结集为《心弦》出版，并不惜通过将其言情化本土化的方式，在中国言情小说与这批西方爱情小说之间建立起同类的关系。不必深究，此举起码也有在译入语文学系统中提升言情小说等级、壮大其声势的意图，似乎也不无为这一文类寻找世界文学资源的目的。综观这批西方爱情经典，的确可以用茅盾归纳的"奇情加苦情"来概括，并具有强烈的传统道德意识，呈现着传统和现代的一种混杂形态。由此也就不难理解周瘦鹃为何会选译这部西方爱情小说集，《心弦》又何以会在当时文坛无声无息了。

且不说选择之善不等于翻译之善的问题，五四前后新文学家出于"改良社会"、追赶世界文学潮流的急切需要，激进地提出"我们所要了解的是世界现在的人类，不是已经死尽了的人类"[63]的选译原则，致使带有冒险、神异、传奇的"奇事"小说，司各特一派的中古式小说，甚至《浮士德》《神曲》《哈姆雷特》等产生较早的经典作品，也因"不是现在

---

[60] 周瘦鹃：《辟谣》，范伯群编：《周瘦鹃文集》(4)，第 101 页。
[61] 沈雁冰：《自然主义与中国现代小说》，王智毅编：《周瘦鹃研究资料》，天津：天津人民出版社，1993 年，第 317 页。
[62] 周瘦鹃：《申报·自由谈之自由谈》(1921 年 3 月 6 日第 14 版)，范伯群编：《周瘦鹃文集》(4)，第 5 页。
[63] 志希(罗家伦)：《今日中国之小说界》，《新潮》，1919 年 1 月第 1 卷第 1 号。

切要的事"遭到排斥,而代之以"中国现在要介绍新派小说,应该先从写实派自然派介绍起"的号召[64]。更何况言情小说所谨守的宁愿赴死也不忤逆父母和社会道德的底线,被易卜生在"娜拉出走"行为所蕴含的不要政府、不要家庭、不要婚姻的无政府主义精神和胡适《终身大事》所高扬的"孩儿的终身大事,孩儿应该自己决断"的个人主义意识所冲破。如鲁迅所说这"别一形式的出现",使"鸳鸯蝴蝶派作为命根子的那婚姻问题""也因此而诺拉(Nora)似的跑掉了"[65]以后,不管周瘦鹃如何苦心经营言情小说,"时过境迁"都成了不可抗拒的天命。鲁迅的洞见也一针见血地挑明了言情小说和五四时期爱情小说的根本性区别。

通过分析"被历史湮没"的周译《重光记》,不仅可以让我们了解《简·爱》在译入语境中的变异形态,更可以让我们认识到译者所属的文化派别及其文学观念如何操纵着他对译本及其作者形象的建构和改编。

(该节原题为《周瘦鹃对〈简爱〉的言情化改写及其言情观》,载《文学评论》2013年第1期;2020年底修订于威海)

---

[64] 沈雁冰:《小说新潮栏宣言》,《小说月报》,1920年1月25日第11卷第1号。
[65] 鲁迅:《上海文艺之一瞥》,《鲁迅全集》(4),第294—295页。

第二节　伍光建对《简·爱》宗教叙事与隐喻的删节

同为清末翻译先驱的林纾和伍光建在五四时期的命运，真可谓冰火两重天。《新青年》同人在严厉鞭挞前者译风的同时，后者的翻译却因得到胡适的褒扬而誉满天下。如果说，伍光建因其白话翻译而受到新文学家胡适、茅盾的激赏尚有因由，但在"直译"已获得"权威"地位的五四时期，从对原文的删节上，比林纾有过之而无不及的伍译，却不仅被胡适看作"一种特创的白话"，更获得"最能传达原书的神气，其价值高出林纾百倍"的评判[1]，的确让人感到有些蹊跷。

茅盾对伍译能将"原作全本的精神和面目是完全保存着的"，其译文"实在迷人"的称扬，也成为今天一再被引用的盖棺论定，从而形成了伍译本虽然对景物和心理描写多加"节缩"，对结构与人物个性无关宏旨的文句、议论常做删削，却仍能保持原作的风格与精彩的印象。

本文无意重评伍译，但伍光建对《简·爱》通俗化的高水平改写，的确为我们提供了一个澄明经典化与通俗化翻译之根本区别的个案，通过对读与辨析伍译本之于原文本的改写，不仅可以使《简·爱》一向被忽略的精神内涵得以彰显，更是一次接近古典而伟大心灵的努力。

---

[1]　胡适：《论短篇小说》，《新青年》，1918 年第 4 卷第 5 号。

一

图 3.2.1　伍光建（1866—1943）

伍光建（图 3.2.1）对《简·爱》的翻译和阐释都表现出一定的归化式倾向，这不仅反映在小说的外在形式上——他为每一章都增添了以两字概括内容情节的中国传统章回体的回目——更表现在他对原作的"节缩"上。

一向吝于笔墨写序，并为此而受人诟病的伍光建对《简·爱》却是有感而发，虽不改言简，但说得上是意精而旨达。他认为：

> 此作不依傍前人，独出心裁，描写女子性情，其写女子之爱情，尤为深透，非男著作家所可及。盖男人写女人爱情，虽淋漓尽致，似能鞭辟入里，其实不过得其粗浅，往往为女著作家所窃笑。且其写爱情，仍不免落前人窠臼，此书于描写女子爱情之中，同时并写其富贵不能淫，贫贱不能移，威武不能屈气概，为女子立最高人格。[2]

显然，伍光建对《简·爱》的理解突出了爱情和人格的双重主题：一方面强调其创新在于"深透"地描写了男性作家所不及的"女子之爱情"；另一方面则以孔孟之道所嘉许的"大丈夫"气概，标举了简·爱为女子立"最高人格"。本来无论从抒写"女子之爱情"还是赋予女子以男子之最高人格——"至大至刚"的"浩然之气"上都体现了一定的

---

[2]　伍光建：《孤女飘零记·译者序》，[英]夏罗德·布纶忒：《孤女飘零记》，伍光建译，上海：商务印书馆，1935 年，第 1、2 页。以下简称"伍译本"。

男女平等意识，但令人有些不解的是，他何以又将书名改题成了一个悲苦凄凉，充满怜香惜玉感的名字《孤女飘零记》(图 3.2.2—图 3.2.9)，这多少使简·爱坚苦谋生、独立自尊的形象被"一叶障目"。

我们已经习惯了以追求独立平等之现代意识的价值标准来衡定简·爱形象的意义，对伍光建用儒家话语来接纳称颂简·爱会感到有些意外，但略加考虑又会觉得很贴切。小简·爱以"灰姑娘"的身世而改写其忍辱负重的反抗行为，不富而美的简·爱坚决拒绝贵族东家的求婚，获得遗产后又能慷慨地与表兄妹分享，最终与身陷贫而残困境的罗切斯特结婚的故事情节，的确与富贵不能淫、贫贱不能移、威武不能屈的中国理想人格精神相仿。但即使如此，两者终难融通合璧。孟子所谓的"大丈夫"，不仅与"必敬必戒，无违夫子！以顺为正者"的"妾妇之道"[3] 有别，也隶属其"仁政"与"人伦"的治国之理想与人人"皆有善"之人性观。以此文化信息读解简·爱，不仅将其张扬的独立女性的自尊自强意识与人格归化，与其原罪意识南辕北辙，更为重要的是把简·爱的叛逆与虔诚，反抗与坚守，质疑与遵从的矛盾而丰富的形象简化为最高人格榜样。这一阐释也左右了时人对简·爱形象的理解和认识。我所查到的两篇书评：吴杰的《〈孤女飘零记〉读后感》和冰痕的《孤女飘零记》，都不约而同地征引伍光建的观点，把"富贵不能淫"的西方奇女子推荐给"现代青年"学习。[4]

《简·爱》当然可以做多重的解读，但从作者"序"可以读出，夏洛蒂更强调的是宗教问题。其时，虽然宗教信仰已经受到理性与科学精神的挑战，《圣经》的权威因此而动摇；但出身牧师家庭，被说成是"用《圣经》养大的"夏洛蒂显然仍然笃信上帝。她坚信："我们是由一个凌驾于我们上面的天父主宰着；我们的意志在他手中犹如泥土在陶工

---

[3] 朱熹：《孟子集注·滕文公章句下》，上海：上海古籍出版社，2006 年，第 345 页。
[4] 吴杰：《〈孤女飘零记〉读后感》，《现代青年》，1936 年第 6 期；冰痕：《孤女飘零记》，《华年》，1936 年第 22 期。

图 3.2.2 《孤女飘零记》,"万有文库"丛书初版第一册封面,商务印书馆,1935年9月

图 3.2.3 《孤女飘零记》,"万有文库"丛书初版第二册封面

图 3.2.4 《孤女飘零记》,"万有文库"丛书初版第三册封面

图 3.2.5 《孤女飘零记》,"万有文库"丛书初版第四册封面

图 3.2.6 《孤女飘零记》,"万有文库"丛书初版第五册封面

图 3.2.7 《孤女飘零记》,"万有文库"丛书初版第六册封面

图 3.2.8 《孤女飘零记》,"万有文库"丛书初版版权页,1935年9月

图 3.2.9 《孤女飘零记》,"世界文学名著"丛书初版上册封面,1935年12月

手中一样。"[5] 针对少数人说她侮辱神圣的攻击,夏洛蒂明确地为自己辩护,她就是要像区分善与恶一样,让惯例和道德、狭隘的世俗说教和基督救世的信条,伪善的法利赛人和头戴荆冠的耶稣之间泾渭分明。她以简·爱的自传形式叙说的不仅仅是和罗切斯特的爱情故事,更是"上帝之爱"的故事,是相信亲历过与圣灵同在的人之经验见证的话语。这一主题在中国相当长的一段时期有意无意地受到忽视和遮蔽。

夏洛蒂和宗教的关系虽然已在中国引起一定的关注,但其间的广度和深度以及与《简·爱》精神内涵的纠结及其升华作用仍有待进一步的挖掘。夏洛蒂不仅自称"深信《圣经》",还认为它是世界上最好的书,她"热爱和崇拜这些财富",从中"能看到清澈明净的生命之泉"。[6]

---

[5] 见盖斯凯尔夫人在《夏洛蒂·勃朗特传》中征引的书信,祝庆英、祝文光译,上海:上海译文出版社,1987年,第436页。

[6] 同上书,第48、125、191页。

《简·爱》中不仅弥散着《圣经》的意象、异象征兆、类型场景和词汇，夏洛蒂更以《圣经》的神话、象征、类比、形象的叙述模式，通过"提示性的关联"，昭示着一个超凡的神界，从而使《简·爱》存有了神与人上下两个层面的现实及其交集与交流。

小说第三章小简·爱舅妈家的女佣贝茜（Bessie）唱的民谣[7]提纲挈领地点明其题旨。这首歌在感叹可怜的孤儿形单影只流落荒野，精疲力尽而前路漫漫的情境下唱道：

> ……
> 人们都是铁石心肠，
> 只有仁慈的天使照料可怜孤儿所走的路。
>
> 然而夜里的微风辽远而且轻柔的飘吹，
> 没有阴云，晴朗的星光柔媚，
> 上帝发着慈悲，
> 向可怜的孤儿表示（show）保护，希望和安慰。
>
> 即使我会堕落断桥，
> 或被伪光惑诱，在湿地中迷了路道。
> 我的天父仍然会用允诺和祝福，
> 把可怜的孤儿拥入他的怀抱。
>
> 有一种思想给我一大助力，
> 虽然保护人和亲属都已毁灭无遗；
> 上帝是可怜孤儿的朋友，

---

[7] 据黄源深译《简·爱》的注释，此歌系埃德温·兰斯福德（1805—1876）1837年所作。

> 天堂是一个家室（home），我一定可以得到安息。[8]

歌曲唱出了夏洛蒂对人们是铁石心肠（Men are hard-hearted），只有天使与上帝仁慈，照看孤儿的两界划分，以及天堂是家（Heaven is a home）的类比隐喻。而且民谣所咏之曲折都与简·爱的经历，其寓意也与简·爱所持有的信仰相符合。但伍译本却将其全部删除，而使《简·爱》的聚焦丧失了光源。

简·爱的故事发生于五个地点：盖茨黑德府（Gateshead Hall）、罗沃德慈善学校（Lowood Institution）、桑菲尔德府（Thornfield Hall）、沼泽居（Marsh End 或 Moor House）和芬丁庄园（The manor-house of Ferndean），这五处居所及其周边自然景观构成了她寻找家（天堂）的人生五部曲。

在盖茨黑德府，小简·爱得不到任何人的关爱，从未被仁慈之光照射，她的舅妈和表兄妹都属于"铁石心肠"的人之列。简·爱对这个家的印象就像她被关进的红房间（red-room）那样可怕，尽管它曾是舅舅里德的住所，但自他逝世后已成为冥室，"虽然富丽堂皇，却显得分外凄清"，简·爱寄居在这里"渐渐冷得像块石头"，心中翻腾的都是妖魔鬼怪的意象与反抗的激情。与此相对应的是她对北极地带"冰雪的储存库""千万个寒冬所积聚成的坚冰"的想象，此时的简·爱还是个没被感化的小孩，在她的世界里"没有觅食的羊群，只有冻坏了的苍白的浅草"。[9]

---

[8] [英]夏洛蒂·勃朗特：《简·爱》，李霁野译，上海：文化生活出版社，1946年，第30—31页。笔者对比了祝庆英、吴钧燮、黄源深译本，李霁野的译文虽不尽如人意，但最忠实于原著，特别是 "God, in His mercy, protection is showing,/Comfort and hope to the poor orphan child" 一句，前几种译文都未将 "show" 的 "显现" "让看见" 的意思译出。该词所以重要是因为它强调了 "显现"，是与可看见的事实相联系的 "经验" 语言，一般的泛泛歌颂会遮蔽这层意思。

[9] [英]夏洛蒂·勃朗特：《简·爱》，黄源深译，南京：译林出版社，1994年，第11、13、4、39页。

伍光建对景物描写最大刀阔斧的删节，一方面表现出他了然于情景交融的技巧，另一方面却也反映出他对深受《圣经》影响，自然风景在西方的隐喻或象征意义缺乏明察，或者说是有意规避。当小简·爱即将离开盖茨黑德府（Gateshead Hall），也即从 the "gate" at the "head" of her journey through life [10] 出发的时候，伍译本对"那里没有觅食的羊群，只有冻坏了的苍白的浅草"一大段风景[11]描写的删削，及其画龙点睛之笔的节略，使简·爱出离盖茨黑德府，踏上她人生旅途和皈依上帝之天路历程的双重意义，从起笔即没有开启。伍光建似乎对基督徒的品格有所成见。所以，当里德太太与慈善学校的监管布罗克赫斯特谈起，要用适合于简·爱前程的方式教育她，让她能够保有谦卑（humble）的态度时，伍光建全部翻译成"卑躬屈节"；于是里德太太的吩咐就变成要让简·爱"学成卑躬屈节"，"卑躬屈节是基督教的好道德"[12]了。即使考虑到这两位基督教徒实属作者所抨击的"铁石心肠"的人，要把简·爱教育得"卑躬屈节"正合其真实用心，但若使用中性的"谦卑"或"谦恭"，则不仅能揭露其虚伪，也不致有损基督教教义。

简·爱在罗沃德学校的一段生活是作者愤怒控诉伪善的法利赛人，所谓的慈善机构及基督教士"铁石心肠"的重要章节。学校门前石碑上镂刻的《马太福音》中的一段文字："你们的光也当这样照在人前，叫他们看见你们的好行为，便将荣耀归给你们在天上的父。"[13]正与这所慈善学校的真实行为形成尖锐的反讽。伍译本完全删除了这段话，使描写罗沃德学校的黑暗丧失了与上帝旨意总体对照的格局。在《简·爱》里，

---

[10] 该句即盖茨黑德府的隐喻，见 [美] 德布拉·蒂奇曼（Debra Teachman）：《〈简爱〉解读》（*Understanding* Jane Eyre，英文影印版），北京：中国人民大学出版社，2008年，第2页。

[11] 原文较长，恕不引用。伍光建译本仅简略地译成："我靠住闸门，看草地，看见一片衰草，天色是又灰又黑。"《孤女飘零记》，第49页。

[12] 伍译本，第42页。

[13] [英] 夏洛蒂·勃朗特：《简爱》（中英对照全译本），盛世教育西方名著翻译委员会译，北京：世界图书出版公司，2008年，第65页。以下简称"中英对照全译本"。

神界与人间的对照贯穿始终，它不仅表现在以学校监管布罗克赫斯特、历史课教师斯卡查德小姐为首的"铁石心肠"人们与校长坦普尔小姐、彭斯·海伦为代表的天使类人物的划分，也体现在刻板地读《圣经》、做礼拜给以学生的折磨，与天使般的基督徒所施与言传身教的感化之对比上。

为了突出对照格局，夏洛蒂采用了将天使人物神圣化的手段。坦普尔（Temple）小姐的名字不仅是小简·爱在祈祷书上发现的，而且那名字本身即"圣殿"之意。简·爱对她一直保持着类似对上帝的"一种敬畏之情"（the sense of admiring awe），其形象描写更是重墨浓彩：让她在一群穿着褐色古怪衣服的学生——不是粗俗即黑黑胖胖——或过度严格与劳累的老师群像衬托下，笼罩着充分而明亮的日光（in broad daylight），棕色的眼眸闪烁着慈祥的光（brown eyes with a benignant light in their irids），腰带上佩着闪闪发光的金表（a gold watch shone at her girdle），穿着时髦，仪态端庄地出场。[14] 在她身上所堆积的"光"（light）正是基督教，也是其他许多宗教的核心象征，夏洛蒂使用它作为《简·爱》中"天使"人物形象的标记。其他如小简·爱的伙伴海伦，作者也大量使用 glow、bright、shine、radiant[15] 这类表示"光"的词语为她短暂的生命描绘出最动人的一幕。特别是当小简·爱被放到凳子上示众受侮辱，看到海伦鼓励她的微笑时，作者甚至直接以"天使脸上反射出来的光芒"（a reflection from the aspect of an angel）、"星星耀眼光芒"（the full brightness of the orb）[16] 作比拟。对简·爱沼泽居的表兄妹们，作者更以"有一个人走了出来，其外貌犹如夜晚的星星"，"她那深邃的黑眼睛闪闪发光"，"你有一个隐隐约约的、伟大的天使长恰如其分地在你

---

[14] 中英对照全译本，第62—63页。
[15] 同上书，第102页。
[16] [英]夏洛蒂·勃朗特：《简爱》，吴钧燮译，北京：人民文学出版社，1990年，第68页；中英对照全译本，第94页。

面前！"[17]的句子，直接或间接地暗喻其天使性质。

伍译本大量删节了人物形象的静态描绘，一段三四百字的坦普尔小姐的肖像描写仅剩下："昨天晚上招呼我的那位女人进来了。我细细的一看，她身高，面白，身材好看，两眼有神，是慈爱人的眼，态度雍容娴雅。这位就是田朴小姐，姓田朴，名玛理阿，是这里的校长。"[18]一个作者制造的"在光里行走"的天使人物被贬成仅仅"好看""慈爱"的世俗女人。其他形象描写也是如此，甚至全部删除，这就使《简·爱》中的天使形象丧失了超越"人们"之上的神圣性的一面。夏洛蒂对坦普尔小姐和海伦形象的神圣化是大有深意的，她们在罗沃德学校实践的正是门前石碑上镌刻的《马太福音》中的话："你们的光也当这样照在人前，叫他们看见你们的好行为"，"光"犹如赫伯特所说："被用来描绘上帝在整个创造秩序和救赎中的功业。"[19]坦普尔小姐在简·爱和罗沃德学生的人生中担当了"母亲"和"家庭教师"的角色，因为她的存在才让简·爱觉得"罗沃德有几分像家的感情和联系"[20]。

海伦的言传身教使小简·爱初步受到基督教义的开示，也许这是罗沃德（Lowood）中"low"的一重寓意。当海伦被斯卡查德小姐鞭打和羞辱后，却毫无怨言，反而以《圣经》"以德报怨"的训诫开导为她打抱不平的小简·爱时，小简·爱虽不能完全理解，却觉得"海伦·彭斯是凭借一种我所看不见的光来考察事物的"（I felt that Helen Burns considered things by a light invisible to my eyes）。[21]伍译本将海伦的"忍

---

[17] [英]夏洛蒂·勃朗特：《简·爱》，祝庆英译，上海：上海译文出版社，1980年，第436页。
[18] 伍译本，第60页。
[19] [英]约翰·麦奎利：《神学的语言与逻辑》，安庆国译，成都：四川人民出版社，1992年，第193页。
[20] [英]夏洛蒂·勃朗特：《简·爱》，黄源深译，第92页。该句英文为："From the day she left I was no longer the same: with her was gone every settled feeling, every association that had made Lowood in some degree a home to me."中英对照全译本，第119页。
[21] [英]夏洛蒂·勃朗特：《简爱》，吴钧燮译，第55页；中英对照全译本，第75页。

受"信条（this doctrine of endurance）译成"忍受主义"，把"光"改为"道理"，删除《圣经》人物典故等[22]，将此时小简·爱还不愿深究孰对孰错的怀疑强化成了对海伦的批判，也抹杀了海伦的信念来自另一世界的寓意。

海伦的死不仅给予小简·爱"极限情境"的体验，也赋予她对人生的终极信念。我们都知道，作者的家庭是非常不幸的，一直笼罩在死亡的阴影中：夏洛蒂5岁失去母亲，9岁又目睹了两个姐姐先后病逝，海伦就是她以大姐玛丽亚为原型创作的。夏洛蒂的好友盖斯凯尔夫人曾谈到，"她的心一直怀着痴迷和执着的信念向往来世[23]，认为在那里，她可以同那些'亲爱的、暂时失去的'人们团聚"[24]。可以说，基督教的"末世论"是夏洛蒂人生信仰的支点。她"常常想，若不是坚定地相信有个来世，自觉的努力和耐心的受苦都会在那里得到报酬，那么，这个世界将会是个最可怕的谜"。面对甚嚣尘上的无神言论，夏洛蒂甚至愤激地认为："否定我们对永生的希望，悄悄地把天堂和来世从人的未来中抹去"[25]，"如果这就是真理，那么，看到这真理的男人和女人就只能诅咒自己出生的日子了"[26]。海伦的末日观可以更进一步揭开夏洛蒂对人类死亡现象所执着的信念。与一般认为末日审判时信爱上帝者将在天堂与神相伴，而魔鬼、不信者、恶人则将被打入地狱，接受永罚不同，海伦相信人死后"堕落和罪孽会随着这个累赘的血肉之躯从我们身上卸下"，"纯洁得就像它当初离开造物主使万物具有生命的时候一样"，上帝"是

---

[22] 伍译本，第71页。
[23] 参见 E. C. Gaskell, *The Life of Charlotte Brontë*, New York: Routledge, 1997, Volume 2, p.203。此处"来世"的英文为"future life"，"来世"在汉语里一般指佛教所谓人死后重新投生的轮回说法，或者《现代汉语词典》所说，指人死了以后再转生到世上来的那一辈子的解释，此处译为"来世"显然与基督教的末日观不符。后同。
[24] [英]盖斯凯尔夫人：《夏洛蒂·勃朗特传》，祝庆英、祝文光译，第433页。
[25] 见盖斯凯尔夫人在《夏洛蒂·勃朗特传》中征引的书信，第469—470页。
[26] 同上书，第432、434页。

决不会把他创造的东西毁掉的",相信"上帝是善良的","是我的朋友"。所以,她对死亡没有恐惧,而看作是"通向幸福与荣耀之门",因而她"期待着末日"来临时,能回到上帝那儿,"回我永久的家——我最后的家"(to my long home—my last home),"一个宏伟的家"(a mighty home)。[27] 小简·爱目睹了海伦完完全全地信靠上帝,快乐安息的全过程。十五年后又看到她的墓碑上只刻着一个词:"复活",暗示着海伦对上帝的信仰在简·爱心中的"复活"。

由于"天堂"在基督教中是指神的国,海伦和小简·爱两次长谈时,无论把它称为"天堂"(heaven)、未来的国(a future state)、幸福的国度(the region of happiness),还是类比成"家",都是真实存在的一个确定的地点。伍光建的这两段翻译尽管删节较少,但相应译成"天"[28] "将来" "极乐世界",不仅使其宗教流派意蕴混乱,更给人以谈论的是死,而不是另一个世界的印象,淡化了海伦期盼末日、回到她天父怀抱的渴望。

二

桑菲尔德(Thornfield)其意译为"荆棘地",即使考虑到此处长有高大的老荆棘树丛,其寓意也不仅限于此。它或许象征着上帝对破坏戒律、被赶出伊甸园的亚当夏娃的惩罚(地必给你长出荆棘和蒺藜来),或许也意味着耶稣"撒种的比喻"。在一次宣教中,耶稣以"撒种"比喻天国道理的传播,有的落在路旁被飞鸟吃了,有的落在土浅石头地上,有的落在荆棘里,又有落在好土里的。"撒在荆棘里的,就是人听了道,后来有世上的思虑,钱财的迷惑,把道挤住了,不能结实。"[29] 这句

---

[27] [英]夏洛蒂·勃朗特:《简爱》,吴钧燮译,第58、84、59页;中英对照全译本,第79、115、80页。

[28] 一般英语的"天"(heavens)是"天堂"(heaven)的复数。

[29] 《圣经·马太福音》,13:22。

话正可以看作是罗切斯特家族命运的写照,也是罗切斯特深受其害的症结。所以,尽管简·爱在这里获得了爱情,找到了"家",她向罗切斯特表白的第一句话就是:"你在哪儿,哪儿就是我的家——我唯一的家"(wherever you are is my home—my only home)[30]。但在对桑菲尔德府的描写中,还是不时闪现着不祥的寓意和预兆。简·爱一再感受到它像"墓穴""监狱""沙漠",甚至它"红白相间色调"的客厅与小简·爱被舅妈关进的红房间也相同;她在这里所遭遇的一群贵妇,也让她想起"目光凶狠冷酷"的舅妈里德太太,暗喻着她们同属"铁石心肠的人们",更不用说关押疯女人的阁楼了。伍光建对环境和人物肖像描写的大量删减,使桑菲尔德府的隐喻及诡秘气氛大为减色。

弗莱在他研究《圣经》的专著《伟大的代码》一书中,将整个《圣经》的意象及其寓意归纳为两大类别:启示/福音意象和魔鬼意象,又将后者进一步分为"明显的魔鬼意象"和"仿启示/福音意象的魔鬼意象"。所谓"仿启示/福音",即虚假的繁荣、富足、欢乐的福音意象,它们最终都必然会露出废墟、荒原之类典型的魔鬼意象原型。[31] 以此观之,桑菲尔德府恰适"仿福音"的魔鬼意象,用罗切斯特的话说,"这所房子不过是座监狱","镀的金是粘土;丝帷幔是蛛网;大理石是污秽的石板;上光的木器不过是废木屑和烂树皮"。[32] 疯女人放火烧毁后,桑菲尔德府化为一片废墟,罗切斯特所说一一应验。

而桑菲尔德府外的果园,"一切都是真实、可爱而纯洁的"(all is real, sweet, and pure) [33],它隐喻着上帝创世之初的自然伊甸园(图3.2.10)。在《圣经》意象体系中,自然同样被分成上下两个层次的存在:下层是人类

---

[30] [英] 夏洛蒂·勃朗特:《简爱》,吴钧燮译,第262页;中英对照全译本,第361页。
[31] 参阅刘意青:《〈圣经〉的文学阐释》,北京:北京大学出版社,2004年,第121页;Northrop Frye, *The Great Code: The Bible and Literature*, Routledge & Kegan Paul Ltd, 1982, pp.139-168.
[32] [英] 夏洛蒂·勃朗特:《简·爱》,黄源深译,第249页。
[33] [英] 夏洛蒂·勃朗特:《简爱》,吴钧燮译,第230页;中英对照全译本,第316页。

违背上帝意旨后进入的现实自然,上层即以伊甸园为象征,人类毕生努力要争取返回的天堂。西方古典文学中最完美的自然正出于对未被玷污的上帝造物的想象,桑菲尔德府外的果园也是《简·爱》中最美的部分。在"红宝石和炉火般的光焰"中,初升的月亮的光闪烁在园中繁茂的花朵和即将成熟的累累果实上。在这里,简·爱和罗切斯特"被唤入结合的天堂"(called to the paradise of union),相互表达了"仿佛我们两人穿过坟墓,一同站在上帝的面前,彼此平等"(just as if both had passed through the grave, and we stood at God's feet, equal)[34] 的爱。但罗切斯特偷吃"禁果","有意做一个重婚的人"之犯罪,正如亚当夏娃一样,他们被一阵预示上帝愤怒的狂风暴雨赶出了果园,隐喻其爱情和罗切斯特命运的大七叶树也遭雷击,被劈去一半。"树"也是《圣经》中经常出现的一个主要象征意象。

图 3.2.10 《简·爱》插图:"让你坐在我身边,你不会犹豫不决吧?"Edmund H. Garrett 作,选自 Thos Y. Crowell and Company, 1890 年

伍译本将圣洁的大七叶树,译成带有汉语"男女苟合"意指的"野"栗子树。原作描写果园近千字的大段优美文字,被删得几乎仅剩下"四围有高墙,园里的花木尤其茂盛,好像是个极景世界"[35]。其伊甸园景色极美之意是告诉读者了,但其"节缩"却不仅如茅盾所说,淡化了

---

[34] 中英对照全译本,第 376、373 页。
[35] 伍译本,第 361 页。

"感觉"[36]，更重要的是涂抹了宗教内涵。而罗切斯特表达自己对简·爱的感觉："仿佛我左面的肋骨有一根弦，跟你小小的身躯同一部位相似的弦紧紧地维系着，难解难分。"其中的"肋骨"隐喻被删除，这句象征上帝创造男人和女人最完美结合的爱情表白就质朴得仅剩下"我觉得仿佛有一条绳子牵系住我们两个人"。[37] 人类不可能享有的"绝对幸福"（complete happiness）被译成世俗味十足的"全福""鸿福"[38]。《圣经》故事中古以色列人经过荒野时所得的天赐食物吗哪（manna）被改写成"甘露"[39]，"迷途的羔羊"（a stray lamb）译成"失群的小羔羊"[40]，上帝及其神迹改称"天"，"天使"全部被称为"仙女"，等等，都使宗教意蕴大失或混乱。

简·爱的全部纠结痛苦之处就在于，她找到了罗切斯特所代表的"家"与"天堂"，但他们的结合却是不被上帝和社会法律所允许的。她的良心、情感，甚至理智都同情着罗切斯特的不幸，指控她离开是"犯罪"。但她同样清楚，上帝创造、由人批准的法规"不光是为了没有诱惑的时刻，而是针对现在这样，肉体和灵魂起来抗拒它的严厉和苛刻的时候。它们再严厉也是不可破坏的。要是出于我个人的方便而加以违背，那它们还有什么价值？"[41] 对于简·爱来说，神性与人性的抉择不啻"把

---

[36] 茅盾：《真亚耳的两个译本》，《译文》，1937 年新 2 卷第 5 期。
[37] [英] 夏洛蒂·勃朗特：《简·爱》，黄源深译，第 290 页。该句英文为："... it is as if I had a string somewhere under my left ribs, tightly and inextricably knotted to a similar string situated in the corresponding quarter of your little frame." 中英对照全译本，第 371 页；伍译本，第 368 页。
[38] [英] 夏洛蒂·勃朗特：《简·爱》，黄源深译，第 298 页；伍译本，第 381 页。
[39] 中英对照全译本，第 393 页；伍译本，第 396 页。
[40] 中英对照全译本，第 410 页；伍译本，第 322 页。
[41] [英] 夏洛蒂·勃朗特：《简·爱》，黄源深译，第 369 页。引文原文："Laws and principles are not for times when there is no temptation: they are for such moments as this, when body and soul rise in munity against their rigour; stringent are they; inviolate they shall be. If at my individual convenience I might break them, what would be their worth?" 中英对照全译本，第 469 页。

图 3.2.11 《简·爱》插图:"这么说。起火的时候罗切斯特先生是在家里?" Edmund H. Garrett 作,选自 Thos Y. Crowell and Company, 1890 年

你的心作为祭品而且要由你这位祭司把它刺穿"[42]。这是小说情节所生发的"荆棘"的又一重寓意,是简·爱人生中所要经历的磨难和考验。但是,若考虑到桑菲尔德府日后的灭顶之灾(图 3.2.11),简·爱的出离又何尝不是如前引歌谣所唱:"上帝发着慈悲 / 向可怜的孤儿表示(show)保护,希望和安慰。"小说也正是如此精心描写了上帝向简·爱显示的异象:她又梦见了盖茨黑德的红房子;看见了很久以前弄得她昏厥的光,现在又化解成了云彩;一个光芒四射的额头倾向东方对她悄声说:"我的女儿,逃离诱惑吧!"[43] 由此暗示上帝一直与简·爱同在。所以,尽管简·爱因抛弃罗切斯特,"在心灵的痛苦和恪守原则的疯狂之中,我憎恶我自己",但她不能回去,因为她坚信:"上帝一定在领我前行。"伍译本对类似《圣经》神迹显现景观描写的删节,使其宗教意蕴成为纯粹的梦境幻觉。

简·爱出离桑菲尔德府后,漂流荒原的场景也是贯穿《圣经》的一个典型的类型情节。就像摩西照着耶和华的吩咐晓谕以色列人所说:要记念耶和华你的神在旷野[44] 引导你"是要苦练你、试验你,要知道你

---

[42] [英] 夏洛蒂·勃朗特:《简·爱》,黄源深译,第 347 页。原文:"... your heart shall be the victim, and you the priest to transfix it." 中英对照全译本,第 440 页。

[43] 参阅 [英] 夏洛蒂·勃朗特:《简·爱》,黄源深译,第 371—372 页;中英对照全译本,第 471—472 页。该段描述太长,恕不征引。

[44] 《圣经》中文和合本将沙漠"desert"译为"旷野",在《简·爱》中,作者将荒原"moor"以比喻的形式与"desert"做了勾连:"这一望无际的荒原多像一片金色的沙漠啊!"(What golden desert this spreading moor!)

心内如何，肯守他的诫命不肯"，为的是"叫你终久享福"。[45] 经过这样的考验，简·爱的命运从此发生转变，证明了"遵行诫命必蒙福祉"的上帝应许："他必使你超乎天下万民之上"，"福必追随你，临到你身上"。[46] 简·爱找到失散多年的表兄妹，获得遗产，与罗切斯特重圆，这一连串突如其来的情节所启迪的正是"遵命蒙福"的教义。而罗切斯特命运所昭示的恰恰是其反面："悖逆受咒诅。"简·爱想到的《圣经》宣告的上帝惩罚："你自己得剜出你的右眼；砍下你的右手。"[47] 都一一应验。经过犯罪—受惩罚—真心忏悔—和解—获救的天路历程，罗切斯特最终是"归向主得福气"，他向重新团聚的简·爱承认："我所受的一切苦都是罪有应得。"

> 我做错了，我差点儿玷污我那洁白的无辜花朵——在它的纯洁上涂上罪恶，可万能的上帝把它从我手上夺走了。我在倔强的反抗情绪中，几乎诅咒这种神意，不是俯首听命而是公然蔑视。上帝的公道终于应验了，灾难接二连三地落在我头上……他的惩罚如此严厉，一次责罚就让我永世不得抬头。……直到最近——我才开始看到并承认上帝左右着我的命运。我开始自责，开始忏悔，希望和我的创造者和解。[48]

罗切斯特以自身经历颂赞了上帝"在裁判中不忘仁慈"的伟大。

---

[45]《圣经·申命记》，8：2；9：16。

[46]《圣经·申命记》，28"遵命蒙福"。

[47] [英] 夏洛蒂·勃朗特：《简·爱》，黄源深译，第347页；该句《圣经》英文为："If your right eye causes you to sin, gouge it out and throw it away. It is better for you to lose one part of your body than for your whole body to be thrown into hell. And if your right hand causes you to sin, cut it off and throw it away ..."《圣经·马太福音》，5：29—30。

[48] 中英对照全译本，第662页，原文太长，恕不征引。

三

在沼泽居（有人称作 Marsh End，有人称作 Moor house）简·爱获得了一个暂时的家，与自己的表亲不期而遇。但这里的居住者都是往来过客，甚至包括主人圣约翰也自称不想被埋没在沼泽地，准备跟随救世主耶稣，去印度传播福音。走前圣约翰要割断一两桩感情的纠葛，被他称作"是与人类弱点的最后冲突"（a last conflict with human weakness）[49]，这也许就是沼泽居的一重寓意。另一重寓意即简·爱在这里也面临了让她更难抉择、更为不安，甚至可以说是令她惊惧的考验。简·爱虽然信仰上帝，但并不想放弃尘世的幸福成为使徒。她对宗教的态度集中反映了作者的精神情感。夏洛蒂曾经坦承："如果必须达到基督徒的完美才能获救，那么，我将永远也得不到拯救……我不能把我的生命用于行善的伟大目标；我经常寻求自己的乐趣，竭力满足自己的欲望。……在这同时，我却知道耶和华的伟大，我承认《圣经》的完美；我崇拜基督教信仰的纯洁……"[50] 简·爱对表哥圣约翰既崇拜又不认同的态度正是作者这一矛盾的投射。如果说，简·爱过去是在良心和上帝的戒律矛盾中，遵从了上帝的意旨，割舍了自己的情感；但当圣约翰进一步以上帝的名义，让她做一个传教士的妻子，为了主的事业而整个奉献时，她陷入了两难之沼泽。最终的大团圆结局不是简·爱背离了上帝，而是上帝的恩典临到简·爱的身上。就在她准备放弃自己的意志、天性和罗切斯特的爱情，听从使徒召唤的关头，上帝显示的超自然神迹为简·爱传来了罗切斯特的呼声，让她确认了上帝的意志，从而使宗教使命与尘世爱情的冲突达到人性与神性合一的圆满境界，对"上帝之爱"做出了最完美的诠释和最真诚的歌颂。

---

[49] 中英对照全译本，第 536 页。
[50] 见盖斯凯尔夫人在《夏洛蒂·勃朗特传》中征引的书信，第 143 页。

伍译本大量删节了对荒原、旷野以及沼泽居景观的描写，不仅使其象征意义晦暗不明，更重要的是丧失了简·爱在广漠的宇宙天地间所体会到的与上帝同在，与大自然同在的感人情怀。逃出桑菲尔德府后，小说描写简·爱孤单一人露宿荒原，非但没有恐慌，反而感到投入了上帝造物大自然的怀抱。置身于起伏的山林、茂密的欧石楠丛、清明纯净的天空、友善的星星、带着慈爱的温柔的露水、随处闪着光的越橘、浩瀚的银河之中，让简·爱更深地体会到，虽然"我们知道上帝无所不在，但当他的劳作以最宏大的规模展现在我们面前时，无疑我们才最感觉到它的存在"[51]（图3.2.12）。

图3.2.12 《简·爱》插图："我体力不行了。" Edmund H. Garrett 作，选自 Thos Y. Crowell and Company, 1890 年

小说该部分表现上帝的巨大力量抚慰了简·爱流血心扉的描写，与前面的歌谣遥相呼应："即使我会堕落断桥／或被伪光惑诱，在湿地中迷了路道／我的天父仍然会用允诺和祝福／把可怜的孤儿拥入他的怀抱。"伍光建进行节缩之后，其隐喻上帝的造物大自然的神圣感大为减弱，而且他把"自然"都译成了"天"，于是"I have no relative but the universal mother, Nature: I will seek her breast and ask repose"（我除了万物之母大自然外没有亲人，我要寻找她的怀抱并请求安息）一句，就成了"我除了老天之外，是无亲无

---

[51] [英] 夏洛蒂·勃朗特：《简·爱》，黄源深译，第 377 页。原文："We know that God is everywhere; but certainly we feel His presence most when His works are on the grandest scale spread before us."中英对照全译本，第 479 页。

友：我只好依赖天，求一个立足之地"，神性的自然就仅剩下避难所的意思了。[52] 而简·爱在被圣约翰的祈祷死死困住的关头，向上帝祈求指点应验之后，小说传神地描写了她整个感官的震颤，其对上帝的感恩之情达到顶点。她挣脱了圣约翰，回到自己房间向上帝感恩："我似乎一直来到一个伟大圣灵跟前，我的灵魂感激地扑到他的脚下。"第二天仍有一大段叙述简·爱重新回忆这个奇事发生时，整个心灵的震动和灵魂的喜悦，不能相信它是一种神经质的印象和幻觉，而认为"它更像是神灵的启示"；直到与罗切斯特相会，又一次确认他们两人在同一时刻发出相互呼唤并都听到了相互回应的"超自然"（supernatural）现象。[53] 伍译本不仅全部删除了这些一再传达的神迹显现之情景描写，而且将之断定为："迷信吗！不是迷信，不是迷信欺我：这是天性发露。"而当简·爱听罗切斯特诉说，他向上帝忏悔，听到简·爱的呼声后，便决定"不必再把迷信话告诉他"。[54] 不论伍光建把这一神迹断定为"天性发露"还是"迷信"，都说明了他的不信态度。

虽然，伍光建尽量保存了表现人物性格的部分，但对圣约翰还是手下无情，删削较多。的确，在简·爱的"爱情故事"中圣约翰可以是无足轻重的。但在《简·爱》所纠结的宗教问题中，却是个带有澄明和总结性的人物。围绕着他，作者设计了两组对比。一是圣约翰与罗沃德慈善学校的监管布罗克赫斯特。两者共同的特征在于都是宗教组织的神职人员，都具有严酷无情的性格特征，代表着宗教教义惩罚性的一面。为管教小简·爱，布罗克赫斯特以燃烧着硫黄的烈火的地狱相威胁；而圣约翰为让简·爱跟随自己去印度，也以"烧着硫黄的火湖里"[55]的祈祷

---

[52] 中英对照全译本，第 477 页；伍译本，第 483 页。

[53] 引文原文："I seemed to penetrate very near a Mighty Spirit; and my soul rushed out in gratitude at His feet."；"… it was more an inspiration." 中英对照全译本，第 623、625 页。

[54] 伍译本，第 634、683 页。

[55] 原文："… the fearfull, the unbelieving … shall have their part in the lake which burneth with fire and brimstone." 中英对照全译本，第 619 页。

相询唤。因而,作者把前者比喻为"黑铁柱子",后者喻为"白大理石柱子",但两人又有着根本性的区别。布罗克赫斯特是伪善的法利赛人,他披着宗教外衣,克扣经费,中饱私囊,残害儿童。而圣约翰真诚地相信上帝赐予他传播福音的神圣使命,是一位具有牺牲精神的使徒。(图 3.2.13) 如作者在小说结尾为保证不误读宗教和道德的内容,对圣约翰进行的回顾性定位:"他也许很严厉,也许很苛刻,也许还雄心勃勃,但他的严厉是武士大心(班扬《天路历程》中的人物)一类的严厉,大心保卫他所护送的香客,免受亚玻伦人的袭击。他的苛

图 3.2.13 《简·爱》插图:"我坐了下来。圣约翰站在我旁边。"Edmund H. Garrett 作,选自 Thos Y. Crowell and Company, 1890 年

刻是使徒那种苛刻,他代表上帝说:'若有人要跟从我,就当舍己,背起他的十字架来跟从我。'他的雄心是高尚的主的精神之雄心。"[56] 伍译本将此说明全部删除。

二是圣约翰与简·爱。前者所选择的殉道的传教士非凡道路,与拒绝做使徒而选择凡俗人生的简·爱形成鲜明对比。前者与上帝的关系是投身于宗教组织的事业,为了上帝的荣耀而奉献一切;而后者的宗教则

---

[56] [英]夏洛蒂·勃朗特:《简·爱》,黄源深译,第 523—524 页。原文:"He may be stern; he may be exacting; he may be ambitious yet; but his is the sternness of the warrior Greatheart, who guards his pilgrim convoy from the onsaught of Apollyon. His is the exaction of the apostle, who speaks but for Christ, when he says, 'Whosoever will come after Me, let him deny himself, and take up his cross and follow Me.' His is the ambition of the high masterspirit." 中英对照全译本,第 671 页。

只是我与上帝之间的事。简·爱所认同的是海伦所代表的把宗教作为人类心灵的安慰,而不是选拔和惩罚的一面。这也是夏洛蒂的宗教观。据玛丽所说,她"劝人相信宗教总是用提供安慰的方式,而不是把它作为一种责任蛮横地强加给别人"[57]。简·爱在坚持自己的信仰的同时,虽然揭示了圣约翰的宗教热情实为凡人建功立业抱负的一面,但对他的真诚、奉献和原则性又是充满敬仰之情的,而且把圣约翰这样真正的使徒置于高于自己的位置。小说不仅经常在简·爱热衷于亲情和家庭的欢乐与圣约翰劝她不要把自己的精力浪费在这些"平凡而短暂的事情上"做出对比,更以最后的交代——圣约翰以身殉职,"他那荣耀的太阳匆匆下沉"(his glorious sun hastens to its setting),简·爱接到圣约翰最后一封信时,强调自己流下的是"世俗的眼泪"(human tears)。但她"心中充满了神圣的欢乐"(divine joy)。因为简·爱相信这位善良、忠实的仆人是被上帝召去,享受主的欢乐,他在上帝的神座前"名列尘世得救者的前茅"(in the first rank of those who are redeemed from the earth)。小说以圣约翰的话,也是《圣经·启示录》最后一句,盼望主"快来!"作结,由此也可见作者赋予他在整部小说中的分量。

但在中国,圣约翰形象一直未能得到适度的理解,甚至包括后来的有些译者。伍译本更是大段节缩简·爱对圣约翰面貌、心理、宗教热情、雄心壮志、人生目的、个性的认识和评价,以及带有隐喻这一人物形象的风景段落,甚至当译到圣约翰得知约翰舅舅去世后,并未给他和妹妹留下遗产时,伍光建竟以"他把信摔在狄阿纳怀里"的译文损害了这一形象的高尚性。试想能拿自己仅有的一点财产为贫穷的乡村创办男女两所学校,并为宗教事业而献身的使徒,怎能有如此小气的举动呢?另外,对简·爱揭示圣约翰严厉冷漠的一面也大多译得过于严重而损害了这一形象的正面性。如简·爱在看清圣约翰身上的质素有多少属于

---

[57] 盖斯凯尔夫人在《夏洛蒂·勃朗特传》中征引的书信,第124页。

圣人，有多少属于凡人以后，形容"面罩从他严厉专制的面孔上落下"（The veil fell from his hardness and despotism）。伍光建把这句译为："我此时看得他很清楚。他完全是个世人，并无所谓神圣，他蒙面的横蛮霸道，让我揭开了。"[58] 如此完全否定的强烈语气显然有失分寸。圣约翰的宗教热情感动简·爱的段落也多被删减，像圣约翰祈祷上帝让简·爱做他的妻子，令简·爱倏忽感到"宗教在召唤——天使在招手——上帝在指挥——生命被卷起，好像书卷——死亡之门打开了，露出了彼岸的永恒"[59] 等神圣感觉都被勾销。在伍光建把《简·爱》仅视为"爱情故事"，简·爱被树立为最高人格的处理下，圣约翰形象的复杂性和重要性不仅被大大削减，甚至遭到歪曲。

四

简·爱最终在芬丁庄园找到了罗切斯特，与他建立起一个与世隔绝的家。也许庄园的名字取的就是"ferndean"蕨类植物覆盖的幽闭之意。在最后尾声一章，简·爱更以上帝创造亚当夏娃的初衷来类比与罗切斯特十年婚姻的完满，认为自己无比幸福，因为"从来没有哪个女人比我跟丈夫更加亲近，更加完完全全是他的骨中之骨，肉中之肉"[60]。简·爱和罗切斯特由神配合，乃成一体的关系写的不仅仅是人间的爱情，更是上帝之爱的故事。他们皈依上帝而蒙恩的结合"超乎天下万民"，体现了上帝创造男人和女人之初——伊甸园中人的幸福。简·爱的人生历程和天路历程也在家与天堂的合一、人与神的合一中达到无与伦比的完满

---

[58] 伍译本，第612页。
[59] 伍译本，第621页。
[60] [英]夏洛蒂·勃朗特：《简爱》，吴钧燮译，第492页。引文原文："No woman was ever nearer to her mate than I am: ever more absolutely bone of his bone and flesh of his flesh." 中英对照全译本，第668页。

图 3.2.14 《简·爱》插图:"他通过我看大自然,看书",Edmund H. Garrett 作,选自 Thos Y. Crowell and Company,1890 年

结局。如果我们考虑到婚娶和夫妻关系在《圣经》里经常被用来比喻人与上帝的结合,当对简·爱的爱情故事有更深层的解读。(图 3.2.14) 在中国,《简·爱》相当长的时间内都仅仅被视为爱情故事,李霁野将 Jane Eyre 意译为《简爱自传》,更如同板上钉钉。

伍译本将简·爱叙述与罗切斯特是"骨中之骨,肉中之肉"神圣关系的一段全部删除,而变为:"我晓得一条心的同我所最恋爱的人同过日子的乐处。我自己以为我是很享受人间的欢乐,我所受的欢乐,是笔墨所不能形容的。"[61] 这样,伍光建的《孤女飘零记》讲述的就只是一个有情人终成眷属的故事了。

总之,《简·爱》中对自然风景的描写都不仅仅是一种描述性语言,更是一种比喻性语言,深得《圣经》"比喻叙事"的精髓。如耶稣对他的十二个门徒所说:"神国的奥秘,只叫你们知道,若是对外人讲,凡事就用比喻。"[62]《简·爱》中的"自然"正是这样一种不仅隐喻神国,也

---

[61] 伍译本,第 687 页。

[62] 《圣经·马可福音》,4∶11。英文为:"The secret of the kingdom of God has been given to you. But to those on the outside everything is said in parables."

隐喻小说人物及其命运的比喻叙事。如果我们能够读解在《简·爱》中所建构的不仅繁复而且一个意象往往贯穿始终的内涵代码，就不能不感叹其结构的宏大与精美。伍译本自始至终通过"节缩"隐喻神性的自然风景、人物心理的描写与议论，改写或删除带有鲜明基督教色彩的意象、人物、典故、地点、经文，如将所有"天使"名称归化为中国神话人物"仙女"，把精灵（spirits）置换成道家长生不老的"神仙"，"修女"改称"尼姑"，等等，彻底破坏了在《简·爱》中密布的与《圣经》显在或潜在的暗示性关联，遮蔽了爱情故事背后的宗教主题，也丧失了作者要以简·爱爱情故事见证与圣灵同在的经验叙事意义。虽然简·爱是否为自传，或者自传体小说至今仍有争议，但关键并不是它里面记载的是否都是真事，而在于其叙述话语声称它记载了发生在自己身上的真实故事，也即作者的写作目的是要让文本具备写实的价值。《简·爱》所以采取自传体形式，正是要以叙述者的真实经历来见证上帝的无所不在，歌颂上帝的恩典，"感谢我的创造者，在裁判时不忘怜悯"（I thank my Maker, that, in the midst of judgment, He has remembered mercy）。直到今天，基督徒相互讲述自己的属灵见证仍是其重要的功课。

  伍译本经过"节缩"法的通俗化翻译，丧失的是基督教的精神世界与文学世界，以及作者所要探讨的严肃的宗教道德问题。删节最多的自然风景描写，也反映了中国文人把自然风景仅仅看作衬托，顶多是情景交融的观念与西方基督教传统把自然视为上帝造物，而且是最接近上帝造物之初的差异，与《圣经》借助自然景物谈论上帝与神国的"比喻叙事"传统的不同。

  本文没有探讨被茅盾命名的伍光建"节缩"法，给文学名著语言的文学性所带来的破坏，仅从他主要专注于"意思"和故事，并非是对语词本身的字面翻译，就可以说，虽然伍光建翻译了不少世界文学名著，但他不是一般意义上的文学翻译家，而是为满足"一般读者"需要的通俗本翻译家。事实上，茅盾也是在这个意义上肯定他的。因为茅盾见到有人把《铁流》《毁灭》改写删节为"通俗本"时，想到有些未经翻译的西洋名著也可以先来个"通俗本"的译本，于是觉得伍光建的译法可以"学取来应用"，因而专门写了《伍译的〈侠隐记〉和〈浮华世界〉》《〈真亚耳〉（即简·爱）的两个译本》[63]研究总结伍译法。他对伍光建"小段的节略和大段的缩小"的"节缩"译法的肯定，也是建立在"伍先生的译文大部分可说是直译"，能将"原作全本的精神和面目是完全保存着的"判断之上的。这不能不说是有违其倡导的"字对字"直译的原则，尽管他也强调"翻译界的大路还是忠实的直译"。民国时期存有一大批西洋文学名著汉译的通俗本，或许也可被看作是有待开掘的通俗文学研究的一个新领域。

（该节原题为《伍光建对〈简爱〉的通俗化改写》，载《中国现代文学研究丛刊》2014年第2期，并获该刊物2014年度优秀论文奖；又选载于人大复印资料《中国现代、当代文学研究》2014年第9期；2020年底修订于威海）

---

[63] 茅盾：《伍译的〈侠隐记〉和〈浮华世界〉》，《茅盾全集》，20卷，北京：人民文学出版社，1990年，第25—32页。茅盾：《真亚耳的两个译本》。

第四章

评介中的改写：
域外作家形象的流变与征用

第一节 高尔基：从同路人到左翼文学运动的导师

在 20 世纪三四十年代俄苏文学的翻译介绍中，乃至整个翻译界，"高尔基热"都是一个显著的特殊现象。在这之前，尽管据现在掌握的材料来看，早在 1907 年高的作品就已被翻译到中国，五四时期无论对其本人还是其著作也都有所提及，但始终没有引起中国文学界接受的热情。即便在五四时期的"俄罗斯文学热"中，且不说托尔斯泰、陀思妥耶夫斯基、屠格涅夫、果戈理、契诃夫这些大家，甚至是被高尔基发现并受其提携的安德列耶夫也能够成为"热点"之一，高尔基却被晾在一边。如 1928 年以前，安德列耶夫已被翻译出版了《比利时的悲哀》《人之一生》《狗的跳舞》《邻人之爱》《往星中》《小人物的忏悔》等戏剧、小说个人作品集，而高尔基却仅于该年由民智书局出版了一本宋桂煌汉译的《高尔基小说集》。这不能不说是中国翻译界制造的"不公"。是出于无知，还是有意的冷淡？鲁迅一语道破了这一历史的"蹊跷"。他在《译本高尔基〈一月九日〉小引》中说：

> 当屠格纳夫、柴霍夫这些作家大为中国读书界所称颂的时候，高尔基是不很有人注意的。即使偶然有一两篇翻译，也不过因为他所描的人物来得特别，但总不觉得有什么大意思。
>
> 这原因，现在很明白了：因为他是"底层"的代表者，是

无产阶级的作家。对于他的作品，中国的旧的知识阶级不能共鸣，正是当然的事情。[1]

如果我们还嫌鲁迅的这段话说得过于笼统，夏衍的一篇纪念高尔基的文章正可以做进一步的解释和说明。他在反省了大部分知识分子（包括自己）先天地厌恶"政治宣传"，而孜孜以求"艺术的完整"的矛盾和斗争以后，扪心自问："我们过去，不是太偏爱过契诃夫，而无言地过低评价过高尔基作品的'粗杂'吗？"他的文章透露出大部分知识分子不喜欢高尔基艺术上的"不完整""粗杂"和"露骨的政治宣传"，这正是高尔基在五四翻译界备受冷落的原因之一。[2]

如果说，五四时期作为"底层"的作家高尔基没有得到鲁迅所说的"中国的旧的知识阶级"，用当时的惯用词说"小资产阶级"的欢迎，还情有可原；而有意思的是这位后来被奉为无产阶级艺术的"最高典范"的作家，居然还曾受到中国无产阶级革命文学鼓吹者们的质疑。苏联早期所谓的无产阶级文学组织断定高尔基还不够资格做一个"普罗作家"，至多只把他看作一个"同路人"的观点，显然直接影响到中国一部分左倾作家对于他的评价。特别是1923年高尔基离开俄国的时候曾经有传闻说他不满意十月革命，反对无产阶级等等，都直接造成了其不够革命的印象。直到1928年，《创造月刊》上还刊登了李初梨翻译的苏联无产阶级作家的代表塞拉菲莫维奇《高尔基是同我们一道的吗？》的文章。这篇显然是想极力为高尔基辩护之作，其主要观点虽然从很多方面肯定高尔基"是同我们一道的"，但仍认为从他的作品缺乏阶级意识这一点来看，他"不是同我们一道"的。所以，李初梨在译者前言中也强调："高尔基虽然承认了十月革命底历史的必然性，可惜他对于革命的普罗列塔

---

[1] 鲁迅：《鲁迅全集》(7)，北京：人民文学出版社，1982年，第395页。
[2] 夏衍：《怎样的艺术品顶好》，[苏联] 罗果夫、戈宝权编：《高尔基研究年刊(1947)》，上海：时代出版社，1947年，第54—55页。

利亚底理论与实践,仍有追随不及的地方,这是毋庸讳言的事实。"[3] 因而,高尔基未能受到所谓"左""右"两个方面的青睐,他在当时的地位也就不奇怪了。

高尔基在中国的命运虽没有"先声夺人",却是"后来居上",获得了不仅是俄苏作家,而且是世界上的任何作家都无可比拟的崇高地位(图 4.1.1、图 4.1.2)。1928 年对于高尔基来说是具有转折性意义的一年,这一年他从意大利回到苏联。有人

图 4.1.1　在意大利卡普里岛居住时的高尔基,约 1906—1913 年,他在此撰写了自传三部曲等。

图 4.1.2　1928 年,高尔基从西欧回到苏联,在莫斯科火车站受到热烈欢迎。

---

[3] 李初梨:《高尔基是同我们一道的吗?》,《创造月刊》,1928 年第 2 卷第 1 期。

说，高尔基当年从苏联出走"是列宁在世的时候，是因为不能留下来才走的"，而他的回国"是在斯大林的时代回来的，回来是因为不可能不回来"。[4] 现在已经有资料说明，高尔基回国是斯大林一手策划的。斯大林的目的是需要高尔基能够以其威望和党外人士的身份引导文学家们团结在一起，向自己的人民和全世界展示，在他领导下苏联所取得的伟大成就。为此，他不仅给高尔基提供了两套"宫殿"式的别墅和庄园（图4.1.3、图4.1.4），而且从中央到地方都专门成立了委员会，为高尔基的60寿辰和文学活动35周年组织全国性的庆祝活动。由各机关、组织、劳动人民发出的请求高尔基回国的信件、贺电像雪片一样飞向意大利。1928年3月30日《真理报》发表了苏联人民委员会的决议，评价高尔基不仅作为一个作家，而且还作为一位革命活动家亲身参加了革命。从此，开始把高尔基从同路人改为"普罗作家"来推崇。此时的高尔基已经不仅仅被看作一位伟大的作家，更成为一个象征性的人物。他代表着下层民众可以达到的文化的最高峰，也代表着无产阶级新文化可以达到的最高峰，由此他开始越来越被神圣化。

1932年苏联又为他的文学活动40周年举行了"世界上从来不曾有过的盛大的庆祝典礼"[5]。在这次纪念活动中，对于高尔基的评价又有升级，不再仅仅把高尔基作为一位伟大的文学家，更以"世界上空前的最伟大的政治家的作家"相标榜[6]，使之成为文学家政治化的最好典范。高尔基的名字成为一种至高荣誉，纷纷被授名于剧院、城市、街道、文学研究所、奖学金，甚至包括飞机。1936年6月18日高尔基逝世，苏联为他举行了最高规格的追悼会，不仅葬礼在红场上举行，以斯大林为首的国家领导人为他抬棺送行，而且将其骨灰放入专门安放苏联政府要人

---

[4] [俄] 瓦·巴兰诺夫：《高尔基的"是"与"非"》，何荣昌译，《俄苏文学》，1990年第1期。

[5] [美] 亚历山大·康恩：《革命文豪高尔基》，邹韬奋译，上海：生活书店，1933年，第440页。

[6] [苏联] 卢纳察尔斯基：《作家与政治家》，萧参（瞿秋白）译：《高尔基创作选集》，上海：生活书店，1933年，第8页。

第四章　评介中的改写：域外作家形象的流变与征用 | 219

图 4.1.3　位于莫斯科中心区的高尔基故居，高尔基1931—1936年居住于此。

图 4.1.4　1936年6月18日高尔基逝世的地方，莫斯科郊外的莫洛佐夫庄园。

以及著名革命家骨灰的克里姆林宫墙，并认为"在列宁逝世以后，高尔基的逝世是我国和人类的最重大的损失"[7]（图 4.1.5、图 4.1.6）。至此，对于高尔基的推举可谓登峰造极。苏联赋予高尔基以世界上任何阶级的作家都无法企及的最高地位和荣誉，事实上也是制造了一个无产阶级政权与文学的神话，它象征着无产阶级文学的道路与无产阶级的政治革命相结合所能达到的最完满的境界。关于这一点，高尔基非常清醒，他很明白

---

[7]　[俄] A. 罗斯金（Luosging）：《高尔基》，葛一虹、茅盾、戈宝权、郁文哉译，昆明：北门出版社，1948年，第100页。

图 4.1.5　1936 年高尔基逝世，斯大林（右）和苏联人民委员会主席莫洛托夫（左）抬棺送行照。

图 4.1.6　1936 年 6 月 20 日，数万莫斯科民众汇集于红场东侧，参加苏联政府举行的高尔基追悼大会。

苏联过重地评价了他的功绩，但他更明白"这是很重要的，因为它向青年作家（事实上也是向全世界——笔者）……表示了无产阶级对于文学的态度是怎样"的。[8] 罗曼·罗兰也非常清楚高尔基所承担的神圣使命，他说："任何伟大的作家不曾扮演过比他更高的角色。"[9] 这也就难怪西方学者会把苏联为高尔基举行的大规模纪念活动看作"革命的无产阶级之世界的示威运动"[10] 了。（图 4.1.7）

伴随着高尔基在苏联越来越被神圣化的逐步升级，"高尔基热"在中国也陡然升温，"抢译高尔基，成为风尚"（茅盾语）。20 世纪三四十年代有关他的评价研究专著或译本就至少有 23 种，个人戏剧、小说、散文翻译集不下 130 种。其中他的名剧《底层》就有李谊译本、谢炳文译本、塞克译本、芳信译本、胡明译本、许德佑译本和柯灵、师陀改编本。《我的

---

[8]　参阅周起应（周扬）编：《高尔基创作四十年纪念论文集·高尔基纪念》，上海：良友图书印刷公司，1933 年。

[9]　[法] 罗兰：《和高尔基告别》，黎烈文译，《译文》，1936 年新 1 卷第 6 期。

[10]　[苏联] P. S. Kogan：《玛克辛·戈理基》，雪峰译，鲁迅编：《戈理基文录》，上海：光华书局，1930 年，第 16 页。

童年》有姚蓬子译本、林曼青译本、陈小航（罗稷南）译本、卞纪良译本、凌霄节译本、张勉寅节译本和范泉的改写本。长篇小说《阿托莫诺夫一家》有赵璜（柔石）译本、贺非（罗稷南）译本、树华译本、耿济之译本、汝龙译本。《我的大学》则有杜畏之和萼心译本、胡明译本及高陵的缩写本。[11] 高尔基逝世的1936年，他的作品在中国出有34个版次，创造了文学接受史上的之最。20年间高尔基的短篇小说被一译再译、一选再选，特别是他中后期的长篇小说和重要作品都被翻译过来，一般都至少有两种译本。大规模的多卷本选集就出版了两种：周天民、张彦夫编选的六卷本《高尔基选集》（图4.1.8—图4.1.14），上海杂志公司出版的"高尔基选集"至少出版了11本，从而使高尔基作品的中译显示了一定的规模和系统性。20世纪40年代时代出版社已经开始筹划出版《高尔基著作全集》。与此同时，报刊上关于高尔基的评介研究文章更是不胜枚举，有学者统计其数量超过了这一时期所有的关于俄国著名作家的评论文章的总和。[12] 为了顺应读者对于高尔基及其作品的兴趣，甚至出现了《高尔基研究》专刊和《高尔基研究年刊》，这是当时任何一位中国本土的现代作家都未能获得的殊荣。（图4.1.15、图4.1.16）

图4.1.7　1935年罗曼·罗兰受邀访问苏联，与高尔基合影。

高尔基在三四十年代的中国已经不是作为一个"外来者"而受到欢迎，事实上他在中国文坛已经被视为导师而受到衷心的拥戴。无论在庆

---

[11]　根据1947、1948年《高尔基研究年刊》戈宝权的《高尔基作品中译本编目》和《民国时期总书目》外国文学卷中"俄国文学、苏联文学"部分的综合统计。

[12]　陈建华：《20世纪中俄文学关系》，上海：学林出版社，1998年，第159页。

图 4.1.8 周天民、张彦夫编选《高尔基选集》第一卷封面,世界文化研究社,1936 年

图 4.1.9 《高尔基选集》第二卷封面

图 4.1.10 《高尔基选集》第三卷封面

图 4.1.11 《高尔基选集》第四卷封面

图 4.1.12 《高尔基选集》第五卷封面

第四章　评介中的改写：域外作家形象的流变与征用 | 223

图 4.1.13　《高尔基选集》第六卷封面

图 4.1.14　《高尔基选集》版权页

图 4.1.15　罗果夫、戈宝权编：《高尔基研究年刊（1947）》封面，时代书报出版社，1947 年

图 4.1.16　罗果夫、戈宝权编：《高尔基研究年刊（1948）》封面，时代书报出版社，1948 年

祝高尔基文学活动 40 周年的纪念活动中，还是在高尔基逝世的悼念活动中，中国作家和苏联人民一样地热烈和沉痛。各种纪念特辑散见于各大报刊。特别是高尔基逝世以后，每年逢到他的忌辰，各文艺团体都要举行纪念活动而成为中国文坛的一件大事。葛一虹曾经专门把 1939—1946 年他在每年 6 月 18 日高尔基逝世这一天参加的纪念活动罗列成文[13]，由此可见高尔基在三四十年代中国文坛的地位和影响。

"高尔基热"在中国的形成是与中国革命，特别是中国左翼文学运动紧紧地联系在一起的。高尔基的导师地位在中国文坛的确立也是与中国革命，特别是左翼文学运动紧紧地联系在一起的，其形象和作品对中国革命和中国现代文学的发展有着特殊的影响和作用。就一般读者来说，高尔基的作品之所以能在中国受到欢迎，可以不必细论；他的《母亲》《海燕之歌》，以及他本人由码头脚夫而登世界文坛的传奇自传都起到了革命教科书的作用。需要玩味的是高尔基对于中国新文艺工作者的意义。

作为介绍宣传高尔基的健将，茅盾曾经深有感触地说：

> 年轻的中国的新文艺，从高尔基那里得到许多宝贵的指导。"五四"以来，我们的新文艺工作者在实践中曾经遇到好些问题，而这些问题都可以在高尔基的作品中找到解答。"五四"以来，中国新文艺的道路是现实主义的道路，构成中国现实主义文艺的因素不止一个，俄国文学的优秀传统以及欧洲古典文学的影响，都是应当算进去的；但是高尔基的影响无疑地应当视为最直接而且最大。"五四"以来，曾经有好多位外国的作家成为我们注意的对象，但是经过三十年之久，唯有高尔基到今天依然是新文艺工作者最高的典范。[14]

---

[13] 葛一虹：《六月十八日》，[苏联] 罗果夫、戈宝权编：《高尔基研究年刊（1947）》，上海：时代出版社，1947 年，第 15 页。

[14] 茅盾：《高尔基和中国文学》，[苏联] 罗果夫、戈宝权编：《高尔基研究年刊（1947）》，第 51 页。

茅盾的这段话绝非应景的文章。值得提出的观点是，他认为高尔基对于中国新文艺工作者"最直接而且最大"的影响在于他能够"直接"回答他们在实践中所遇到的问题，给予他们"宝贵的指导"，因而成为"最高的典范"。

高尔基在中国文坛由受冷遇到"热"得登峰造极，实际上反映了中国文坛主流一个"否定性"的转折，即从五四新文学到无产阶级新文学。无论是五四新文化运动的"闯将"们，还是受到五四新文化洗礼的更为年青一代的作家，要完成这个转折，在价值观上都不得不从自我走向集体，从艺术的独立性走向服从政治，从人道主义走向阶级论。而个性主义、艺术家有完成艺术本身最终目的之必要，以及"为人类"的人本主义价值观，正是五四新文化运动树立起的崭新的现代意识。要否定这些曾被奉为"真理"的观念，无疑要经历一次精神上的"凤凰涅槃"。夏衍曾经把这种否定形象地说成是"残忍地斫伐自己的过去"的斗争[15]。高尔基的典范性正是在完成这一痛苦而艰难的转折中被树立起来的。苏联塑造的高尔基形象，正为中国左翼作家展开了无产阶级新文化想象的翅膀，从而为完成精神与思想上的根本性转折发挥了巨大的说服与"指导"作用。

文学与革命、文学家与革命家的关系，是左翼作家首先要解决的问题，也是中国左翼文学运动不断在解决的一个问题。虽然中国左翼运动早已提出了"建设无产阶级革命文学"的口号，但以创造社和太阳社为主力的革命文学的倡导者所提出的"一切的艺术，都是宣传"，要做一个无产阶级作家"应该同时是一个革命家"，必须是"'为革命而文学'，不是'为文学而革命'"，无产阶级作家"最好的信条"是"当一个留声机器"的鼓动显然缺乏说服力。且不说信奉自由主义的"第三种人"，甚至说服不了后来投身左翼运动的鲁迅和茅盾，因而才出现了以他们为

---

[15] 夏衍：《怎样的艺术品顶好》，[苏联] 罗果夫、戈宝权编：《高尔基研究年刊 (1947)》，第 54 页。

另一方的有关无产阶级革命文学的论争。

直到 1927 年 12 月 21 日，鲁迅在国立暨南大学的一次《文艺与政治的歧途》的演讲中，还在强调文艺与革命与政治，文艺家与革命家与政治家的对立关系。他认为："唯政治是要维持现状，自然和不安于现状的文艺处在不同的方向"，所以"文艺和政治时时在冲突中"。他以一些俄国文学家的命运为例说明，政治家一向"认定文学家是社会扰乱的煽动者，心想杀掉他，社会就可平安"。虽说"文艺和革命原不是相反的，两者之间，倒有不安于现状的同一"，但"革命并不能和文学连在一块儿"，倘若在革命中就不会有工夫做文学，等到有了文学，革命早就成功了。那时出现的恭维革命、颂扬革命的文学，实际上"就是颂扬有权力者，和革命有什么关系"？革命文学家的话可能政治革命家赞同过，但到革命成功，政治家就会"把从前所反对那些人用过的老法子重新采用起来"，文艺家就会"仍不免于不满意"，所以"革命文学家和革命家竟可说完全两件事"。[16] 在这里鲁迅强调的是文学与政治、文学家与政治家从根本上的对立性。而这两者的冲突与歧路却通过称颂高尔基被统一结合在了一起，并轻而易举地为广大的左翼作家所接受。

对于高尔基的评价与认识，中国文坛虽说主要受苏联的左右，但苏联对高尔基的阐释也是此一时彼一时也。由鲁迅编辑、1930 年出版的《戈理基文录》（图 4.1.17、图 4.1.18）中收入了冯雪峰转译的柯刚（P. S. Kogan）著《玛克辛·戈理基》，它与《戈理基自传》一起被鲁迅置于卷首，起码可以说表达了鲁迅所认可的对于高尔基的评价。此文强调的还是高尔基"创造的个性，多样而且复杂到几乎要被人看作完全矛盾"，其全部的文学活动不仅"在那样式上似乎是混沌着"，而且"在关于事物的观察及观念上又似乎互相冲突着矛盾着"的方面。[17] 但到 1932 年 9

---

[16] 鲁迅：《文艺与政治的歧途》，《鲁迅全集》(7)，第 113—120 页。
[17] 鲁迅编：《戈理基文录》，上海：光华书局，1930 年，第 7 页。

第四章　评介中的改写：域外作家形象的流变与征用　|　227

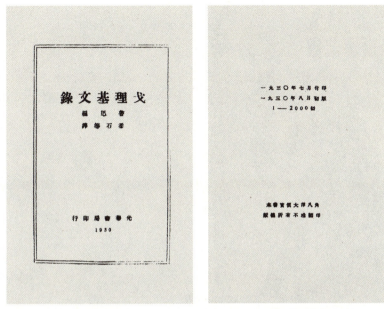

图 4.1.17　鲁迅编《戈理基文录》扉页，光华书局，1930 年

图 4.1.18　鲁迅编《戈理基文录》版权页

月 15 日苏联为高尔基创作 40 周年举行纪念大会的消息传来，并陆续将苏联有关高尔基的最新称颂翻译过来以后，高尔基的形象发生了根本性的改变并趋于单一。这个标志就是 1933 年周扬编辑出版的《高尔基创作四十年纪念论文集》（图 4.1.19、图 4.1.20），特别是 1933 年瞿秋白翻译出版的《高尔基创作选集》。瞿秋白在这本选集中同时翻译了苏维埃党中央委员会的文化宣传部长史铁茨基在纪念大会上的讲话《马克西谟·高尔基》和卢那察尔斯基的《作家与政治家》（图 4.1.21、图 4.1.22）。这两篇文章随着《高尔基创作选集》的一版再版而流传甚广，成为权威性的定评。后来，鲁迅将瞿秋白翻译高尔基的社会论文编成"高尔基论文选集"，收入《海上述林》，其中《如果敌人不投降——那就要消灭他》《给人道主义者》《答复知识分子》《说文化》等文章，都鲜明表达了他的阶级立场，是高尔基的公开表态，成为苏联官方所树立的高尔基形象的有

图 4.1.19　周起应(周扬)编《高尔基创作四十年纪念论文集》封面,上海:良友图书印刷公司,1933年

图 4.1.20　《高尔基创作四十年纪念论文集》版权页

力证据。这些论文正像瞿秋白"写在前面"的话所说,"也和鲁迅的杂感一样",是为着劳动民众奋斗的伟大艺术家战斗紧张激烈的时候,来不及把自己的情感、思想、见解融化到艺术的形象里去,而直接向社会公开地"吐露自己的愤怒,憎恶或是赞美"的产物。冯雪峰就曾说过,高尔基的作品,他最爱读的是论文,这些关于文化和批判欧洲资本主义文化及打倒反动派敌人的论文给他的力量"是特别地大的"[18]。

史铁茨基的文章把高尔基的事业和列宁的革命事业、俄国工人阶级运动、俄国革命运动紧密地联系在一起,虽然他不否认高尔基创作的复杂性,但他从逻辑上排除了这一方面,认为正因为高尔基写了这样的

---

[18] 雪峰:《我爱高尔基的什么作品》,[苏联]罗果夫、戈宝权编:《高尔基研究年刊(1947)》,第59页。

 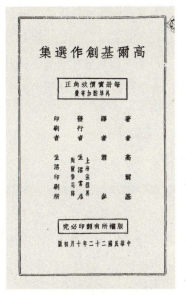

图 4.1.21　萧参（瞿秋白）编《高尔基创作选集》封面，生活书店，1933 年

图 4.1.22　萧参（瞿秋白）编《高尔基创作选集》版权页

"主要的题材"，才"使得高尔基成为伟大的无产阶级艺术家的"，使得列宁评价"高尔基是无产阶级艺术的最大的权威"的。[19]卢那察尔斯基则更以马克思主义者的立场，真理掌握者的身份宣称："我们马克思主义者知道一切作家都是政治家，我们知道艺术是意识形态的强有力的方式，这种意识形态反映某一阶级的实质，同时，这是替阶级服务去组织自己，组织附属阶级或者主要附属于它的别些阶级的一个工具。"他还以"大多数人的利益"在道义上的优越感，不容置疑地声明，"每个阶级都是保护自己的利益的，但是，并不是每个阶级都利于承认这件事"，"有一个阶级，却完全是另外一种情形，这个阶级用不着隐藏自己的利益，因为他们的利益，同人类的大多数的利益是一致的"，从而得出"我们

---

[19]　萧参（瞿秋白）译：《高尔基创作选集》，第 2 页。

的艺术家,在艺术的作品之中一点不要害怕""仿佛是一个政论家,仿佛是平民的号筒"的结论。经过从大前提到小前提而得出结论的推理,最终卢那察尔斯基才为高尔基戴上了"一个政治家的作家","是这个世界上空前的最伟大的政治家的作家"的桂冠。不仅如此,他还引用了高尔基对工人文学的评价,声称"文学突击队的作品已经不是文学,而要'比文学更伟大些'"。卢那察尔斯基的论述显然已经不是从文学的角度去讨论文学与政治的关系,而是以无产阶级的名义向文学要求政治,向文学家要求政治的立场。他在文章最后说:"不宝贵我们的政治和文化的人,可以分作两种:一种是没有长成到懂得无产阶级的历史任务的,还有一种是敌人。关于他们亚历克西·马克西谟维支说得很好,'如果敌人不来投降,就要消灭他们'。"

卢那察尔斯基的这一观点,和中国文坛无产阶级革命文学倡导者的一些主张实际上并无二致,但由于他及其政党制造了"无产阶级政治"代表着人类大多数的利益,是"世界上以前不曾有过"的"巨大的政治"的神话,这个政治预约着"无阶级的真正文明的社会",革命的无产阶级文学也预约着"反映这种阶级的社会主义意识的文学,不能够不是超越以前的一切所谓文学的伟大的艺术",于是高尔基就被理所当然地制造为这样的政治所产生的伟大的文学的代表,是"这个世界上空前的最伟大的政治家的作家"的神话,这个最伟大最正确的神话同时也就引来了一大批无条件地崇奉它的信徒。

中国左翼文学运动的主将亦步亦趋地照搬了苏联神化高尔基的说法,通过翻译苏联文学理论家的文章,加以引述性地理解发挥。由鲁迅、茅盾、丁玲、曹靖华、洛扬(冯雪峰)、突如(夏衍)、适夷共同署名的《高尔基的四十年创作生活》一文,被左联刊物《文化月报》的编者称为"是中国文坛庆祝高尔基创作四十年的文字"。这篇文章基本上沿袭了卢那察尔斯基的论说:他们和高尔基一起说,"文学冲锋队的作品已经不是文学,而是比文学更伟大的东西";跟着卢那察尔斯基一起论,"高尔基是政治家的文学家。高尔基是最伟大的政治家的文学家。他和他的阶级，根本用不着掩盖自己的政治目的"；并与无产阶级政治家和理论家同样自豪地预告，革命的无产阶级文学"可以表现十倍百倍的力量去肃清陈旧的人生观和宇宙观的毒汁"。虽然这篇文章鲁迅并没有过目，但它毕竟可以表明中国左翼作家的一般态度。从后来邹韬奋根据美国教授亚历山大·康恩编译的《革命文豪高尔基》(图 4.1.23、图 4.1.24) 出版后，接连受到瞿秋白的批评也可以证实这一点。虽然瞿秋白承认这是一本好书，但他先后写了《关于高尔基的书》和《"非政治化"的高尔基》两篇文章来强调高尔基作为"革命文豪"的正面意义，而批评美国教授的"一些模糊的偏颇的见解"，驳斥他关于高尔基在《新生活》报停办以后，"留在俄国的其余时间，都完全用于非政治性质的工作"的偏见。

中国左翼作家十分清楚，他们推崇高尔基是其导师事实上是一种表态行为，"表示我们为着真正的文化革命而斗争"，"为中国几万万的劳

图 4.1.23 邹韬奋编译《革命文豪高尔基》封面，上海：生活书店，1933 年

图 4.1.24 《革命文豪高尔基》版权页

动群众的文化生活而奋斗"的决心。[20] 这是他们与高尔基的文学与革命之路相共鸣的一个基点。前引冯雪峰译柯刚的那篇文章分析高尔基走上革命道路的缘由时说，使高尔基"急急乎上了社会主义的路的最初的刺激"，并非由于他"从马克思主义的学说，领会了资本家底个人主义的无政府，非由组织着的集团主义来替换不可，以及资本家是难避的革命底路之障碍物，这革命非由作为阶级的无产阶级来完成不可的事的缘故"，而是他决心"走着对于那感到了对人类底天才开拓着无限的空间的劳动阶级的服役的路"。[21] 这段话同样可以用来解释中国左翼作家投身于无产阶级革命与文学的"最初的刺激"。高尔基的文学道路在文学与政治之间，在劳动阶级、被压迫者与无产阶级政治之间架起了一座桥梁。鲁迅在发表于1932年12月的《祝中俄文字之交》中阐明，俄国文学的最大意义就是让他"明白了一件大事，是世界上有两种人：压迫者和被压迫者！"而他从高尔基身上"感受了反抗"。为被压迫者服役的路就是高尔基和鲁迅，以及大多数左翼作家的选择。左翼运动的兴起离不开马克思主义的传播，离不开十月革命的一声炮响，也同样离不开这种不需证明的信仰的热情和决心。从周扬翻译的《高尔基纪念》中我们可以看出，苏联把高尔基制造为一种新的作家的典型，看中的是他"指示了俄国的知识分子是怎样转变方向"的意义，是他能够"从艺术方面去组织群众"，"同时也是无数的知识劳动者的一个教育者和组织者"的作用。他们把高尔基推举为神话的主角，让他承担的是感召俄国知识分子去和苏维埃合作的功能，并且证明这是"一条有价值的出路"。他们对于高尔基登峰造极的推举确实表明了"个性并不会因为融化在集团生活中而趋于消灭。相反地，只有在集团生活中，个性才有它的最高表现"。[22]

---

[20] 鲁迅等：《高尔基的四十年创作生活》，《文化月报》，1932年11月创刊号。
[21] 鲁迅编：《戈理基文录》，第10—11页。
[22] 上引几句话分别见周起应（周扬）编：《高尔基创作四十年纪念论文集》，第120、110、113、120页。

高尔基形象象征着文学与政治的完满结合,文学家与政治家的完满结合;他不仅昭示着走高尔基之路具有最崇高的道德荣誉,而且显示出无与伦比的光明前途(图4.1.25)。也正是这个完满结合的神话以不可抵抗的征服力,说明着文学与政治的一致,文学家与政治家的一致。这也正是苏联制造高尔基神话的"期待"。胡风就曾谈过布哈林的《我们从高尔基期待什么》一文,是使他"最初地""不得不知道文学是和政治有关联的刺激之一"[23],同样是"高尔基把无产阶级革命和社会主义的成功加进了世界文

图 4.1.25 高尔基速写,Kukrynikky 作

学历史里面,不但使反映人类生活的文学没有被人类生活本身踢开,而且使它有力地推动了人类生活前进,证明了文学和政治的完全统一"[24]。在从文学走向政治,从文学家走向政治家的转折中,高尔基的文学与革命的成功之路发挥了"榜样的力量是无穷的"巨大作用。中国作家也正是通过高尔基的文学道路和成就,认识到文学与政治的关系,并相信它们之间是可以达成一致的。这条路使文学发挥了从来不曾有过的参与社会历史进程的作用,也使作家从来不曾有过地体验到文学所具有的推动社会历史进程的力量。

如果说,苏联把高尔基树立为作家和革命者结为一体的"一种新的作家的典型",使之成为苏联的广大作家"在努力去实现的典型",还毕

---

[23] 胡风:《高尔基底殉道与我们》,《胡风评论集(中)》,北京:人民文学出版社,1984年,第32页。
[24] 胡风:《高尔基在世界文学史上加上了什么?》,《胡风评论集(中)》,第85页。

竟只是从信仰和热情方面去诉求的，那么把高尔基的精神说成是革命的人道主义的精神，让高尔基成为阶级论的信奉者，就反映出他们试图建立起一种理论的构想，让政治话语变为知识分子话语的努力。

在一定的历史时期，无论是俄国还是中国，更不用说西方，人道主义基本上已经成为经过现代启蒙的一般知识分子所认同的一种人类的共通精神。也可以说，要说服知识分子信奉马克思主义，所面临的最大的理论障碍就是人道主义。苏联把马克思主义阶级论运用于对高尔基精神的阐释中，使高尔基作品及其文学道路成为马克思主义阶级论的形象说明，从而巧妙地避开了这一理论难题两元对立的逻辑。柯刚认为，高尔基出发到共产主义的路，体现了"一个强烈的人类底个性。他不将革命看作单是经济关系和政治组织之整理——而以为革命底完成，乃是人类个性底，即从内部的人类底变革。在革命所战争的无数的战线之中，他以为这战线（个性变革）是专属于艺术家的"。这段话很容易引起知识分子的共鸣，它不仅得到鲁迅称许，也曾被徐懋庸征引，将其看作高尔基新的人道主义的特质[25]。把个性、人性与阶级论相统一，为高尔基做出最有力辩护的是全苏联作家同盟组织委员会书记长，被周扬称为"苏联最优秀的理论家之一"的 V. 吉尔泊汀（今译吉尔波丁），其《高尔基——伟大的普洛艺术家》一文，瞿秋白和周扬都曾翻译发表过，可见中国左翼作家对它的重视程度。在这篇文章中，吉尔波丁以马克思主义的阶级论分析说，高尔基在他文学活动的最初时期就"很尖锐地提出了剥削者和被剥削者的对抗性的问题"，他的全部的创作动机就是"为着人类，为着群众，为着被压迫者和被剥削者而感受痛苦"。他的作品暴露了"用别人的手做工"的"资产阶级是黑暗，压迫，齷齪，穷困的源泉"，工人阶级在资本主义制度的压迫下，处于"畜生的地位"。在说明无产阶级非人地位的基础上，吉尔波丁进而指出，高尔基所以走上革命

---

[25]　参阅徐懋庸:《高尔基的新的人道主义》,《文学》,1936 年 8 月第 7 卷第 2 号。

的道路，是因为他看到资产阶级统治的时代事实上是极大地破坏、压迫了人类的个性，底层人民只有走上无产者巴威尔（《母亲》中的主人公）的道路，"经过困苦和血，经过长期的艰难的斗争，引导到胜利，引导到社会主义的生存条件的完满和愉快"，而取得"真正的人性"。所以说，高尔基是在为着社会主义而斗争，在为把"整个地球都从资本主义和它的私有主义的禽兽道德之下解放出来"的政党里找着了"真正的人性，真正的人的态度"；"高尔基的事业，证明着人类总算已经走近了自己的解放"。[26]

吉尔波丁对高尔基精神的分析与阐释，为苏联提出"新的人道主义""社会主义人道主义"的概念，并把高尔基推举为它的创始者和代表做了充分的铺垫，或者说起到了水到渠成的引导作用。而阶级论也的确是高尔基站在苏维埃立场批判布尔乔亚抽象的人道主义之强有力的武器。

社会主义苏维埃联盟成立以后，受到了来自西方的围攻，由于这些抨击是打着"人道主义"旗帜，以"人权保障者"的名义进行的，高尔基于1930年底发表了《给人道主义者》一文，自称他正是秉持一个"选定了人道主义做自己的职业的知识分子的态度"，反驳欧洲所谓的"人权保障者"和"人道主义者"是置帝国主义企图把俄国变成其殖民地的"强盗式的侵略"而不顾。他还在《论文化》中分别提出了旧的（资产阶级的）人道主义和新的人道主义的概念，并对此做了区分。高尔基认为："在这两种人道主义之间，除了名称外，绝无相似之点。""当着天天在街上都有杀死饥饿的工人或监狱中充满了他们的时候，当着战士们被斩首或成千地被监禁的时候""还去回忆所谓'人道主义'是太无耻了。"如果布尔乔亚的人道主义是真正慈悲的，真正发展人类价值的意义的，

---

[26] [苏联] V. 吉尔泊汀：《高尔基——伟大的普洛艺术家》，瞿秋白译，《瞿秋白文集（二）》，北京：人民文学出版社，1953年，第1240、1238、1243、1245、1244、1246、1250页。

就应该号召那些"被资本家所掠夺过而跌倒在泥淖中"的不幸者起来反抗，而不是教人怜恤、教人屈服于痛苦，屈服于被认为永久不变的阶级关系。而"革命的新的人道主义是坦白真诚的。它不以圆滑的甜言蜜语叙说人类爱。它的目的是：从资本家卑贱的血腥的无意义的束缚中解放出来，是教人类不要把自己看作可以交易的货物，看作为寄生者生产金子和奢侈品的原料"，鼓动"新的人道主义需要对布尔乔亚们，资本家的权利，他们的老卒'寄生者'……工人的刽子手与出卖者，酿造痛苦的任何人和不顾几万万人的苦楚而生活着的一切人们——切齿痛恨"。在这篇文章中高尔基不仅提出了新的人道主义的概念，而且做了详细的阐述。因而，他被推举为苏联的人道主义的创始者，在1934年的第一次苏联作家大会上，这个概念成为中心理论之一。莱奥诺夫在《非立于新的人类的水准上不可》的演说中提出，"将基于最高的社会主义的人道主义之社会的建设作为自己主要的任务"，西克洛夫斯基专以《在新的人道主义的名义下》为题，认为"我们是世界唯一的人道主义者"。[27]

发表于《译文》新1卷第5期上的A.施答尔却可夫作的《从普式庚说到高尔基》一文，则比较集中地阐发了高尔基的新的人道主义在文化史上的最高意义。作者选取了普式庚（今译普希金）、托尔斯泰和高尔基这三位不仅属于俄罗斯民族而且属于世界的文化大师作为观察论述的对象，他认为：普式庚是把布尔乔亚人道主义的"个性""个人的权益"奉为神圣的价值；托尔斯泰恰恰以道德的准绳置疑这价值的神圣，但他虽反对布尔乔亚的人道主义，所奉行的却是不抵抗主义，主张回复到原始社会，歌颂土地耕作，而诅咒城市及其一切诱惑；高尔基和托尔斯泰一样，看到了资本主义带给广大民众的灾难，所不同的是他对于生活于底层的人们，革命的无产阶级建立起深刻的信心，并以自己的艺术创作和政论来表达与拥护无产阶级人道主义的理想，他的整个创作活动所争

---

[27] 引文均见徐懋庸：《高尔基的新的人道主义》。

取的就是"新人"的产生。在高尔基看来,"新人"就是"社会主义的人,把劳动变成创造的休暇,获得一切劳动的秘密并以一切时代与民族的真正思想的宝库来充实自己的精神,这样的人丢弃了几千年来的成见而将完整的与协和的个性发展和集体的利益结合起来"。徐懋庸在阐释高尔基的新的人道主义时认为,高尔基在把"人道主义"这个名词,从"资本主义的个人的 Sentimental 的爱的泥淖中提拔出来,赋以'社会主义的个性''集团的感情''国际的爱'之后,意义就完全不同了"。他也认为"在俄罗斯文学的发展上,从托尔斯泰到高尔基,就是从旧的人道主义到新的人道主义的推移"。[28]

苏联所标举的新的人道主义,一方面是以阶级论,以历史概念消解了人道主义的抽象观念,另一方面则显示了一条文学进化的轨迹,似乎经过否定之否定,最后的一个阶段总是意味着最正确最先进。根据这样的立场和逻辑,人道主义就成为不值一驳,反映了资产阶级伪善性和欺骗性的过时理论。事实上,高尔基的创作无论是早期还是晚期,其复杂性和丰富性都是难以完全用阶级的观点去涵盖的。甚至在他的政论中,当他以无产阶级的名义说话时也并未忘记和否定人类的立场;而作为各个阶段的文化精神现象,也从来不是按照进化论的线性时间发展的。同时我们也要看到,高尔基新的人道主义虽然是建立在阶级论之上而成立的一个概念,但并未抛弃人道主义精神;没有把人道主义和阶级论完全对立起来。因而,这一概念既包含着具体的历史内容,又是一个抽象的形而上的观念,是阶级论和人道主义传统精神的结合。这就赋予这一概念以弹性和多种解释的可能性。

高尔基新的人道主义观念介绍到中国的时候,中国文坛经过了以鲁迅为首的左翼作家和"新月"派、"自由人""第三种人"的论争(其中的理论是非曲直非本文的议题)。虽然经过论争,双方对于自己所持的

---

[28] 引文均见徐懋庸:《高尔基的新的人道主义》。

观点都有所修正，但它产生的效果是阶级论深入人心，起码在左翼作家或左翼青年内部造成了阶级论和人道主义似乎完全对立、彻底割裂的思想倾向——阶级论代表着真理，人道主义是需要彻底批判和抛弃的谬论。徐懋庸就曾谈过，他只因在一篇文章里提到新的人道主义的爱，就收到许多读者的来信，认为他中了托尔斯泰有毒的说教。对于马克思主义阶级论的简单理解，在中国已经到了一谈爱，谈人道主义就色变的程度。高尔基新的人道主义在中国的介绍和阐释引起了一些人的反省。徐懋庸在《高尔基的新的人道主义》一文中就把人类个性的变革与革命的最终目的结合在一起，把人道主义和艺术家结合在一起。他说："生艺术的胎是爱，是人道主义的爱，这是旧话，但也是真实。古今一切伟大的艺术家，都可以说是爱人生的人道主义者。只是由于历史关系和社会关系所决定的世界观的不同，种种人道主义的内容和形式也各不相同而已。"他说，他始终相信"人类所以要革命，要改革社会，无非出发于爱大众的，憎恶一切生活上的不正的人道主义，就是高尔基所解释而且具体地表现在他的作品里的新的人道主义。这是大众的一切运动之最高的解释"。[29] 由此可见，高尔基新的人道主义概念能够超越政治的现实目的，为一切革命提出一个最高的解释和终极目标，这正是狭隘的阶级论所缺乏的。七月社也高度重视高尔基社会主义人道主义的概念，尤其值得注意的是刊登于第5集第1期上的A.拉佛勒斯基著、周行译的《高尔基论社会主义的现实主义》的长文。该文把倡导"人的再造""帮助新人的产生"高尔基的人道主义确定为文学艺术的目的，认为"这才真的获得了全人类的内容"；只是因为普洛的统治是"人的再造的唯一的基础"，所以文学才服务于普洛的事业，它仅仅是中间的一个环节，而不是最终目的；文学艺术的终极目标是"服务于社会主义的人道主义事业"，也就是"人的再造"的目的。由此我们可以更清楚地理解胡风的

---

[29] 徐懋庸：《高尔基的新的人道主义》。

文学理论体系的特征。也正是在这个意义上，胡风对高尔基的新人道主义给予高度的赞赏，他认为 A. 托尔斯泰在哀悼文中"说高尔基创造了苏维埃人道主义"，"没有比这句话更能描写高尔基的壮丽的生涯，也没有比这句话更能说出对于高尔基的真诚的赞仰"，"在高尔基底长长的一生里面，在他底全部著作里面，贯穿着一条耀眼的粗大的红线，那就是追求'无限地爱人们和世界的'，在至高的意义上说的'强的''善良的'人"。[30] 因而，"他能够使文学为人类底伟大的改造服务"，这才是"文学在自己的道路上真正地和政治合为一体了"。[31] 这就意味着文学与政治，文学家、知识分子与政治家的一致是以人道主义为最终归宿的，当现实革命符合这一目的的时候，文学应该是和政治一致的；一旦与此相悖，就应成为文学批判的对象。这也正是鲁迅所阐述的文学和政治和革命的关系。

但在中国左翼文学运动的发展中，狭隘的阶级论越来越压倒了"为人类底伟大的改造服务"的新人道主义宗旨。历史证明，许多不合理的事情都是以为了大多数人的利益为借口，获得其合法性和意义的。历次运动所打击的人数无论涉及的面有多广，在中国庞大的人口基数的比例中无疑都是少数，都是一小撮。因此而言，提倡尊重每一个人，或所有人的人道主义精神，有着更普遍更永恒的理论意义。的确，它是抽象的，但这是一种理想的精神原则，在现实中坚守理想的精神正是人文知识分子的一个基本使命。

把高尔基和中国左翼文学运动紧紧地联系在一起的另一个方面，是高尔基的文论对于中国左翼文学的指导和示范作用。

高尔基文论作为苏联马克思主义文艺理论的组成部分，与马克思、恩格斯、列宁的文艺论著相比，有着自己独特的价值。他的这类文章也

---

[30] 胡风：《M. 高尔基断片》，《胡风评论集（上）》，第 331、330 页。
[31] 胡风：《高尔基在世界文学史上加上了什么？》，《胡风评论集（中）》，第 87 页。

是从 1928 年以后才被大量译介到中国。最早辑录成书的是鲁迅编《戈里基文录》，收有柔石、冯雪峰、沈端先等人翻译的八篇文章，1930 年由上海光华书局出版，1932 年再版时改为《高尔基文集》。随着左翼文学运动的高涨，高尔基的文学理论文章，以及创作经验谈，包括给青年作家的信等，以其能够提出并阐明"目前新文学运动最紧切的课题"[32]，总结了高尔基自己"从事文学事业的宝贵经验"，"对于我国爱好文学及从事文学的青年，更为切要"[33]，而被一译再译，一选再选。如廖仲贤编译的《高尔基论文选集》(1935)、林林译《文学论》(1936)、逸夫（楼适夷）译《我的文学修养》(1936)、以群译《高尔基给文学青年的信》(1936)、石夫译《青年文学各论》(1937)、齐生等译的《我怎样学习》(1937)、以群、荃麟译《怎样写作——高尔基文艺书信集》(1937)、楼逸夫（楼适夷）译《高尔基文艺书简集》(1937) 等，据刘庆福的统计，高尔基文艺专著在三四十年代翻译出版了不下十四个集子。[34] 另外，高尔基的文论也被编入各种综合论集，而流传甚广。

概括地说，高尔基文论被中国左翼作家特别看重的，一方面是其对于表现新的主题、人物以及生活等内容因素的阐述，另一方面则是对于社会主义现实主义创作方法的论述。高尔基认为，历史有"两种现实"，一种是"支配者的现实"，一种是"隶属者、被征服者、服从者的现实"；所谓"真实的现实"是苏联正在创造的"社会平等的第三种现实"，[35] 作家应以"这现实为材料"，要获得"从现在所完成了的高处和将来的伟大目标的高处来观察过去，并且创造对于我们是必要的新的倾向——社会主义的现实主义，唤起只有在社会主义的现实主义才能被创造的夸耀

---

[32] [苏联] 高尔基：《文学论·前记》，林林译，东京：质文社，1936 年。
[33] 逸夫（楼适夷）：《我的文学修养·译者的话》，[苏联] 高尔基：《我的文学修养》，逸夫译，上海：天马书店，1936 年。
[34] 刘庆福：《高尔基文论在中国》，《苏联文学》，1988 年第 4 期。
[35] [苏联] 高尔基：《关于现实》，《文学论》，林林译，第 48 页。

和欢喜的热情"。[36] 据说，斯大林就是从高尔基所说的"第三种现实"中获得灵感（图4.1.26），而建议将"表现第三种现实"的"第三种方法"叫作"社会主义现实主义"的。[37] 虽然从这一术语的提出，到把它制造为理论纲领，再进一步实施，都是斯大林在唱主角，但苏共还是一开始就把高尔基推举为"第一个伟大的社会主义现实主义的作家"[38]，"第一个实践的社会主义的现实主义者，

图 4.1.26　高尔基和斯大林

同时也是这方面的第一个理论家"；认为他的文艺论文"给社会主义的现实主义构成了一个完整的概念"[39]。这样，阐述高尔基的社会主义现实主义开始成为苏联和中国文学理论界的一个专门课题。

　　社会主义现实主义理论的传入中国，对于中国左翼文学运动的发展具有特别重要的意义。自20世纪20年代末中国无产阶级文学运动兴起以来，左翼文坛的关注焦点都是文学如何为革命与政治服务，作家如何获得无产阶级世界观，如何转变立场、观点等文学的外部问题；而诸如"新写实主义""唯物辩证法的创作方法"的提倡，虽然貌似文学的内部问题，而它实际上要解决的仍主要是作家的世界观问题。为此，自由主

---

[36]　[苏联] 高尔基：《关于社会主义的现实主义》，《文学论》，林林译，第46页。
[37]　韦建国：《高尔基再认识——社会主义现实主义的旗手还是摆设？》，《俄罗斯文艺》，1997年，第1期。
[38]　萧三：《高尔基底社会主义的美学观》，《中国文化》，1940年创刊号。
[39]　[苏联] A.拉佛勒斯基：《高尔基论社会主义的现实主义》，周行译，《七月》，1940年1月第5集第1期。

义作家攻击他们所做的只是煽动，只是革命的手段，只是革命的行动，所以就不是文学。照此推理，既然左翼文坛里没有什么文学，文学界里也就没有什么左翼文坛了。面对自由主义作家的批评，左翼文坛开始急迫地意识到文学为无产阶级服务要用文学的方式、艺术的手段，如何创作出真正的无产阶级文学就成为当务之急。否则，他们只能以高尔基等苏联作家去证明，做了煽动家未必见得就不能够仍旧是一个文学家，艺术和煽动并非不能并存。[40] 就从左翼文学自身的发展而言，也面临着应该从倡导到实践的进一步取得实绩的阶段。因而，社会主义现实主义在中国的介绍，不仅正逢其时，也标志着左翼文学运动进入了一个新的发展阶段；如何创作左翼文学，左翼文学应该有些什么特征，开始成为左翼文坛思考的中心问题。

　　社会主义现实主义在中国的倡导，起码在以下几方面显示出对于左翼文学理论的形成和发展的重要意义。一是从此左翼文学理论开始注意到作家阶级的世界观与创作的非常复杂与曲折的关系；二是左翼文学理论开始强调艺术的特殊性是"借形象的思维"，因而"文学必须当作文学来处理"，文学技术的获得"有着至大的意义"；三是左翼文学批评家意识到"活生生的现实""真实性"的重要，"事实之真实的艺术的表现"成为批评的重要标准，而不只是"百分之百的马克思主义的世界观"；四是社会主义现实主义创作方法并不是凝固单一的"死规矩"，而是"由个人的特殊的方法，在不同的创作方法和倾向的竞争中去实现的"，它甚至包括了"革命的浪漫主义"。社会主义现实主义对于中国左翼文学所发生的影响，和高尔基在其中所起到的作用，胡风在追悼高尔基逝世的悼词中曾做过深有体会的表述。

　　　　对于中国文学，不用说高尔基底影响也发生了决定的意

---

[40] 参阅易嘉（瞿秋白）：《文艺的自由和文学家的不自由》，《现代》，1932年10月第1卷第6期。

义。除开指示了作家生活应该向哪里走这一根本方向以外，我想还有两点是非常重要的。第一，不要把作家看成留声机，只要套上一张做好了的片子（抽象的概念），就可以背书似的歌唱；作家也不能把他底人物当作留声机，可以任意地叫他替自己说话。这理解把作家更推进了生活，从没有生命的空虚的叫喊里救出了文学，使革命的作家知道了文艺作品里的思想或意识形态不能够是廉价地随便借来的东西。第二，文学作品不是平面地反映生活，也不是照直地表现作家所要表现的生活，它应该从现实生活创造出"使人想起可以希望的而且是可能的东西"，这样就把文学从生活提高，使文学底力量能够提高生活。如果我们底文学多多少少地离开了公式主义（标语口号）和自然主义（客观主义）的圈子，在萌芽的状态上现出了社会主义的现实主义底胜利，那么，我们就不能不在极少数的伟大的教师里面特别地记起敬爱的高尔基来。

正是在这个意义上，文学史家普遍认为社会主义现实主义的传播，对于中国左翼文学运动产生了积极的影响作用；它从理论上为无产阶级文学创作方法与风格的多样性开辟了广阔的前景，标志着我国无产阶级革命文学运动经过一段历史的曲折后已经走上了健康发展的道路。

当然，在今天看来，社会主义现实主义理论也仍存在着可商榷之处，如它虽然主要要求作家写真实，但又规定"真实是明日的现实"，本质的真实。所谓"明日的现实"就是"在其发展方向上，在无产阶级党和正建设着的社会主义的历史的展望上，体现着现实"；所谓"本质的真实"，就是"社会主义革命的胜利"。[41] 这实际上仍然是排斥个人的见解，仍然是让艺术为政治服务；只不过，现在提高了要求，即文学要用

---

[41] 周扬：《关于社会主义的现实主义与革命的浪漫主义》，《周扬文集》第一卷，北京：人民文学出版社，1984年，第110—111页。

文学的方式，形象地传达政治的话语。在中国共产党领导的革命根据地文艺运动中，就特别强化了这种倾向。萧三发表于延安出版的学术刊物《中国文化》创刊号上的《高尔基底社会主义的美学观》[42]一文，把高尔基的社会主义美学观归纳为三个问题："正确地反映现实和歪曲地反映现实"、文艺作品估价的标准，以及写什么的问题。他首先强调艺术不仅是现实的反映，而且要改造现实，指出其革命的发展；因而，认为不加选择地描写，或忽视现实之主要的、光明的、教育人的、积极的方面，都不是社会主义现实主义的作品，不是高尔基对艺术创作的态度。在此基础上，他又把文学是社会的、国家的、阶级的事业作为高尔基一切文学批评的原则和出发点，要求文学帮助人、指示人、教育人，并把反映"历史的真理"，即"无产阶级的革命毅力，改造世界以便于自由地发展劳动人民创造力的这个毅力"，"创造正派人物典型"，作为主要的题目。毛泽东《在延安文艺座谈会上的讲话》借鉴了苏联文艺的经验，也主张社会主义现实主义。他说，"苏联在社会主义建设时期的文学就是以写光明为主。他们也写工作中的缺点，也写反面人物，但是这种描写只能成为整个光明的陪衬"，由此进一步规定了作品的主题与题材，并重新强调文艺为工农兵，服从于政治和作家的立场、世界观以及把政治标准放在第一位的问题。如果把这些文学的政治功能作为对于党的文学的要求，当然也无可厚非，但如果作为对于整个文学的要求，就势必会束缚文学的繁荣与深入的发展。不过，从中我们可以看出社会主义现实主义理论的多重性，它可以引申出不同的价值取向。

高尔基被塑造为无产阶级文学的创始者，其文学作品对于中国左翼文学的影响尤其直接而具有示范性。当高尔基小说《一月九日》被曹靖华译成中文，鲁迅在为其写的"小引"中明确指出："以作者的伟大，

---

[42] 萧三：《高尔基底社会主义的美学观》，连载于《中国文化》1940年第1—2期；1946年又连载于苏商时代出版社《时代杂志》第6卷第37、40、48期。

译者的诚实,就正是这一种范本。"高尔基的创作非常鲜明而形象地让中国左翼作家意识到无产阶级文学所要表现的新的主题、题材和人物的典型特征。瞿秋白翻译《高尔基创作选集》后就指出,高尔基的《海燕》宣布了无产阶级的"文艺纲领","新的阶级的新的艺术家不但'先天地'要求着改革,要求着旧秩序的推翻,而且最重要的,是他对于自己力量的信仰,是他对于'将来'的胜利的信仰"。他还针对五四新文学批判国民劣根性主题,明确申明高尔基的不同在于,"他所揭露的并不是简单的'恶根性',而是资本主义整个制度的结果",被蹂躏被压迫的人"不但受着剥削,而且还受着千百年来积累起来的谎骗"。高尔基正是"揭穿旧社会的一切谎骗的作家,他挖出了自己的心,把它的火焰来照耀走到新社会去的道路"。高尔基的书"不是安慰我们的书,这是惊醒我们的书,这样的书要'教会我明天怎样去生活'"。[43]"在人们心中,唤醒对现实一切压迫的反抗心"[44]。正是通过称颂高尔基的创作,为中国左翼文学主题不仅定下了揭露、反抗的基调,也使中国左翼作家认识到要极力地写出"被压迫阶级的精神的伟大",因为"他们是进化的原动力,是未来的地上的乐园的建树者"。[45]高尔基的《母亲》由于被推举为社会主义现实主义的奠基之作,不断被作为例证来强化这一创作方法的基本特征。译者夏衍认为,它所以能够被公认为社会主义现实主义的范本,就因为它使人"在丰功伟绩后面总能看得见目标,在牺牲者后面总能看得见他为之牺牲的东西,在暂时的失败后面总能看得见将来的胜利的远景"[46]。艾芜也认为,它"用艺术的手腕,描写工人有组织的斗争,并表现出社会主义思想全部的力量。它鼓舞无产阶级的革命意识,证明无产阶级在革命斗争中的领导作用,用革命的方法,通过自己

---

[43] 萧参(瞿秋白)译:《高尔基创作选集》,"后记"第305、310页。
[44] 艾芜:《高尔基的小说》,《萌芽》,1946年第1卷第1期。
[45] 李铁郎:《读了高尔基的我的童年》,《海风周报会刊》,1929年第4期。
[46] 夏衍:《校订本后记》,高尔基:《母亲》,夏衍译,上海:新文艺出版社,1955年,第503页。

的专政,会给劳苦的人民带来解放"[47]。他们所概括出的这些思想和艺术特征,代表了无产阶级艺术家的一种自觉意识。

综上所述,高尔基在中国是伴随着中国左翼文学运动的兴起而"热"起来的,对于他的接受和理解也在很大程度上受制于苏联的阐释和神化。在把高尔基推举为无产阶级文学的最大权威,最伟大的政治家的作家的同时,也极大地削弱了高尔基形象的丰富性和复杂性。但恰恰是被提纯、被政治化了的高尔基对中国左翼文学运动产生了巨大的影响。左翼话语也是凭借着对于高尔基创作道路和经验的总结而获得可信性与鼓动性的。所以,高尔基的影响不仅仅是文学的,更为重要的是,他为中国左翼作家树立了革命意识与底层意识,帮助他们形成了"美学的观点和感情的样式"。郭沫若作为始终置身于中国左翼文学运动发展之中的领导者之一,在20世纪40年代初谈到中苏文化的交流时就曾深有感慨地说过:

> 近十年来的关于高尔基的介绍,尤其是值得振笔特书的。他的影响竟直是超文学的。他被中国的作家们崇敬,爱慕,追随;他的生活被赋予了神性,他的作品被视为了"圣经",尤其是他的"文学论",对于中国的影响是绝不亚于在苏联本国。文艺工作者的生活态度和创作过程,普遍而深切地受着了指示。我们借此不仅可以知道得应该如何创作或创作些什么,而且还学习了应该如何生活或成为一个怎样的人。高尔基在我们文艺工作者精神上所占的地位,在中国长远的文艺史上,似乎还找不出一个人可以和他匹敌。[48]

当然,作为一个文学家,高尔基的作品和精神的影响都远远不仅局限于左翼文学运动,也不仅仅局限于苏联的无产阶级文学理论家对于他

---

[47] 艾芜:《高尔基的小说》。
[48] 郭沫若:《中苏文化之交流》,《蒲剑集》,重庆:文学书店,1942年,第167页。

的阐释和认识；但高尔基的形象在中国却与此密不可分，他伴随着它的发展而被树立起来传播开去，并成为无产阶级作家和文学的理想化身。他在中国绝不仅仅是"他山之石"，而是照耀中国左翼文学运动发展的"太阳"，所以当他逝世时，被比喻为"人文界的日蚀"[49]。他事实上参与了中国左翼文学运动的发展，塑造了中国左翼文学及文学理论的特征和品格。

（该节原题为《中国左翼文学运动中的高尔基》，载《中国现代文学研究丛刊》2000年第4期；2020年底修订于威海）

---

[49] 郭沫若：《人文界的日蚀》，《质文》，1936年10月第2卷第1期。

第二节 普希金：从贵族到人民的诗人

据笔者所见资料，20世纪20年代中期以前，普希金这位"俄罗斯诗歌的太阳"(图4.2.1)，其汉译均为小说，直至1927年《文学周报》于当年第4卷第20期发表了孙衣我译普希金的《给诗人》《无题》《一朵花》之后，他的诗歌才逐渐被汉译，他的诗人形象才从引介到作品，逐步地呈现出来。1933年温佩筠在哈尔滨自费出版了一本俄中对照诗歌散文选《零露集》，其中收入普希金的13首抒情诗，这大概是最早的一次成规模的结集；虽然印数只有500本，但还是产生了一定的影响。当时东北正处于日寇侵略、伪满统治之下，温佩筠将A. K. 托尔斯泰的《祖国》排在首篇，洛何维茨卡亚的《我爱你》放在次篇，颇激动了一部分青年的爱国热情。在这本译诗集的"小引"和"写在后面"中，译者盛赞"普希金及莱蒙托夫即是俄国诗坛的两个柱石"，他的译诗就是想"藉异国零落的清凉的甘露，淋洒在读者行将枯萎的'心灵之花'之上！"其寓意也即诗集题名的由来。鲁迅也注意到这本诗集，曾于1935年1月29日致函萧军、萧红索要这本书："《零露集》如果可以寄来，我是想看一看的。"[1]

普希金作品在中国获得广泛传播的契机是1937年普希金逝世百年的纪念，用罗果夫的话来说，从这一年起"这位诗人的节日才初次被广

---

[1] 鲁迅：《致萧军、萧红》，《鲁迅全集》(13)，北京：人民文学出版社，1982年，第39页。

第四章 评介中的改写：域外作家形象的流变与征用 249

图 4.2.1 普希金像（1799—1837）
基普连斯基（1782—1836）作于 1827 年彼得堡。普希金对这幅画像非常满意，曾专门作诗说："我像是在镜子中看到了自己。"称赞画家"你是一位神工巧匠，重新创造了我这个追随纯真缪斯的歌者"。
——摘自高莽编著《普希金绘画》

泛地纪念着"[2]，出版了一批纪念专刊和作品集。《译文》杂志社为此展开了一系列的译介活动，先后推出了新 2 卷第 1 期"普式庚特编"、新 2 卷第 6 期"普式庚逝世百年纪念号"（图 4.2.2—图 4.2.4）和新 3 卷第 3 期普式庚研究的系列译文，并从中选辑了一批普希金评论文章以及普氏的诗文编成一本《普式庚研究》专著（1937）（图 4.2.5、图 4.2.6）。《中苏文化》杂志出版的"普式庚逝世百年纪念号"，除评介普希金的文字外，辑录了张君川翻译的 59 首译诗和张西曼的 4 首译诗；另外《诗歌生活》《东方文艺》《新诗》《光明》等杂志也都发表了纪念特辑。为此而出版的作品集有瞿洛夫选编的《普式庚创作集》（1937）（图 4.2.7、图 4.2.8），其中收入了孟十还、克夫、孙用、蒲风等人的 36 首译诗和 11 个短篇；中苏文化协会普希金逝世百周年纪念筹备委员会刊印的材料：《A. 普式庚》（1937）；中苏文化协会上海分会主编、韦悫编辑的《普式庚逝世百周年纪念集》（1937）（图 4.2.9、图 4.2.10），其中除 4 篇总论外，收入了 16 首诗歌，孟十还译了 14 首，另外还有一部诗剧和 3 篇小说。俄国侨民也在上海以俄、

---

[2] ［苏联］罗果夫：《普希金纪念碑在上海》，［苏联］罗果夫主编：《普希金文集》，戈宝权编辑，上海：时代书报出版社，1947 年，第 351 页。

图 4.2.2 《译文》"普式庚逝世百年纪念号"封面,1937 年

图 4.2.3 《译文》"普式庚逝世百年纪念号"目录之一

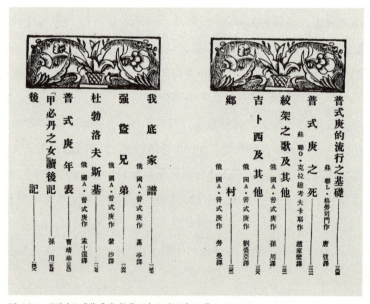

图 4.2.4 《译文》"普式庚逝世百年纪念号"目录之二

图 4.2.5　茅盾等译《普式庚研究》初版封面，译文社，1937 年

图 4.2.6　茅盾等译《普式庚研究》初版版权页

图 4.2.7　瞿洛夫编选：《普式庚创作集》初版封面，文化学会，1937 年

图 4.2.8　瞿洛夫编选：《普式庚创作集》初版版权页

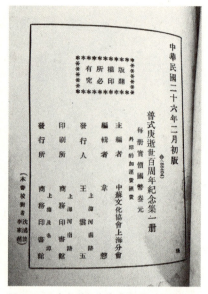

图 4.2.9　韦懋编《普式庚逝世百周年纪念集》初版封面，商务印书馆，1937 年

图 4.2.10　韦懋编《普式庚逝世百周年纪念集》初版版权页

法、英、中文，出版了《普希金百年祭纪念册》。文化生活出版社出版了孟十还译的《普式庚短篇小说集》(1937)，共收入小说 9 篇，译者在后记中说："凡是足以作为普式庚底代表作的短篇小说，都在这里了。"[3] 生活书店则有周立波译的《杜布罗夫斯基》(1937)。诗歌出版社蒲风、叶可根合译的《普式庚诗钞》(1938) 也是这次百年纪念的产物，共收入了 52 首诗，是我国出版的第一部普希金诗集。围绕纪念普希金诞辰百年的一系列出版活动，大大突出了普希金的诗歌成就，多少弥补了中国译介普希金的偏颇。

1938 年 5 月瞿秋白翻译的《茨冈》首次刊登于武汉时调社出版的诗丛《五月》上，1940 年又由文艺新潮社出版了单行本（图 4.2.11—图 4.2.13）。普希金的这首长诗是瞿秋白被清洗出党中央、脱离了政治舞台

---

[3] 孟十还：《普式庚短篇小说集·后记》，[俄] 普式庚：《普式庚短篇小说集》，孟十还译，上海：文化生活出版社，1937 年，第 337 页。

后，冒着被逮捕的危险，在上海过潜居生活时着手翻译的，直到他奉命去中央苏区时尚未译完。临行前他将译稿赠送给了从他学俄文的彭玲，不久瞿秋白就在国民党疯狂的清剿中被地主武装捕获，1935年6月18日英勇就义。后来彭玲又将瞿秋白的这份珍贵遗稿转交给诗人穆木天，它由瞿秋白抄在一本黑布软面的英文抄本上，另外还有一叠用拷贝铅笔写在零碎的中国竹纸上的残稿；后由俄罗斯文学翻译家蒋锡金翻着《露和字典》，对着

图 4.2.11 瞿秋白（1899—1935）

俄文原文将这些残稿尽可能地整理出来。据蒋锡金说，誊录在抄本上的有438行，他又从残稿中整理出77行，共计515行。普希金的原诗共569行，由于瞿秋白的翻译不是按行对译的，比之原诗，是译到第433行，还剩136行未译。[4] 在抄本的扉页上，瞿秋白用拉丁文写下了一句话："第一次用最普通的白话写诗的尝试。"这清楚地表明了瞿秋白试图通过翻译《茨冈》实践自己翻译主张的用意。

1931年底，瞿秋白曾和鲁迅有过一次关于翻译的小小商榷。在与鲁迅的通信中，他明确表达了自己的翻译主张，即"绝对的正确"，"绝对的白话"。所谓"绝对的正确"，大致与鲁迅主张的"直译"相当；而在"绝对的白话"上，他们略有分歧。由于鲁迅痛感中国的文或话太不精密，所以力倡翻译不仅要"输入新的内容"，而且要输入"新的表现法"，甚至不惜"宁信而不顺"。但瞿秋白认为，翻译"应当用中国人口头上可以讲得出来的白话来写"，即译文应"是朗诵起来可以懂得的""绝对

---

[4] 锡金：《茨冈·后记》，[苏联] 罗果夫主编：《普希金文集》，戈宝权编辑，第92页。

图 4.2.12　瞿秋白译《茨冈》初版封面，文艺新潮社，1940 年　　图 4.2.13　瞿秋白译《茨冈》初版版权页

的白话"。[5] 瞿的《茨冈》正是这一翻译主张的体现。而且他以叙事诗体实验"绝对的白话"，与散文相比更有难度。所以锡金高度评价说："这，是秋白先生曾经思虑过许久的诗歌口语化问题的一次勇敢的实践。"并认为"这一次实践是成功的"。[6] 瞿秋白译文的口语化和明白通畅可以茨冈老人的一段话为例，他劝说那位抛掉了故国和城市生活的阿乐哥，不要为他女儿的移情别恋而苦恼：

朋友，你别难过，
她是个小孩；
你的发愁真没道理，

---

[5] 参阅鲁迅：《关于翻译的通讯（并 J. K. 来信）》，《鲁迅全集》(4)，第 370 页。
[6] 锡金：《茨冈·后记》，[俄] 普式庚：《茨冈》，瞿秋白译，锡金校订，上海：文艺新潮社，1940 年，第 51 页。

你那样的爱,

又难又苦,女人的心理,

可来得个随便;

你看那个天边,

远远的月亮,

自由的在逛,

它的光辉顺便的

平等的照着整个天下,

它就这么随便的

射着一片云,那云底下

可真是灿烂的光芒,

但是,你看它已经又

移到了别一片云上,

仍旧又不会有多久。

谁能够指示天上一个地方,

给月亮说:再动就不行!

谁又能够对着年轻的姑娘

说:爱着一个不准变心!

你宽心些吧![7]

  老人的这段话译得的确可以称为绝对的口语化、大众化,与提倡译诗不仅要忠实于原作的内容,也要忠实于原作的形式不同,瞿秋白更重视语言的听得懂和讲得出;因而他不惜将普希金的诗行拆开,把这段只有17行的诗断为22行,更方便诵读。不过也很明显的是,于诗歌的优美方面有所损失。在瞿秋白翻译《茨冈》前,实际上已有了盛成的《无

---

[7] 锡金:《茨冈·后记》,[俄]普式庚:《茨冈》,瞿秋白译,锡金校订,第39页。

国游民曲》和黎烈文的《波西米人》[8]两种译文。盛译尽管诗行整齐，但有硬凑之嫌，虽然他尽量使每段中每行的字数相等，但读来却恰恰破坏了韵律；黎译是以散文体译诗，因而都未能流传开来。

20世纪40年代以后，普希金的各种选集陆续出版。曹辛选编的"普式庚诗选"共2册，收入了38首抒情诗和叙事诗。文化生活出版社的"译文丛刊"出版了普式庚选集3册，包括孟十还翻译的《普式庚短篇小说集》(1943)和《杜勃洛夫斯基》(1944)[9]、孙用译的《上尉的女儿》(1947)。

孟十还对普希金的翻译贡献较大，其译文也相当典型地反映了20世纪三四十年代的翻译特点。就其小说翻译来说，与赵诚之、周立波相比，由于他是从原文翻译，不仅保证了没有删节，译文比较完全，甚至能"忠实地几乎逐字逐句扣着原文"[10]，但有时犯着硬译的毛病，使有些过于欧化的地方格外触目。举一极端的例子：

> 他被一切凡是围绕着他的人物所纵容，使得他习惯把充分的自由给与自己底激烈的性格底每一次暴发和极浅薄的知识底种种计划。[11]

读完这段人物描写恐怕一时都会难知所云。孙用译《上尉的女儿》是以世界语作为底本的，1944年曾以《甲必丹女儿》书名出版过，翻译前他曾对安寿颐的译本进行了校读，写下了《〈甲必丹之女〉校读记》。翻译后他又写了《〈甲必丹之女〉校读后记》，认为安寿颐译本虽可能是从原文直译，但是"无页不误"，"大部分的译文是顺而不信的，脱漏，

---

[8] 分别收入韦悫编辑：《普式庚逝世百周年纪念集》，上海：商务印书馆，1937年；[苏联] A. 亚尼克斯德等：《普式庚研究》，茅盾等译，上海：生活书店，1937年。

[9] 这两种实际上是把孟十还1937年版的《普式庚短篇小说集》一分为二。

[10] 蔚明：《关于普式庚的翻译》，《译文》，1937年新3卷第3期。

[11] [俄] 普式庚：《杜勃罗夫斯基》，孟十还译，上海：文化生活出版社，1944年，第1页。

第四章　评介中的改写：域外作家形象的流变与征用　| 257

图 4.2.14　普式庚（普希金）著、甦夫译《奥尼金》初版封面，丝文出版社，1942 年　　图 4.2.15　《奥尼金》初版版权页

删节，粗心的误会，故意的牵扯，都不必说，多的是莫名其妙的，恰与原意相反的语句……甚而至于以猜测和臆造代翻译了"。[12]孙用不仅纠讹，补上了安寿颐译本的缺漏之处，而且将世界语译本的25条注解也都连带译出。1956年孙用的译本又由毕慎夫用俄文校改了一遍，人民文学出版社出版。对照这个版本可见，孙用译本也还存在着不少错讹、遗漏之处，尤其是意义不太明晰的地方较多，译文不够精确，这大概与转译所据的译本有关。

20世纪40年代最大的收获是普希金"最好的作品"《叶甫盖尼·奥涅金》终于被全译过来，而且相继有了两个版本：1942年9月桂林丝文出版社的甦夫译本《奥尼金》（图4.2.14、图4.2.15）和1944年重庆云圕书屋的吕荧译本《欧根·奥涅金》。在此之前，已有不少片段发表。如1935

---

[12] 孙用：《〈甲必丹之女〉校读后记》，[俄] 普式庚：《甲必丹女儿》，孙用译，永安：东南出版社，1944 年，第 9 页。

年《东流》第 1 卷第 3 期登载的林焕平译《达希耶那的告白》（即达吉雅娜给奥涅金的信）；融毅翻译的《奥涅金》的第一章全文，发表于 1937 年《时事类编》第 5 卷第 4—5 期上，后来瞿洛夫选编《普式庚创作集》时，除此译诗外，又收入了夏玄英、丽尼翻译的几节片段；甦夫出书前也曾将第 7 章译诗发表在 1942 年《诗创作》的第 7 期上。

虽然甦夫译本没有说明所据版本，但经吕荧从译注及译文所引的人名拼法上考订，他是以米川正夫的日译本和世界语本为蓝本的。吕荧作为《叶甫盖尼·奥涅金》的第二个译者，对甦夫译本做了认真的研究。他最不满意的是"文字枯涩而且粗率，并且很多地方和原诗出入很大"，因而认为"这样译出来的《奥尼金》，率直地说，固然可见译者介绍普式庚的热心；但是同时也加给了原作以损害"。从版本来看，甦夫译本只有八章，缺"奥涅金的旅行片断"和"第十章"及普希金的原注。甦夫译本依照世界语和米川正夫日译本将原书上各章省略的诗节都填补起来，如第一章的 9、13、14 节，第四章的 1、2、3、4、5、6、36、38 节，第五章的 37、38、43 节，第六章的 15、16、38 节，第七章的 8、9 节，还有第八章的 2、25 节的不完整部分。吕荧认为这些都是未定的草稿，是普希金"不能够或是不愿意发表的"，不应列进正文。他的处理办法是把一些不成熟的诗节，还有别稿，以附录形式附在正文之后。另外，甦夫据日译本为每一章都加了题目。这些题目当然也不是毫无来由，它们出自普希金在草稿上留下的写作大纲的篇名。但吕荧认为米川正夫不了解这部巨著的"社会史画的性质"，用一

图 4.2.16　吕荧（1915—1969）

 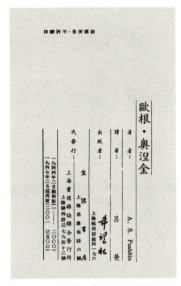

图 4.2.17　A. 普式庚著、吕荧译《欧根·奥涅金》再版封面,希望社,1944 年　　图 4.2.18　《欧根·奥涅金》再版版权页

些恋爱小说的标题——"少女之恋""绝望""恶梦""夜会女王"等加入正文之中,有损"原作的深刻和典雅,带了几分流俗"。[13] 吕荧作为一位美学理论家,是很敏感的,标题对于作品题材、主题意义以及风格的生成的确有着鲜明的指示作用。

吕荧根据的是 1937 年苏联国立艺术出版局莫斯科版,同时参照 1887 年彼得堡苏伏林(A. S. Suvorin)版。他新译了 1937 年版收入的,普希金未曾发表过的第十章和 1887 年版的附录诗节及普希金论欧根·奥涅金的札记(图 4.2.16—图 4.2.18)。校改时胡风又根据米川正夫的日译本修订了一些诗句。吕荧在着手翻译这部长篇诗体小说前,先系统研究了普希金,"希望对这位'世界的诗人'底气质,艺术,风格,能有一个比

---

[13] 引文均见吕荧:《〈欧根·奥涅金〉跋》,[俄] A. 普式庚:《欧根·奥涅金》,吕荧译,重庆:希望社,1944 年,第 385 页。

较具体比较深切的体认"[14]。这些工作的副产品就是他 1943 年翻译出版的《普式庚论》，内收卢那察尔斯基、高尔基等论述普希金的文章 13 篇；1946 年翻译出版的苏联吉尔波丁著《普式庚传》。

图 4.2.19　1826 年 1 月初，普希金在《叶甫盖尼·奥涅金》手稿旁为自己画的全身像

翻译诗无疑要比翻译小说更有难度，这也是为何在整个 20 世纪上半叶普希金诗歌汉译与小说翻译完全不成比例的原因之一。尤其是被赫尔岑誉为"吞没了普希金的生命的辉煌巨著"《欧根·奥涅金》(图 4.2.19)，经过作者历时八年的写作修改已成为"成熟的艺术"的典范。在《奥涅金》中普希金依据十四行诗创造了被称为"奥涅金诗节"的独特韵律。这使第一次从原文翻译，能够欣赏到这种韵律之优美的吕荧倍感棘手。他十分清楚所谓"奥涅金诗节"严格规定了诗歌的结构，它要求每一诗节都是十四行，其韵脚是 abab ccdd effe gg，即四行交叉韵，四行对偶韵，四行环抱韵，最后两行又是对句；每个诗行之中又包括四个抑扬格的韵步；各诗行的音节数目是 9898 9988 9889 88。面对如此严整而又富于变化的形式，吕荧说，《奥涅金》的"全部诗作约四百节，都在这生动和谐的韵律中，以抑扬格起伏；所以全诗如一湖清水，静静地绉着涟波，清逸柔和，几乎不用同样的韵律，难以达到那种诗和音乐交融的境界"。面对汉语与俄文的差异以及自己的能力限制，吕荧的翻译策略是在达意的层次上，"力求每个字句都能扣着原文直译。原诗中有些拆裂的诗

---

[14]　[苏联] 卢那卡尔斯基等：《普式庚论·后记》，吕荧译，上海：新知书店，1946 年，第 247 页。

句,也尽量让它保持原形;因为有时拆裂不仅为了押韵,而多半是为了语言和文字的重力"。但在韵律方面,用自由诗体,采"最广义的韵"来翻译。尽管在"跋"中,吕荧为自己的这一不能求全而求其次的译法做了不少辩解,但作为一位具有很高审美修养的理论家,他还是十分清楚,他所损失的正是《奥涅金》的"灿烂处"。所以他希望以后如果可能,"能按原诗的韵律音节,用谐意而且谐音的韵来更换"。[15] 吕荧的希望正是其后的一代代翻译家所努力的最高境界。虽说对于吕荧的译文后人已有定评,认为一是理解错误较多,二是太拘泥原文,过于欧化,不无硬译之嫌。[16] 实际上,吕荧汉译《奥涅金》的最大问题恰恰如译者本人所说,他无能力将原诗的韵律音节之美汉译出来。

甦夫和吕荧的译诗体小说《奥涅金》用的都是自由诗体,严格说来,传达的是小说,而不是诗体。两者的译本都是在表现小说内容的层次上,把情节和人物个性基本上反映出来,而放弃对原作形式的移植。他们在中国诗歌翻译大体由格律体→自由体→原作之诗形式的追求中,代表的是自由诗体阶段的探求路子。

普希金作品在中国传播的第二次高潮是1947年纪念普希金逝世110周年。上海各界举行了隆重的纪念大会,郭沫若在纪念会上做了《向普希金看齐!》的演

图 4.2.20 1939 年,塔斯社社长罗果夫在高尔基逝世三周年纪念会上做演讲

---

[15] 引文均见吕荧:《〈欧根·奥涅金〉跋》,[俄] A. 普式庚:《欧根·奥涅金》,吕荧译,第 385 页。
[16] 参阅杨怀玉:《〈叶甫盖尼·奥涅金〉在中国》,张铁夫主编:《普希金与中国》,长沙:岳麓书社,2000 年,第 264—266 页。

讲，《文艺春秋》《文艺复兴》《读书与出版》《中苏文化》等期刊都编辑了纪念特辑。这次纪念活动的最大收获是时代书报出版社出版了罗果夫主编、（图 4.2.20）戈宝权负责编辑的《普希金文集》（图 4.2.21、图 4.2.22），这是一部集普希金各种体裁创作之精华，中俄作家论普希金之经典言论的综合集子。该文集不仅精选了普希金在抒情诗、长诗、故事诗、戏剧、小说等各种文学体裁的代表作，俄苏著名作家及诗人论普希金的权威言论，而且全部译文都是从俄文直接译出，集中了普希金汉译的最高成果。另外文集还辑录了普希金在中国的资料，包括戈宝权所著《普希金在中国》《普希金作品中译本编目》《编目补遗》《普希金生活与著作年表》，罗果夫的《普希金纪念碑在上海》，从而使之无论从作品还是译文，无论对于阅读还是研究，均集权威性、全面性及普及性于一体，为全面快捷了解普希金提供了方便。该文集 1947 年出版后的两年时间里就再版了 3 次，最后一版印数高达 10000 册，产生了非常广泛而长远的影响。1999 年为纪

图 4.2.21 罗果夫主编、戈宝权编辑《普希金文集》初版封面，时代书报出版社，1947 年。题图是普希金自画像，作于 1829 年

图 4.2.22 罗果夫主编、戈宝权负责编辑的《普希金文集》扉页

念普希金诞辰200周年，人民文学出版社曾出版了一本《普希金与我》的散文集，其中竟有15人深情地谈到《普希金文集》对他们走上创作、翻译和研究的人生道路而产生的决定性作用，其影响之大，由此可见一斑。戈宝权（图4.2.23）对这个文集贡献很大，他不仅是编者，也是主要译者，其中的40首抒情诗和两首故事诗都出自他的译笔。与以前普希金抒情诗的译诗相比，翻译水平有了明显的提高。由于篇幅所限，仅以《纪念碑》的第一段为例。这首诗在戈宝权翻译以前已有5种译文：

图 4.2.23　戈宝权（1913—2000）

张君川译：

> 我为自己建立了一座天然的纪念碑；
> 青草不生长在到那儿的路径，
> 那独立的高高举起了首的
> 亚历山大之纪念柱。[17]

黄源译：

> 我为自己做了一个非手作成的纪念像，
> 向它那里去的路上，

---

[17] 张君川译：《纪念自己》，《中苏文化》，1937年第2卷第2期。

草被大众踏得不再生长。
它那抬起的自由的头颅,
直高过亚历山大城里的建筑。[18]

王季愚译:

我给我自己建立了一座塑像的纪念碑
人民的小径却没有对它生长;
它悖逆的头高耸在亚列克山大的宝塔之上。[19]

蒲风、叶可根译:

我为自己建立了铜像,
我不许民众轻意用手来触摸,
那铜像比亚历山大纪念塔还要高,
傲然地抬头而耸立着。[20]

唯楚译:

我为自己竖起一座不是手造的丰碑;
一条要为人类的脚所行走的道路;

---

[18] 黄源译:《纪念碑》,瞿洛夫编:《普式庚创作集》,上海:光明书店,1937年,第69页。据黄源给叶芾的信中说:"我从来没有译过普希金的诗""我怕这是战时鱼目混珠的事,不值一提"。见叶芾:《鲁迅是否译过普希金的诗》,《俄苏文学》,1987年第1期。该诗既然不是黄源翻译的,权且作为汉译之一种吧。

[19] 王季愚译高尔基《普式庚论》中的诗,见韦悫编辑:《普式庚逝世百周年纪念集》,上海:商务印书馆,1937年,第121页。

[20] 见 [俄] 普式庚:《普式庚诗钞·Exegi monumentum》,蒲风、叶可根译,广州:诗歌出版社,1938年,第88页。

> 亚历山大的枪柄没有像我的柱石那样雄伟
> 它骄傲地昂起光辉的头颅。[21]

戈宝权译：

> 我为自己建立了一座非人工的纪念碑,
> 在人们走向那儿的路径上,青草不再生长,
> 它抬起那颗不肯屈服的头颅
> 高耸在亚历山大的纪念石柱之上。[22]

显而易见,用罗果夫的话来说,戈宝权的译文"不仅接近原文和免除了许多文意上的曲解,更重要的,就是这些诗是基于对普希金诗歌的了解而译出的"[23]。此前的几种译文,且不说如何缺乏韵律和诗意,在这一小段中的曲解就令人瞠目;按照王季愚、蒲风和叶可根的译法,恐怕就不知道如何来理解普希金是位人民的诗人了。

1948年光华出版社出版的余振译《普式庚诗选》是20世纪三四十年代普希金长诗翻译的集大成者。(图4.2.24—图4.2.27) 其中收入了《波尔塔瓦》《铜骑士》《巴赫奇萨拉伊之喷泉》《茨冈人》《高加索的俘虏》和《强盗兄弟》等6首长诗,这些长诗都是余振在西北大学任教时译出的。作为俄国诗选的教材,他一面讲授,一面修改了不下十余次。余振后来成为普希金诗歌翻译的大家,他主张诗歌翻译"首先要忠实于原文的内容,其次要忠实于原文的形式";为此,甚至力倡现在"大家一致反对的'逐字逐句地直译'"[24]。但他在20世纪40年代的翻译还仅仅处于实

---

[21] 唯楚译:《我为自己竖起一座丰碑》,《诗创作》,1942年第8期。
[22] [苏联] 罗果夫主编:《普希金文集》,戈宝权编辑,第116页。
[23] [苏联] 罗果夫:《普希金文集·序》,[苏联] 罗果夫主编:《普希金文集》,戈宝权编辑,第6页。
[24] 余振:《普希金长诗选·后记》,[俄] 普希金:《普希金诗选》,余振译,北京:外国文学出版社,1984年,第392页。

图 4.2.24 余振译《普式庚诗选》初版封面，光华出版社，1948 年

图 4.2.25 余振译《普式庚诗选》初版版权页

图 4.2.26 普希金最好的一幅自画像

图 4.2.27 余振译《普式庚诗选》初版插图，《高加索的俘虏》手稿之一页，旁有普希金自画像，约作于 1821 年 6 月，或 1822 年 3 月

践自己主张的第一阶段,即"忠实于原文的内容",而未能做到"忠实于原文的形式",因而他称自己此时的译诗是"不成诗的诗句",所能自信的是在译文内容"信"的方面,"已经尽了最大的努力了"。[25]

经过三四十年代中国翻译家的努力,普希金作品汉译得最全的是其小说。他一生写有小说14篇,汉译了12种;其次是长诗,14篇中汉译了8种(不包括《叶甫盖尼·奥涅金》)。其他如:童话诗6种,翻译了3种;戏剧7种,翻译了3种。差距最大的是抒情诗。普希金一生创作了抒情诗大约有800余首,包括未完成的诗作、片段和草稿,翻译过来的只有120余首。这就是说,普希金所创造的诗的王国,虽然经过译者的辛勤耕耘,也只是收获了不足七分之一的成果。普希金作为"俄罗斯诗歌的太阳",在中国还只放射出一角的光芒,这还没有考虑到是否"等效"地移译过来的因素。由此可见,罗果夫在纪念普希金逝世110周年时,对中国翻译普希金的状况概括得还是很中肯的。他说:"中国读者对于普希金的作品的兴趣,其增长的速度,较之普希金作品的完整的中译本的出现还更为迅速。作家所写的研究普希金的著作还很少。同时,以中文翻译普希金的诗歌的困难,也造成这样一种情形,就是中国读者所知道的这位大诗人,主要地还是位散文作家。翻译普希金的散文,当然比翻译诗歌容易。正因为这个原因,他的散文作品差不多都已经译为中文,而他的诗歌作品,则只译了很少的一部分。"[26]

普希金的诗作虽然直至20世纪40年代晚期才有较成熟的汉译出现,而且数量相当有限,但并未影响普希金作为一位大诗人形象在中国的确立;与其他俄国古典作家相比,他是唯一一位得到左翼文坛的全面推崇,代表着文艺发展方向的旗帜性人物。究其原因,普希金评介起到了决定性的作用。

---

[25] 余振:《波尔塔瓦·后记》,[俄]普式庚:《波尔塔瓦》,余振译,北平:诗文学社,1946年,第74页。
[26] [苏联]罗果夫:《普希金文集·序》,[苏联]罗果夫主编:《普希金文集》,戈宝权编辑,第6页。

事实上，在斯大林成为苏联党和国家主要领导人之前，即使在本国，对普希金的评价也从来都褒贬不一，将其奉为一位空前的"俄罗斯民族诗人""第一个艺术家诗人""一个世界公民的艺术家""俄罗斯天才的最高表现"，赞誉"他的天才的世界性和全人类性"的有之；[27] 斥其"过时""从现时代里抛弃了出去""将被遗忘"，遭遇"不能避免的冷淡"等，指摘"普式庚的晦蚀"之言论[28]也此起彼伏。而且比较而言，由于诗歌翻译的困难，普希金在国外的影响力要远逊于托尔斯泰、陀思妥耶夫斯基、屠格涅夫等俄罗斯文学大师。如美国 W. L. Phelps 教授就谈过："没有一种现代的欧洲语言文字能曲折达出布雪金（普希金）诗中的美，布雪金和娄蒙托夫（莱蒙托夫）的译本从来不曾把外国的读者感动到极高程度，因此，俄国的诗便不能风行世界来安慰世界了。"[29]1937 年普希金逝世百年纪念之前，普希金之于中国的意义也仅仅停留于一般性的介绍，持论者态度客观，并无推举膜拜之意。如鲁迅于 1907 年写的《摩罗诗力说》，既肯定普希金"初建罗曼宗于其文界，名以大扬"，继而塑造"力抗社会，断望人间，有裴伦（拜伦）式英雄之概"的奥涅金，表现出"不凭神思，渐近真然，与尔时其国青年之性质肖矣"的功绩；也毫不避讳地批评普希金对于拜伦"仅摹外状，迨放浪之生涯毕，乃骤返其本然"，从而"立言益务平和，凡足与社会生冲突者，咸力避而不道，且多赞诵，美其国之武功"的变化。[30] 为此，郑振铎甚至认为普希金不如莱蒙托夫伟大，他说莱蒙托夫"反对战争"，"是一个人道主义者，这是他比普希金更伟大的地方"。[31] 瞿秋白对于普希金也多持保留态度。

---

[27] 分别出于果戈里、别林斯基、屠格涅夫、陀思妥耶夫斯基语，见张铁夫编选：《普希金研究文集》，南京：译林出版社，2014 年，第 23、33、38、99、119 页。

[28] 参阅［苏联］L. 劳格司门：《普式庚的流行之基础》，唐弢译，《译文》，1937 年新 2 卷第 6 期。

[29] ［美］W. L. Phelps：《俄国文学内所见的俄国国民性》，泽民（沈泽民）译，《东方杂志》，1921 年第 18 卷第 8 号。

[30] 鲁迅：《摩罗诗力说》，《鲁迅全集》(1)，第 87—88 页。

[31] 郑振铎：《俄国文学史略》，上海：商务印书馆，1924 年，第 24 页。

他虽然译介了果戈理把普希金标举为无人能出其右的"民族的文学家"，"于俄国的天性，俄国的精神，俄国的文字，俄国的特质，表显得如此其'清醇'，如此其'美妙'，真像山光水色，反映于明镜之中"的经典言论，但认为果戈理的盛赞"流于过分的夸奖"。[32] 普希金"初建罗曼宗于其文界"的流派分属，也使倡导"为人生"的写实主义的五四新文化派心存疑虑，致使耿济之为安寿颐译《甲必丹之女》撰写序文时，还要先阐述一番为什么翻译这篇在一般人看来"其性质为历史小说，其著者乃属于浪漫派，其内容亦不过插（描）写儿女间之爱情，实为平淡无奇之作品"的大道理。[33] 可以说，尽管五四时期的中国崇尚俄罗斯文学，但格外推崇的是其社会意义、平民立场、人道主义、写实主义；而普希金作为彼得堡上流社会文化产儿的贵族身份、赞咏武功的爱国主义污点、"俄国最大的浪漫诗人"与"纯艺术之诗人"的标签，都与其时的思潮主流并不合拍，至少不那么典范，这也就难怪他在中国受欢迎和受崇拜的程度不能与托尔斯泰、屠格涅夫，甚至安德列耶夫相提并论了。至多被看作是现代俄国文学的开创者，一位虽然说是伟大的，但还是一般意义上的反抗诗人而被推介。

普希金在中国的声名大噪，与苏联掀起的"一个惊人的普式庚的复兴运动"[34] 密切相关。1934 年为纪念普希金诞辰 135 周年 [35]，苏联英美文学史家、戏剧评论家 A. 亚尼克斯德（Aleksandr Abramovich Anikst, 1910—1988）曾作《"普式庚是我辈中间的一个"》一文，很快即被茅盾翻译过来，刊登于《译文》创刊号。该文即点明了普希金如今在苏联的

---

[32] 瞿秋白：《驿站监察吏》序文，[俄] 普希金等：《俄罗斯名家短篇小说集》，第 1 集，沈颖等译，北京：新中国杂志社，1920 年，第 12 页。

[33] 参阅耿济之：《甲必丹之女·叙一》，普希金：《甲必丹之女》，安寿颐译，上海：商务印书馆，1921 年，第 2 页。

[34] [苏联] L. 劳格司门：《普式庚的流行之基础》，唐弢译。

[35] 茅盾翻译的《"普式庚是我辈中间的一个"》及其后记中均误写为 150 周年。

地位:"建造社会主义的人在他那些最宝贵的书籍中间,在马克思、恩格斯、列宁、斯大林的著作的一旁,也宝贝似的放着普式庚的诗、小说和短篇故事。"[36] 由此可见,此时的普希金已与马恩列斯相提并论。L. 劳格司门也曾著文《普式庚的流行之基础》,分析这个"惊人的普式庚的复兴运动"之来由,但作者仅将其归因于普希金创作的特质之于苏联的意义,显然未能切中要害。2017 年 6 月 6 日《苏维埃俄罗斯报》发表邦达连科(Н. Ф. БОНДАРЕНКО)的一篇短文《普希金和斯大林》,他根据 1937 年普希金逝世百年和 1949 年诗人诞辰 150 周年,这两次超大规模的纪念活动都发生在斯大林时代而断定其决定性的作用,多少道破了玄机。

20 世纪几乎整个 20 年代,苏联文坛都充满了"列夫""锻冶场"(瓦普)"岗位派""十月"等致力于建立"无产阶级文学"之无产阶级文化派的各种主张。他们不仅批判"同路人",甚至拒不接受古典文学遗产,将其视为"资产阶级－贵族文学"。1925 年第一届全苏无产阶级作家会议召开,成立了俄罗斯无产阶级作家联合会(拉普),虽从创作探索上,开始倡导向古典作家学习,但仍反对浪漫主义,并与在任的文学领域领导人沃隆斯基及其理论展开了毫不妥协的斗争,"这场斗争是如此激烈,甚至连'拉普'向反对无产阶级文学、反对整个苏维埃制度的真正敌人所发动的进攻也无法跟它同日而语"[37]。斯大林从 20 世纪 20 年代末到 30 年代初开始大力抓文学,大刀阔斧地解散了国内最大的无产阶级作家联盟"拉普"及一切文学组织,成立了单一的作家协会,一举结束了文学界各流派和团体长时间纷争的局面,标志着继工业、农业进入国有与集体化时代之后,文学界也开始进入统一于社会主义文化建

---

[36] 原文刊载于 1934 年 6 月 12 日 Weekly Edition of Moscow Daily News(《莫斯科每日新闻周刊》);芬君(茅盾)译文刊载于《译文》,1934 年第 1 卷第 1 期。

[37] [苏联]斯·舍舒科夫:《苏联二十年代文学斗争史实》,冯玉律译,上海:上海译文出版社,1994 年,第 10—11 页。

设、由苏维埃党全面领导的新时期。经斯大林同意的高尔基60岁诞辰、高尔基从事文学活动40周年、高尔基逝世国葬，普希金逝世百年祭等动员全国力量展开的系列纪念活动，继两个五年计划的实施，向世界宣称社会主义在该国的胜利，又打造出一个无国能匹的文化盛世，激情澎湃地向世界宣示苏联比任何资本主义敌对国家更是"文学家们的保护人和赞助者"的巨大能量。而与此同时，苏联的大清洗运动对作家与文学的摧残也同样触目惊心。一正一反让举世震撼的国家运动，显示出斯大林超乎寻常的集权意志和铁腕手段。根据有关回忆，斯大林清楚意识到文学家的名望所具有的凝聚力、感召力和象征作用，经常谈到"高尔基是一个大人物，他不仅是一个作家，而且是一个巨大的政治人物；不仅是一笔艺术资本，而且是一笔政治资本，需要爱惜"[38]。普希金能够被他选中，推举为文化偶像，也因其不仅是一笔艺术资本，同样也是一笔政治资本。邦达连科在《普希金和斯大林》一文中的核心观点，即认为斯大林意识到仅靠马克思主义意识形态是不够的，还需要文化起到一个核心的主导作用，将来自不同的民族、社会阶层、受教育程度的人团结起来，普希金正是这样一位无可争辩的最佳人选。[39]依靠文化伟人的象征性，不仅可以在国内发挥凝聚民心，团结更多知识分子、文化教育人士投入大规模社会主义建设的文化统一作用，也可以将苏联塑造为俄国古典优秀文化遗产真传人的形象，以有利于占领世界文化的核心地位。

　　苏联对普希金的推崇是不断升级的，1937年在普希金逝世百年举行的盛大纪念活动，不过是"惊人的"普希金复兴运动的集中亮相。据讲，仅从1936年1月至11月，单就俄文的刊物，已有5千篇左右的文章。到1937年，苏联科学院曾印行了18册《普希金全集》，行销54万

---

[38] 张捷：《斯大林与文学》，北京：中国青年出版社，2014年，第203页。
[39] 参阅2017年6月6日《苏维埃俄罗斯报》，[苏联]邦达连科著《普希金和斯大林》一文，见http://www.sovross.ru/articles/1558/33468。登录时间2021年4月15日。

部；文艺出版部所印行的 6 册《普希金全集》，销至 60 万部；各种散集的发行数目，更为惊人，多至 840 万部，其传记也达 50 万部。[40] 这让中国文人不能不感慨："一国的政府与民众，这样爱戴一个诗人，这样举行盛大的纪念追念一个逝世百年的诗人，是前所未有的。"[41]

在中国，1930 年戴望舒即把卢那察尔斯基为他和诗人别德内依主编的六卷本《普希金全集》撰写的长序及时地节译过来。文章批驳了长期以来仅把普希金看作一个"文体大师"，洋溢着"太阳的晴朗"与"幸福"的"希腊精神"，其世界观却比莎士比亚、拜伦、席勒、歌德等"低得多"的看法，郑重提出了要把普希金"当作一个社会现象观察家，用马克斯（思）主义的方法来研究他"，以"真正地了解普希金及其作品的价值和地位"，从而使普希金"变成为我们的同时代人，我们的合作者"这一重评普希金的新路向。但卢氏仍定位普希金"他是一部分的贵族的代表，和那领带这贵族的分数渐渐地归到资产阶级的积分去的运动的代表"。[42]（图 4.2.28、图 4.2.29）

30 年代中随着苏联开始筹备普希金百年祭，大量称颂普希金的重头文章蜂拥而至，如陀思妥耶夫斯基、纪德、涅克拉索夫的论

图 4.2.28 《彼得堡马尔斯教场上的盛大检阅仪式》中的普希金

---

[40] 参阅黄源：《普式庚的一生》，1937 年《月报》第 1 卷第 2 期，曹辛：《普式庚，俄罗斯诗歌的太阳》，曹辛编：《普式庚诗选 I·恋歌》，上海，现实出版社，1942 年，第 5 页。

[41] 黄源：《普式庚的一生》。

[42] ［苏联］卢那卡尔斯基：《普希金论》，江思（戴望舒）译，《新文艺》，1930 年 4 月第 2 卷第 2 号。

图 4.2.29 《彼得堡马尔斯教场上的盛大检阅仪式》,切尔涅佐夫(1802—1865)作。该画奉沙皇尼古拉一世之命,为纪念 1831 年镇压波兰起义而作。画家为 223 人画了写生像,普希金位列其中。(见图 4.2.28)

普希金等译作。其中特别要提到苏联 I. 雪纪依夫斯基的文章《高尔基论普式庚》,其观点不仅为这场普希金复兴运动定了高调,从中也可一窥苏联为何将普希金推向世界的用心。首先,高尔基把普希金提高到"过去俄国文学的顶点"之最高位置。其次,高尔基明确否认普希金的贵族立场,他说:"俄国的贵族作家大部分对于民众,对于传说的创作是轻视的","只有全智的亚历山大·普式庚除外"。另外,高尔基意识到近代以来,文学已经把作家团结到一起,形成了一个"文化的世界"。关于这个"文化的世界",苏联 A. 施答尔却可夫(A. Startiakov)在《从普式庚说到高尔基》一文中做过类似的描述:"这些人所属的民族各异,可是在一种精神的一致中结合着,在需要起来反对道德的共同敌人的时候,他们的呼声也是谐和一致的。"[43] 俄国古典文学传承到高尔基,正

---

[43] [苏联] A. 施答尔却可夫:《从普式庚说到高尔基》,克夫(沙可夫)译,《译文》,1936 年 7 月新 1 卷第 5 期,"高尔基逝世纪念特辑"。

借由托尔斯泰、陀思妥耶夫斯基等的影响,"扩大到欧洲"这个"文化的世界"。但高尔基认为陀氏并非是文化俄国的最佳代表,他说:"我宁以为团结了'文化的世界'的并不是陀斯托也夫斯基,而是普式庚,因为巨大而普遍的普式庚的才能——是一种心理的健全的才能。"因而,"就是在我们的时代她也可能有世界的意义的"。[44] 显然高尔基的选择强调的是文学的社会教化意义,他认同斯大林把作家当作"人类灵魂的工程师"的观点。1936年高尔基逝世和普希金逝世百年纪念筹备活动交错在一起,两位文化伟人和导师形象益发珠联璧合地比肩而立。针对普希金在欧洲尚未获得高度的估价,N. V. 涅克拉索夫的《欧根·奥涅庚导言》则从新俄罗斯语建立者角度,将其提高到与但丁和歌德等量齐观的地位。他说:"正如但丁是新意大利语的主要的创造人和歌德是新德意志语的创造人一样,普式庚是新俄罗斯语的主要的建设者。"他认为:"这一事实就足以使俄国诗人普式庚踏进世界文学,立于主要的国家文学最伟大的建设者之中。"[45] 可见,把普希金树立为世界文化巨人,不仅可以荣耀俄罗斯民族的伟大,更能发展苏联文化的优势,使苏联作为第一个社会主义国家的形象能够借助军事发展、工业发展、文化发展三驾马车并驾齐驱,呈现出突飞猛进、一派光明的前景。

苏联普希金的造神运动一改普希金在中国的形象,但普希金能够在中国流行的根本原因还是他与中国革命及革命文艺运动的契合。左翼文学运动兴起以后,中国文坛对文艺大众化的热烈而经久的吁求,使普希金从保姆的口里学习民谣、童话、传说、俚谚和俗语,作为他创作源泉的经验受到格外的重视,成为普希金阐释中的一个引人注目的亮点。虽然此时普罗文学的阶级意识强烈而鲜明,人们不会忽略"普希金自己更

---

[44] [苏联] I. 雪纪侬夫斯基:《高尔基论普式庚》,春雷(陈伯吹)译,《译文》,1936年9月新2卷第1期。

[45] [苏联] N. V. 涅克拉索夫:《欧根·奥涅庚导言》,孙用译,《译文》,1936年9月新2卷第1期。

带着充分的贵族精神",特别是其描写农民暴动的作品"始终带着一种贵族的观点"[46],但这却不妨碍颂扬普希金为人类自由而战斗的精神和他从民间吸取养分的修养。左翼作家杨骚为纪念普希金逝世一百周年而写的《普式庚给我们的教训》,集中了这次"普希金热"中备受关注的几个方面。他指出,普希金从保姆那里获得的东西"在他的诗才的发展上,可以说是最重要的维太命","不但使他的诗情丰富,而且在不知不觉之中使他对于俄罗斯的国民精神有着理解,使他的纯粹的俄罗斯底灵魂觉醒了"。因而他断定普希金天才中含有的这种"俄罗斯底灵魂""是从保姆亚莉娜那朴素的口碑下生长出来的,当非过言"。普希金所以能成为俄国的诗圣,"就是为着他的诗情是民间的,他的语言是单纯通俗的,他的音韵又是自然响亮的","民间文艺是他的最大最得力的一个图书馆",他的才力正是"从朴素的民间文艺养育出来,因之他(它)能够普遍地侵入民间去",他和民间文艺密切的接触,是他"在艺术成就上的一个决定底因素"。[47] 由此,在普希金的创作道路上找到了可以为中国革命文学提供成功经验,从而起到"教训"作用的经典性范例。为了全面适合中国左翼文坛所倡导的理论,此时也开始淡化普希金作为浪漫诗人的形象,而强化和突出普希金作品中的现实主义因素。如果说,五四时期普遍认为普希金是浪漫派,"然其作品中实含不少写实派之精神"[48]。到三四十年代以后,认为普希金的创作是"彻头彻尾充满着现实主义的"[49] 观点则获得广泛的鼓吹。

经过抗日战争,文学与人民群众的关系越来越引起重视,1939—1941年关于"民族形式"问题的讨论,1942年延安文艺整风运动,毛

---

[46] 立波:《杜布罗夫斯基·译者序言》,[俄]普式庚:《杜布罗夫斯基》,立波译,上海:生活书店,1937年,第2页。
[47] 杨骚:《普式庚给我们的教训》,《光明》,1937年第2卷第5期。
[48] 济之:《甲必丹之女·叙一》,[俄]普希金:《甲必丹之女》,安寿颐译,第4页。
[49] 杨骚:《普式庚给我们的教训》,《光明》,1937年第2卷第5期。

泽东《中国共产党在民族战争中的地位》《新民主主义论》《在延安文艺座谈会上的讲话》等一系列文章的发表，都强调"为中国老百姓所喜闻乐见的中国作风和中国气派"，更把文艺"为千千万万劳动人民服务"树立为中国文艺的发展方向，把文艺工作者的思想与感情能否和工农兵大众的思想感情打成一片，看作是否"大众化"的前提和内容，非常完整地建立起中国无产阶级革命文艺的理论、路线、方针和政策。由于上述普希金的创作经验能够有效地纳入这个理论体系的框架之中，对普希金的阐释也就进一步得到升级。当初，瞿秋白翻译普希金的《茨冈》，为的是要"造成劳动民众的文学的语言"；1938年蒋锡金所以不辞辛劳要将瞿秋白没有完成的这部译作整理发表，就是因为"秋白先生的在诗歌的语言上宝贵的实验，正是给我们对抗战诗歌的语言问题有极大的帮助"。他认为普希金"反对装腔作势和造作的纤细，广泛地扩展语言的界限，密切地去接近大众，从大众借助和学习，这些，使得普式庚的语言创造达于完成"。瞿秋白用普通的能够听得懂的白话翻译普希金的《茨冈》"已获得了很大的成功"。他还用这首译诗在朗诵会中引起的强烈反响证明，"新文学必须发起一种朗诵运动"的必要性，热情呼吁："诗人们朗诵罢！从朗诵来审查你的作品罢！创造中国的新的文学的语言罢！"[50] 普希金的诗歌及其写作经验就是如此及时地结合进中国抗战文艺和朗诵诗运动之中。一个典型的例子就是陈伯吹曾于1936年和1945年翻译过两篇不同的《高尔基论普式庚》[51]。第一篇 I.雪纪衣夫斯基总结的《高尔基论普式庚》并未提及普希金的这一语言成就，但在1945年翻译的 S. Balukhaty 教授的同名文章里却成为核心观点，其着重指出，"高尔基最注意普式庚是最初留心于民间传说

---

[50] 锡金：《茨冈·后记》，[俄] 普式庚：《茨冈》，瞿秋白译，锡金校订，第 65、50、65、70 页。
[51] 分别是 [苏联] I. 雪纪衣夫斯基：《高尔基论普式庚》，春雷（陈伯吹）译，《译文》，1936 年新 2 卷第 1 期；[苏联] S. Balukhaty 教授：《高尔基论普式庚》，陈伯吹译，《东方杂志》，1945 年第 41 卷第 1 期。

和民间歌谣的俄罗斯作家之一","语言是平民创造的","第一个领会这个的是普式庚,他是第一个表现着怎样应用平民的语言的材料,并且应当怎样地处理着",他"在通俗的语言基础上,建立起俄罗斯的文学的语言","是俄罗斯作家注意到民间传说的第一个,也是第一个把民间传说引进文学中去"。[52]该文葛一虹、庄寿慈在40年代初也曾移译发表[53],可见其在中国文坛影响之广。1942年曹辛编选了《普式庚诗选Ⅰ·恋歌》,他在后记《普式庚,俄罗斯诗歌的太阳》中,基本就是征引阐扬高尔基的这一观点,强调普希金作为俄罗斯民族文学语言的创始者,是"在大众语的基础上建设了俄罗斯的文学语言",因而认为"我们觉得要想使中国的诗歌向更高一级去发展的话,那末加紧向普式庚学习,是很必要的"。[54]从对普希金的这些阐释中可以看出,中国左翼理论家不仅想通过普希金指出一条接近大众,向大众学习的创作道路,更重要的是想说明只有走这条道路才能建立民族的文学的语言,才能取得"达于完成"的文学成就。把普希金作为中国革命文艺走"大众化"道路的一个榜样,即使不说是出于对普希金的误读,有点南辕北辙,起码也过于片面和随意。虽然中国左翼文学运动中的文艺"大众化"问题,抗战时期"民族形式"的讨论已经持续了相当长的时间,但文学的"大众化"始终未能成功地付诸实践。或者说,始终没有出现建立在大众语言基础上的令人满意的文学作品。因而,借助于普希金的阐释,把大家都不甚了了的普希金的创作作为范例正填补了这一空白。另外,左翼理论家对普希金的想象,实际上同时寄托了他们走向"人民之梦"和"文学之梦"的两个梦想,这与政治向文

---

[52] [苏联] S. Balukhaty 教授:《高尔基论普式庚》,陈伯吹译。
[53] [苏联] S. 巴罗黑地教授:《高尔基论普式庚》,葛一虹译,《中苏文化·文艺特刊》,1941年;
    [苏联] 巴罗哈地教授:《高尔基论普式庚》,庄寿慈译,《文学译报》,1942年第1卷第3期。
[54] 曹辛:《普式庚,俄罗斯诗歌的太阳》,[俄] 普式庚:《恋歌》,曹辛编,重庆:现实出版社,1942年,第7、17页。

学要求的"普及"性的"大众化"并不一致，在当时"人民"中的大多数还是文盲的历史条件下，左翼理论家把他们的"人民之梦"和"文学之梦"的热情投射到普希金的想象之中，也是造成普希金形象神圣化的原因之一。

也正是如此，普希金才能在中国文坛成为一个偶像化的人物。1947年他逝世110周年纪念时，当时中国文坛的旗手郭沫若向全体文艺界发出号召："向普希金看齐。"他把普希金的精神概括为三点："第一是他的为人民服务的精神；第二是他的为革命服务的志趣；第三是……他发挥尽致了'富贵不能淫，贫贱不能移，威武不能屈'的大丈夫的气概。"[55]这标志着普希金形象的彻底中国化和革命化。普希金已经从过去"充分的贵族精神"形象，转变成了"站在人民本位的立场，以文艺的武器来诚心诚意地替人民服务"的"人民的普希金"。从这样的观点出发，郭沫若还进一步赋予普希金的决斗之死以神圣的意义。他说："普希金他自己知道，他是俄罗斯人民的代表，是俄罗斯文化的代表，他的受了侮辱，也就是俄罗斯人民受了侮辱，俄罗斯文化受了侮辱，故尔（而）他不惜把自己的血和生命来做抵押，要把俄罗斯人民，俄罗斯文化的名誉争取回来。"[56]经过郭沫若的重新阐释，普希金身份中不甚符合中国革命文艺理想之处获得新的定位。胡风则把普希金纳入自己的理论体系中，以普希金通过艰苦搏斗之路而开辟的"俄罗斯人民文艺底胜利的路"，进一步论述了普希金所达到的"深刻的人民性，深刻的民族性"。

普希金在中国三四十年代的传播就是这样与中国革命文艺的大众化道路紧密地结合在一起，虽然它部分建立在对普希金的误读之上，但使普希金在中国获得了只有高尔基能够与之相比的高位。他的"辉煌的成

---

[55] 郭沫若：《向普希金看齐！》，[苏联] 罗果夫主编：《普希金文集》，戈宝权编辑，第327页。
[56] 同上。

功"给予中国革命文艺的发展以巨大的号召力和影响力,从而像胡风所说:"终于被当作我们自己的诗人看待了。""普希金和中国的会合并不是一件偶然的事情。"[57]

(该节原为拙作《三四十年代苏俄汉译文学论》之一节,2021年4月改定于威海)

---

[57] 胡风:《A. S. 普希金与中国》,[苏联]罗果夫主编:《普希金文集》,戈宝权编辑,第333页。

第五章

译序跋中的改写：观念之流变

第一节 译序跋中的"战争"观念

序跋是一种议论、叙事兼备的散文文体,就文学分类而言,它也是一种文学批评的形式。序跋在中国可谓源远流长,自《诗》之《大序》滥觞以来,就成为著作者自觉写作、构成全书的一个组成部分;从此绵延两千多年,形成了为书籍写序跋的书写传统。明代学者徐师曾在《文体明辨序说》中辨析序、小序、引、题跋等文体时说:"凡经传子史诗文图书之类,前有序引,后有后序,可谓尽矣。"[1] 除列于全书之首或尾的"序跋",尚有位于单篇之首或尾的"序跋",如此考量的话,更是数不胜数。

晚清时期,随着近代传媒的变革,机器印刷带动报刊和平装书业的兴盛,出版事业的蓬勃发展,序跋这一文体无论数量,还是内容与形式都获得前所未有的激增与繁荣。其中,汉译文学序跋的大量涌现为这一文体增添了一种新类型,其载体也从书籍发展到报刊。

一

一般而言,序跋虽是非常散漫的文体,但"言其作意",是万变不离其宗的命题;而译序跋,言其"译"意,同样是至综其实的普遍做法。它是翻译家完成译事之后的"即时"抒写,是其融汇中西、直抒胸

---

[1] 吴讷、徐师曾:《文章辨体序说 文体明辨序说》,北京:人民文学出版社,1998年,第136页。

臆的方便载体，直接记录着为何翻译、怎样翻译、翻译心得、对原作者作品的阐释与评说，乃至译事缘起、经过、出版、传播等重要而丰富的内容。甚至可以说，它主导着外国原语文学在中国形象的塑造与评说。

由于译序跋是译者阐发其翻译思想和实践的重要文体，是触摸译作产生及其接受之历史语境的重要史料来源，学界已有多人呼吁将其作为翻译文学研究的新领域和独立的研究对象。但碍于译本序跋散布于各种汉译文学单行本而难以尽览，至今只有林纾、鲁迅、周作人等个别大家的译序跋整理成册，其他均如一盘散沙。由笔者主编的《汉译文学序跋集（1894—1949）》（以下简称《序跋集》）经过编注者广泛的搜罗，从清末至民国时期50年间出版的，附有序跋的2千余种译作中，集腋成裘，聚沙成塔，总共辑录了3千多篇序跋，约550万字，是迄今为止规模最大的译序跋文类的历史文献长编。

从大半个世纪的译作数量和附有序跋的比率来看，大约有近一半的文学译作写有序跋。尽管半个世纪算不上历史的长时段，但近代以来出版数量的巨大，以及学科的专门化发展，都使研究者难以获得近现代史的贯通视野。该章即根据《序跋集》所收录的这个时段的历史文献，概览这一时期大量译序跋的汇集所凸显出的时代主潮及其流行观念，以纵观其流变和脉动的轨迹，从中透视译序跋的改写现象及其文化与政治，并由此反思翻译在中国现代化历史进程中的角色。

对20世纪的回顾与反思从其世纪末已经开始，人们普遍认为这是"人类史上最血腥动荡的一个世纪"。英国艾瑞克·霍布斯鲍姆将20世纪划定在第一次世界大战至1991年苏联解体，并称之为"短促的20世纪"的观点已经蜚声学界。他同样认为"这是一个人类史上最残酷嗜杀的世纪"，更将一战至二战时期命名为"大灾难的年代"。[2] 在这个意义

---

[2]　[英]艾瑞克·霍布斯鲍姆：《极端的年代：1914—1991》，郑明萱译，北京：中信出版社，2014年，第16页。

上，中国与西方不同，中国的20世纪很漫长，尤其是《序跋集》辑录的20世纪上半叶，中国都在被迫持续反抗从19世纪中叶开始、19世纪末以来愈演愈烈的来自殖民西方与日本的侵略战争，以致延伸到整个20世纪中国都在为彻底摆脱挨打的命运，能以平等的地位跻身世界民族之林而奋斗。汉译文学运动正与此相伴相生，围绕着这一时代主调，此起彼伏地演绎与建构着战争、革命、人的观念这三大舆论导向，而与此时期在中国及世界发生的那些重大历史事件相互激荡与共振。

从19世纪末到共和国建立，战争是影响这段历史进程的主要因素。1894年爆发的甲午战争、1900年八国联军侵华、1904—1905年在中国领土交战的日俄战争、1914—1918年第一次世界大战、1926—1928年北伐战争、1931—1945年抗日战争，以及第二次世界大战、1945—1949年的解放战争，且不提大大小小的军阀混战，如此频仍的战争事件深重影响了中国人的生活、思想与情感，从而成为具有转折点和象征意义的历史时刻。

晚清至民国初期，西方列强的殖民侵略，虽然使优胜劣汰、适者生存的观念成为兴盛一时的思潮，却少有人能够清醒地意识到它所具有的殖民帝国主义话语的性质，反而将其视为世界通行的"公理"，甚至认同这一强权的逻辑，大力倡导军国民和尚武精神。如日本渡边氏著《世界一周》的译者竟然钦羡地提示国人："你看欧美各国，个个在海外开辟殖民地；我们中国，自古只有受外族欺侮的分儿，哪有工夫去开辟新地，这岂不是历史的耻辱吗？"因而"拜服他们那一种冒险的精神"，认为"有了此种精神，无论做哪一件事，无有不成的"。[3] 即使有人觉悟到那些"以为白种之民德，高越地球，足为世界文明之导线"者，是未能看清"事实大相刺谬"，西人所谓公理"狡为是言，用济其恶，甚者

---

[3] 见［日］渡边氏：《世界一周·引语》，商务印书馆编译所译述，上海：商务印书馆，1914年，第3页。

且谓不国之民，不当以人类相待", "其惨毒酷厉，全无心肝"[4]。但面对中国不断被侵略瓜分的危难关头，晚清译者最普遍而直接的积极性回应是以列强为师，探寻其崛起模式；文学翻译更重在发挥教化的功能，大量输入外国英雄传略事迹作为"国民镜"，以改造中国人的奴性、偷生与荏弱的性质。如黎汝谦、蔡国昭合译《华盛顿泰西史略》、赵必振翻译《日本维新英雄儿女奇遇记》《戈登将军》[5]《拿破仑》、广智书局同人翻译《加里波的传》[6]、独立苍茫子译《游侠风云录》、杨瑜统译《克莱武传》[7]、陶甾旦译述《军役奇谈》，等等，这些晚清时期流行的铁血偶像，本是他国的民族英雄，多为能征善战、为帝国扬威的沙场将军，对于刚刚经过甲午战败、庚子之役、日俄战争之痛的中国来说，能够将这些敌国英雄引为自己的榜样，不能不说译者在其间发挥了巨大的作用。序跋即是其作者改写并转换原著的创作意图而为我所用的最方便而有效的文体，从中可以窥探序跋作者如何将被侵略屠杀激起的民族义愤，引导到忍辱负重、总结教训，甚至不惜曲解本意，为用而用，以期最终报仇雪耻的雄图大略上的用心。

　　序跋作者有的责望于贤豪，认为"国有英雄，始可与立"，一厢情愿地将加里波的将军（图5.1.1—图5.1.3）的传记解读成英雄转移国运的故事，吹捧其能以一人之力，匹马横刀，将危于累卵、疆宇瓦解的意大利"复得吐气伸眉于生存竞争之世"，驰驱于世界列强之中，"还彼祖宗历

---

[4] 包天笑：《身毒叛乱记·序》，[英]麦度克：《身毒叛乱记》，吴门磻溪子、天笑生同译，小说林总编译所编辑，上海：小说林社，1906年，第1页。

[5] 查理·乔治·戈登（Charles George Gordon, 1833年1月28日—1885年1月26日），维多利亚时代的英国工兵上将。曾为清政府效力，出任"常胜军"总指挥，帮助李鸿章剿灭太平天国。

[6] 加里波的（Giuseppe Garibaldi, 1807—1882），意大利名将，意大利建国三杰之一，由于在南美洲及欧洲军事冒险的战功，被誉为两个世界的英雄。

[7] 克莱武（Robert Clive, 1725—1774），集冒险家、军事家、外交家、政治家于一身，早年参加东印度公司与迈索尔在印度的争霸斗争，为英国殖民扩张立下汗马功劳，被誉为英帝国最伟大的缔造者之一。

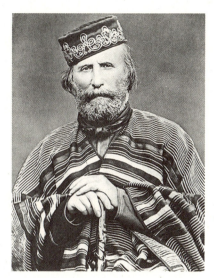

图 5.1.1
加里波的（1807—1882）

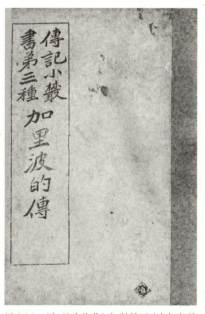

图 5.1.2 《加里波的传》初版封面（广智书局同人编译，1903 年）

光緒二十九年二月二十日印刷
光緒二十九年三月初五日發行

（實價大洋一角五分）

譯者 廣智書局同人

上海英界大馬路同樂里
印刷所 廣智書局活版部

上海英界大馬路同樂里
發行所 廣智書局

加里波的傳

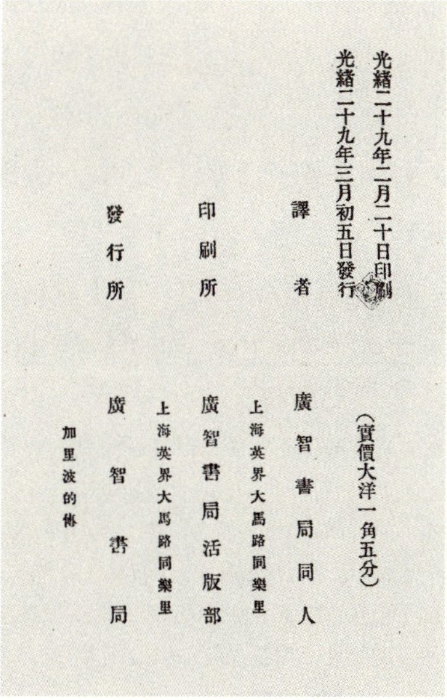

图 5.1.3 《加里波的传》初版版权页

祀之光荣",[8] 大声疾呼"侠君侠相侠士起而雪大耻，复大仇，以开新智，御外侮"[9]。有的则探究国势燉腾者，其历史风俗之内在精神，留日学生独立苍茫子认为日本以长蛇三岛，维新30余年，即能"恒海夷岳，辉国旗于大地，握霸权于东方者"，胎源于"其立国二千余年来，殆已演成一种所谓大和魂武士道风俗者，是乃其立国之要素"，因而译演《游侠风云录》，以窥其热血奋勇、侠气淋漓之社会风潮[10]；并对比中国传统文化，明确判定孔教"今谓之为弱人家国者"[11]。晚清革命派赵必振

图 5.1.4　戈登将军（Charles George Gordon, 1833—1885）在中国

翻译日本法学士赤松紫川著的《戈登将军》（图5.1.4—图5.1.6）应该也是这个英雄崇拜、造就军国民思潮的产物。该传记本来特别推崇的是"戈登之名，最著于世界者，以其尽战事于支那，而以勘定太平天国之武勋为始"[12]的业绩，但译者在"序"中却对"吾黄种之人，群颂戈登而不置"的时论进行攻击，更将矛头直指清朝统治者，认为"用异族而戕同种"，不过是"授以刀斧，使同种人相鱼肉，以保彼一姓一家之产业也"[13]。由

---

[8] 广智书局同人：《加里波的传·绪论》，广智书局同人编译：《加里波的传》，上海：广智书局，1903年。

[9] 梁启超：《〈意大利兴国侠士传〉序》，梁启超：《饮冰室合集集外文》（上册），夏晓虹辑，北京：北京大学出版社，2005年，第15页。

[10] 独立苍茫子：《游侠风云录·叙》，上海：独立苍茫子自刊本，1903年。

[11] 陶骝旦：《军役奇谈·附记》，[英] 脱马斯加泰：《军役奇谈》，陶骝旦译述，上海：小说林社，1904年，第67页。

[12] [日] 赤松紫川：《戈登将军》，赵必振译，上海：新民译印书局，1903年，第7页。

[13] 赵必振：《戈登将军·序》，[日] 赤松紫川：《戈登将军》，赵必振译，第1页。

图 5.1.5 《戈登将军》初版封面,日本赤松紫川著、赵必振译,新民译印书局,1903 年

图 5.1.6 《戈登将军》版权页

此可见,序跋作者公然与原作意图相对抗,晚清革命派将清廷视为帝国主义列强帮凶的立场观点。

更多译者则是向西方直接拿来"其人之道"还以"治其人之身"。陶骃旦边翻译《军役奇谈》(图 5.1.7—图 5.1.9),边总结说:"今译此书,乃恍然知铁血主义,固欧洲人普通公共之物产也。""吾悲中人之缺乏军国民魂也。""吾羡欧人之富于铁血主义也。"[14] 周作人也在《孤儿记》绪言中敲起警钟:"呜呼!天演之义大矣哉!……而今乃复一以强弱为衡,而以竞争为纽,世界胡复有宁日!"进而警告国人"积弱之民,非神明与体质并进于顽,万无能幸存于一日"。[15] 林纾则将中西对比,认为"吾华开化早,人人咸以文胜,流极所至,往往出于荏弱。泰西自希腊、

---

[14] 陶骃旦:《军役奇谈·附记》,[英] 脱马斯加泰:《军役奇谈》,陶骃旦译述,第 11 页。
[15] 平儿(周作人):《孤儿记·绪言》,阿英编:《晚清文学丛抄·小说四卷》下,北京:中华书局,1961 年,第 497 页。

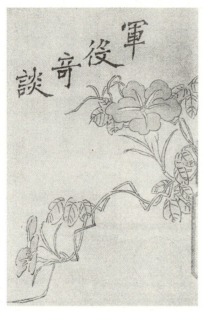 

图 5.1.7 《军役奇谈》初版封面。[英]脱马斯加泰著、陶晞旦译述，小说林社，1904 年

图 5.1.8 《军役奇谈》初版版权页

罗马后，英、法二国，均蛮野，尚杀戮"，"故国力因以强伟"[16]，因而在《埃及金塔剖尸记·译余剩语》中明确表示，以后翻译要"撷取壮侠之传，足以振吾国民尚武精神者"[17]，敬告读者"当求备盗之方"，"学盗之所学，不为盗而但备盗，而盗力穷矣"[18]。孔昭鋆为《红茶花》作序，明确断言："惟尚武，乃可立国也！"[19]

如果说，晚清民初创造了"国家"的神圣价值，取"君"而代之，

---

[16] 林纾：《剑底鸳鸯·序》，[英]司各德：《剑底鸳鸯》，林纾、魏易译述，上海：商务印书馆，1914 年再版，第 1 页。

[17] 林纾：《埃及金塔剖尸记·译余剩语》，[英]哈葛德：《埃及金塔剖尸记》，林纾、曾宗巩译述，上海：商务印书馆，1905 年，第 2 页。

[18] 林纾：《雾中人·序》，[英]哈葛德：《雾中人》，林纾、曾宗巩译述，上海：商务印书馆，1906 年，第 2 页。

[19] 孔昭鋆：《红茶花传奇·序》，[法]朱保高比：《红茶花》，陆善祥译意、陈绍枚润文，1905 年，香港：聚珍书楼，第 1 页。

第五章　译序跋中的改写：观念之流变 | 291

图 5.1.9　《军役奇谈》正文第一页

成为此一时期的宏大理念，第一次世界大战则使西方在 19 世纪发展到历史进程顶峰的民族－国家主义、作为国际公理的社会达尔文主义受到普遍质疑。战争中各国人民的沉重灾难和牺牲普遍唤起了"一种同样的极深刻的同情来"，不仅宣告了"物质主义的破产"，"进步"历史观的终结，也达成共识："人类是一体的"，只有爱才是"宇宙的生命，是人生进化的本质，是人生的意义与价值。只有爱可以使人类有和平的，调和的生活"。从而为文学赋予了"反对战争，咒诅战争，必有赖乎文学"的重任，认为"浸在爱里的非战文学"，才是"人的文学，是爱的文学"，"是世界的文学"[20]，"能够立在混乱屠杀的现世界中，呼唤出人类一体的福音"[21]。

金观涛曾就《新青年》中提及的事件做出统计，使用次数排在第一位的就是"世界大战"。如果我们认识不到第一次世界大战不仅对西方，也对中国历史未来发展的重要性，也就很难把握从晚清到五四思想转折的重要契机。胡适于民国元年和民国三年为都德的《最后一课》《柏林之围》做"前记"时，还沿袭着晚清建构国家崇拜的余绪，"写割地之

---

[20]　瞿世英：《小人物的忏悔·序》，[俄] 安特立夫：《小人物的忏悔》，耿式之译，上海：商务印书馆，1922 年，第 1 页。

[21]　《〈春之循环〉文学研究会丛书缘起》，[印] 太戈尔：《春之循环》，瞿世英译，上海：商务印书馆，1921 年，第 2 页。

惨",以激荡国人之"爱国之心",追躐战胜国之"盛时威烈"。[22] 而到 1918 年发表《易卜生主义》时,就已在宣扬易卜生"毁去国家观念,单靠个人的情愿和精神上的团结做人类社会的基本"的政治主张了。周作人 1906 年为鲁迅译《造人术》撰写跋语时,还推崇"世界之女子,负国民母人之格,为祖国诞育强壮之男儿",因之将其神圣化为"造物之真主";[23] 而至 1920 年周作人出版《点滴》时,疏离国家意识的"反战"思想与"人道主义"已不仅成为其选辑,也是其阐

图 5.1.10 《旅顺实战记》初版封面([日]樱井忠温著、黄郛译,译者自刊,1909 年)

发的贯穿主旨。通过序与各篇附记,周作人重点宣扬了托尔斯泰的无抵抗主义就是"非战争,赞美力作,主张共同生活"的精神,专门指出他的《空大鼓》即其"非战的宣言",并大力推介安特莱夫(文中又译安特立夫、安特来夫)的《红笑》是非战文学中"最猛烈"的[24]。

安特莱夫的《红笑》写的是 1904 年日本与俄罗斯为了争夺朝鲜半岛和中国辽东半岛的控制权,在中国东北进行的帝国主义战争;对比同一题材在晚清时期的译介,更能说明两个不同时代战争观念的变化。晚清时期描写同一题材的译作,有曾留学日本东京振武学校,后任国民

---

[22] 胡适:《〈最后一课〉小序》《〈柏林之围〉小序》,胡适译,《短篇小说第一集》,上海:亚东图书馆,1919 年,第 1、9 页。

[23] 米国路易斯托伦:《造人术》附记"萍云(周作人)曰",索子(鲁迅)译,《女子世界》,1906 年第 4—5 期。

[24] 周作人:《空大鼓》附记,周作人辑译:《点滴》,北京:北京大学出版部,1920 年,第 17 页。

第五章　译序跋中的改写：观念之流变　　293

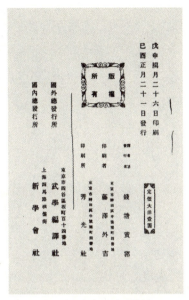

图 5.1.11　《旅顺实战记》书名页　　　图 5.1.12　《旅顺实战记》初版版权页

政府外交部长、教育部长等职的黄郛于 1909 年翻译出版的《旅顺实战记》，又名《肉弹》(图 5.1.10—图 5.1.12)，为日本陆军步兵中尉樱井忠温所做。译者介绍"是书描写日本于攻围旅顺时经过之惨，取得之难，淋漓满纸，不堪卒读"。该书附录的多人序跋一概颂扬日本武士"英姿飒发"的遗风，借此宣扬"立国必要之原质，惟黄金与赤血"，钦慕日本"以数十万国民之赤血，而一胜再胜，而购得此莫大之荣也"，愿献此书"为我朝野父老子弟养血之剂"[25]。另有女翻译家汤红绂负笈东瀛时，也适逢此日露战事，见证了"扶桑三岛，义士云集而响应，而血性所至，人人涂肝脑，蹈汤火，而不以为苦难"的铁血场面。她于课余购得以此为"绝新资料"的小说百余种，回国任教于女塾后，择其善者而译之，出版了《旅顺双杰传》(图 5.1.13、图 5.1.14)，收入押川春浪著《旅顺土牢之

---

[25]　陆光熙：《旅顺实战记·跋》，[日] 樱井忠温：《旅顺实战记》，黄郛译，译者自刊，1909 年。

图5.1.13 《旅顺双杰传》初版封面（[日]押川春浪著、汤女士绂（汤红绂）译，世界社，1909年）

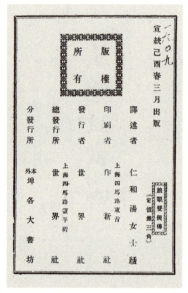

图5.1.14 《旅顺双杰传》初版版权页

勇士》、龙水斋贞著《女露兵》两篇小说，"以为我学界之谈助，并使吾女界中，知尚武之精神，军国民之资格，不当为须眉所独擅，而奋然兴起焉"[26]。但第一次世界大战后，周作人于1919年翻译安特莱夫《齿痛》做附记，评论其《红笑》时则已经取完全不同的态度。他说："一九〇四年日俄战后，安特来夫作了一部《红笑》，用笔蘸了血，写出战争的罪恶。""'疯狂与恐怖'这几个字，实在可以包括全书大旨，也可以当作他全集的题辞。"由此可见，国家的胜负不再是周作人判断的标准，他也未沿袭晚清的国家－民族主义，从失败者的角度发掘其原因教训，而代之以"人类一体"的价值观，从而将安特莱夫树立为他大肆宣扬的人道主义的旗帜，将"拭去一切的界限与距离"标举为"俄国人道主义"，

---

[26] 汤红绂：《旅顺双杰传·序》，[日]押川春浪：《旅顺双杰传》，汤红绂译，上海：世界社，1909年，第2页。

是"文学上的宗旨",与"最高上的功业"。[27] 由此我们也能够意识到为什么托尔斯泰、罗素等反战思想家,以及泰戈尔、安特莱夫、武者小路实笃等反战作家能流行一时。如汪晖在《文化与政治的变奏——一战和中国的"思想战"》中所说:"将'五四文化转向'置于由第一次世界大战造成的人类震惊之中,我们或多或少可以理解这一'意识的转变'的普遍意义。"[28] 由此也可见,序跋作者不仅掌握着时代对译作的阐释和征用权,译作的序跋也是时代主潮的风向标。

二

反战思潮一直持续到 20 世纪 30 年代初,这期间被时人命名为"新战争文学"的作品大量翻译进来,林语堂的《西部前线平静无事》"序"、洪深《西线无战事》(图 5.1.15、图 5.1.16)"后序"、施蛰存《一九〇二级》"译者致语"、麦耶夫《战争》"译序"、张资平《退路》"序"、周作人《战中人》"序"及屠介如"译者序"、林疑今《西线归来》"译者后记"等,大多令人惊奇地预见到第二次世界大战正在"酝酿"及"死灰复燃"的局势。作者在比较中外古代战争文学或是"歌颂武功,追述英雄",或是描写小百姓"受尽颠沛流离之苦"主题特征的基础上,概括出新战争文学的非战旨意。尤其是洪深全面总结了世界反战力量对第一次世界大战原因和代价的反思。他指出,若追究世界大战的罪魁祸首,不只是 36 个外交家的问题,军权主义、国家主义、经济侵略的帝国主义、秘密的联盟、机关报纸才是发起战争的强大动力,并将赋予战争以正当性的流行观念一一列举批判。他指出:"以为战争即是社会的为了生存而奋斗""以为战争是一切社会和文化进步的原因""以为某某民族是上帝生

---

[27] 周作人:《齿痛》附记,周作人辑译:《点滴》,第 182 页。
[28] 汪晖:《文化与政治的变奏——一战和中国的"思想战"》,上海:上海人民出版社,2014 年,第 8 页。

 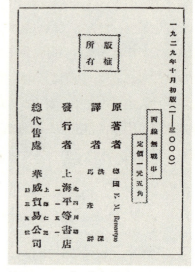

图 5.1.15 《西线无战事》初版扉页。德国 E. M. Remarque 著,洪深、马彦祥译,平等书店,1929 年

图 5.1.16 《西线无战事》初版版权页

之为世界的主人翁""以为国家的行为不应绳之以寻常道德的标准、以为战死是最高尚的牺牲、以为战争可以引起人类优美的德性"[29]——这诸多荒谬论调都误解了达尔文的进化论,进而将制止战争的希望赋予人类的理智和决心。

1931 年九一八事变,日本发动侵华战争,很快东北全境沦陷。由此民族－国家意识重新高涨,非战思潮受到遏制。历史战争题材、弱小民族反抗外敌侵略、假想未来战争和国外研究中国问题的译作纷纷出笼。翻译家或借西讽中,讥刺中国的不抵抗,如李青崖《写在〈俘虏〉前面》说,尽管法国在普法战争中打了败仗,但"法军之败,都是从血战巨创之后才退避的",即使失败,也表现出"立国的一种精神","法国

---

[29] 洪深:《西线无战事·后序》,[德] E. M. Remarque:《西线无战事》,洪深、马彦祥译,上海:上海平等书店,1929 年,第 36—37 页。

人对于国家和种族所怀的责任心"[30]；或以古代抵抗外族侵略的英雄事迹"作为国民作兴的读本，国民精神训练的模范"[31]；或以叛国者的下场警告国人："汉奸终无好下场"[32]；或介绍西方国家对中国抗战的声援：号召支持中国"非但为保持西方国家的利益"，"也为世界文明的前途而大声疾呼"[33]。甚至翻译古典文学作品，也不忘抗战。高寒于《在俄罗斯谁能快乐而自由》的引言中，激情地要以"所译的这部长诗作为一支伟大的战曲"，献给"为着未来的希望和光明这么惨酷而英勇地斗争着的战士！"[34] 与郭沫若合译列夫·托尔斯泰《战争与和平》的高地则在"译校附言"中告知读者，他的目的就是要以帝俄坚持长期抗战的情形"给中国读者们一个'抗战必胜'的例子"[35]。即使翻译的是非战文学，此时译者也要特别告诫读者："须认明侵略他人的战争固为无上的罪恶，至若不得已而为抵抗暴力的战争，则实属正当防卫，不仅毫无罪恶可言，实为一个独立民族所应有的权利与光荣。"[36] 不仅明确否定了晚清时期赤裸裸的强者正义的战争观念，也进一步将发起战争视为罪恶，而赋予防卫以战争的正当性。

那些关注军事形势的翻译家更是"悚然于危亡之祸，蹙然为御侮救

---

[30] 李青崖：《写在〈俘房〉前面》，李青崖选译：《俘房及其他》（封面仅题《俘房》），上海：开明书店，1932年，第4页。

[31] 林焕平：《文天祥的精神及其他》，[日]尾崎士郎等：《扬子江之秋及其他》，林焕平译，香港：民革出版社，1939年，第121页。

[32] 唐人曾：《〈罗家父女〉序》，[法] Haraucourt：《罗家父女》，唐人曾编译，上海：新声戏剧编译社，1936年，第1页。

[33] 王纪石、吴饮冰：《为统一而战的中国·译序》，[美] 毕林哥尔：《为统一而战的中国》，王纪石、吴饮冰合译，香港：香港众社，1939年，第3页。

[34] 高寒（楚图南）：《在俄罗斯谁能快乐而自由·引言》，[俄] 尼克拉索夫：《在俄罗斯谁能快乐而自由》，高寒译，上海：商务印书馆，1940年，第4页。

[35] 高地：《战争与和平·译校附言》，[俄] L. 托尔斯泰：《战争与和平》，郭沫若、高地合译，上海：骆驼书店，1947年，第3页。

[36] 寿椿：《前线十万·序》，[英] John Hay Beith：《前线十万》，唐演译，上海：大东书局，1932年，第2页。

国之谋"[37]，英国 H. C. Bywater 撰写的长篇假想海战小说几乎同时出现了两个汉译本，郎醒石《太平洋大战·序》、张炽（张季鸾）《日美太平洋大战·序》，另外还有哈汉仪《潜水艇的大活动·译序》等，都对中国自甲午北洋舰队亡而不建海军表达了强烈不满，认为"日本敢于悍然侵略，虽犯世界舆论而不恤者，首恃其目前之远东制海权"[38]。他们的翻译目的"一在供给海军知识，一面还想把它拿来当作国民精神教育的课本"[39]。令人震惊的是，这些外国军事专家的分析和假想竟在未来的世界大战中一一应验，甚至能够准确地预见到"世界第二次大战不会迟到二十世纪中叶才发生的"[40]。

全面抗战以后，在抗日民族统一战线的旗帜下，更涌现出有组织成规模的翻译活动。当时国民党中宣部与政治部委托中国文艺社公开征求军歌，出版徐仲年、俞大綱、商章孙选译的《英法德美军歌选》。中央大学设"战时文学讲座"，译者认为，从"每次听讲者之众多，便可推知在此长期抵抗过程中介绍外国战时文学的需要"[41]。特别需要提到的是，在"国防文学"倡导下所开展的"国防戏剧"运动，成为抗战宣传中的一支劲旅。舒湮在《〈儿女风云〉"光明戏剧丛书"总序》中总结说："这两年半以来的民族解放战争，证明了文艺为国家服役的功绩；特别是戏剧部门的帮助教育群众，记录抗战史实，宣传反侵略真谛，动员民众保卫国土"，"这一切将是中国戏剧运动史上最光荣的一页。"[42] 为迅速展开战

---

[37] 张炽（张季鸾）：《日美太平洋大战·序》，[英] 白华德：《日美太平洋大战》，杨力樵、马全鳖、赵恩源合译，天津：大公报社，1932年，第1页。白华德为英国海军专家。

[38] 同上。

[39] 哈汉仪：《潜水艇的大活动·译序》，[日] 广濑彦太：《潜水艇的大活动》，哈汉仪译述，天津：海事编译局，1932年，第3页。

[40] 方安：《总统失踪记·译者序》，方安译述，《总统失踪记》，上海：商务印书馆，1936年，第2页。

[41] 《英法德美军歌选·序》，徐仲年、俞大綱、商章孙选译：《英法德美军歌选》，长沙：商务印书馆，1939年，第1页。

[42] 舒湮：《"光明戏剧丛书"总序》，[法] 莫里哀：《儿女风云》，胡春冰、龚家宝改编，上海：光明书局，1941年，冠前页，无页码。

争动员，戏剧界"对于历史性而又富于国防意义的剧本发生了空前的兴趣"[43]，苏联描写俄土战争和拿破仑战争的《苏瓦洛夫元帅》国防历史剧，仅在20世纪40年代初的一两年中就涌现出四个汉译本。为解决"剧本荒"的问题，一个短平快的手段就是将世界戏剧优秀遗产加以中国化，改译剧成为一大繁荣的品种。当时最著名的"好一计鞭子"：街头剧《三江好》《最后一计》《放下你的鞭子》均出自改译。莫里哀、雨果、果戈理、高尔基、莱辛、意大利哥尔特尼（Carlo Coldoni）、法国保罗·聂芳（Paul Nivoix）等的戏剧都曾被"拿来"改头换面，为中国抗日所用。

由于空军在现代战争中所占位置的重要，为促进中国大空军建设的完成，"空军文学"这一概念正式提出，这为抗战文学增加了一个新品种。当时不仅策划出版了"空军文学丛书""空军文艺丛书""空军戏剧丛书"，还编有"空军文学译丛"。杜秉正在《血斗》前言里，郑重指出空军文学应"是抗战文学中之一部门"，"是宣传建设空军的有力武器"，并进一步提出了建设空军文学"创作和介绍，分头并进"的方法。[44] 事实上，中国作家的创作和翻译不仅是空军文学，也构成了抗战文学的双翼。

第二次世界大战爆发后，研究和介绍纳粹德国的纪实文学又成为汉译热点，《希特勒征服欧洲》《德国内幕》《在德军后方》《战时柏林日记》等相继面世。如李嘉璧于《在德军后方·译者绪言》所说："自从德国的军队在欧洲大陆上建立了旷古未有之战绩后，世人对于这'何兴之暴也'的纳粹国家都感觉起兴趣来。关于它的论著，简直多得可以车载斗量。"[45] 同时总结法国溃败前因后果的汉译也先后热销，时与潮编辑部在

---

[43] 丽尼：《苏瓦洛夫元帅·后记》，[苏联] 巴克特列夫、[苏联] 拉苏莫斯基：《苏瓦洛夫元帅》，丽尼译述，桂林：上海杂志公司，1942年，第103页。

[44] 杜秉正编译：《血斗》，成都：中国的空军出版社，1939年，"前言"第1页。

[45] 李嘉璧：《在德军后方·译者绪言》，[美] 约翰·拉雷：《在德军后方》，李嘉璧译，上海：亢德书房，1941年，第2页。

《法国的悲剧·译者序》中发自肺腑地说:"法国的悲剧是一个最切实而生动的教训。所有想立足于当前这个国际角逐场中的国家,都应该虚心来领会并接受法国的血腥的教训。我们谨以最严肃的态度把本书介绍给在艰苦抗战中的同胞们!"[46]

比较而言,此时期无论哪个国家的汉译文学数量都是无法和苏联相提并论的,中苏文化协会下设的编译委员会,苏联以苏商名义在上海创办的时代出版社,加之中国共产党领导的敌后抗日根据地都有组织地重点译介苏联文学。尤其是 1941 年 6 月 22 日苏德战争爆发后,苏联人民在前后方的抗战事迹几乎是同步地被翻译过来,苏联战绩和"苏维埃人"舍身报国的英雄群像成为鼓舞中国抗战的一大精神力量,为苏联赢得了至高的声誉。曹靖华在不到半年的时间里就组织翻译了反映苏联卫国战争的速写、报告文学和短篇小说集《剥去的面具》。在编后记中,他特别强调了苏联在这次大战中举足轻重的位置,认为"苏联的抗战,也正是为全世界,为全人类担负着擒贼擒王的巨任",号召"介绍苏联的抗战文艺,作我们精神上的呼应与砥砺"。[47]

图 5.1.17 《虹》作者瓦希利夫斯卡(Wanda Wasilewska, 1905—1964)

译介苏联文学不仅是对中国抗战的声援,同时也带有高度的政治性;第二次世界大战虽然使资本主义美国与社会主义苏联携手合作,但其竞争从未因此而止息。显然,从此时段的译序跋可以看出,苏联对卫国战争的英雄化宣传,对其胜利者、拯救者形象的塑造,能够

---

[46] 时与潮编辑部:《法国的悲剧·译者序》,[法] 安德烈·莫洛亚:《法国的悲剧》(三版),吴奚真、鞠成宽、刘圣斌合译,重庆:时与潮社,1941 年,附前,无页码。

[47] 曹靖华编:《剥去的面具》,重庆:文林出版社,1942 年,"编后记"第 141、142 页。

图 5.1.18 《虹》初版封面。瓦希利夫斯卡著、曹靖华译,重庆:新知书店,1943 年

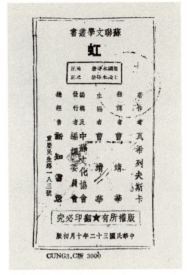
图 5.1.19 《虹》初版权页

被转译成社会主义代表力量、正义和光明的一种象征,在中国获得了绝对的优势,也离不开相关序跋作者的推崇和鼓吹。如曹靖华在《虹》(图 5.1.17—图 5.1.19)的译者序中说:"在任何一个村子里,只要德国的统治,用血和泪在那儿存在了一天的话,万代千秋,在那儿都不会再有人对苏维埃政权不满、怠惰、冷淡了……生活的本身,用最可怕的教训,教会了人们。"他指出:"'虹'在这部作品里,是一种象征。这是光明战胜黑暗,文明战胜野蛮,人道战胜暴力,公理战胜强权的象征。是人性战胜兽性的象征。"[48]

苏联反抗纳粹德国的英勇壮烈事迹,也引起国民党抗战力量的惊叹与赞佩。《丹娘》(图 5.1.20、图 5.1.21)译者傅学文,作为中国驻苏大使邵力子夫人,曾随同夫君于苏联艰苦建设时期、卫国抗战时期两次旅居苏联。

---

[48] 曹靖华:《虹·译者序》,[苏联] 瓦希利夫斯卡:《虹》,曹靖华译,重庆:新知书店,1944 年,第 22、31 页。

图 5.1.20 《丹娘》初版封面。傅学文编译，中苏文化协会妇女委员会，1943 年

图 5.1.21 《丹娘》初版版权页

译完《丹娘》后，她深有感触地在序中说："一个民族产生丹娘这样的爱国者，决不是偶然的事。苏联建国以来，妇女在经济、政治、社会上，得到完全的解放；因此，苏联妇女的政治觉悟、创造能力和技术锻炼，得到与男子同样的发展。20 多年来的和平建设，苏联妇女做出了很重要的贡献。而抗战以来，苏联妇女的爱国精神与牺牲勇气，表现得尤为显著。""丹娘是无数爱国妇女的代表者。"[49] 宋美龄、冯玉祥、于右任、李德全，以及郭沫若等也都加入到宣扬丹娘英勇事迹的行列，纷纷为该译作写序、题词、赋诗。魏敬则借用美国作家的观察来说明《苏联的新面目》，他在译序中指出："从苏联对德战争的辉煌胜利里，蔓生出一个问题——认识苏联。""认识苏联，本不该自今日始；但事实上至今日方成

---

[49] 傅学文：《丹娘·自序》，傅学文编译：《丹娘》，中苏文化协会妇女委员会发行，重庆文林书店总经售，1943 年，第 2、3 页。

为确凿的、具体的行为。误解苏联、忽视苏联的时代，已完全过去。"[50]

与苏联卫国战争文学形成对比的是美国抗战文学所宣扬的精神。柳无垢译完萨洛扬《人类的喜剧》，比较两者之不同时说，"在萨洛扬的笔下，我们看到美国一般家庭对于战争的认识和反应"，"他们接受战争的态度，并不因为这一次是反法西斯战争而有所不同。萨洛扬企图用人间的爱，用纯情感来慰藉这些因战争而生离死别的人"，"他只是告诉我们在这莫可奈何的大难中，我们应该怎样勇敢愉快地在不幸中生活下去，在苦痛中更温暖更广大地爱着人类"[51]。应该说对战争所持有的这种态度和声音在此一时期的序跋中是极其微弱的。苏联高度英雄化与正义化，将一切悲剧都转化为仇恨的战争叙事，"驱逐"了关于战争的代价及其残酷性以及对于个体生命的权利与意义的反思，承载的是国家至上的价值观而成为社会主义意识形态的标志之一。

二战结束后，走苏联社会主义的路，还是美国资本主义的路，已演化成拥护共产党还是国民党的问题。事实上，在共产党尚未取得政权时，苏联已经赢得广泛的人心，这从来自南京的译者蕴雯的担忧可以证明。他自陈所以翻译原系苏共党员、苏联驻美购办团副团长维克多·葛诚科（V. Kravchenko）叛国后写的回忆录《我择取自由》，就因为"在这动乱的中国，多少青年，为了不满现状在追求更可怕更危险的现实！如果我们不能转变我们的方向，慢慢的步上民主建国之路，奴役、充军、饥饿、死刑和永无止境的恐怖，也就在眼前了"。译者介绍这本书"从一九〇五年的大革命叙起，直到第二次世界大战苏联卷入漩涡以后为止。葛诚科以国事演变为经，以个人经验为纬，把共产主义在苏联社会渗透的始末，忠实地描写了出来"，"使那……共产主义政治，暴露在世

---

[50] 魏敬：《苏联的新面目·译序》，[美] 辛都斯：《苏联的新面目》，魏敬译，重庆：时与潮社，1945年，第1页。

[51] 柳无垢：《人类的喜剧·后记》，[美] 萨洛扬：《人类的喜剧》，柳无垢译，上海：文光书店，1948年，第155、156页。

人眼前"[52]。这本被国民党中宣部负责人潘公展称作是"出于至诚""信而有征"[53]的传记，显然因其反苏反共的价值，仅在1947年就出了蕴雯、勤宣、沈锜三个译本，后来又有简本，潘公展还为勤宣本专门作序，翻译的政治导向不言而喻。

概而言之，在清末民国时期围绕着战争所进行的翻译活动及其译序跋的写作，也许不能完全当作客观历史来读，但它真实地保存了当时人们的思想观念及其情感心态。或者也可以说，这是另一种历史，一种观念情感的历史，这些历史碎片的集合可以隐约浮现出国际战争正当性观念在中国的演变。从晚清流行的"物竞天择，优胜劣败"之强者正义公理观，以及由此衍生的"竞争者进化之母也，战事者文明之媒也"[54]的殖民帝国战争观，到和平主义非战观的兴起，逐渐将"崇强国""崇侵略"斥为"恶声"，把一切战争视为犯罪，从而使呼唤"人类一体"的人道主义成为历史的主调。二战的爆发，虽然使理想主义的非战观受到现实的嘲弄，但如果审视二战中所高扬的战争正当性观念就会发现，正是在非战思想的基础上，才能够确立起侵略为非正义，反侵略为正义的国际公理。这大概也是苏联坚持将与纳粹德国的抗战称为"卫国战争"，中国的抗日战争能够名正言顺地赢得国际广泛的同情和援助的道义所在。

---

[52] 蕴雯：《我择取自由·译者序》，[苏联] 维克多·葛诚科：《我择取自由》，蕴雯等译，南京：独立出版社，1947年，第1、2页。封面作者名拼为Kravchenco。

[53] 潘公展：《我选择了自由·潘序》，[苏联] 维克多·克拉夫青科：《我选择了自由》，勤宣译，上海：民治出版社，1947年，第1页。

[54] 梁启超：《论近世国民竞争之大势及中国前途》，见《饮冰室合集·文集》第1册，北京：中华书局，1989年，卷四第57页。

第二节 译序跋中的"革命"观念

关于中国现代革命观，陈建华著《"革命"的现代性：中国革命话语考论》、金观涛和刘青峰著《观念史研究》中的相关章节都做过翔实确凿又识解深透的探察，他们的结论为描述译序跋中所浮现的革命观念之演变提供了必不可少的理论框架和历史概观。本节则希望从译序跋，特别是其改写现象，触摸中国现代社会转型如何从广义的社会改造（改良）到狭义的社会主义革命的脉动。

晚清和民国时期思想界最宏大的现象莫过于革命话语的兴起与泛滥，政治革命、种族革命、女界革命、祖宗革命、家庭革命、社会革命、文学革命等等，莫衷一是。但此一时期构成中国历史最大事件的，旨在破坏旧制度、建立新制度的革命，无疑是辛亥革命与中国共产党领导的社会主义革命。在这两次革命的进程中，通过汉译文学输入的革命观念，经历了从法国大革命到俄国革命再到十月革命三次高潮迭起的兴替，其对中国影响的意义重大和深远当首推十月革命。但考察其革命的观念思想所追求的社会理想却一以贯之，即使名目繁多：大同世界、乌托邦、空想社会主义、基督教社会主义、国家社会主义、基尔特社会主义，以及无政府主义、"革命"的工团主义等等，诸多社会思想潮流所诉诸的无非都是以平等为其核心价值。虽然苏联解体及其档案解密后，整个苏联历史正在重建，呈现出与以往苏维埃历史叙述不同，甚至是相反的事实和图景，以致十月革命也被贬为"十月政变"，但《序跋集》表现出的思想观念和情感立场还是为当时的人心所向保留下真实的集体记忆和共同认知。换句话说，《序跋集》汇集的历史碎片也许无助于揭示苏联历史的真相，却不妨借此去触摸中国接受十月革命与苏联社会主义观念影响的历史现象，以把握和反思在一个赤色的革命年代，知识分子的心灵世界和真切情感，勘探和揭示这一复杂历史表象下的深层逻辑和本源性动力。特别是在已知1949年新中国成立这个历史结果后，再去回溯这一进程，更会清楚地看到十月革命及苏维埃叙事所创造的社会主义必定取代资本主义这一历史规律，在中国获得群体认同的历史选择。对于这样一个大趋势的把握，有助于我们理解《序跋集》中那些琐碎而不连贯的证据资料。

根据金观涛、刘青峰的研究，"社会主义"一词作为19世纪西方批判资本主义和市场经济思潮的产物，最早输入中国是见于1896年11月25日《时务报》一则"硕儒讣音"。实际上，如果不是因李提摩太传教之心太切，将他翻译毕拉宓（Edward Bellamy，今译爱德华·贝拉米）《回头看纪略》[1]（*Looking Backward: 2000—1887*，今译《回顾：公元2000—1887年》）中的"社会主义"字样全部删除，本来是应该于1891年，或1892年就成为汉语的一个新词语的。该作在这两年《万国公报》第35—39册连载时，李提摩太似乎不想公开身份，以"来稿"或"析津来稿"之名缩译了这部"因其书多叙养民新法，一如传体"，大受"西国诸儒"热捧的作品，后来又于1894年改题为《百年一觉》（图5.2.1—图5.2.4），并将各章加上四字标题，才署上大名，由上海广学会正式出版。

该作虽是一部幻想的传奇小说，但作者却依托这一有趣的形式精心设计编撰了一个工商业国有化的理想社会图景，以其方案的周详被看作"一个重组工业的明确方案的载体"，或"政治小说"，甚至是"学术名著"。小说讲述的是波士顿的一位贵族青年韦斯特（Julian West）因长

---

[1] 实与蔡尔康合译。

第五章　译序跋中的改写：观念之流变　　307

图 5.2.1　[英] 李提摩太 (1845—1919)

图 5.2.2　《百年一觉》初版封面。[美] 毕拉宓著、李提摩太译，上海广学会，1894 年

图 5.2.3　《百年一觉》初版书名页

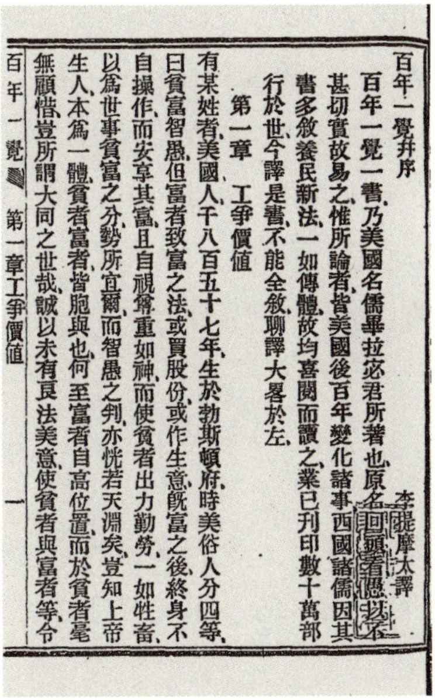

图 5.2.4　《百年一觉》正文第一页

期患有失眠症，于 1887 年美国南北战争纪念日的晚上，在自己密封的地下室里被医生用催眠术送入梦乡，一场大火将其埋入地下，直到 2000 年才被发现的故事。作者以此为叙述框架，通过主人公的眼睛和游历，将相隔 100 多年的两个美国不断对比，分门别类地详细描绘了一个消灭了私有资本、商业、银行、货币、军队、监狱的新社会。同时，又让韦斯特带着睡前 19 世纪的问题，不断地追问这个没有贫富、城乡、阶级、性别的差异，人人平等、共同富裕的新社会的实现途径。具有象征意义的李医生（Dr. Leete）的回答，显然是作者为摆脱 19 世纪面临的危机——劳资矛盾而开出的药方。其让一切问题能够迎刃而解的方案，即由国家接管一切，平均分配。在李医生看来，19 世纪的顽疾都是资本垄断的结果，它就像"新的暴政"，"比社会前此所经历的任何暴政更为可怕"，人类从未遭遇到这个暴政时期"更为卑贱、更为可怕的命运"；但它的解决也只能是"生产发展过程带来的必然结果"，垄断进展的完成即由国家"成为最后一个垄断组织"，从而能够"为全体人民谋福利"。[2] 作者通过生活在 19 世纪的主人公与经历了 20 世纪变革的李医生之间一问一答的文体，从市容、均贫富、尽废资本与货币、劳动分工、分配制度、择业自由、娱乐方式、国际关系、公共食堂、自由著作、生产组织、刑法、教育、女界平权，一直到人与人、国与国的平等关系，社会管理组织与人的良善，等等，面面俱到地为社会的进化与改造提供了一个社会愿景。

因为这个方案包含着乌托邦、社会主义、基督教教义等多种学说的因素，评论家对其定性也其说不一。尽管作者说过，他原打算是写"一部文学幻想、社会幸福的童话"，并在正文、后记中一再将其命名为"黄金世纪"（golden century），但显然他越来越坚信这个理想国不仅一定会，

---

[2] [美] 爱德华·贝拉米：《回顾：公元 2000—1887 年》，林天斗、张自谋译，北京：商务印书馆，1963 年，第 47 页。

而且能够很快实现。一位评论者认为小说所描写的 2000 年应该推至 75 世纪之后，否则不真实，针对这一观点他曾专门就"世界进步的速度"写了"后记"，郑重宣告："我写《回顾》一书持有这样的信念：黄金时代不是已经过去，而是在我们前头，并且也并不遥远了。我们的孩子们无疑将会亲眼看见；而我们这些已经成年的男女，如果能以我们的信念和工作来作保证，也是可以看到的。"他认为：虽然"《回顾》一书在形式是一本幻想的传奇小说，但作者却企图以完全严肃的态度，根据进化的原则，对人类的，特别是对这个国家中的生产发展和社会发展的下一个阶段作出预测"。[3] 其后，作者也的确是以他的"信念和工作"投身于"国家主义社团"（Nationalist Clubs）[4] 的政治运动之中，并创办了宣传媒体《新国家》（*The New Nation*）。据说，《回顾》一出版即风靡世界，十年后在英美的销量达百万册，在美国仅次于斯托夫人的《汤姆叔叔的小屋》和卢·华莱士的《基督故事》。其追随者更是紧步贝拉米后尘，在美国很多城市掀起了一股工业国有化的热潮。

实际上，贝拉米并没有将他的社会愿景命名为社会主义，更不想自己被称作社会主义者。一方面因为这一来自欧洲，尤其是德国与法国的外来词，在当时的美国获得了性解放、亵渎上帝与宗教、引发社会动荡的恶名，更重要的是，贝拉米不想用这个名称限制他在《回顾》中所倡导的政治理念所可能发挥的潜在影响。他认为自己的激进观点比社会主义更倾向于社会化。因此，"社会主义"这一词汇在《回顾》中出现时，多少带点贬义的味道。虽然贝拉米不承认自己是社会主义者，但在美国社会主义发展史中，他仍被尊奉为"今天的摩西"（图 5.2.5—图 5.2.7），甚至认为一度兴起的美国社会主义运动应该更多地归功于他的《回顾》，而不是马克思的《资本论》。[5] 贝拉米后来又为了文学而放弃了政治，创

---

[3] ［美］爱德华·贝拉米：《回顾：公元 2000—1887 年》，林天斗、张自谋译，第 243、242 页。

[4] 又译为工业国有化运动俱乐部。

[5] Howard H. Quint, *The Forming of American Socialism*, Preface & "Bellamy Makes Socialism Respectable", New York: The Bobbs-Merrill Company, INC., 1964, p.7, 72.

作了续集《平等》，详细地描述了未来的理想社会，仅从题名即可清楚贝拉米理想社会的精神实质。

贝拉米的《回顾》能够受到李提摩太的青睐，出版两年后就把它译介到中国，无足怪也。因为出身于牧师家庭的贝拉米尽管自己并非基督教徒，但他的理想国与基督教的博爱本旨并无二致，其平等的精神也是基督教去贫富之悬隔的最极之目的。更重要的是，在他的设计中，宗教活动仍是 2000 年黄金世纪中人日常生活的重要组成部分，其主人公也

图 5.2.5　[美] 爱德华·贝拉米（Edward Bellamy）（1850—1898）

都是虔诚的基督教徒。所以，李提摩太能够将《回顾》翻译阐释成宣传基督教教义的文本并非空穴来风。在其"序"中，李提摩太毫不避讳地宣称"今译是书，不能全叙，聊译大略于左"，即首先声明采取缩写的翻译策略，为其改写取得主动权。《回顾》全译本约 16 万字，经缩写后仅剩 1.25 万字，即使如此高度的缩写，对于 19 世纪末"以贫富悬殊之故，致视贫贱如奴役"的社会，李提摩太也不吝一再增引基督教教义宣示："上帝生人，本为一体，贫者富者皆胞与也"，"上帝生人，原属一例，虽工匠与富户，亦兄弟也"。[6] 小说最后以韦斯特为曾经的自己"救贫之心甚少"悔过前罪，矢愿"利济众人"获得新生而收束。经过李提摩太的增删，无疑更充分彰显了上帝救世救人的意义。

李提摩太译介《回顾》，一方面是为了更有效地传教中国，因而采

---

[6]　来稿：《回头看纪略》，《万国公报》，光绪十七年十一月（1891 年 12 月）第 35 号。

 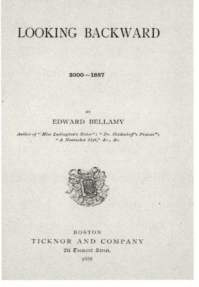

图 5.2.6 Edward Bellamy,《回顾 2000—1887》(looking backward, 2000—1887) 英文初版封面。Boston: Ticknor and Company, 1888

图 5.2.7 《回顾 2000—1887》(looking backward, 2000—1887) 英文初版扉页

取了耶儒合一的翻译策略，将上帝的天国对接儒教最高理想的大同之世；另一方面，从《万国公报》连载《回头看纪略》时期，他发表的《保民新法论》《救世教益》，以及《广学会序》等系列文章来看，出于"上帝早晚将全世界归其管理"[7]的信念，按照"救世必须救普世之罪、普世之苦"的基督教教义之所训，李提摩太及其同人也的确有"看华人于养民之法筹之甚难，行之愈缓，因恻然动念"，以译介"各国养民善法"，助益"中华富国利民"的用心。[8]《回头看纪略》的汉译正属这一"动念"的实绩之一，如他在开篇所说"因其书多叙养民新法"而译介。由此可见，李提摩太并未将这部小说看作是"幻想的传奇"，起码并不看重这一点，反而以确然的语气强调"唯所论者，皆美国后百年变化诸事"。这

[7] 李提摩太:《救世教益》,《万国公报》,光绪十八年正月 (1892 年 2 月) 第 37 号。
[8] 广学会同人:《广学会序》,《万国公报》,光绪十八年正月 (1892 年 2 月) 第 37 号。

显然在说《回顾》所写 2000 年的社会将是百年后的美国前景。李提摩太能这样认为也不奇怪，他在《保民新法论》一文中就大力推介德国自 1891 年起刚刚实施的不分男女、让残病贫弱者无忧的养老保险制度，这一举措正是《回顾》"老有所养"的愿景之一。西方正在实施的这些"与日俱新"，"于贫民极有裨益"的"裕国足民之计"，让他相信中国古圣贤徒祈愿"安得广厦千万间，大庇天下寒士俱欢颜"的奢望正在西方社会改革中逐步实现。所以，他能把贝拉米在《回顾》中所设计的理想社会的诸多方案，也看作是类似德国新颁布的"养民新法"向中国推送。如果联系李提摩太和蔡尔康后来又合译英国颉德（Benjamin Kidd）《大同学》（1899）时，将"现代社会主义"（Modern Socialism）对译成"今世养民策"，称其为"安民之新学"，更当清楚他所说的"养民新法"除了践行基督教教义，也包括"现代社会主义"。实际上，19 世纪末向中国输入社会主义的"差不多都还是外国传教士"[9]。

李提摩太的《回顾》对中国近代产生了极大的影响，他将作者贝拉米的理想国命名为中国儒教的"大同之世"，获得了维新派以及继起的革命派的一致认同。康有为、梁启超、谭嗣同等都曾明确指出"是大同影子""颇有与《礼运》大同之义相合者""仿佛《礼运》大同之象焉"[10]，但李提摩太所指称的大同实际上已与西方基督教、乌托邦传统、现代社会主义融为一体，特别是已经彻底改变了"上古之世"的意涵。经过康有为、梁启超与孙中山的阐释与实践，这一融汇了古今中外社会理想的大同政治理念已经指向未来，在晚清民初时期直接与社会主义相勾连。如冯天瑜所说："自此，'大同'即以社会主义、共产主义的同义词，在

---

[9] 《社会主义思想在中国的传播·代序》，《社会主义思想在中国的传播》（第一辑，上册），北京：中共中央党校科研办公室，党校系统内部发行，第 4 页。"出版前言"署 1984 年。

[10] 分别见《南海康先生口说》（吴熙钊、邓中好校点，广州：中山大学出版社，1985 年，第 30 页）、《读西学书法》（梁启超：《饮冰室合集·集外文》下册，夏晓虹辑，北京：北京大学出版社，2005 年，第 1069 页）、《仁学》（《谭嗣同全集》卷一，北京：生活·读书·新知三联书店，1954 年，第 85 页）。

中国流播开来。"[11]

时人普遍认为"自由竞争之趋势，乃至兼并盛行。富者益富，贫者益贫，于是近世所谓社会主义者出而代之。……社会主义其必将磅礴于二十世纪也明矣"[12]。孙中山不仅把社会主义界定为"民生主义"，而且明确主张实现土地国有和经济平等的社会革命[13]。而以梁启超为代表的立宪派虽然反对实行土地国有，但并不反对这一价值理念，甚至认为其与墨子、康有为的大同之义相近；不过鉴于当时中国的落后，他主张自由竞争，优先发展资本主义，但仍强调要"步步以大同世界为理想"[14]，确信社会主义"以最平等之理想为目的"[15]。也就是说，晚清时期无论是革命派还是立宪派，同样赞成权利平等、经济平均的社会主义价值理念，只不过在何时以及如何实行上存有分歧。

第一次世界大战和十月革命的胜利使社会主义"几乎征服了所有政治流派"，而成为新文化运动后期最普遍最重要的思潮[16]。"以平等为其核心价值的'社会主义'，也就被当作'新社会的主义'，于是'社会主义'随着向往新社会的主义（道德价值）而兴起。"[17] 王奇生在《革命与反革命》一书中，也揭示出以往学界很少注意到的社会主义流行与第一次世界大战及社会改造思潮之关联。他以翔实的史料证明："在当时人的言说中，社会主义是'社会改造'思潮之一种，或社会主义即是一种社

---

[11] 冯天瑜：《中华元典精神》，武汉：湖北人民出版社，2017年，第516页。

[12] 冰子（梁启超）：《饮冰室自由书·干涉与放任》，《新民丛报》，光绪二十八年九月（1902年10月）第17号。

[13] 参阅金观涛、刘青峰：《观念史研究：中国现代重要政治术语的形成》"从'群'到'社会'、'社会主义'"，北京：法律出版社，2009年。

[14] 张朋园：《梁启超与清季革命》，长春：吉林出版集团有限责任公司，2007年，第164页。

[15] 中国之新民（梁启超）：《论俄罗斯虚无党》，《新民丛报》，光绪二十九年九月（1903年11月）第40、41号。

[16] 金观涛、刘青峰：《观念史研究：中国现代重要政治术语的形成》，第218、219页。

[17] 同上书，第207页。

会改造运动。"[18] 在这方面,《序跋集》相当丰富地保存了这一时代话语。

一战后社会主义思潮与反战思潮相裹挟,宣布了欧洲物质主义、科学万能大梦的破灭。为阻止未来的战争,形成了要以"和平运动方法,把现代的社会改造好"[19] 的思想潮流。托尔斯泰以其"改造社会之健将""主张废战最早""社会主义之实行家"的形象成为这一潮流的旗帜。1920 年北京大学的张邦铭、郑阳和翻译出版《托尔斯泰传》(图 5.2.8—图 5.2.10),不仅在"弁言"中介绍托尔斯泰与"世界改造"之关系,并以"附刊"形式阐发托尔斯泰的"人类和平根本观",认为其"正本清源之道,则在吾人各有劳工节欲之自觉"。所谓"劳工主义所以平均负担,节欲主义所以平均享受。二者必须相辅而行,而后人类相处,可以各尽所能,各取所需,以发挥互助之精神,以企图最大之福利,所谓人类和平之极轨,胥基于是"[20]。可以说,五四时期流行的人道主义、非战思潮、劳工神圣、平民主义、新村运动、为人生的艺术观等等,都可在致力于社会改造的托尔斯泰主义中发现其源头,也都属于在同一战线上宣传和介绍社会主义的思潮及其实践。所以,刘灵华将倡导无政府的社会主义者托尔斯泰与克鲁泡特金并称为"现世文化先觉之中心",把托氏的社会改造主张命名为"大同社会主义"[21]。郑振铎也认为,"有许多人都说,俄国现在的革命的成功,得力于托尔斯泰的平民的宣传事业,实不在少处"[22]。他和屠格涅夫、陀思妥耶夫斯基等 19 世纪 40

---

[18] 王奇生:《革命与反革命:社会文化视野下的民国政治》,北京:社会科学文献出版社,2010 年,第 49 页。

[19] 东方杂志社编纂:《近代日本小说集》附录"作家传略·武者小路实笃",上海:商务印书馆,1924 年,第 108 页。

[20] 张邦铭、郑阳和:《人类和平根本观》,[英] Charles Sarolea:《托尔斯泰传》,张邦铭、郑阳和译,上海:泰东书局,1920 年,第 4 页。

[21] 刘灵华:《托尔斯泰短篇·译序》《老马·附记》,[俄] 托尔斯泰:《托尔斯泰短篇》,刘灵华译,上海:公民书局,1921 年,第 1、3 页。

[22] 郑振铎:《俄国戏曲集十·六月》附录一"作者传记",[俄] 史拉美克:《俄国戏曲集十·六月》,郑振铎译,上海:商务印书馆,1921 年,第 47 页。

第五章 译序跋中的改写：观念之流变 | 315

图 5.2.8 托尔斯泰在耕地，列宾（I. E. Repin）作于 1887 年

图 5.2.9 《托尔斯泰传》初版封面。[英] Charles Sarolea 著，张邦铭、郑阳和译，上海：泰东书局，1920 年

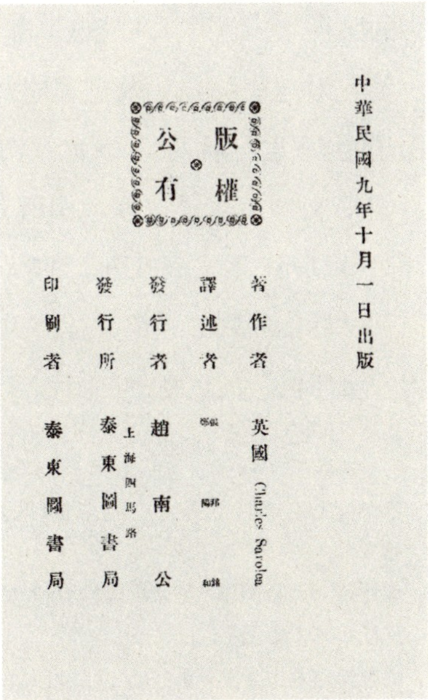

图 5.2.10 《托尔斯泰传》初版版权页

年代以后的俄罗斯文学,以其"特有的那种'社会理想'",不仅在欧罗巴,也在中国"放出异样光芒而博得大众的欢迎"[23]。

在文体上,戏剧也因其"是社会的模型,社会进步,可以促进戏剧的改良;戏剧改良,也可以促进社会的改造",是"改进社会最有力量的东西"[24]而成为与小说译介相伯仲的热点。社会剧是五四时期备受关注、着力引进的流行文体。开始易卜生被塑造为"专用白话文来讨论社会问题","打定主意要替这满身是病的社会诊病开脉案"[25]的形象,而得到中国作家的追捧。其戏剧对家庭、道德、个人与社会关系的批判,所提出的女子问题和婚姻问题,也成为五四文学的重要主题;其"要想改造社会只有充分发展个人才性的一个法子"[26]的思想,被视为真理而得到广泛信仰。继之而起的,则是萧伯纳的社会剧日渐赢得人心,因其不仅诊病源,也开方子,而获标举。高尔斯华绥的社会剧也因能反映"弱者在现社会组织下受压迫的苦况……给一般的人类暗示出一条改造社会的路径"[27]而被郭沫若最早翻译进来。

笔者对《序跋集》做过粗略的统计,起码从1917—1927年谈论最多的还是19世纪后期至20世纪初的俄国革命,这与反映此一时期革命的俄罗斯文学被翻译进来,引起热烈反响有关。事实上直到斯大林在1928年至1931年发起从列宁的新经济政策到社会主义苏联模式的"大转向"以后,苏联的经济、社会关系和文化模式才成为中心话题,真正进入"爆炸性"的红色30年代。在对待十月革命态度之转变上,《序跋

---

[23] 韦漱园(韦素园):《外套·序》,[俄] 果戈理:《外套》,韦漱园译,北京:未名社,1926年,第6页。

[24] 郭协邦:《安那斯玛·译者自叙》,[俄] 安东列夫(安德烈耶夫):《安那斯玛》,上海:新文化书社,1923年,第1页。

[25] 潘家洵:《易卜生集·第一册·易卜生传》(四版),上海:商务印书馆,1926年,第5页。

[26] 同上。

[27] 郭沫若:《争斗·序》,[俄] 戈斯华士(高尔斯华绥):《争斗》,郭沫若译,上海:商务印书馆,1926年,第1页。

集》记录了从社会改造运动转向社会革命的舆论流变。

十月革命甫一爆发，社会学家陶孟和（陶履恭）就从欧洲带回了英国兰姆塞（Arthur Ransome，今译兰塞姆）撰写的《一九一九旅俄六周见闻记》（由北京大学学生兼生［黄凌霜］翻译），所持有的还是"考见俄国真相"[28]的旁观者态度。1920年瞿秋白、郑振铎共同为《俄罗斯名家短篇小说集》作序，两相比较，郑振铎强调的只是介绍俄罗斯文学对于中国新文学创造的意义；而瞿秋白更"动心"的是俄国十月革命，而非俄国文学。他所仰慕的是"俄国能从君主政体的国家一跃而为社会主义的国家"。所以他一再说，我们从俄国文学"可以知道他国内社会改革的所由来，断不敢说，模仿着去制造新文学就可以达到我们改革社会的目的"[29]。瞿秋白的观点，正是1923年底至1924年初共产党阵营在《中国青年》上开展以"实际运动"的效力否定"文学运动"的先声。

1924年田汉为《日本现代剧选 第1集》"菊池宽剧选"作序时，特别介绍了日本林癸未夫对菊池宽社会思想的阐发。他说菊池宽虽然认为"世界之社会主义化不过是时间问题"，但主张实现社会主义的手段必须合理，也就是说"资本主义虽不合理，但改造为社会主义的组织时必待资本家自己醒觉，自动地放弃他的特权方为合理的手段。若劳动者取争斗的手段剥夺资本家的特权，其结果必陷于'俄国那样的混乱'，殊非正当的'改造之途径'"。菊池宽社会思想的根底就在于此，即"目的则承认社会改革之必要，手段则主张平和的"。而且林癸未夫认为："他这种思想恐怕是现代日本人大多数所共鸣的思想。"[30] 这篇序言反映了20世纪初社会主义思潮大规模进入中国时，受到日本早期基督教社会主义

---

[28] 兼生（黄凌霜）：《一九一九旅俄六周见闻记·绪言二》，［英］兰姆塞（兰塞姆）：《一九一九旅俄六周见闻记》，兼生译，晨报社，1920年，此书无页码。

[29] 瞿秋白：《俄罗斯名家短篇小说集·序一》，［俄］普希金：《俄罗斯名家短篇小说集》，沈颖等译，北京：新中国杂志社，1920年，第2页。

[30] 田汉：《日本现代剧选 第1集·菊池宽剧选序》，［日］菊池宽：《日本现代剧选 第1集·菊池宽剧选》，田汉译，上海：中华书局，1924年，第14、15、16页。

和国家社会主义思想与运动影响的情况。二者都主张"实行共有资本制度",使资本家与地主之阶级"自行废绝",明确地反对暴力。[31]但1925年郭沫若为屠格涅夫《新时代》(今译《处女地》)(图5.2.11—图5.2.13)作序,则已坚定地呼吁:"我们所当仿效的是屠格涅甫所不曾知道的'匿名的俄罗斯',是我们现在所已经知道的'列宁的俄罗斯'。"从诉求社会改造到号召走苏联"一声炮响"的革命道路,证明了埃里克·霍布斯鲍姆的论断:"自大战爆发以来,头一桩顺应民心的政治事件,就是俄国的大革命。自十月革命列宁领导的布尔什维克党夺权成功以后,和平的呼声与社会革命的需求更汇合成为一股潮流。"[32]

20世纪30年代实行了社会主义改造和建设第一个五年计划后的苏联,越来越在世界范围获得认同,被视为社会革命成功的样板。就像曾经的西方将自己置于文明进化的顶端,而把他者斥为野蛮、落后一样,此时苏联利用马克思主义历史观,将自己宣传成取代欧美资本主义、代表历史发展未来的社会主义乐园。相当多的中国左翼翻译家不仅全盘接受,更将自己对理想社会的梦想寄托在对苏联的想象上。

一个非常有意味的现象是此时曾克熙继李提摩太之后,再一次汉译了美国作家贝拉米(曾克熙译为白乐梅)的《回顾》,1932—1933年连载于邹韬奋主编的《生活》周刊第7卷26—50期、第8卷1—18期上,但并未连载完。1935年被列入"翻译文库",由生活书店全文出版(图5.2.14、图5.2.15)。当时曾克熙并不知情,以为"中文似尚无译本",而实际上,在他之前除李提摩太译本外,尚有通俗章回小说体,被标为"政治小说"《回头看》连载于《绣像小说》1904年25—36期上,译者佚名。也许因为原著是第一人称叙事,不知是译者误判,还是为了增加真

---

[31] 参阅《社会主义思想在中国的传播》编写组:《社会主义思想在中国的传播》(第一辑,上册)"代序",北京:中共中央党校科研办公室,党校系统内部发行。"出版前言"署1984年。

[32] [英]埃里克·霍布斯鲍姆:《极端的年代:1914—1991》,郑明萱译,北京:中信出版社,2014年,第70页。

第五章　译序跋中的改写：观念之流变　　319

图 5.2.11　《新时代》(今译《处女地》)初版上册封面。屠格涅甫著、郭沫若译述，上海：商务印书馆，1925 年

图 5.2.12　《新时代》初版下册封面

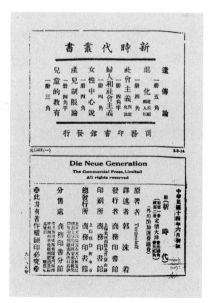

图 5.2.13　《新时代》初版版权页

 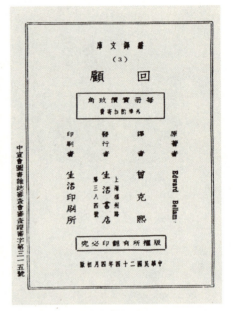

图 5.2.14 《回顾》初版封面。[美]白乐梅（Edward Bellamy）著、曾克熙译，上海：生活书店，1935 年

图 5.2.15 《回顾》初版版权页

实感，小说主人公的名字"威士"被署为原著者。1905 年又由商务印书馆出版，著者未变，翻译者署为"中国商务印书馆"，1913、1914 年再版时则署译述者为"商务印书馆编译所"。

围绕着贝拉米《回顾》的翻译、发表和出版，曾克熙和编者邹韬奋做了不少文章。从曾克熙的"译者写给编者的一封信""译者序"和邹韬奋的按语来看，显然他们对《回顾》的阐释，有违贝拉米的初衷。起码有两点值得注意：一是，曾克熙在"译者序"中，将这部具有丰富含义的小说明确定位为"描写社会主义的社会是什么样子的"，虽然他很清楚这是"一本世界驰名的乌托邦小说"，但出于对"人类社会是进步的，不是退化的"信念，对"社会主义的世界，现在似乎已成为对于将来的社会组织的公共目标"的展望，因而相信"这梦境是未必不能实现的"。尽管他也看到书中"所描写 1887 年之美国个人主义社会的情形，现仍活跃于全世界（除苏俄外）""殊无何大进步"[33]，但仍以为《回顾》中的社会主义理想国"其中一部分是已经在实现着了"[34]。显然所谓实现的"一部分"即指苏联。邹韬奋虽然并未否定译者说《回顾》是一部乌托邦小说，但他特加一篇按语，强调贝拉米"这本书和别的乌托邦理想不同之点，就是在他有根据全国通盘筹划的工业计划"，正因如此，"自从出了苏俄的五年计划，这本书的理想又引起著作界的注意"。[35]邹韬奋的按语透露出这样的信息，即该作的策划出版是与苏联开展大规模的社会主义改造和经济建设联系在一起的。

二是对苏联道路的肯定必然意味着对原著者贝拉米改良、进化观念的否定。原著者对社会的进化充满信心，他不仅在"著者书后"中强调该作"在实质上是根据进化的原理，而预告着在第二个时代里的产业和社会的发展状况的"[36]，更在小说中针对主人公西就良（韦斯特）的发问，社会如何解决了劳资矛盾，是否经过了大流血和大骚乱才完成了大变革的问题，让李（利特）医生一再阐明"这个解决不过是产业进化的必然的结果"，"当时绝没有什么暴动，因为这个变化都是大家所预料的。公众的舆论已经成熟，民众都是拥护这个变化的。发动者除了辩论之外也绝没有别的力量"。[37]对此，邹韬奋在按语中虽然没有明确表态，但他声称："我们介绍这本书，不过意在藉此显露压迫榨取的罪恶，并引起对于社会主义研究的兴趣，但讲到策略方面，这本书里所说的并非一定就是我们的主张，这是要附带声明的。"[38]如果联系此一时期邹韬奋对苏联的态度，以及同时期他于《生活》周刊上发表的《我们最近的趋

---

[33] 曾克熙：《回顾·译者写给编者的一封信》，[美] 白乐梅：《回顾》，曾克熙译，上海：生活书店，1935年。
[34] 曾克熙：《回顾·译者序》，[美] 白乐梅：《回顾》，曾克熙译。
[35] 邹韬奋：《回顾·韬奋按》，[美] 白乐梅：《回顾》，曾克熙译。
[36] [美] 白乐梅：《回顾·著者书后》，曾克熙译，第406页。
[37] [美] 白乐梅：《回顾》，曾克熙译，第52、60页。
[38] 邹韬奋：《回顾·韬奋按》，[美] 白乐梅：《回顾》，曾克熙译。

向》一文,当更清楚其含义。他明确宣布:"中国无出路则已,如有出路,必要走上社会主义的这条路。"而欲达此一境域,"因为榨取的或压迫的阶级总是不到黄河心不死,非挣扎到最后一口气是不肯放手的。所以只须路线正确,如不幸在事实上无法避免重大的牺牲,那也只有暂时忍耐,无所用其踌躇"。[39] 邹韬奋所说即使不能避免"激烈的途径"也要走苏联社会主义道路的主张,代表了当时左翼团体的一般态度。

曾克熙和邹韬奋为《回顾》所撰写的副文本都不同程度地改写了原著者的初衷,引导读者将贝拉米的"黄金世纪"想象为苏联,将社会的理想国与现实苏联勾连在一起。也就是说,通过译介行为,他们把苏联模式建构成了社会主义从乌托邦到现实的理想社会。

从笔者所见资料来看,当时邹韬奋和曾克熙都没有公开的党派背景,特别是邹韬奋主编《生活》周刊所打出的旗帜就是要站在"正义"和"大众"的立场上,不为任何党派"培植势力"。他们在促成一种公共认知的同时,也代表了一般公共认知的潮流,其时不仅在中国,在世界范围上一个红色的 30 年代正如火如荼。美国理查德·H. 佩尔斯(Richard H. Pells)后来在研究这一段历史文化的专著《激进的理想与美国之梦》中就曾这样描述过:"对很多人而言,布尔什维克的纲领不再是一个'实验',它毫无疑义地已被证实是一个全面的成功","苏联的榜样不仅可以取代民主的资本主义,而且可以取代垂死的美国之梦"。[40] 在中国,具有共产党背景的翻译家更是把宣传苏联作为了一项政治任务。董纯才在《五年计划故事》"译者的话"中兴奋地告知读者:"苏联这个新国家,不,这个新世界,现在是光芒万丈,非常惹人注目了。……革命后的苏联,不到二十年工夫,不论是产业上文化上,有些地方已经追

---

[39] 韬奋:《我们最近的趋向》,《生活》周刊,1932 年第 26 期。
[40] [美] 理查德·H. 佩尔斯:《激进的理想与美国之梦——大萧条岁月中的文化和社会思想》,卢云中等译,上海:上海外语教育出版社,1992 年,第 76 页。

赶上了欧美那些先进的国家。"[41] 周立波译毕《被开垦的处女地》作"译后附记",将苏联和旧俄文学做对比说:"俄国文学的传统的'含泪的微笑',传到这本书,已经变了质,微笑是一种尽心尽力的生活的欢愉,不再是无可奈何的强笑了,而眼泪只是属于过去。"[42] 到1940年曹靖华通过卡达耶夫的《我是劳动人民的儿子》讲述"苏维埃型的'大团圆'故事"时,已经得出结论,"社会主义,也就是万众人民的幸福","没有社会主义,就没有劳动人民的幸福"[43]。

20世纪三四十年代苏联文学的汉译及其序跋评介,的确是创造了一个想象的异域理想社会,而使社会主义苏联成为可以满足晚清以来国人渴望富强、社会平等、人民幸福的象征,甚至可以说建构了一个想象的社会主义共同体,达成了一个公共认同的目标。从译序跋虽零散而大量的评介中不难感到,汉译文学在创造苏联这个想象的理想社会时所起到的至关重要的作用。

首先,从译序跋相对一致的理论框架来看,20世纪30年代左右马克思主义历史观已被普遍接受而成为流行的思想观念。1929年在资本主义世界发生的那场经济大崩溃,民主自由制度面对法西斯主义的破产,使那个时代普遍坚信资本主义社会必然让位于社会主义社会,而且是历史发展的客观规律。楼适夷曾于《苏联短篇小说集·译者前记》中,以不容置疑的态度断定:"在今日旧世界崩溃的道程中,苏联的社会主义建设,是导向新人类创造的道标,在大文学树立的工程中,苏联文学也以巨人的姿态,卓立在我们的目前,作努力的向导与模范。"[44] 胡仲持认

---

[41] 董纯才:《五年计划故事·译者的话》,[苏联] 伊林:《五年计划故事》,董纯才译,上海:开明书店,1937年,第1页。
[42] 周立波:《被开垦的处女地·译后附记》,[苏联] 梭罗诃夫:《被开垦的处女地》,立波译,上海:生活书店,1937年。
[43] 曹靖华:《我是劳动人民的儿子·译者序》,[苏联] 卡达耶夫:《我是劳动人民的儿子》,曹靖华译,上海:生活书店,1940年;北京:人民文学出版社,1951年,第13、14页。
[44] 适夷编译:《苏联短篇小说集》,上海:天马书店,1937年,"译者前记"第2页。

为，苏联"一个五年计划两个五年计划以后，寄生阶层已经消灭"[45]，甚至将苏联比喻为"最后到来的巨人"[46]。

以这样的历史观去看 20 世纪上半叶的汉译文学，就具有了特殊的意义。此一时期翻译欧美和俄国文学最多的正是批判资本主义社会罪恶及其人性堕落的作品，这恰与宣传苏联具有相反相成之效；而对西方批判现实主义作家的译介，又往往成为鼓吹走苏联革命道路的动员。邹绿芷翻译出版狄更斯《黄昏的故事》时，附录《狄更斯——英国伟大的讽刺家》一文强调，尽管狄更斯"是西方的敢于面对社会问题的少数作家之一"，但他"从来没有非难过私有财产——那资产阶级社会的基础"，虽然狄更斯"在穷人之间是非常得人心的，可是他并没有指出贫穷的原因——那现存社会秩序真正的本质——但是却梦想着在资本主义社会中的改良"。[47] 马耳在《总建筑师》"译者序"中，不仅将易卜生塑造成"敢于与旧社会斗争的战士"形象，还进一步明确指出"他不相信社会是可以渐渐地改良的。他相信，社会的改造必须要经过彻底的革命"。[48]

实际上，不仅 19 世纪的作家狄更斯、萨克雷、巴尔扎克、左拉、雨果、司汤达、陀思妥耶夫斯基、契诃夫等等都被纳入社会主义必然取代资本主义这一历史观的叙述框架中，就连 20 世纪生活于"资本主义最发达"国家的美国作家，也因其能够"从内部来暴露资本主义的酗恶"[49] 受到重用。

---

[45] 胡仲持：《俄罗斯母亲·后记》，[美] 兴斯笃：《俄罗斯母亲》，胡仲持等译，桂林：文化供应社，1944 年，第 122 页。

[46] 贾开基、蒋学模：《俄罗斯：最后到来的巨人·译序》，[苏联] 库尼兹：《俄罗斯：最后到来的巨人》，贾开基、蒋学模译，上海：上海文摘出版社，1949 年。

[47] 邹绿芷：《黄昏的故事·狄更斯——英国伟大的讽刺家》，[英] 狄更斯：《黄昏的故事》，邹绿芷译，重庆：自强出版社，1944 年，第 3、4、2 页。

[48] 马耳：《总建筑师·译者序》，[挪] 易卜生：《总建筑师》，马耳译，重庆：建国书店，1943 年，第 4 页。

[49] 易坎人（郭沫若）：《煤油·写在〈煤油〉前面》，[美] 辛克莱：《煤油》，易坎人译，上海：光华书局，1930 年，第 2 页。

戴平万为辛克莱的《求真者》写在"书前"的话说:"辛克莱是一个良心清醒,心地正直,为真理而奋斗的正义的战士,正如俄国的高尔基(M. Gorki)、法国的巴比塞(A. Barbusse),他们都是竭力替被压迫阶级说话的,带有反抗精神的作家。辛克莱把美国资本主义的机巧,美国一切产业家,银行信托者以及他们的走狗——教会,他们的喉舌——教育机关和新闻纸的黑幕,全无遗憾地暴露了出来,又毫不容情地把它们抨击得粉碎;而代替这些的,他希望用世界革命的手段来实现理想的黄金时代。"[50] 德莱赛、斯坦贝克、杰克·伦敦等美国作家被中国翻译家所首肯的,也不外是对"这世界第一'富国'"的批判价值。更具说服力的是,傅东华为夏征农、祝秀侠合译美国黑人作家休士《不是没有笑的》作长篇大序,以打破人们对资本主义的幻想。他指出,休士曾经"相信社会平等的问题可由教育来解决,可由显示黑人创造能力的来解决。他还不晓得种族不平等的真正原因在于资本主义,不晓得唯有对于资本主义革命,黑人才可得着完全的解放"[51]。

在主题思想上能否说明社会主义必然取代资本主义的历史规律,甚至也成为评价古典作家价值的标准。周学普译完歌德《赫尔曼与陀罗特亚》,又作"译者序"阐释说:"哥德底时代是封建社会与资本主义社会底过渡期,我们现代底社会是资本主义社会与社会主义社会底过渡期,所以我们若以唯物史观的研究法阐明社会经济的条件对于哥德底世界观和创作方法底变迁的制约性,可以把它作为德国底及全欧洲底布尔乔亚发展底镜而确定哥德在人类底文化底发展上的位置以及他底业绩对于我们新文学底相对的价值。"在这样的理论框架下,他批判歌德"在资本主义的体系之中,只认见了产业底进步底倾向,而没有认见社会底阶级

---

[50] 戴平万:《求真者·书前》,[美] 辛克莱:《求真者》,平万译,上海:亚东图书馆,1933年,第2页。

[51] 傅东华:《不是没有笑的·关于休士》,[美] 兰斯东·休士:《不是没有笑的》,夏征农、祝秀侠译,上海:良友图书印刷公司,1936年,第306页。

的分化底倾向,没有认见无产阶级将成为资本主义底掘墓人"。[52]

由此可见,这些从苏联社会革命历史观念出发的序跋作者,一方面颂扬苏联实行社会主义改造后,从落后国家快速实现工业化,打破了世界经济发展纪录的成就;另一方面则是揭露资本主义社会的罪恶及其穷途末路的现状,使其在人类心灵中丧失霸权的地位,一正一反构成了让人确信苏联马克思唯物史观符合客观现实的论证根据。

其次,20世纪20年代中期以后阶级意识大行其道,为想象的苏联政治获得革命道德的制高点,奠定了理论基础。本来马克思的阶级论主要不是根据通常使用的标准,如财富、地位或受教育程度,而是依照人们在生产过程中的劳动分工及其作用来界定的,认为每个社会发展阶段都有它居于统治地位和注定要推翻其统治的阶级,阶级斗争是历史发展的动力。因而,马克思认为,工业资本主义产生的无产阶级是资本主义社会的掘墓人。但当时无论苏联还是中国,都不足以产生马克思所寄望的无产阶级集团。此时期大量译序跋说明,苏联文学及其汉译将马克思所特指的"无产阶级"扩大成了"底层"的弱者、被压迫者、"劳动阶级"之类的集体概念。蒋光慈曾为林曼青(洪灵菲)译高尔基《我的童年》作序,专门介绍苏联教授柯根(B. Cogan)的"高尔基论",在中国知识分子中引起强烈共鸣。柯根认为,高尔基并非因为自己从马克思主义的学说中领会了"这革命非由作为阶级的无产阶级来完成不可的事的缘故。他倒是走着对于那感到了对人类的天才开拓着无限的空间的劳动阶级的服役的路向着这里来的",因而他"现在是成着自觉了的人类的良心的声音"[53]。

对底层弱者的同情态度,也是近现代汉译文学所表现出的一个鲜明

---

[52] 周学普:《赫尔曼与陀罗特亚·译者序》,[德]歌德:《赫尔曼与陀罗特亚》,周学普译,上海:商务印书馆,1937年,第15、16页。

[53] 蒋光慈:《高尔基的〈我的童年〉的书前》,[苏联]高尔基:《我的童年》,林曼青(洪灵菲)译,上海:亚东图书馆,1930年,第11、16页。

特征。从林纾盛赞狄更斯"扫荡名士美人之局,专为下等社会写照"[54],到五四时期译介俄罗斯文学所建构起来的人道主义传统,如周作人在《现代小说译丛》序言中所说:"那种同情于'被侮辱与损害'的人与民族的心情,却已经沁进精神里去。"[55]王靖在《托尔斯泰小说集》附录所阐释的"托尔斯泰主义"之一,"认定服务两字,是人类生存必要的要素"[56]正与标举高尔基走上的"劳动阶级的服役的路"相接榫,而由鲁迅、周作人所开辟的翻译弱小民族文学的传统也正是这种精神的扩大。

苏联文学对劳动阶级在革命与社会主义建设中获得"新生活",成长为"新人"的描写,正迎合了这种"人类的良心"的诉求。《士敏土》让鲁迅所看重的就是"和这历史一同,还展开着别样的历史——人类心理的一切秩序的蜕变的历史"[57]。萧参(瞿秋白)在《高尔基创作选集》后记中也强调:"群众在负着历史使命的阶级领导之下,在这种阶级的行动和创造的领导之下,自己是在改变着自己的'天性'。"[58]而到戈宝权为林淡秋译《时间呀前进!》阐发其意义时,则将该作视为新人诞生的见证。不仅指出作者首先响应了高尔基号召,"拿社会主义的建设来做主题","写出了第一个五年计划的'实录'",而且认为这部作品让"我们在这个伟大的建设的每分钟中都看到新的奇迹和新的人的诞生"。[59]

苏联文学不仅"描写生产的英雄",还产生了由"生产的英雄"写

---

[54] 林纾:《孝女耐儿传·序》,[英]却而司迭更司:《孝女耐儿传》(今译《老古玩店》),林纾、魏易译述,上海:商务印书馆,1907年,第2页。

[55] 周作人:《现代小说译丛第一集·序言》,周作人译:《现代小说译丛第一集》,上海:商务印书馆,1922年,第2页。

[56] 王靖:《托尔斯泰小说集·托尔斯泰传略》,新人社编译:《托尔斯泰小说集》,上海:泰东图书局,1921年,第9页。

[57] 鲁迅:《士敏土·图序》,[苏联]革拉特珂夫:《士敏土》,蔡咏裳、董绍明译,上海:新生命书局,1932年,第1页。

[58] 萧参(瞿秋白)译:《高尔基创作选集》,"后记"第309页。

[59] 戈宝权:《卡泰耶夫及其代表作〈时间,前进呀!〉》,[苏联]卡泰耶夫:《时间呀前进!》,林淡秋译,上海:新知书店,1947年,第445—446页。

作的"突击队文学"。据讲"整千整万的生产工人和集体农民的作家，在工场农场中产生了，工农作家的报告文学，几乎埋满了从《真理报》以至一切报章杂志的文学篇幅"[60]。《钢铁是怎样炼成的》作者奥斯托洛夫斯基（图 5.2.16—图 5.2.19）正是这场讲述英雄与英雄讲述运动的最高代表。他作为苏维埃新人的典型，最大程度地满足了同时代人对苏联想象的期待。如该作最早汉译者段洛夫、陈非璜在"译者的几句话"里，谈其翻译初衷时所说："我们怀着一颗热烈的心，想知道一个特有的，被革命的现实锻炼成钢铁一般坚固的青年战士的杰作的姿态。"[61] 小说主人公保尔·柯察金作为奥斯托洛夫斯基的化身，正体现了苏维埃文学之政治与苏维埃政治之文学的合一。通过这个苏维埃英雄与作家的双重成长故事向世界宣布苏联"导向新人类创造"的成功。潮锋出版社将该作定位为"一部轰动全世界的世界名著""苏联文学的最高峰"[62] 并非广告的不实宣传。唐旭之更翻译了一本侨居苏联的外国人自述合集《在和平劳动之国》，利用他者身份，以不容置疑的态度宣称："在资本主义普遍腐败的现代，苏联所最可向全世界夸耀的就是它的人民无例外地蓬蓬勃勃向上发展的热情和力量。"[63]

在苏德战争中塑造的"苏维埃人"英雄群像，更把在社会主义革命与建设中诞生的"新人"推向人类所能仰望的制高点。曹靖华在《侵略·译者序》中特别指出："苏联现代文学的全部高深的价值及勇壮的气概，都是由于发掘这种新人而来的。"[64] 郭沫若则颂扬苏德战争中的苏联

---

[60] 适夷编译：《苏联短篇小说集》，"译者前记"第 5 页。
[61] 段洛夫、陈非璜：《钢铁是怎样炼成的·译者的几句话》，[苏联] N. 奥斯托洛夫斯基著：《钢铁是怎样炼成的》，段洛夫、陈非璜译，上海：潮锋出版社，1946 年，第 1 页。
[62] 同上。
[63] 唐旭之：《在和平劳动之国·译后记》，[英] 罗森布利特、许勒尔编：《在和平劳动之国》，唐旭之译，桂林：文化供应社，1940 年，第 160 页。
[64] 曹靖华：《侵略·译者序》，[苏联] 李昂诺夫：《侵略》，曹靖华译，重庆：东南出版社，1944 年，第 7 页。

第五章　译序跋中的改写：观念之流变 | 329

图 5.2.16　尼古拉·阿列克谢耶维奇·奥斯特洛夫斯基（Николай Алексеевич Островский, 1904—1936）

图 5.2.17　N. 奥斯托洛夫斯基著, 段洛夫、陈非璜合译《钢铁是怎样炼成的》（上部）初版版权页, 潮锋出版社, 1937 年

图 5.2.18　段洛夫、陈非璜合译《钢铁是怎样炼成的》（上部）订正再版封面

图 5.2.19　段洛夫、陈非璜合译《钢铁是怎样炼成的》（上部）订正再版版权页

文学"把苏联精神和真理必胜的原因充分地形象化了。这是真正的民主主义,人民本位文化的塑像",从此可以推想"解除了镣铐的人民的力量是无限量的","它不仅抵挡着了有史以来最反动的法西斯兽军的侵略,而且还要摧毁它,绝灭它,把人类解放的福音传遍全欧洲,全世界"。[65]

总之,苏联汉译文学及其序跋不仅宣扬了革命与战争对苏联社会的改造,更以"苏维埃超人"群像的塑造显示出对人的改造的巨大力量。或者也可以说,在对苏维埃群像的译介推崇中,折射了从晚清以来知识分子致力于"新民""改造国民性"的一贯诉求,而被标举为社会主义制度的一大优越性。

再次,从汉译文学理论来看,20世纪上半叶最受推崇的是写实主义、批判现实主义、自然主义和社会主义现实主义。这诸多主义虽名目不同,但其文学观都将"真实地"再现现实作为文学的最高价值,或者说,将文学作品用于历史解释。这与当今不仅把文学定性为"虚构",而且将历史也看作一种"虚构"的新历史主义思潮恰恰相反。保证真实再现的文学观把文学与现实在想象中合而为一,或者说将文学话语与现实混为一谈。在这样的理论逻辑下,苏联文学所表现的社会人生也就顺理成章地被看作苏联的"社会事实",像傅东华在《饥饿及其他》"重刊序"中谈到翻译动机时说,就是因为"在我们自己的革命尚未完成的期间,为好奇心所动,要想知道知道别人家的另一性质的革命到底是怎么回事,所以译了这几篇东西。"[66] 将文学等同于现实,是那个时代的普遍认知谬误。

大量译序跋对苏联文学强调的都是其"写实""实录""实际的人生"性质,如白明译完《运油船德本号》,在"关于作者"开篇即强调:"这

---

[65] 郭沫若:《序〈不朽的人民〉》,[苏联] 格罗斯曼:《不朽的人民》,海观译,上海、重庆:正风出版社,1947年,第1、2页。

[66] 傅东华:《饥饿及其他·重刊序》,[苏联] 赛米诺夫:《饥饿及其他》,傅东华译,上海:新生命书局,1932年,第1页。

不仅是一个青年作家的处女作，而且还是一部青年苏维埃生活的写实，一部人类新生活发展与成长的写实。"[67] 坚信从苏联文学中可以看到"实际的人生"，甚至对于多少暴露出苏联黑暗面的作品，也在笼统的称颂中将其屏蔽。像董绍明（董秋斯）那样能够清醒地认识到苏联是"一个最善于运用宣传政策的国家"，而为"敢用正眼看事实的人们"指出，《士敏土》是一本"格外注重自我批判"，"颇可一读的书"[68] 的译者，少而又少。王仲明干脆以剧本故事说明"真实必然的战胜虚伪的，光明必然战胜了黑暗的，社会主义的观念必然战胜资本主义的观念"[69] 的历史规律。

前举译序跋歌颂苏联的例子也可看作是此一逻辑运作的产物。某作家看苏联，经译序跋的再阐释，就转换成了苏联的"真相"，从而将社会主义的政治应许在人们的想象中和现实苏联画等号。从改造社会的诉求到认同苏联社会、经济上的社会主义革命，就不再是一次转折，而是合乎逻辑的一个方向上的发展。

中国从五四社会改造运动到选择走俄国革命的路，其思想看似对立，实际是出于同一根脉。许天虹在《托尔斯泰》"前记"中曾引用茨威格的话说："托氏思想有力地推动了现代两大彼此截然相反的运动——印度的'不合作运动'和俄国的'波尔雪维克革命'。"[70] 陀思妥耶夫斯基（旧译杜斯妥亦夫斯基）《罪与罚》的译者汪炳琨在"小引"中也谈到类似的观点，认为"杜（陀）氏和托尔斯泰，殊途同归，无异左右手，

---

[67] 白明：《运油船德本号·关于作者》，[苏联] 尤里·克莱莫夫：《运油船德本号》，白明译，重庆：大时代书局，1940 年，第 1 页。

[68] 董绍明：《士敏土·再版题后》，[苏联] 革拉特珂夫：《士敏土》，蔡咏裳、董绍明译，上海：新生命书局，1932 年，第 2 页。

[69] 王仲明：《斗争的插曲·代序》，[苏联] 李翁聂·林茨、[苏联] 波立斯·弗尔铁霍夫：《斗争的插曲》，王仲明译，上海：婴社，1941 年，第 2 页。

[70] 许天虹：《托尔斯泰·前记》，[德] 褚威格：《托尔斯泰》，许天虹译，永安：改进出版社，1940 年，第 2 页。

做了俄国革命的前驱"[71]。从五四的托尔斯泰热、俄罗斯文学热到二三十年代的苏联文学热,中国对俄罗斯革命、苏联社会主义革命主要都是通过文字(阅读)来想象的。今天,重读这些历史文献,首先要在历史所发生的事实和对历史事实表述的话语之间做出区分。《序跋集》所保留的对苏联革命的憧憬与历史事实,只能说是其作者所感到的情绪与所知道的事实,甚至是其所要建构的情绪与事实。从此,我们也可以反思翻译异域在建构理想社会上所能发挥的重要效能,文学作为一种想象的形式如何与"政治的想象"发生一种真实的关联,在影响人心,造成一个时代的共同认知上所能发挥的巨大能量。从而为人类政治文化和文学一向以远古,或自然建构黄金世界的表征模式提供了一种新的译介异域理想社会的现代表征形式,并在后来的历史发展中一再复现。

---

[71] 汪炳琨:《罪与罚·小引》,[俄]杜斯妥亦夫斯基:《罪与罚》,汪炳琨译述,上海:启明书局,1937年,第1页。

第三节 译序跋中的"人"之观念

一般而言,序跋的最根本功能如叶圣陶所说:"是在替作者加一种说明,使作品潜在的容易被忽视的精神,很显著地展现于读者心中。"[1]而译序跋的责务更加多一层,不仅要"替作者加一种说明",还要为译者加一种说明,从而对读者完成从原作到译作的导读。可以说,译序跋是连接读者与原作及其译作的桥梁。但显而易见,在架构这个桥梁的过程中,译者一方面要努力接近和抓住原作及其作者的精神特征;另一方面也要看到,原作本身的不确定性和复杂性,更由于译者并非原作的创作者,他对原作的说明只能是译者的理解和阐释。这就不能不受制于他的翻译目的,所认同的意识形态、诗学,甚至包括赞助人意图的影响。所以,不仅翻译是对原作的改写,事实上,译序跋更是对原作的又一次改写,每个译序跋的作者都在用自己的方式阐释和建构原作的形象,与原作者展开对话。大量译序跋的汇集,使不同阶段不同作者群所持有的相对一致的观念和理论框架得以彰显,尤其是当同一原作及其作者得到不同评价和阐释时愈加分明。

如前所述,不仅"战争"与"革命"两大普遍观念的变迁在左右着译序跋对原作及其原作者的评判,"人"之观念的建构与普及更成为译

---

[1] 叶圣陶:《雉的心·序》,《叶圣陶序跋集》,北京:生活·读书·新知三联书店,1983年,第113页。

序跋作者探究原作思想深度和精神特征的依据和价值取向。如果说前者立足于外部现实政治和社会动员的需要,而试图与读者达成普遍目的认同,有时甚至是社会行动的一个组成部分;后者则更倾向于对人本自身价值和意义的追问,体现了汉译文学"别求新声于异邦",为现代中国建构文化新宗的追求。

在《序跋集》中,晚清至民初很少使用五四时期流行的"个人""人类""人道""人性"之类的概念,"人"之观念多和族群、类型联系在一起,或指涉道德人格,或是泛称,如国人、华人、支那人、欧人、西人、俄人、白人、黑种人、黄种人、诗人、友人、家人、教中人、圣人、贤人、名人、恶人、愚人、党人等等,不一而足。这种词语搭配的流行本身即说明,"人"之意识隶属于国家族群或道德人格的普遍观念。偶有使用"人道""人性"的概念也以国家、种族为鹄的,如徐念慈在《苏格兰独立记》第十七回加"觉我赘语"说:"不惜赤血,争回国权,实为人道之正,吾同胞其听者!"[2] 该句所言"人道"反映的恰恰是国家至上的观念,而非以人为本的"人道"含义。藜床卧读生在《昕夕闲谈·译校重订外国小说序言》(图5.3.1)中使用"人性"一词时说:"人性约分三大级:聪明而弱者,亚洲也;坚忍而强者,欧、墨也;其非、澳两洲,则愚而固执,不足深论。"[3] 该观点显然是晚清流行的人种学之翻版,此处的人性并不与绝对的神性形成对比,而是将所谓

图 5.3.1 《昕夕闲谈》初版版权页([英]约纳约翰重译、李约瑟笔述,文宝书局,1904年)

---

[2] 东海觉我(徐念慈):《苏格兰独立记·第十七回附"觉我赘语"》,小说林总编辑所编辑:《苏格兰独立记》,陈鸿璧译,东海觉我校正,上海:小说林社,1906年,第84页。

[3] 藜床卧读生:《昕夕闲谈·译校重订外国小说序言》,[英]约纳约翰重译:《昕夕闲谈》,[英]李约瑟笔述,上海:文宝书局,1904年,第1页。

优种人与次人类相区隔，带有浓厚的殖民主义意识形态特征。进化论的流行尽管在清末已树立起人之生物性质的观念，但也同样打上了时代的烙印。鲁迅1903年在《月界旅行·辨言》中所说"人类者，有希望进步之生物也"，虽发周作人"从动物进化的人类"之先声，推崇的却是美国培伦氏（实为法国作家凡尔纳）"以其尚武之精神，写此希望之进化者也"。[4] 当然不能不指出的是，鲁迅很快于1908年又发表《破恶声论》批判了晚清以来，因"慑以不如是则亡中国"，以"爱国""为国民"的名义，"举世滔滔，颂美侵略"之恶声，转而赞叹中国"夙以普崇万物为文化本根，敬天礼地""宝爱平和""光华美大"之精神[5]。鲁迅的"破恶声论"足可称为五四反战的人道主义思潮之嚆矢。

从《序跋集》来看，在建构五四人道主义精神方面，当首推周作人。1920年周作人辑译出版《点滴》（图5.3.2、图5.3.3）短篇小说集时，新潮社的傅斯年和罗家伦建议他，对集子所收小说的特殊之处——"直译的文体"和"人道主义的精神"做"约略的说明"。为此，周作人不仅写了"序"，还分别为其中18个短篇一一做了"附记"，并于书末附录其重要文章：《人的文学》《平民的文学》《新文学的要求》。由此可见，周作人的出版《点滴》，是北大新文化派集体筹划的一次集中而郑重地阐发人道主义精神的行为。

值得注意的是，周作人所谈的人道主义，不仅仅是对欧洲文艺复兴的再次发现，更是对一战后兴起的人道主义思潮的"拿来"。他在《人的文学》中敏锐地指出，欧洲关于"人"的真理的发现有三次："第一次是在十五世纪，于是出了宗教改革与文艺复兴两个结果。第二次成了

---

[4] 鲁迅：《月界旅行·辨言》，[美]培伦（实为法国凡尔纳著）：《月界旅行》，鲁迅据日本井上勤氏译本转译，东京：进化社，1903年，第1页。

[5] 鲁迅：《破恶声论》，王世家、止庵编：《鲁迅著译编年全集》（壹），北京：人民文学出版社，2009年，第303、304、308页。另外，鲁迅思想的转变契机可参阅范国富：《鲁迅留日时期思想建构中的列夫·托尔斯泰》，《鲁迅研究月刊》，2016年第10期。

图 5.3.2 《点滴》初版封面。周作人辑译，北京大学出版部，1920 年

图 5.3.3 《点滴》初版版权页

法国大革命，第三次大约便是欧战以后将来的未知事件了。"周作人虽然没有预言第三次"人的发现"会导致怎样的社会文化事件，但他已明确地把一战后的思潮定位为第三次崛起的人道主义。他不仅将其与文艺复兴和法国大革命相提并论，视为"人"的真理的第三次发现，并认为"这真可说是二十世纪的新福音"。[6] 周作人的这一观点，学界一直未能给予应有的关注，而习惯性地把五四新文化运动比喻为欧洲的文艺复兴。虽然这也大体不差，但历史地看，五四人道主义精神主要是以输入和阐释俄罗斯文学及托尔斯泰主义建构起来的，这正是周作人所说"人"的真理第三次发现的思想源头。可以说，五四新文化运动也是一次与世界潮流同步共振的运动。

---

[6] 周作人：《人的文学》，《中国新文学大系·建设理论集》，上海：上海文艺出版社，2003 年，第 193、195 页。

与文艺复兴时期更强调人性与神性的区分不同,由于此次"人"的发现缘于受到世界大战的重创,因而更强调人与人的一致与相通。如周作人在《新文学的要求》中所说的"现在知道了人类原是利害相共的,并不限定一族一国"[7],托尔斯泰所说的"世界人类都是一样的,都应该相爱相助,因为有政府,才有战争"[8]的无政府主义观被广为接受。进而周作人言简意赅地概括人道主义思想就是"只承认单位是我,总数是人类。人类的问题的总解决也便包含我在内,我的问题的解决,也便是那个大解决的初步了"[9]。即他在《人的文学》中所声言的"个人主义的人间本位主义","彼此都是人类,却又各是人类的一个"。正是在这样的思想逻辑下,《点滴》所收作品尽管表现出的人生观并不相同,但周作人恰恰强调:"这大同小异的人道主义的思想,实在是现代文学的特色。因为一个固定的模型底下的统一,是不可能,也是不可堪的;所以这多面多样的人道主义的文学,正是真正的理想的文学。"[10] 后来他在《雅歌》附录《圣书与中国文学》中再次强调:"中国旧思想的弊痛,在于有一个固定的中心,所以文化不能自由的发展;现在我们用了多种表面不同而于人生都是必要的思想,调剂下去,或可以得到一个中和的结果。"[11] 也就是说,周作人倡导的人道主义,恰恰不是要诉诸思想的统一,而是要通过个人"对于人生诸问题,加以记录研究的文字"来体现"多面多样的人道主义",这才可谓之"人的文学"。[12] 因而他将其归结到"个人的文学,也就是现代的人类的文学",将这种"现代的人类的

---

[7] 周作人:《新文学的要求》,《艺术与生活》,石家庄:河北教育出版社,2002年,第22页。
[8] 王靖:《托尔斯泰小说集·托尔斯泰主义》,新人社编译:《托尔斯泰小说集》,上海:泰东图书局,1921年,第21页。
[9] 周作人辑译:《点滴》,北京:北京大学出版部,1920年,"序言"第4页。
[10] 同上。
[11] 周作人:《雅歌·圣书与中国文学》,吴曙天编译:《雅歌》,上海:北新书局,1930年,第19页。
[12] 周作人:《人的文学》,《中国新文学大系·建设理论集》,第196页。

文学"精神命名为"大人类主义","现代觉醒的新人的主见"。[13]

周作人发表《人的文学》之重要性不仅如胡适在《中国新文学大系·建设理论集》导言所说,"是当时关于改革文学内容的一篇最重要的宣言","那个时代所要提倡的种种文学内容"的"中心观念"[14],而且为文学批评与研究建立起"个体－人类"的阐释框架,在"彼此都是人类,却又各是人类的一个","同是人类之一,同具感觉性情"[15]的逻辑推理下,以个体代表人类的话语就具有了不言而喻的正当性。如盛澄华在《伪币制造者》译者序中所直言的"最个人性的作品中却往往存在着最高的人性",为求理解作者其人,"我们也不妨从他的作品入手"[16]。因之,不仅人物形象,而且作家本人都成为分析、探究人生与人性共同问题和真相的个案。即使20世纪20年代中后期革命文学兴起及抗日战争爆发以后,阶级和国家－民族话语相继大行其道的时候,以个体代表人类的阐释传统仍然相续相寻,或相间相杂,并行不悖。大量译序跋即以域外作家作品个案为研究对象,并以此去勾连原作家与其人物的联系,将其作为"人类之一",或去探究人类共性问题,或借此透视人类本性,或抒写人类理想,或在与社会的对立中,批判"违反人性不自然的习惯制度"。

由于新文学家普遍认为"中国文学中,人的文学,本来极少",所以力倡要建设"人的文学","大多数都还须介绍译述外国的著作,扩大读者的精神,眼里看见了世界的人类,养成人的道德,实现人的生活"。[17]这样,译作就被视为了观摩与考察域外"人的文学"的窗口,被拿来征用表达新文学方向及其所主张的理想文学的范本。

---

[13] 周作人:《新文学的要求》,《艺术与生活》,第22页。
[14] 胡适:《中国新文学大系·建设理论集 导言》,《中国新文学大系·建设理论集》,第29、30页。
[15] 周作人:《人的文学》,《中国新文学大系·建设理论集》,第195、199页。
[16] 盛澄华:《伪币制造者·译者序》,[法] A. 纪德:《伪币制造者》,盛澄华译,上海:文化生活出版社,1945年,第34—35页。
[17] 周作人:《人的文学》,《中国新文学大系·建设理论集》,第196、199页。

第五章　译序跋中的改写：观念之流变 | 339

图 5.3.4 《俄罗斯名家短篇小说》第一集封面，新中国杂志社，1920 年

图 5.3.5 《俄罗斯名家短篇小说》初版版权页

瞿秋白、郑振铎曾联合为《俄罗斯名家短篇小说集》(图 5.3.4、图 5.3.5) 作序，为翻译文学的发展指出了从晚清的译介英法古典主义、浪漫主义，转移到"专以'真'字为骨、以"人道的情感"为"最大特色"的俄罗斯文学的导向，阐明了俄罗斯文学是"人的文学，是切于人生关系的文学，是人类的个性表现的文学"，"是平民的文学"[18] 的性质，也为新文学的发展制定了以译介俄罗斯文学作为"中国新文学创造第一步"的策略。且不说托尔斯泰、屠格涅夫、陀思妥耶夫斯基、契诃夫等俄国作家被视为提倡人道主义最杰出的文学者，还有"俄罗斯的艺术家与批评家，自倍林斯基（Belinsky）与杜薄罗林蒲夫（Dobrolinbov）后，他们的眼光，差不多完全趋于'人生的艺术'（Art for life's sake）的

---

[18] 郑振铎：《俄罗斯名家短篇小说集·序二》，[俄] 普希金等：《俄罗斯名家短篇小说集》，沈颖等译，北京：新中国杂志社，1920 年，第 4—5 页。

立足点上"[19]。俄罗斯白银时代的代表作家安特列夫（又译安得列夫，安东列夫）能成为热点人物，也缘于这重际会。1928年前汉译他的六种剧作中，都附有序跋，讨论其有关人生问题的种种疑问和答案。郭协邦在《安那斯玛·剧本的批评》中说安特列夫的剧作，是"对于人类人生问题，最重要的作品。在这剧本中，用近代的精神，近代的智识，去解决数世纪以来'人类脑筋中人生问题'：从何处来的？向何处去？什么是人类生活的意义？为什么要死？这就是讨论人生问题中最要的纲领"[20]。沈琳为《比利时的悲哀》作的"叙言"，不仅将安特列夫推举为和契诃夫"不相上下"的地位，而且将其介绍成俄国研究人生问题的开启者；认为"安得列夫对于人生的根本问题，大怀疑虑"，他的作品传布后，"俄国人的心理，便向着重大的问题。无论什么事，都沾着一点革新的色采（彩）。俄国人才细细地研究人生的种种问题了"[21]。茅盾似乎在安特列夫的作品中感受到了五四落潮后的苦闷："十九世纪末俄国人心理上的烦闷与生活的暗淡都在安特列夫的作品表现出来。……对于人类生活的根本问题，——苦思以求解决"[22]。

20世纪初的俄国和中国都处于从君主专制走向民主共和的革命时代，对于革命与牺牲的思考是人生问题讨论中最深刻、最具思想内涵的部分。俄国革命家阿尔志跋绥夫的《工人绥惠略夫》《沙宁》和路卜洵的《灰色马》引起了中国文人的强烈震撼。巴金在为岳焕译《工女马得兰》写的序中就提到了这三部译作中的两部："近年来译成中文的西洋文学

---

[19] 郑振铎：《艺术论·序言》，[俄] 托尔斯泰：《艺术论》，耿济之译，上海：商务印书馆，1921年，第1页。

[20] 郭协邦：《安那斯玛·剧本的批评》，[俄] 安东列夫：《安那斯玛》，郭协邦译，上海：新文化书社，1923年，第156页。

[21] 沈琳：《比利时的悲哀·安得列夫事略》，[俄] 安得列夫：《比利时的悲哀》，沈琳译，上海：商务印书馆，1922年，第11页。

[22] 沈雁冰（茅盾）：《邻人之爱·安特列夫略传》，[俄] 安特列夫：《邻人之爱》，沈泽民译，上海：商务印书馆，1925年，第50页。

名著中最使我感动的，只有三部书：第一部是鲁迅君所译阿尔志跋绥夫的《工人绥惠略夫》(图 5.3.6—图 5.3.10)，第二部是郑振铎君所译路卜洵的《灰色马》，第三部便是此书。"[23]

郑振铎认为，阿尔志跋绥夫是"第一个用最坦白的态度去描写人的性欲冲动的，又是第一个用最感动人的，真切的文字去描写'革命党'与革命时代的"[24]。他笔下的绥惠略夫和沙宁作为厌世主义和无政府个人主义的人格化形象，集中反映了个人与社会极端对立的人生形态。鲁迅在《译了〈工人绥惠略夫〉之后》一文中，对两者的评判正反映了他对人生问题的思考和抉择。与后来译者批判沙宁"在以前的革命阶段上作为主力的小资产阶级知识分子，经过一个政治烦闷的时期，向自身底资产阶级性投降，觅到个人主义的反动的出路"[25]不同，五四时期的鲁迅还不以阶级，而是以人性的话语，将其看作是"现代人的一面"的代表，认为"赛宁（沙宁）的言行全表明人生的目的只在于获得个人的幸福与欢娱"，他是"一个以性欲为第一义的典型人物"。同时鲁迅又批评"这一种倾向，虽然可以说是人性的趋势，但总不免便是颓唐。赛宁的议论，也不过一个败绩的颓唐的强者的不圆满的辩解"[26]；而绥惠略夫则代表着现代人的"别一面"，鲁迅的评论反映了对革命与牺牲的悖论性认识。他说，以绥惠略夫为代表的改革者"为了许多不幸者们，'将一生最宝贵的去做牺牲'"，其结果却"不但与幸福者全不相通，便是与所谓'不幸者们'也全不相通，他们反帮了追蹑者来加迫害，欣幸他的死亡"。绥惠略夫"对于不幸者们也和对于幸福者一样的宣战了"的社

---

[23] 李芾甘（巴金）：《工女马得兰·序》，[法] 米尔波：《工女马得兰》，岳熺译，上海：开明书店，1928 年，第 9 页。

[24] 郑振铎：《沙宁·译序》，[俄] 阿尔志跋绥夫：《沙宁》，郑振铎译，上海：商务印书馆，1930 年，第 16 页。

[25] 潘训：《沙宁·序》，[俄] 阿尔志跋绥夫：《沙宁》，潘训译，上海：大光书局，1937 年，第 6 页。

[26] 鲁迅：《工人绥惠略夫·译了绥惠略夫之后》，[俄] 阿尔志跋绥夫：《工人绥惠略夫》，鲁迅译，上海：商务印书馆，1924 年，第 5 页。

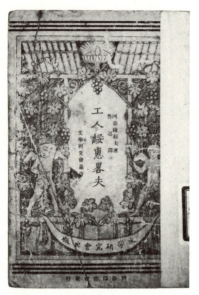
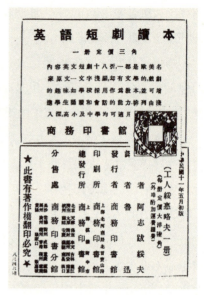

图 5.3.6 《工人绥惠略夫》初版封面（[俄]阿志跋绥夫著、鲁迅译，商务印书馆，1922 年）

图 5.3.7 《工人绥惠略夫》初版版权页

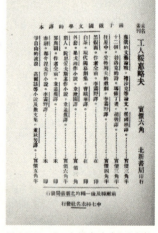

图 5.3.8 《工人绥惠略夫》封面（[俄]阿尔志跋绥夫著、鲁迅译，北新书局，1927 年）

图 5.3.9 《工人绥惠略夫》北新书局版书名页，1927 年

图 5.3.10 《工人绥惠略夫》北新书局版版权页，1927 年

会复仇行为，不仅让鲁迅认清了"不可救药的社会"与"无路可走"的人生，也发现了革命人生"时时露出的人性来""尼采式的强者"之价值[27]。正是通过翻译，鲁迅借助这些革命思想家的思考，使自己对社会与人生的洞识获得了达于"极致"的悖论性双重视野，其序跋不仅传达了他对原作思想的读解，也表达了自己的抉择和超越。

1924年郑振铎译路卜洵《灰色马》（图 5.3.11、图 5.3.12）出版时，瞿秋白、茅盾、郑振铎和俞平伯都作了长篇大序，组成了豪华阵容隆重推出。显然瞿秋白和茅盾更偏重对俄国民粹派革命问题的清算，郑振铎和俞平伯则更倾向对现代人生问题的探究。茅盾以俄罗斯民族的极端性说明，《灰色马》描写的"初十年的革命人物"，代表着"俄国革命家已经走到尽头"，"而他们的第二步就是和从前全然相反的一步——不从事于秘密的暗杀，而从事于公开的组织民众"。[28] 瞿秋白虽然赞叹作者"真正尽了他'艺术的真实'之重任"，"确确实实能代表俄国社会思想史—文学史里一时代一流派的社会情绪呵！"却无情地指出其唯心论、领袖热、个性主义、智识阶级崇拜等理论"所以能发旺于一时，仅因当时情势只有小资产阶级能做革命运动，能有革命情绪；等到时过境迁，——新革命力的无产阶级发展，当年的小资产阶级早已顺流而下；所以只剩得这'过去'的悲哀，垂死的哀鸣了"。[29] 在"社会革命的呼声久已沉寂"，中国第二次革命高潮即将兴起之际，翻译热议俄国革命小说显然是一次思考中国出路，酝酿革命舆论的行为，如茅盾终篇寄希望于现代青年："社会革命必须有方案，有策略，以有组织的民众为武器。"[30]

俞平伯则把"灰色马"看作"死底征象"，认为全书弥漫了"绝对

---

[27] 鲁迅：《工人绥惠略夫·译了绥惠略夫之后》，[俄] 阿尔志跋绥夫：《工人绥惠略夫》，鲁迅译，上海：商务印书馆，1924年，第5—6页。

[28] 沈雁冰（茅盾）：《灰色马·序》，[俄] 路卜洵：《灰色马》，郑振铎译，上海：商务印书馆，1924年，第5、6页。

[29] 瞿秋白：《灰色马·郑译灰色马·序》，[俄] 路卜洵：《灰色马》，郑振铎译，第20、17页。

[30] 沈雁冰（茅盾）：《灰色马·序》，[俄] 路卜洵：《灰色马》，郑振铎译，第7页。

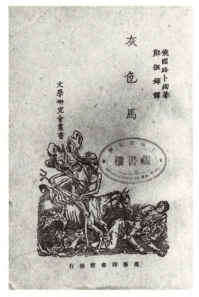
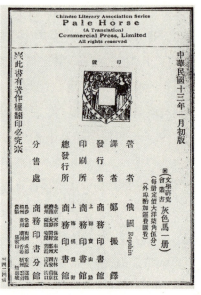

图 5.3.11 《灰色马》初版封面（[俄] 路卜洵 (Ropshin) 著、郑振铎译，上海：商务印书馆，1924 年）

图 5.3.12 《灰色马》初版版权页

的疑"和"绝对的倦"的现代精神，甚至借此表明自己对人生问题的看法："说老实一点，活着是不能解决生底问题的，要解决它们，除非别活着，必要不活着方能解决这'活着'底问题。"[31]郑振铎谈翻译此书的用意之一，即他觉察佐治式的青年"在现在过渡时代的中国渐渐的多了起来。虽然他们不是实际的反抗者，革命者，然而在思想方面，他们确是带有极浓厚的佐治的虚无思想的——怀疑，不安而且漠视一切"[32]。

为推出《灰色马》所做的这几篇重头文章，标志着社会话题从五四关注人生问题转向革命问题的过渡。由此可见，译序跋不仅为输入新思想发挥了阐释、沟通、制造社会热点、借他人酒杯以浇自己块垒的重要作用，更引导了五四"人的文学""人生问题"的建构，而成为其中一个

---

[31] 俞平伯：《灰色马·跋灰色马译本》，[俄] 路卜洵：《灰色马》，郑振铎译，第 2 页。
[32] 郑振铎：《灰色马·译者引言》，[俄] 路卜洵：《灰色马》，郑振铎译，第 9 页。

更为深刻的组成部分。

20世纪二三十年代随着苏联马克思主义阶级论的传入，强调人类共性的人性论受到批判。事实上，阶级论虽然兴起，人性论也并未泯灭，以文学探讨人生与人性的普遍问题，自五四以后已俨然形成一个以人为本的阐释传统。也许我们不妨将人性论和阶级论看作是，社会不同势力在政治斗争中所信奉，或者说所建构的理论观念与框架不同。尤其是在学院派翻译家对西方经典文学名著的译介中，更经常使用的是五四时期建构起来的"个体－人类"的阐释传统，通过对原作及其作者的深入研究，甚至将序跋写成了论文，或者干脆就以论文形式作为附录。

其中最为典型的是梁实秋。虽然他宣扬资本家与劳动者的"人性并没有两样"的观点，受到左翼作家的激烈批判，但并未因此而改弦易张。20世纪30年代，他应胡适主持的中华教育文化基金董事会编译委员会之邀，共翻译出版了莎士比亚《丹麦王子哈姆雷特之悲剧》《如愿》《威尼斯商人》《马克白》《李尔王》《奥赛罗》《暴风雨》《第十二夜》等九部剧作，在每部剧作前不仅写有详细的译者序，逐一考述莎剧的版本历史、著作年代、故事来源，甚至介绍舞台演出史，综述国外重要评论，发表个人见解，还大多附有"例言"，交代翻译所据的版本及其原因、所参考的注释本、翻译的策略方法等等。作为"自由人"的代表，梁实秋对莎剧的阐释贯彻了他"常态的人性"观。在《暴风雨》序里，他认为莎氏"所用的艺术手段与在其他各剧里所用的初无二致。他描写的依然是那深邃繁复的人性"[33]。也因此梁实秋更加推崇表现父女伦常关系的《李尔王》，认为"莎士比亚其他悲剧的取材往往不是常人所能体验的，而《李尔王》的取材则绝对的有普遍性，所谓孝道与忤逆，这是最平凡不过的一件事，所以这题材可以说是伟大的，因为它描写的是一段基本的

---

[33] 梁实秋：《暴风雨·序》，[英]莎士比亚：《暴风雨》，梁实秋译，上海：商务印书馆，1937年，第7页。

人性"[34]。这段话岂不是梁实秋人性论的翻版吗？他以莎剧做典范，为自己的主张进行了不容人置喙的辩护，说明文学就是表现"生老病死的无常""爱的要求""怜悯与恐惧的情绪""伦常的观念""企求身心的愉快"，"这最基本的人性的艺术"。[35]

事实上，在文学评论与研究中，揭示"最基本的人性""人生真相"常常成为评判作品的终极标准与最高价值。梁实秋为董仲箎译奥斯汀《骄傲与偏见》作序时就指出，该作所以"至今仍能给读者以新鲜的感动"，"可以证明一件事：以优美的文笔描写常态的人性，这样的作品毕竟禁得起时间淘汰"。[36]贺玉波于《吉诃德先生·译者的话》中告知读者，可将其"看作人类天性的写照"[37]。黄石和胡簪云把薄伽丘的《十日谈》称为"人曲"，因为它"把'人性'的各方面，表现得透明玲珑，描写得淋漓尽致，我们从此不但认识着人类的各个形相，并且透视了深潜隐秘的诸般人性"。[38]

随着中国左翼思潮与现代都市消费文化高潮的到来，阶级意识形态和唯美-颓废主义的享乐意识都流行一时，进一步扩大和丰富了有关人的观念意识，尤其是通过对同一作家同一作品的不同评价，可以让我们更清楚地辨识出不同观念之下读法的分歧。

左翼作家沈起予为左拉《酒场》写的译者序，虽然也是中规中矩，从左拉的生平，到文艺倾向、"鲁公·马加尔一族"丛书、关于《酒场》

---

[34] 梁实秋：《李尔王·序》，[英]莎士比亚：《李尔王》，梁实秋译，上海：商务印书馆，1936年，第6—7页。

[35] 梁实秋：《文学是有阶级性的吗？》，《文学运动史料选》第三册，上海：上海教育出版社，1979年，第49页。

[36] 梁实秋：《骄傲与偏见·梁序》，[英]奥斯丁女士：《骄傲与偏见》，董仲箎译，北平：大学出版部，1935年，第4页。

[37] 贺玉波：《吉诃德先生·译者的话》，[西]西万提司：《吉诃德先生》，贺玉波译，上海：开明书店，1931年，第3页。

[38] 黄石、胡簪云：《十日谈·译者序话》，[意]薄伽丘：《十日谈》，黄石、胡簪云合译，上海：开明书店，1930年，第3页。

——叙来,但他的解读显然除遗传及环境的影响因素外,更突出了阶级意识。认为左拉"对于无产阶级的逐渐抬头,也在他的《酒场》《芽月》《劳动》等中表现出来了",特别是《酒场》"关于无产者的描写,关于大众化的用语和形式等,都为我们留下了'取之不尽'的遗产","定能给中国文艺界以不少的资范",因而将其推举为"鲁公·马加尔一族"丛书之冠。[39] 而在清华大学、燕京大学都任过教的王了一(王力)翻译出版《娜娜》附录的《左拉与自然主义》一文,则从人类共性出发,更强调"人类的一切都与生理的组织有关系,所以小说里的一切也都与生理的组织有关系,而古来的文学家竟忽略了这一点"。认为左拉的艺术追求是"要把文学与科学合化,用解剖的方法表现真相"。[40]

而唯美主义者王尔德恰恰反对将人生与文学科学化,激烈批判自然主义把"生"看作"依物理化学底法则运行,死也不过是受物理化学底法则底支配"[41]的观点。张闻天、汪馥泉为译其《狱中记》(图 5.3.13—图 5.3.15)所作的长序,鲜明表现出五四时期建构的王尔德形象的时代特征。文章把易卜生和王尔德分别奉作"人生的艺术"和"艺术的艺术"的

图 5.3.13 插画:王尔德,1882 年

---

[39] 沈起予:《酒场·译者序》,[法] 左拉:《酒场》,沈起予译,上海:中华书局,1936 年,第 11 页。
[40] 王了一(王力):《娜娜·左拉与自然主义》,[法] 左拉:《娜娜》,王了一译,上海:商务印书馆,1935 年,第 11 页。
[41] 闻天、馥泉:《狱中记·王尔德介绍》,[英] 王尔德:《狱中记》,张闻天、汪馥泉、沈泽民译,上海:商务印书馆,1922 年,第 10 页。

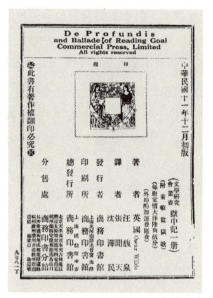

图 5.3.14 《狱中记》初版封面，王尔德著，汪馥泉、张闻天、沈泽民同译，上海：商务印书馆，1922 年

图 5.3.15 《狱中记》初版版权页

代表，认为这两种艺术表达的是两种根本不同的人生态度。即在现代社会，"如其还要生存，那么就有两条路可走：一、硬着心肠，面对这丑恶的人生，而在这中间发现一条光明的道路；二、逃避这丑恶的人生，另造幻象以安慰自己和他人"[42]。与指斥王尔德"非社会的，病的，和不道德的"的观点不同，张闻天和汪馥泉不仅高度评价其社会剧，认为他是一位"社会批评家"，"用讽刺的笔法对通俗的道德宣战！"[43] 而且将王尔德看作"改造人生"，"要把艺术支配人生"的实行家，甚至认为他"用了宗教的热情"，像基督一样，"在未来的新社会底建设中，他所提倡的一定也会得到一个重要的位置"[44]。由此也可以知晓为什么王尔德能够

---

[42] 闻天、馥泉：《狱中记·王尔德介绍》，[英] 王尔德：《狱中记》，张闻天、汪馥泉、沈泽民译，第 11 页。

[43] 同上书，第 35 页。

[44] 同上书，第 41 页。

在《新青年》获得推崇,后来却被批判为代表资本主义没落的唯美－颓废派之分歧所在。

苏联马克思主义阶级论的流行,越来越强化了对唯美主义的批判意识。如田汉虽曾受唯美主义人生观和艺术观的影响,但后来转而信奉马克思主义唯物观,因而,尽管他与日本的王尔德——谷崎润一郎过从甚密,仍于1934年翻译出版其《神与人之间》(图 5.3.16—图 5.3.18)时,附录长篇《谷崎润一郎评传》,把谷崎氏的人生经历与其作品交织叙述,并不客气地指出,"给资本主义末期的颓废倾向中毒了的他,没有把他对于现实生活的不满发展到阶级战线底参加,反而汲汲于资产阶级生活的模仿与追随",认为这是真正的"阶级的堕落",[45]"善恶美丑一样有它的阶级性的"[46]。所以,田汉解释说:"文艺既然是经济基础底上层建筑,随着客观形势底发展中国青年的全神经都向中国底社会变革集中,恶魔主义的,艺术至上主义的作品许有过时之感。这就是我个人虽和谷崎氏有相当深厚的交情,却并没有努力着介绍他的作品底缘故。"[47]

阶级意识形态的有色眼镜(理论框架)使作家及其作品人物都被纳入某一阶级的类型,并根据其阶级角色在苏联马克思主义历史观中被分配的位置而受到臧否。"将文学

图 5.3.16 谷崎润一郎(1886—1965)

---

[45] 李漱泉(田汉):《神与人之间·谷崎润一郎评传》,[日]谷崎润一郎:《神与人之间》,李漱泉译,上海:中华书局,1934年,第32页。
[46] 李漱泉(田汉):《神与人之间·译者叙》,[日]谷崎润一郎:《神与人之间》,李漱泉译,第4页。
[47] 同上书,第2页。

图 5.3.17 《神与人之间》初版封面，[日]谷崎润一郎著、李漱泉（田汉）译，中华书局，1934 年

图 5.3.18 《神与人之间》初版版权页

看作阶级底表现"[48]与五四时期建构起来的将文学看作"人的文学"的观念，分属不同的理论体系，其背后都有着不同政治、社会集团的运作及其思想、逻辑的脉络。在阶级话语的建构中，资产阶级一定是腐化堕落的；而资本主义的掘墓人，担负着历史使命的领导阶级则是暴风雨中的海燕，"'先天地'要求着改革，要求着旧秩序的推翻"，"有对于'将来'的胜利的信仰"；小资产阶级不过是"醉生梦死的市侩"，"神经脆弱的低能儿"，"十足的太平主义者"；知识阶级则属于"游移不定的中间层分子"，在"动摇和变节"中分化。[49]说到底，阶级意识形态旨在动员社会被压迫阶级参与到推翻既有制度的革命之中，倡导

---

[48] 鲁迅编译：《一天的工作》，上海：良友图书印刷公司，1933 年，"前记"第 3 页。
[49] 萧参（瞿秋白）译：《高尔基创作选集》，上海：生活书店，1933 年，"后记"第 304—306 页。

的是阶级之间的对立与斗争；而人的意识则倾向维持社会的现状与秩序，强调的是人与人之间的共性与合作，反映了革命与和平年代对文学使命的不同召唤。

经常存在的情况是，人性与阶级话语的交织为文学批评提供了多元共存的理论框架而被混杂运用。如梁实秋，尽管他一贯以"最基本的人性""常态人性"去评估文学的价值，但分析莎士比亚《威尼斯商人》时，也吸收了阶级的观点衡之。他认为"莎士比亚的天才超过了两种宗教的民族的争端，这篇戏剧并不曾整个的描写了犹太人种或基督教徒，描写的是压迫者与被压迫者，描写的是被压迫者，一旦得到变本加厉的报仇雪耻的机会，是如何的疯狂刻毒"[50]。可见，尽管人性与阶级的话语在民国时期是相互论争而对立的，同时也是相互渗透而共存的；关键是需要我们辨析出批评行为背后的不同理论框架和普遍观念，而获得理解历史文本的前提。

实际上，苏联无产阶级话语理论的建构也征用了自文艺复兴、法国大革命以来的最高思想成果，并没有否定自由、民主、平等、人道等同类观念与价值观；所不同的是，它把矛头指向"阶级的，人种的，国民的，性的"[51]种种不自由、不民主、不平等、不人道的现实世界。这从高尔基被称颂为"被压迫者，下等人的说话者，争自由的英雄"，其创作"显示平民的人性"，"人道的道德观念"[52]的标举中可见一斑。

同时也要看到，尽管译介中的苏联文学也经常使用"人性""人类"的概念，但它指的是革命与战争文学中的人，而不是"人的文学"中的人。最极端的例子莫过于苏联文学所塑造的保尔·柯察金、丹娘、卓娅

---

[50] 梁实秋：《威尼斯商人·序》，[英] 莎士比亚：《威尼斯商人》，梁实秋译述，上海：商务印书馆，1936年，第5页。

[51] 陈勺水：《新的历史戏曲集·序》，[日] 前田河广一郎：《新的历史戏曲集》，陈勺水译，上海：乐群书店，1928年，第2页。

[52] 朱溪：《草原上·译者序》，[苏联] 高尔基：《草原上》，朱溪译，上海：人间书店，1928年，第12、16、14页。

与舒拉等"苏维埃人"群像。若以周作人在《人的文学》中所谓"从动物进化的人类"观念衡量，这些形象就是"违反人性不自然的习惯制度"的产物。五四时期树立的人生的文学观，既从"文学的主位"——人的本性上，定了"不是兽性的，也不是神性的"要求；又从"文学的本质"上，定了"这文学是人类的，也是个人的；却不是种族的，国家的，乡土及家族的"要求[53]。不同理论体系中的人之观念具有不同的内涵，阶级的人与后来卫国战争中的人、人民，或人类的统称，都是革命与战争年代所询唤的非常态的"超人"，反映着非常时期的需要。

在"个体－人类"阐释框架中，作家个案研究不再依附于道德教化，或者民族－国家意识，而获得了以人为本的价值和意义。译序跋所承担的介绍作家作品的功能，使它成为这一类型研究的方便文体，其中的佼佼者更将一般性导读发展成深度批评、切中肯綮的定论。像鲁迅对陀思妥耶夫斯基、阿尔志跋绥夫，周作人对希腊神话、圣书，胡适对易卜生，郭沫若、周学普对歌德，郑振铎、王靖对托尔斯泰，茅盾对莫泊桑、萧伯纳，梁实秋对莎士比亚，巴金对克鲁泡特金，卞之琳对纪德，李健吾对司汤达，吕天石对哈代，顾仲彝、张梦麟对奥尼尔，盛成对巴尔扎克，王了一、沈起予对左拉，邢鹏举对波德莱尔，田汉、章克标对日本作家佐藤春夫、夏目漱石、谷崎润一郎等作家作品的批评与研究，即使在今天也都具有重要的参考价值。

如前所述，中国百年翻译运动因中国社会的现代转型而起，也与中国社会的现代转型相伴相生。战争、革命、人之观念的建构与流变不仅是20世纪上半叶文学翻译运动，也是中国社会现代转型发展最核心的关键词。它既指涉外国文学中的原有观念，也与汉译文学的译介相关；既与历史事件相呼应，也反映了对历史事件意义的建构和定位。

---

[53] 周作人：《新文学的要求》，《艺术与生活》，第22页。

当中国传统的价值理念丧失了整合社会的力量，翻译异域就成为想象新的理想社会、建构社会新认同的来源，半个世纪的汉译文学运动的确是深深地融入中国历史进程之中。无论是晚清民国初期对英法等西欧国家，还是三四十年代对苏联的译介与想象，都为中国社会的现代转型提供了新的偶像和理想社会的蓝图，发挥了引领思想潮流、动员社会力量的主导作用。

今天，尽管对异域的理想想象已经不断破灭，但痛定思痛，从历史遗存的这些文本中却会发现，对平等大同世界的向往和追求，对人类完善与进化的探究与期许，从古至今，从中到西，何曾止息？何曾不同？历史既记录了不同时代的人对理想的追求和实践，也展现着现实对理想的异化和扭曲，但在历史的教训中，人类的理性观念还是在不断地获得改善和进步。

总而言之，《序跋集》的整理汇印不仅是汉译文学"译序跋"这一批评文体的集大成，尤其可贵的是，与一般历史记录往往缺乏支配社会行为的动机与观念不同，序跋的作者大多都会陈述自己的"译"意、缘由和旨趣，从而反映出影响其翻译行为、过程以及策略，来自政治、意识形态、经济和文化多层面的操控因素，能够为理解汉译文学行为与现象提供最直接的说明与"本证"。而且在《序跋集》中所收入的三千多篇文章中，不仅再现了战争、革命、人之观念的多声部主旋律，也交响着大大小小的次旋律和插曲，星罗棋布地散见着社会文化、政治时局、出版过程、版本来源、社团活动、文人交游等等方面的历史细节和信息。因而它不仅是汉译文学史研究的第一文献来源，同时也为现代中国文学史、比较文学与世界文学、现代思想史、政治史、文化史、出版史建立了一个丰富的并便于翻检取用的文献史料库。更期待的是，它所汇集的历史信息和现象能够激发不同专业学者深入探究的兴趣，获得研究的动力。

（该章原题为《战争、革命、人之观念的交织与流变——〈汉译文学序跋集（1894—1949）〉序论》，载《中国现代文学研究丛刊》2017年第12期；又选载于人大复印资料《中国现代、当代文学研究》2018年第4期；2021年改定于威海）

结语

翻译之于现代中国思想文化建构的重要性虽说有点不言自明的意思，不过，如果借用冯友兰说的自董仲舒至康有为经学时代终结的观点为参照，当更能认识翻译在传统中国与现代中国转型中的作用。冯友兰于《中国哲学史》"泛论经学时代"一章中曾谈道："在经学时代中，诸哲学家无论有无新见，皆须依傍古代即子学时代哲学家之名，大部分依傍经学之名，以发布其所见。其所见亦多以古代即子学时代之哲学中之术语表出之。"即使到了近代，西学东渐之初，康有为之徒"仍以之附会于经学，仍欲以经学之旧瓶装此绝新之酒"。但西学之新酒的至多至新，通过翻译为中国输入了全新的概念、术语、价值观和思想体系，终使"经学之旧瓶破"，彻底结束了统治中国思想界两千多年的经学时代。因此，翻译不仅成为打造新瓶之材料，而且现代新见也要依傍翻译之名、翻译之术语以发布，以表出之。这表现在政治、文化、哲学、文学各个领域，整个20世纪贯穿了一个百年的翻译运动。在中国历史上，从未像20世纪发生过如此大规模的翻译活动。我以为，与其将戊戌维新，或者五四新文化运动树立为现代中国的开端，不如说是这场旷日持久不断的翻译运动再造、转生、形塑了一个现代中国的图景。因此，要研究现代中国不能不研究翻译，翻译是和现代中国联系在一起的。这也是当今学术界为何越来越多的人将目光投向翻译的问题，重新审视、反思与全球化时代相伴随的翻译的政治及其文化实践。

在强调翻译之于现代国家历史和文化进程中的重要性的同时，也不能不意识到，翻译不等于原作，翻译文学也不等于是外国文学，从来没有任何翻译可说是绝对忠实原作的，尤其是当翻译在译语文学系统中扮演了政治、文化和文学革新者角色的时候。翻译理论中文化学派的兴起，彻底扭转了翻译研究以原著为中心的范式，而转向以译作为中心；也不再把翻译文学看作外国文学，将其还原到原语文化场中，考察其价值与意义，而侧重把翻译文学当作译语文化场中的一个历史现象，探究与其译语社会、文化、意识形态、诗学、译者、赞助者等多方面因素的复杂关联，从而透视其进入译入语文化场后所发生的变形。甚至可以说，文化学派的翻译研究就是从发现译作与原作的相异部分起步，超越语言层面，在更宏阔的语境、历史、传统视野下，注重考察影响原作选择、翻译过程和译本接受的各种文化因素，不再局限于传统翻译研究所探讨的译作如何更好地传达原作的问题。

本论集所择取的几个清末、民国时期汉译文学改写的个案与现象实在仅仅是全豹之一斑。大体说来，可归为汉译文学中的改写、外国作家形象的改写、汉译文学作品序跋中的改写这三大类型。也就是说，外国文学被汉译到中国，首先就要经过这三重改写。

与其他学科的翻译研究更多关注中西日之间同一概念、观念的差异、流变不同，汉译文学的改写，特别是叙事文学的汉译，主要集中在文学形象的变异上。本论集第一章所选取的英国核心文学经典《鲁滨孙漂流记》的汉译：沈祖芬汉译缩译本和《大陆报》缩译本，都是晚清时期汉译的典型案例，借此可以更清楚地说明翻译与维新变法、革命排满之间的密切关系。无论是沈祖芬把鲁滨孙作为当时流行的哥伦布式的英雄，以"激励少年"；还是《大陆报》译者彻底扭转鲁滨孙形象，让其承担起宣扬革命精神、动员大众参与革命的舆论重任，其改写的程度之大，征用的力度之强，事实上已经使这种翻译参与到晚清救国图强的政治运作之中，借用鲁滨孙之口不仅可以言反清排满之不可言，也可以传亟待建构的现代国民意识之声，成为改造国民性之诉求的榜样。

对林纾译本《鲁滨孙漂流记》和《英孝子火山报仇录》《双孝子噀血酬恩记》《孝女耐儿传》等以"孝"命题的系列"孝友镜"改写的考察，

是将林纾的翻译行为纳入对其思想理路与文化取向的作家研究中来，借此以凸显译者的文化身份及其认同对汉译文学改写的影响问题。传统的译学理论，在把翻译看作一对一的语词转换的观念中，译者似乎越处于"清空"状态，越能准确无误地传达原作的本真。通过辨析与深究林纾的"业儒"身份，匡时卫道的意图对其翻译行为的操控，以及传统文化观念与民族立场对其译作的影响，林译序跋对其译作形象与主题的文化改写，不仅揭示出林纾以中国儒教的"仁义礼智信""中庸"与"孝"的价值观去批判、阐释与融通西方文化与文学形象，试图将儒教普世化，或者说，在中西不同信仰之间进行融通的一种努力，也体现了原作表现出的殖民叙述与林译民族叙述的内在纠结和张力。由此可见，翻译行为本身既能反映中国进入世界的大势，也可借此表明中国的民族与文化立场和独特性。另外，将林纾的翻译与创作活动相结合的研究，也为分析五四新文化运动的反对派提供了一个典型个案，借此重审林纾卫道的历史因缘、思想理路及其功过，重新认识五四新文化运动的思想革命实植根于社会改造运动的性质特征。

翻译行为不仅受到政治与文化取向的外部操控，文学内部诗学形态的潮流也影响着改写。本论集第三章通过分析周瘦鹃和伍光建对《简·爱》的缩译和删节，探究了中国言情通俗化传统文体对翻译所产生的制约作用，进而将《简·爱》在中国语境中发生的言情通俗化的变异形态，置于现代婚恋观生成的文学史线索中，辨析从清末民初到五四时期所形成的"言情"与"爱情"两套话语的根本性区别。也就是说，把周瘦鹃与伍光建的《简·爱》汉译本：《重光记》和《孤女飘零记》作为中国版的言情与通俗文本来处理。

从文学系统内部来检审汉译文学研究，还有一个重要的方法和收获是，中外文本的对读是细读的最好方式之一。通过细辨汉译对原著的增删和改写，不仅能够体悟中外文化差异和译者的认知与取向，更可以从中去理解经典文本各种成分间的交互指涉所建构起的表层结构与深层结构的喻指，获得整体把握其主题意蕴的成效，以释放出文本的新意义。

本论集对《简·爱》和《老古玩店》的研究，就是从这个方面做出的尝试。通过对比汉译本的删节与改写，从把握结构"整体细读"入手，以作者生平与思想为成因，以文本事实和相关史料为论据，摆脱定论，重读经典，由此指出将《简·爱》仅仅视为一个爱情故事的偏误，进而论证出简·爱寻找"家"的生活历程和其寻找精神归宿的天路历程是其贯穿始终的双重结构。作者正是通过这双重表意轨道的铺设与运作，生成"上帝之爱"的主题。过去对狄更斯《老古玩店》的阐释也存在类似的偏向，一般都浅尝辄止于表层故事，通过耐儿与外祖父的流浪框架，以一路所见所闻及其遭遇批判和控诉现代工业资本主义社会的罪恶，这也是狄更斯一向被我们看重的价值和意义。但在这个表层故事中还蕴含着一个潜在结构，即对于耐儿来说，逃离老古玩店还是个拯救大父、逃离地狱城市而奔赴天堂的田园牧歌，其中寄托着狄更斯对其妻妹夭折的哀悼，是他借助天国的信仰，为"完美的天使"玛丽送葬，并借此展开有关死亡与不朽的思考。林纾却将一个传达上帝爱之福音的"天使"塑造成为践行孝之至德要道的"孝女"，将原作寄寓耐儿拯救大父、完成天路历程的情节主题改写成宣扬"奇孝"的社会伦理故事。正是通过对原文与译文的"整体校读"与对比，对著者与译者生平思想的双重了解，对不同文化价值观的双重觉察，才得以发现了原著的深层结构。由此也可以反思，过去对西方经典文本阐释中所存在的偏向社会意义的问题，一向漠视了宗教信仰在这些文学形象心灵结构中占有至高位置的一面。

外国文学进入中国，首先要经过翻译这个转换环节。虽然翻译理论与批评一直致力于探讨译作如何更好地传达原作的问题，但前述翻译个案的论析已经证明，译者在翻译实践中往往自觉不自觉地选择更忠于意识形态和诗学形态，而不是原作。而译作出版后其作者形象、文学形象更会在不断地被阐释中受到进一步的历史改写。本论集第四章就探讨了改写的另一种类型——评介研究文类对作家形象塑造的强大功能，聚焦高尔基与普希金形象如何在中国革命及其左翼文学运动的发展中不断被阐释、重塑及改写的问题，以呈现文学系统内的评论专家对域外作家形象的征用。该章梳理了高尔基在中国从备受冷落，到"同路人"，再到"世界上空前的最伟大的政治家的作家"之形象变迁；普希金适应着中国抗战文艺和朗诵诗运动的需要所经历的从"贵族诗人"到"人民诗人"的巨大转换。特别吊诡的是高尔基，当他应召回国，成为特权阶级中的一员时，却被推举为"无产阶级艺术的最大的权威"。由此凸显出作家形象的改写与原语话语场，尤其是译语话语场的密切关联。

译作序跋虽然也属于阐释中的改写类型，但由于它是翻译家、评论家以权威身份的"即时"推介，其观点往往主导着一个时期外国原语文学在中国形象的塑造与评说。其作者不仅要以原作在源文化圈中的地位赋予其译作以价值，同时也要在译入语语境中联结其翻译的功用，取得输入的特定意义。所以，不仅翻译是对原作的改写，事实上，译序跋更是对原作的直接改写。每个译序跋的作者都在用自己的方式阐释和建构原作的形象。本论集第五章建立在全面而系统地概览清末、民国时期译本序跋的基础上，选择了战争、革命、人的文学这三个关键词作为贯通的焦点，借此考察序跋作者如何改写和征用外国文学资源而与中国这一历史时期战争与革命之两大主潮形成互动关系，建构起人的文学的启蒙传统。在梳理其流变和脉动轨迹的同时，也试图揭示出贯彻其中的一种不变的价值理念，即对平等大同世界的向往和追求，对人类完善与进化的探究与期许。

晚清时期中国遭遇的亡国危机使传统的价值体系丧失了整合社会的凝聚力，翻译异域就成为想象新的理想社会、建构社会新认同的来源。从李提摩太汉译贝拉米（毕拉宓）的《回顾》（百年一觉），使大同学说深入中国思想的主流，到曾克熙30年代的重译，将社会主义的实现与苏联相同化，正处于两个关键历史时刻的节点上：从开启新中国的未来想象到树立起"走俄国人的路"之新认同。也许可以说,这两次汉译《回顾》并不仅仅是个巧合,而是一个政治寓言与历史预示。如果联系毛泽东在共和国成立前夕所做的《论人民民主专政》报告,会更加清楚这个大同理想凝聚国家共识的意义。

1949年6月30日,毛泽东为庆祝建党28周年发表了《论人民民主专政》,这个讲话也可以说是为建立新中国而制定的纲领,其中四次提及大同。开篇毛泽东就谈到,工人阶级、劳动人民和共产党,要努力工作,创设条件,使阶级、国家权力和政党很自然地归于消灭,使人类进到"大同境域"。他还提到康有为虽然写了《大同书》,但他没有也不可能找到一条到大同的路。在中国共产党出世前,先进的中国人是向西方寻找真理,直到"十月革命一声炮响,给我们送来了马克思列宁主义"这个放之四海而皆准的真理,"走俄国人的路——这就是结论"。毛泽东坚信,人民共和国的建立造成了一种可能性:经过它到达社会主义和共产主义,到达阶级的消灭和世界的大同。可见,这个世界的大同梦不仅是中国社会现代转型的原动力,也是毛泽东很快启动从新民主主义到社会主义改造的原动力。在该文中,毛泽东一再强调要一边倒,就是要倒向社会主义一边,倒向苏联。因为他们不但会革命,也会建设。他们已经建设起来一个伟大的光辉灿烂的社会主义国家。

李提摩太翻译《回顾》使用的"大同之世"概念,其中汇聚交错了古今中外多种思想脉络共构的社会最高理想。中国革命与社会变革在追随西方经验的同时,也创生着自身文化的传统,并在现代中国社会的转型与发展中不断校正方向,丰富其意义。

总之,虽然几个个案不足以概述清末与民国时期的汉译文学图景,但可以反映出这一时期的汉译文学作为中国现代翻译运动的一个重要组成部分,同样因中国社会的现代转型而起,也与中国社会的现代转型相伴相生,更以文学的方式回应着不同时期中国革命与社会进步的需要。从翻译塑造西方列强的国家英雄、女杰人物,到俄苏革命中的虚无党、社会主义新人形象、反侵略战争的民族英雄；从翻译西方文明，以先进国家为"文明之导师"，到译介"俄国人的路"；不仅为中国社会的现代转型提供了新的偶像和理想社会的观念与蓝图，更为制造社会的共情与凝聚起现代国家新认同发挥了引领思想潮流、动员社会力量的主导作用。由此也可以认知译介作为输入外国文学的转换环节所能发挥的不容忽视的作用，经过译介活动的选择、融通、阐释、征用等改写行为，才能使外国思想、观念、制度、文学、生活等文化资源与中国紧密联系在一起。汉译文学本身即是中西文化冲突与融合的标本，沉淀着我们民族现代意识和现代价值观如何生成的症候，要了解中外文学与文化的交流不能不首先考察汉译文学的改写与转换。

征引文献目录

(按拼音顺序)

阿尔志跋绥夫:《工人绥惠略夫》,鲁迅译,上海:商务印书馆,1924年。
阿尔志跋绥夫:《沙宁》,潘训译,上海:大光书局,1937年。
阿英:《晚清戏曲小说目》,上海:上海文艺联合出版社,1954年。
阿英:《晚清小说史》,南京:江苏文艺出版社,2009年。
阿英编:《晚清文学丛抄·小说四卷》,北京:中华书局,1961年。
阿志跋绥夫:《沙宁》,郑振铎译,上海:商务印书馆,1930年。
T. S. 艾略特:《艾略特诗学文集》,王恩衷译,北京:国际文化出版公司,1989年。
安得列夫:《比利时的悲哀》,沈琳译,上海:商务印书馆,1922年。
安东列夫:《安那斯玛》,郭协邦译,上海:新文化书社,1923年。
安特立夫:《小人物的忏悔》,耿式之译,上海:商务印书馆,1922年。
安特列夫:《邻人之爱》,沈泽民译,上海:商务印书馆,1925年。
奥斯丁女士:《骄傲与偏见》,董仲篪译,北平:大学出版部,1935年。
奥斯托洛夫斯基,N.:《钢铁是怎样炼成的》,段洛夫、陈非璜译,上海:潮锋出版社,1946年。
巴克特列夫、拉苏莫斯基:《苏瓦洛夫元帅》,丽尼译述,桂林:上海杂志公司,1942年。
白华德:《日美太平洋大战》,杨力樵、马全鳌、赵恩源合译,天津:大公报社,1932年。
白乐梅:《回顾》,曾克熙译,上海:生活书店,1935年。
John Hay Beith:《前线十万》,唐演译,上海:大东书局,1932年。
北京大学、北京师范大学等中文系中国现代文学教研室主编:《文学运动史料选》第三册,上海:上海教育出版社,1979年。

北京图书馆编:《民国时期总书目·外国文学》,北京:书目文献出版社,1987年。

贝拉米,爱德华:《回顾:公元2000—1887年》,林天斗、张自谋译,北京:商务印书馆,1963年。

毕林哥尔:《为统一而战的中国》,王纪石、吴饮冰合译,香港:香港众社,1939年。

薄伽丘:《十日谈》,黄石、胡簪云合译,上海:开明书店,1930年。

夏洛蒂·勃朗特:《简·爱》,黄源深译,南京:译林出版社,1994年。

夏洛蒂·勃朗特:《简·爱》,李霁野译,上海:文化生活出版社,1946年。

夏洛蒂·勃朗特:《简·爱》,祝庆英译,上海:上海译文出版社,1980年。

夏洛蒂·勃朗特:《简爱》,吴钧燮译,北京:人民文学出版社,1990年。

夏罗德·布纶忒:《孤女飘零记》,伍光建译,上海:商务印书馆,1935年。

曹靖华编:《剥去的面具》,重庆:文林出版社,1942年。

陈伯海、袁进主编:《上海近代文学史》,上海:上海人民出版社,1993年。

陈建华:《20世纪中俄文学关系》,上海:学林出版社,1998年。

陈鸣树主编:《二十世纪中国文学大典》,上海:上海教育出版社,1996年。

陈平原、夏晓虹编:《二十世纪中国小说理论资料》第1卷,北京:北京大学出版社,1989年。

陈小蝶:《午夜鹃声》,北京:人民文学出版社,1989年。

程颢、程颐:《二程遗书》,上海:上海古籍出版社,2000年。

赤松紫川:《戈登将军》,赵必振译,上海:新民译印书局,1903年。

褚威格:《托尔斯泰》,许天虹译,永安:改进出版社,1940年。

从龛编译:《绝岛英雄》,上海:广益书局,1906年。

达孚:《足本鲁滨孙飘流记》,林纾、曾宗巩同译,上海:中国商务印书馆,1906年(再版)。

大隈克力司蒂穆雷:《双孝子喋血酬恩记》,林纾、魏易同译,上海:商务印书馆,1907年。

狄福:《绝岛漂流记》,沈祖芬译,上海:开明书店,1902年。

查尔斯·狄更斯:《老古玩店》,许君远译,上海:上海译文出版社,1980年。

狄更斯:《黄昏的故事》,邹绿芷译,重庆:自强出版社,1944年。

笛福:《鲁滨孙历险记》,黄杲炘译,上海:上海译文出版社,2001年。

笛福:《鲁滨孙飘流记》,徐霞村译,上海:商务印书馆,1937年;北京:人民文学出版社,2006年。

却而司·迭更司:《孝女耐儿传》,林纾、魏易译述,上海:商务印书馆,1907年。

东方杂志社编纂:《近代日本小说集》,上海:商务印书馆,1924年。

独立苍茫子译述：《游侠风云录》，上海：独立苍茫子自刊本，1903 年。

杜秉正编译：《血斗》，成都：中国的空军出版社，1939 年。

杜斯妥亦夫斯基：《罪与罚》，汪炳琨译述，上海：启明书局，1937 年。

渡边氏：《世界一周》，商务印书馆编译所译述，上海：商务印书馆，1914 年。

恩海贡斯翁士：《孝友镜》，林纾、王庆通同译，上海：商务印书馆，1918 年。

范伯群编：《周瘦鹃文集》，上海：上海文汇出版社，2011 年。

方安译述：《总统失踪记》，上海：商务印书馆，1936 年。

费正清、刘广京编：《剑桥中国晚清史：1800—1911 年》，北京：中国社会科学出版社，2007 年。

冯茜：《英国的石楠花在中国——勃朗特姐妹作品在中国的流布及影响》，北京：中国社会科学出版社，2008 年。

冯天瑜：《新语探源》，北京：中华书局，2004 年。

冯天瑜：《中华元典精神》，武汉：湖北人民出版社，2017 年。

冯友兰：《中国哲学史》，上海：华东师范大学出版社，2000 年。

冯自由：《革命逸史》，北京：中华书局，1981 年。

傅学文编译：《丹娘》，中苏文化协会妇女委员会发行，重庆文林书店总经售，1943 年。

盖斯凯尔夫人：《夏洛蒂·勃朗特传》，祝庆英、朱文光译，上海：上海译文出版社，1987 年。

高尔基：《草原上》，朱溪译，上海：人间书店，1928 年。

高尔基：《母亲》，夏衍译，上海：新文艺出版社，1955 年。

高尔基：《文学论》，林林译，东京：质文社，1936 年。

高尔基：《我的童年》，林曼青（洪灵菲）译，上海：亚东图书馆，1930 年。

高尔基：《我的文学修养》，逸夫译，上海：天马书店，1936 年。

戈斯华士（高尔斯华绥）：《争斗》，郭沫若译，上海：商务印书馆，1926 年。

歌德：《赫尔曼与陀罗特亚》，周学普译，上海：商务印书馆，1937 年。

革拉特珂夫：《士敏土》，蔡咏裳、董绍明译，上海：新生命书局，1932 年。

格罗斯曼：《不朽的人民》，海观译，上海、重庆正风出版社，1947 年。

维克多·葛诚科：《我择取自由》，蕴雯等译，南京：南京独立出版社，1947 年。

谷崎润一郎：《神与人之间》，李漱泉译，上海：中华书局，1934 年。

广濑彦太：《潜水艇的大活动》，哈汉仪译述，天津：海事编译局，1932 年。

广智书局同人编译：《加里波的传》，上海：广智书局，1903 年。

郭沫若：《蒲剑集》，重庆：文学书店，1942 年。

果戈理:《外套》,韦漱园译,北京:未名社,1926年。
哈葛德:《埃及金塔剖尸记》,林纾、曾宗巩译述,上海:中国商务印书馆,1905年。
哈葛德:《雾中人》,林纾、曾宗巩译述,上海:中国商务印书馆,1906年。
哈葛德:《英孝子火山报仇录》,林纾、魏易同译,上海:中国商务印书馆,1905年。
韩石山编:《徐志摩散文全编》,天津:天津人民出版社,2005年。
Haraucourt:《罗家父女》,唐人曾编译,上海:新声戏剧编译社,1936年。
赫胥黎:《天演论》,严复译著,北京:华夏出版社,2002年。
胡从经:《晚清儿童文学钩沉》,上海:少年儿童出版社,1982年。
胡风:《胡风评论集》,北京:人民文学出版社,1984年。
胡绳:《从鸦片战争到五四运动》,北京:人民出版社,1981年。
胡适:《胡适文集》,北京:北京大学出版社,1998年。
胡适编:《中国新文学大系·建设理论集》,上海:上海文艺出版社,2003年。
胡适译:《短篇小说第一集》,上海:亚东图书馆,1919年。
黄兴涛编:《辜鸿铭文集》,海口:海南出版社,1996年。
艾瑞克·霍布斯鲍姆:《极端的年代:1914—1991》,郑明萱译,北京:中信出版社,2014年。
A. 纪德:《伪币制造者》,盛澄华译,上海:文化生活出版社,1945年。
姜玢选编:《革故鼎新的哲理——章太炎文选》,上海:上海远东出版社,1996年。
金观涛、刘青峰:《观念史研究:中国现代重要政治术语的形成》,北京:法律出版社,2009年。
菊池宽:《日本现代剧选 第1集·菊池宽剧选》,田汉译,上海:中华书局,1924年。
卡达耶夫:《我是劳动人民的儿子》,曹靖华译,上海:生活书店,1940年;北京:人民文学出版社,1951年。
卡泰耶夫:《时间呀前进!》,林淡秋译,上海:新知书店,1947年。
亚历山大·康恩:《革命文豪高尔基》,邹韬奋译,上海:生活书店,1933年。
康有为:《大同书》,北京:高等教育出版社,2010年。
维克多·克拉夫青科:《我选择了自由》,勤宣译,上海:民治出版社,1947年。
尤里·克莱莫夫:《运油船德本号》,白明译,重庆:大时代书局,1940年。
库尼兹:《俄罗斯:最后到来的巨人》,贾开基、蒋学模译,上海:上海文摘出版社,1949年。
约翰·拉雷:《在德军后方》,李嘉璧译,上海:上海亢德书房,1941年。

兰姆塞（兰塞姆）：《一九一九旅俄六周见闻记》，兼生译，上海：晨报社，1920 年。

李昂诺夫：《侵略》，曹靖华译，重庆：东南出版社，1944 年。

李家骥等整理：《林纾诗文选》，北京：商务印书馆，1993 年。

李青崖选译：《俘虏及其他》，上海：开明书店，1932 年。

梁启超：《新民说》，郑州：中州古籍出版社，1998 年。

梁启超：《饮冰室合集》，北京：中华书局，1989 年。

李翁聂·林茨、波立斯·弗尔铁霍夫：《斗争的插曲》，王仲明译，上海：婴社，1941 年。

林纾：《畏庐诗存》，上海：商务印书馆，1923 年。

林纾：《修身讲义》，上海：商务印书馆，1916 年。

刘晴波、彭国兴编校：《陈天华集》，长沙：湖南人民出版社，1982 年。

刘意青：《〈圣经〉的文学阐释》，北京：北京大学出版社，2004 年。

刘禺生：《世载堂杂忆》，北京：中华书局，1960 年。

卢那卡尔斯基等：《普式庚论》，吕荧译，上海：新知书店，1946 年，

卢梭：《爱弥儿　论教育》，李平沤译，北京：商务印书馆，1983 年。

鲁迅：《鲁迅全集》，北京：人民文学出版社，1981 年。

鲁迅编：《戈理基文录》，柔石等译，上海：光华书局，1930 年。

鲁迅编译：《一天的工作》，上海：良友图书印刷公司，1933 年。

路卜洵：《灰色马》，郑振铎译，上海：商务印书馆，1924 年。

罗果夫、戈宝权编：《高尔基研究年刊（1947）》，上海：时代出版社，1947 年。

罗果夫、戈宝权编：《高尔基研究年刊（1948）》，上海：时代出版社，1948 年。

罗果夫主编：《普希金文集》，戈宝权编辑，上海：时代书报出版社，1947 年。

罗经国编选：《狄更斯评论集》，上海：上海译文出版社，1981 年。

罗森布利特、许勒尔编：《在和平劳动之国》，唐旭之译，桂林：桂林文化供应社，1940 年。

A. 罗斯金：《高尔基》，葛一虹、茅盾、戈宝权、郁文哉译，昆明：北门出版社，1948 年。

马克思：《政治经济学批判大纲》，刘潇然译，北京：人民出版社，1962 年。

麦度克：《身毒叛乱记》，吴门磻溪子、天笑生同译，小说林总编译所编辑，上海：小说林社，1906 年。

约翰·麦奎利：《神学的语言与逻辑》，安庆国译，成都：四川人民出版社，1992 年。

茅盾：《茅盾全集》，北京：人民文学出版社，1990 年。

茅盾：《我走过的道路》，北京：人民文学出版社，1997 年。

米尔波：《工女马得兰》，岳焕译，上海：开明书店，1928 年。

莫里哀：《儿女风云》，胡春冰、龚家宝改编，上海：光明书局，1941年2月。

安德烈·莫洛亚：《法国的悲剧》（三版），吴奚真、鞠成宽、刘圣斌合译，重庆：时与潮社，1941年。

穆尔-吉尔伯特、巴特等编撰：《后殖民批评》，杨乃乔等译，北京：北京大学出版社，2001年。

尼克拉索夫：《在俄罗斯谁能快乐而自由》，高寒（楚图南）译，上海：商务印书馆，1940年。

潘家洵译：《易卜生集》（四版），上海：商务印书馆，1926年。

培伦（凡尔纳）：《月界旅行》，鲁迅据日本井上勤氏译本转译，东京：进化社，1903年。

理查德·H. 佩尔斯：《激进的理想与美国之梦——大萧条岁月中的文化和社会思想》，卢云中等译，上海：上海外语教育出版社，1992年。

赫·皮尔逊：《狄更斯传》，谢天振、方晓光、鲁效阳等译，杭州：浙江文艺出版社，1985年。

A. 普式庚：《欧根·奥涅金》，吕荧译，重庆：希望社，1944年。

普式庚：《波尔塔瓦》，余振译，北平：诗文学社，1946年。

普式庚：《茨冈》，[俄] 瞿秋白译、锡金校订，上海：文艺新潮社，1940年。

普式庚：《杜勃罗夫斯基》，孟十还译，上海：文化生活出版社，1944年。

普式庚：《杜布罗夫斯基》，立波译，上海：生活书店，1937年。

普式庚：《甲必丹女儿》，孙用译，永安：东南出版社，1944年。

普式庚：《恋歌》，曹辛编，重庆：现实出版社，1942年。

普式庚：《普式庚短篇小说集》，孟十还译，上海：文化生活出版社，1937年。

普式庚：《普式庚诗钞》，蒲风、叶可根译，广州：诗歌出版社，1938年。

普希金：《甲必丹之女》，安寿颐译，上海：商务印书馆，1921年。

普希金：《普希金长诗选》，余振译，北京：外国文学出版社，1984年。

普希金等：《俄罗斯名家短篇小说集》，沈颖等译，北京：新中国杂志社，1920年。

前田河广一郎：《新的历史戏曲集》，陈勺水译，上海：乐群书店，1928年。

阿达·秋马先珂：《苏俄童话》，康白珊重译，上海：大华书局，1934年。

瞿洛夫编：《普式庚创作集》，上海：光明书店，1937年。

瞿秋白：《瞿秋白文集》，北京：人民文学出版社，1953年。

E. M. Remarque：《西线无战事》，洪深、马彦祥译，上海：上海平等书店，1929年。

芮和师编：《鸳鸯蝴蝶派文学资料》，福州：福建人民出版社，1984年。

萨洛扬：《人类的喜剧》，柳无垢译，上海：文光书店，1948年。

萨义德：《文化与帝国主义》，李琨译，北京：生活·读书·新知三联书店，2003年。
赛米诺夫：《饥饿及其他》，傅东华译，上海：新生命书局，1932年。
沙若理（Charles Sarolea）：《托尔斯泰传》，张邦铭、郑阳和译，上海：泰东书局，1920年。
莎士比亚：《暴风雨》，梁实秋译，上海：商务印书馆，1937年。
莎士比亚：《李尔王》，梁实秋译，上海：商务印书馆，1936年。
莎士比亚：《威尼斯商人》，梁实秋译述，上海：商务印书馆，1936年。
斯·舍舒科夫：《苏联二十年代文学斗争史实》，冯玉律译，上海：上海译文出版社，1994年。
《社会主义思想在中国的传播》编写组：《社会主义思想在中国的传播》，北京：中共中央党校科研办公室，党校系统内部发行。
沈绍勋纂：《钱塘沈氏家乘》，杭州：西泠印社，1919年。
史拉美克：《俄国戏曲集》，郑振铎译，上海：商务印书馆，1921年。
适夷编译：《苏联短篇小说集》，上海：天马书店，1937年。
司各德：《剑底鸳鸯》，林纾、魏易译述，上海：商务印书馆，1914年。
斯莱特，米．《狄更斯与女性》，麻益民译，天津：百花文艺出版社，1990年。
孙奇逢（夏峰）：《理学宗传》，杭州：浙江书局刻，光绪庚辰岁（1880）。
梭罗诃夫：《被开垦的处女地》，立波译，上海：生活书店，1937年。
太戈尔：《春之循环》，瞿世英译，上海：商务印书馆，1921年。
谭嗣同：《仁学》，北京：高等教育出版社，2010年。
L. 托尔斯泰：《战争与和平》，郭沫若、高地合译，上海：骆驼书店，1947年。
托尔斯泰：《托尔斯泰短篇》，刘灵华译，上海：公民书局，1921年。
托尔斯泰：《艺术论》，耿济之译，上海：商务印书馆，1921年。
脱马斯加泰：《军役奇谈》，陶弼旦译述，上海：小说林社，1904年。
伊恩·P. 瓦特：《小说的兴起》，高原等译，北京：生活·读书·新知三联书店，1992年。
瓦希利夫斯卡：《虹》，曹靖华译，重庆：新知书店，1944年。
汪晖：《文化与政治的变奏——战和中国的"思想战"》，上海：上海人民出版社，2014年。
王尔德：《狱中记》，张闻天、汪馥泉、沈泽民译，上海：商务印书馆，1922年。
王奇生：《革命与反革命：社会文化视野下的民国政治》，北京：社会科学文献出版社，2010年。
王世家、止庵编：《鲁迅著译编年全集》，北京：人民文学出版社，2009年。
王韬、顾燮光等编：《近代译书目》，北京：北京图书馆出版社，2003年。

王哲甫：《中国新文学运动史》，上海：上海书店印行，1986年。

王智毅编：《周瘦鹃研究资料》，天津：天津人民出版社，1993年。

马克斯·韦伯：《新教伦理与资本主义精神》，彭强和黄晓京译，西安：陕西师范大学出版社，2002年。

韦愨编辑：《普式庚逝世百周年纪念集》，上海：商务印书馆，1937年。

尾崎士郎等：《扬子江之秋及其他》，林焕平译，香港：民革出版社，1939年。

魏源：《海国图志》，郑州：中州古籍出版社，1999年。

吴俊标校：《林琴南书话》，杭州：浙江人民出版社，1999年。

吴讷、徐师曾：《文章辨体序说 文体明辨序说》，北京：人民文学出版社，1998年。

吴曙天编译：《雅歌》，上海：北新书局，1930年。

吴双热：《孽冤镜》，上海：上海民权出版社，1915年。

吴熙钊、邓中好校点：《南海康先生口说》，广州：中山大学出版社，1985年。

吴组缃编：《中国近代文学大系·小说集》，上海：上海书店，1991年。

西万提司：《吉诃德先生》，贺玉波译，上海：开明书店，1931年。

夏晓虹辑：《〈饮冰室合集〉集外文》，北京：北京大学出版社，2005年。

萧伯纳：《华伦夫人之职业》，潘家洵译，上海：商务印书馆，1923年。

萧参（瞿秋白）译：《高尔基创作选集》，上海：生活书店，1933年。

小说林总编辑所编辑：《苏格兰独立记》，陈鸿璧译、东海觉我（陈念慈）校正，上海：小说林社，1906年。

辛都斯：《苏联的新面目》，魏敬译，重庆：时与潮社，1945年。

辛克莱：《煤油》，易坎人（郭沫若）译，上海：光华书局，1930年。

辛克莱：《求真者》，平万（戴平万）译，上海：亚东图书馆，1933年。

新人社编译：《托尔斯泰小说集》，上海：泰东图书局，1921年。

兴斯笃：《俄罗斯母亲》，胡仲持等译，桂林：桂林文化供应社，1944年。

兰斯东·休士：《不是没有笑的》，夏征农、祝秀侠译，上海：良友图书印刷公司，1936年。

徐仲年、俞大纲、商章孙选译：《英法德美军歌选》，长沙：商务印书馆，1939年。

许宝强、罗永生选编：《解殖与民族主义》，北京：中央编译出版社，2004年。

薛绥之、张俊才编：《林纾研究资料》，福州：福建人民出版社，1983年。

押川春浪：《旅顺双杰传》，汤红绂译，上海：世界社，1909年。

A. 亚尼克斯德等：《普式庚研究》，茅盾等译，上海：生活书店，1937年。

杨家骆主编：《林琴南学行谱记四种》，台北：世界书局，1961年。

杨杰编:《四书五经》,哈尔滨:北方文艺出版社,2007年。

杨静远编:《勃朗特姐妹研究》,北京:中国社会科学出版社,1983年。

杨松、邓力群编:《中国近代史资料选辑》,荣孟源重编,北京:生活·读书·新知三联书店,1979年。

叶圣陶:《叶圣陶序跋集》,北京:生活·读书·新知三联书店,1983年。

伊林:《五年计划故事》,董纯才译,上海:开明书店,1937年。

易卜生:《总建筑师》,马耳译,重庆:建国书店,1943年。

樱井忠温:《旅顺实战记》,黄郛译,译者自刊,1909年。

约纳约翰重译:《昕夕闲谈》,李约瑟笔述,上海:文宝书局,1904年。

张捷:《斯大林与文学》,北京:中国青年出版社,2014年。

张朋园:《梁启超与清季革命》,长春:吉林出版集团有限责任公司,2007年。

张铁夫主编:《普希金与中国》,长沙:岳麓书社,2000年。

张枬、王忍之编:《辛亥革命前十年间时论选集》,北京:生活·读书·新知三联书店,1978年。

郑振铎:《俄国文学史略》,上海:商务印书馆,1924年。

中华书局编:《中华文化的过去、现在和未来——中华书局成立八十周年纪念论文集》,香港:中华书局,1992年。

周策纵:《五四运动——现代中国的思想革命》,周子平等译,南京:江苏人民出版社,1999年。

周起应(周扬)编:《高尔基创作四十年纪念论文集》,上海:良友图书印刷公司,1933年。

周瘦鹃编译:《心弦》,上海:大东书局,1925年。

周扬:《周扬文集》,北京:人民文学出版社,1984年。

周作人:《鲁迅的故家》,石家庄:河北教育出版社,2002年。

周作人:《艺术与生活》,石家庄:河北教育出版社,2002年。

周作人辑译:《点滴》,北京:北京大学出版部,1920年。

周作人译:《现代小说译丛 第一集》,上海:商务印书馆,1922年。

朱保高比:《红茶花》,陆善祥译意、陈绍枚润文,香港:聚珍书楼,1905年。

朱维铮主编:《利玛窦中文著译集》,上海:复旦大学出版社,2001年。

朱熹:《孟子集注》,上海:上海古籍出版社,2006年。

朱有瓛主编:《中国近代学制史料》,上海:华东师范大学出版社,1983年。

卓新平主编:《中国基督教基础知识》,北京:宗教文化出版社,2005年。

邹容:《革命军》,北京:华夏出版社,2002年。

樽本照雄编:《新编增补清末民初小说目录》,济南:齐鲁书社,2002年。

Brontë, Charlotte, *Jane Eyre*, New York: Alfred A. Knopt, Inc, 1991.

Brontë, Charlotte (夏洛蒂·勃朗特),《简爱》(*Jane Eyre*, 中英对照全译本), 盛世教育西方名著翻译委员会译, 北京:世界图书出版公司, 2008年。

Childs, Peter ed., *Post-colonial Theory and English Literature: A Reader*, Edinburgh: Edinburgh University Press, 1999.

Defoe, Daniel, *Robinson Crusoe*, Michael Shinagel ed. A Norton Critical Edition, New York and London: W. W. Norton & Company, 1994, 1975.

Defoe, Daniel, *Serious Reflections During the Life and Surprising Adventures of Robinson Crusoe: With His Vision of the Angelick World*, London: Constable & Company LTD, 1925.

Dickens, C., *The Old Curiosity Shop*, New York: Dover Publications, 2003.

Haggard, Henry Rider: *Montezuma's Daughter*, www.gutenberg.org.

Gaskell, E C., *The Life of Charlotte Brontë*, New York: Routledge, 1997.

Lee, William ed., *Daniel Defoe, His Life, and Recently Discovered Writings: Extending From 1716 to 1729,* London: J.C.Hotten, 1869.

Lefevere, André (勒菲弗尔),《翻译、改写以及对文学名声的制控》(*Translation, Rewriting and the Manipulation of Literary Fame*, 英文影印版), 上海:上海外语教育出版社, 2010年。

Lefevere, André ed., *Translation/History/Culture: A Sourcebook*, London and New York: Routledge, 1992.

Murray, David Christie, *The Martyred Fool,* New York: Harper & Brothers Publishers, 1895.

Quint, Howard H., *The Forming of American Socialism*, New York: The Bobbs-Merrill Company, INC., 1964.

Spaas, Lieve and Stimpson, Brian ed., *Robinson Crusoe: Myths and Metamorphoses*, New York: Macmillan Press Ltd, 1996.

Teachman, Debra (德布拉·蒂奇曼),《〈简爱〉解读》(*Understanding* Jane Eyre, 英文影印版), 北京:中国人民大学出版社, 2008年。

Venudi, Lawrence ed., *The Translation Studies Reader*, London and New York: Routledge, 2000.

Walder, Dennis, *Dickens and Religion*, London: George Allen & Unwin Ltd, 1981.

后 记

这本书拖的时间实在是太久，竟让我感觉不是在出版新作，而是修订一部旧作了。

大体说来，拙作是在一个方向上，关于汉译文学改写现象研究的专题性论文集。2006年我完成了《二十世纪中国翻译文学史》第三卷的写作，取其核心内容，题名《三四十年代苏俄汉译文学论》出版后，即开始了本书相关文献资料的搜集、阅读和准备。

想当初，大概是2000年吧，杨义先生召集连燕堂、秦弓（张中良）、周发祥、赵稀方几位老师，组织我们一起撰写一套六卷本翻译文学史时，正式出版的相关论著尚只有陈玉刚的一册《中国翻译文学史稿》，所以我们主要着眼的还是综述、发掘和梳理汉译文学的整体面貌及其流脉分殊。但这次初涉汉译文学领域的探查，让我萌发了做三件事的冲动：一是编辑一套《汉译文学序跋集（1894—1949）》；二是撰写晚清民国时期"汉译文学编年考录（期刊编）1896—1949"；三是经典个案研究，选择汉译文学的几个典型文本，组成纵横交错（同时期，或不同时期的诸种不同汉译本）的谱系，探究其来到中国的变形、新生，及其社会、政治、文化的历史缘由。很显然，前两件事需要条件，非一人之力所能完成。这样，我最早投入的就是本书的酝酿。

当时，后殖民理论批评兴起，重评《鲁滨孙漂流记》成为其理论实践的核心文本之一，但学界尚以经典汉译本作为分析对象，当我考寻到拙作所阐释的沈祖芬、《大陆报》、林纾汉译"鲁滨孙"的早期译本时，真有发现新大陆的感觉。由于长期以来，翻译研究专注于译作如何与原作对等的问题，更偏重译作定本；比较文学研究在放眼世界、追究本源时，对不忠实的历史译本也多不以为意；而中国现代文学研究则惯于把外国文学影响推至背景。因而，几个与近代以来的汉译文学相接壤的学科，不免都忽视了对这个领域所存有的丰富历史文献的整理和研治。

我有幸于 2007 年获得在加拿大哥伦比亚大学（UBC）任教的李天明先生邀请，公私兼顾地做了近一年的访问学者。UBC 大学图书馆的文科研究生阅览室，不仅图书开架，可以自由取阅，更有利的是其图书按专题排放，便于一目了然各科专题研究的历史进程及其重要成果。这不仅让我能很快知晓每一次新理论思潮兴起，西方学界对《鲁滨孙漂流记》《简·爱》等我初步选择的研究文本的不同阐发，也给我留下了其文学教学一直以经典文本为中心的深刻印象，加深了对个案研究学术价值的体认。

现在想来，影响本书写作的因素，还不能不提及我们全家一度移居温哥华，前后八年频繁往返与居住的经历。这让我接触到加拿大社会生活的一般情形，尤其有幸认识了几位虔诚的基督教徒。我有相当一段时间参加了当地社区教堂举办的诵读讲解《圣经》课程，与牧师先生进行了较为深入的交流。

对于我们这代"生在红旗下，长在红旗下"的"五○后"来说，改革开放的大潮彻底席卷了青少年时期所树立起的"时刻准备着，去解放全世界三分之二的受苦人"的神圣使命，也一起摧毁了我们的盲目信仰之心。所谓宗教信仰从小就没引起我们的好感，一直视其为"精神鸦片"而蔑视之。我去听讲不过是为了学英语，和牧师聊天也不过是为了更好地学英语。但当了解到 Stephen 先生是位哲学博士，毕业于美国常春藤大学，懂好几种语言时，我开始好奇，想知道他是真信主的人，还是不过是研究基督教的学者罢了。记得有一次他谈到，在接连有了三个女儿后，他就向主祷告，恳请上帝送给他一个儿子，并发誓会让儿子奉献一生，从事荣耀上帝的事业。后来，Stephen 先生真的如愿以偿。他骄傲地告诉我，儿子现在二十岁了，天生明白神的心意，比他具有更广博的知识，懂十种语言。我知道他这是在以自己亲身经验的神迹向我宣教呢。后来，我还真有幸聆听了 Stephen 儿子来给我们讲《圣经》。那天，他穿着雪白的衬衫，天使下凡般站在光里，毫不理会我们是否听得懂，只沉浸在自己激情四射的讲演中时，我深深地被感动了。

之后，当 Stephen 又和我谈起曾为重病的父亲做祷告时，我很有点观衅伺隙的坏意，毕竟人逃不脱过不去的大限，于是马上乘机追问："你父亲现在怎样了？"Stephen 看定我的眼睛，郑重地说："我明白你的意思，我父亲走了。"但马上又坚定地说："这是上帝给予他的最好安排。"我愣住了，终于明白了确信 God is good 的思维，理解了信靠主的虔诚教徒的灵魂。我觉得正是有了这份对现代基督教徒信仰之信任，才使自己获得了进入基督宗教观的基本条件。因为拙作所讨论的笛福、夏洛蒂·勃朗特、狄更斯，虽说正处于基督教世界的瓦解过程中，但仍然归属这个信仰的共同体，其作品仍是他们各自特殊的宗教意识的产物，同时也是具有一般超自然的基督教性的文学；他们都以自己的方式和经验领受神的话语，为主作见证。同时，他们也正处于将"心目中的信仰认为当然的事情"与"对于信仰有所怀疑、烦恼，或竟至争辩"（艾略特语）的松动时期，其文学具有更加繁复、更贴近现代的品性，因而既可为现代世界的世俗生活，也可为现代世界的信仰生活提供活水泉源，成为不朽的经典。

长期以来，我们在译介西方文学时，往往只取其社会意义，而丢弃了宗教内容，视而不见的恰恰是占据其信仰生活核心的精神与心灵的世界。所以，我的研究也是对这些经典之作的重读，这让我真切体会到基督宗教文化对其教徒的精神塑造，上帝不仅在他们精神结构中居于至高位置，他们也因上帝之名得生命。同时我也意识到这一文化传统所生成的精神结构，仍在操控着现代书写，名称在变化，但这一超稳定的精神结构仍若隐若现。

通过原著与译作的比较对读，汉译的改写现象得以凸显；而且我发现越是不忠实原著之处越有着可发掘的政治、历史与文化的内涵，这个研究过程充满了发现的惊喜、探究的兴致与解惑的快乐。从 2009 年开始，这一方向的研究基本是以一年一篇的龟速写作和发表。但到 2014 年左右，上帝似乎眷顾了我，前面说及我想做的另外两件事接连获得了国家社科基金重大项目和中国人民大学研究基金重大项目的资助。这两个大的集体学术工程的开启，让我正在进行的个人研究计划搁浅。

迄今为止，我与罗文军、樊宇婷、崔金丽、屠毅力、刘彬、尚筱青、张佳伟、张燕文共同编注的《汉译文学序跋集》(18 卷) 已经完成，正在陆续面世；在我主持，夏晓虹、方锡德、孙郁、解志熙指导下，由罗文军、赵天成、熊婧、朱佳宁、李欢分卷撰写的《现代汉译文学编年考录（期刊编）1896—1949》也已获优秀评级顺利结项，并和中华书局古联公司合作开发了同名数据库，现已正式上线。关键是我于 2019 年退休后，可以腾出精力将个人成果汇集成册了。

遗憾的是，随着集体项目的实施和开展，我原来的个案研究已转向对汉译文学历史文献的综合整理，以及对其研究路向、方法的思考与总结。特别是通过集中审阅晚清民国时期三千多篇汉译文学序跋，深切触摸到翻译家的即时书写所表达的社会公共舆论之流行观念，及其历史演变和脉动的轨迹。拙文《汉译文学序跋集（1894—1949）·序论》对此做了整体性的粗线条勾勒与阐述，以描述现代汉译文学与中国以及世界大历史事件相互激荡的历史图景与态势。我甚至感到汉译文学的如何"拿来"，似乎比中国现代文学更能反映出中国在 20 世纪上半叶社会主义与资本主义两大主潮的共振中，做出选择的历史趋势，值得我们在这个方兴未艾的领域深耕细作，切实探究中国走向现代步履的艰难与复杂，以及走向世界的历史大势所趋。

面对先后在汉译文学领域，但出于不同思路和主旨而写下的文章，如何将其组合到一起，的确让我颇费斟酌。考虑到我的研究目的不在评估翻译水平、促进翻译质量的提高，而旨在通过历史遗留的汉译文本去探究彼时政治、文化与文学的问题，其方法恰恰要从发现原著与译作的改写现象起步，并进一步追溯其成因；而汉译文学的改写主要发生在两个环节，即翻译文本里的改写与评介中的改写。所以，本书在汉译文学改写的总视角下，又分殊为两个不同的面向：一是汉译文学中的改写现象研究；二是评介中的改写现象研究，其中又将评介的一种特殊类型——序跋中的改写专列一章。

由于拙作收入的大都是分散发表的论文，为了统一于"改写"这一主题，这次编定成书又做了不少的修订和补充。特别是最后一章，对原名为《汉译文学序跋集（1894—1949）·序论》的文章进行了较大的增删，以呈现其改写的旨意和论据。另需要说明的是，第四章以高尔基和普希金示例分析"评介中的改写：域外作家形象的流变与征用"两节，虽选用的是旧作，但对普希金在中国的形象变迁做了较多的补充。第一章"汉译鲁滨孙形象的文化改写与征用"，是我最早进入的论题，花的工夫也最多，但后来发现年轻学者做出了更多的稽考，如崔文东不仅起步早，也对清末汉译鲁滨孙版本进行了相当全面的辑佚和整理，姚达兑发现了粤语版，李云进一步考定了其译者身份，等等，我对这一章的修订，吸收了他们的成果。罗文军在做晚清时期的汉译文学编年考录时，发现了《时务报》最早刊登的柯南·道尔的两篇侦探小说为曾广铨所译，使我得以修订之前的误判，谨在此向年轻学者们的精进致以诚挚的谢忱。

行笔至此，又让我不由缅怀起两年前溘然长逝的谢天振先生。他不仅是西方翻译研究文化转向理论在中国最早的译介者，也是这一理论的卓越实践者。虽然我和先生并非同一专业，更无师承关系，但早已在内心将先生奉为导师。我不仅自己读着他的书进入汉译文学研究领域，也曾将先生主编的《当代国外翻译理论导读》作为我汉译文学研究课程的教材，受惠良多。

说起来，我和先生只在会议上见过三次面。第一次是在2010年底，那时我还无缘拜见先生，为筹备人大文学院与鲁迅博物馆联合举办的"翻译与二十世纪中国文学"研讨会，我非常冒昧地向谢天振先生发出邀请，他的到场和最后演讲为这次跨学科会议增添了高屋建瓴的气派和精彩！后来我才晓得，当时我不仅应感谢他的大驾光临，更应感恩他对拙作《三四十年代苏俄汉译文学论》的肯定。可那时我并不知情，竟一个"谢"字也未曾说出。后来，在我朦朦胧胧意识到西方文学与文化被中国"拿来"所发生的变形，主要表现在汉译和评介这两个环节时，一次逛书店偶然看到谢天振先生的大作《译介学导论》，让我眼前顿时一亮。当我拜读到"翻译文学史与文学翻译史"一章时，竟赫然出现了自己的名字。先生论述了翻译文学史应该如何写之后，推举拙作说："眼下正好有一个实例可援，那就是最近刚刚出版的《三四十年代苏俄汉译文学论》。这本书的书名虽然没有明确标明是一部'文学史'，但它不仅已经具备了一部翻译文学史最主要因素，即作家（包括原作家、翻译家）、作品和事件，而且对翻译文学在中国文化语境中的传播、接受、影响、研究等问题，分析得更是相当具体和深刻。"接着又对具体篇章进行了例举分析。先生真是火眼金睛，拙作本来就是为杨义先生主编的《二十世纪中国翻译文学史》而写，因为个别时段迟迟未能完成，我就先把苏俄汉译文学部分出版了。我和先生没有任何私交，能得到他的称许，真让我荣幸之至！每逢填表，都要骄傲地把这段话征引上。直到2016年在赵稀方筹划组织的"翻译与现代中国"研讨会上，再次见到先生时，我才表达了发自肺腑的感激！算起来，先生的这部大作于2007年出版，我的致谢却迟到了近十个年头！

最后一次见到先生是2018年，为参加赵稀方大作《翻译与现代中国》的研讨会，先生专程从上海赶到北京。那天先生穿着白色运动鞋，白衬衣外罩着浅蓝色开衫绒衣，朝气逼人，我和赵稀方都不由赞叹先生的年轻蓬勃。万万没想到，先生走得那么急，消息传来，不胜惊讶与悲痛！我和先生真是纯粹意义上的文字之交。想想作为学人，与同仁与社会的联系真是少之又少，大多是文字之交。幸？抑或不幸？我深深知道自己的研究，即使浅薄也离不开这种文字之交，所谓站在前人的肩膀上，具体说来就是前人和同仁著述文字的启迪和铺垫，它不仅超越时空，也可以超越生死的界限。

窗外春光明媚，一树一树的新绿绵长地随风摇曳，我读到了这样的诗句：

在众生的天空下
人们听到离去的人
留下的脚步声。

仍然只能谨以文字记下我对先生的思念和致敬！

一本书的面世真是不容易，且不说要读多少书，查阅多少资料，点灯熬油多少日日夜夜，即使进入出版流程又要劳驾多少人？感谢国家社科基金的资助！感谢山东大学（威海校区）文化传播学院聘我为兼职教授，让我能够面朝大海，静心修订；感谢北京大学出版社周彬主任的热心策划和建议，感谢于铁红老师的细心编辑。我们已经合作过一次，正因为上次出版《海派小说与现代都市文化》的修订本时，于老师对文字的敏感和专业，为拙作纠正了不少的差误，让我这次又不顾于老师已在享受含饴弄孙之乐，再次请她费心。也是在于老师的建议下，出版又增加了一个配图环节，以期左图右文，达成相互说明佐证的效果。因为年代久远，即使多方查获到图片，经常也因像素不够，来回反复了多次，还有黄敏劼老师的校订，又做了精心的正误和规范，所以特别要感谢北大出版社编辑团队的敬业和专业。感谢我的学生们！他们都是有求必应、搜寻资料的好手，让我这个当老师的自愧不如。我一直感觉自己是个未毕业的学生，我的导师严家炎、朱金顺先生的治学精神一直笼罩着我，师兄们的精研博学也一直督促我不敢懈怠。特别感谢师兄解志熙为拙作取了个提喻性的好题目，梁坤老师提供了高尔基故居照片及其说明，李怡老师及其学生帮我在川大图书馆复制了《广益丛报》，等等。最后，还要感谢夫君和儿子的一贯支持与帮助！因为平时习以为常，此刻却想郑重表白一下，以示感刻于心。有幸为学人，有幸生活在我喜爱的人们中间，有幸想做什么事，就能获得应有的帮助。感谢所言与未言、所见与未见，但一直默默施于我的所有！

初稿于 2022 年 4 月
定稿于 2022 年 9 月 4 日北京奥森园